AF398565

J. M. Bloomfield, geboren 1996, ist eigentlich frischgebackene Volljuristin, aber schon immer aus vollstem Herzen ein Bücherwurm. Wenn sie ihre Nase nicht gerade in Gesetzestexte und Lehrbücher steckt, findet man sie stets hinter einem guten Roman. Hierbei kennt sie eigentlich nur zwei Stimmungen: fabelhafte Regency-Zeit oder düstere Mafiabosse. Ihre Anfänge hat sie mit über hunderttausend Views auf Wattpad gemacht. Hier hat sie bereits eine eigene Fangemeinde. Unter dem Namen @J.M.Bloomfield führt sie einen erfolgreichen Tiktok-Account mit mehr als 1.200 Followern und ist ebenso auf Instagram zu finden.

J.M. BLOOMFIELD

UNDER
HIS
RULE

*Ich lasse dich nie
mehr gehen*

Erstausgabe März 2025

Copyright © 2025 dp Verlag, ein Imprint der
dp DIGITAL PUBLISHERS GmbH
Made in Stuttgart with ♥
Alle Rechte vorbehalten

Under His Rule – Ich lasse dich nie mehr gehen

ISBN 978-3-98998-815-6
E-Book-ISBN 978-3-98998-814-9

Covergestaltung: D-Design Cover Art
Umschlaggestaltung: ARTC.ore Design
Unter Verwendung von Abbildungen von
stock.adobe.com: © ecrow, © Fortis Design
Lektorat: The Write Spirit
Satz: dp DIGITAL PUBLISHERS GmbH
Druck und Bindung: Books on Demand GmbH, Norderstedt

*Für alle, die glauben, nirgendwo dazuzugehören:
Gebt die Hoffnung niemals auf, denn irgendwann
wird euch das Schicksal an den richtigen Ort führen.*

PROLOG

Magdalena

Ich kann immer noch nicht fassen, dass ich das tatsächlich durchziehe, denke ich, als ich den Flugzeuggurt meines Sitzes löse. Das Flugzeug, welches gerade am Flughafen London Heathrow gelandet ist, ist bereits zur Hälfte leer. Ungewöhnlicherweise war auf diesem Flug nur jede dritte Reihe besetzt. Diese Tatsache würde manch einer sicherlich als böses Omen deuten, ich für meinen Teil habe vorrangig die Bewegungsfreiheit genossen, die eine leere Sitzreihe zu bieten hat.

Langsam erhebe ich mich und öffne das Gepäckfach über meinem Sitz, um den kleinen Handgepäck-Koffer herunter zu heben. Missmutig ziehe ich meine Unterlippe zwischen die Zähne und hoffe, dass acht Kilogramm Kleidung für meine Zeit in Großbritannien genug sein werden. Mein Plan ist es, nicht übermäßig lange in London zu bleiben. Es ist quasi ein kurzer Urlaub, bevor ich nach Berlin an meinen Arbeitsplatz ins Charité-Krankenhaus zurückkehren werde.

Gedankenverloren streiche ich mir eine widerspenstige Strähne meines langweiligen dunkelblonden Haares aus der Stirn, während ich das Flugzeug verlasse. Auf dem Weg zum Flughafenausgang schlängele ich mich durch die Absperrungen der Passkontrolle. Überall sehe ich bewaffnete Soldaten mit grimmigem Gesichtsausdruck. Der Beamte hinter dem Schalter sieht auch eher aus wie ein Elitesoldat, anstatt wie ein gewöhnlicher Kontrolleur. Er gibt keinen Ton von sich, sondern starrt abwechselnd mich und dann mein Passfoto an, als ob er mir nicht abkaufen würde, dass ich diejenige Person auf dem Bild bin. Dabei habe ich mich kein Stück verändert, seit das Foto vor zwei Jahren geschossen wurde. Dieselben grünen Augen mit den tiefen Augenringen, dieselben blonden Haare im Farbton Straßenköter und das gleiche kantige, maskulin anmutende Gesicht. Bereits als Jugendliche bin ich für mein Aussehen und meine Statur in der Schule gehänselt worden, weil ich im Gegensatz zu den anderen Mädchen in meinem Alter nicht mehr als einen Busenansatz gehabt habe. Viele dieser negativen Kommentare beschäftigen mich bis heute.

Mit undurchdringlichem Gesichtsausdruck tippt der Beamte auf seinem Computer herum. Zumindest vermute ich, dass er tippt, denn durch den hohen Tresen und das rechteckige Fenster kann ich nur den Kopf des Mannes sehen. Nur vereinzelt kann ich das Geräusch von Tastenanschlägen durch den Lärm in der Flughafenhalle erahnen. Endlich ist er fertig, schiebt mir meinen deutschen Reisepass durch den schmalen Schlitz in der Plexiglasscheibe hindurch und entlässt mich mit einem simplen Kopfnicken.

Ich schnappe mir den Koffer und verlasse erleichtert den Sicherheitsbereich, um mit eiligen Schritten die Halle mit den Kofferbändern zu durchqueren.

Eine frische Brise weht mir entgegen, als ich durch die Glastür des Flughafens trete und mich nach einem Taxi umsehe. Die Zeitanzeigetafel am Taxistand informiert mich über frühlingshafte 17 Grad. An der Wechselstube habe ich bereits einige hundert Euro gegen britische Pfund getauscht und werde mir definitiv den Luxus eines Taxis bis zum Hotel gönnen. Dies ist schließlich der erste Urlaub, den ich seit einer Ewigkeit mache. Die letzten Jahre waren vor allem mit Stress, Frustration und haufenweise Arbeit verbunden. Erst kam mein Medizinstudium, dann die Assistenzarztstelle, zuletzt die Facharztausbildung im Bereich der Chirurgie und der Doktortitel.

Hör auf, das hier als Urlaub anzusehen, sondern mach dir endlich bewusst, was es ist. Nämlich ein Selbstmordkommando, mahnt eine Stimme in meinem Kopf. Unergründlicherweise klingt diese Stimme nach einer meiner Freundinnen, die ich während des Auslandsjahres in den USA kennengelernt habe. Ihre Aussage dröhnt durch meinen Kopf und erklärt mich für verrückt, seit ich diesen verfluchten Kurzstreckenflug gebucht habe. Chiara Wilson ist eine waschechte US-Amerikanerin trotz ihrer italienischen Wurzeln. Zwar war bei unseren abgefahrenen Ausflügen in den Staaten stets ich die Stimme der Vernunft, aber Chiara besticht schon immer mit ihrem zu ehrlichem und direktem Wesen. Während ich häufig dazu neige, meine eigenen Gedanken zum Wohl anderer aus meinem Umfeld hintanzustellen, sagt sie stets ihre Meinung und steht zu ihren Ansichten. Für diese Stärke bewundere ich meine Freundin, die ich schon viel zu lange weder gesehen noch gesprochen habe. Unser Kontakt ist seit meiner Rückkehr aus den Vereinigten Staaten zwar nie ganz im Sand verlaufen, aber beschränkt sich auf ein bis zwei sporadische Anrufe im Monat. Als Militärärztin und Psychologin begleitet Chiara die Soldaten häufig in die entlegensten Länder und Krisengebiete.

Kopfschüttelnd versuche ich meine Gedanken neu zu ordnen. Zugegeben, diese Sache, die ich geplant habe, ist bizarr, aber es handelt sich auf keinen Fall um ein Selbstmordkommando. Ich werde versuchen, mit einem einflussreichen Geschäftsmann über zwei durchaus brisante Patienten zu sprechen und hoffen, etwas erreichen zu können. Aber im Endeffekt werde ich vermutlich genau eines erreichen – nämlich gar nichts. Einen Versuch ist es dennoch wert. Schließlich zählt Nikolai Alexandrowitsch Markov zu den mächtigsten Männern auf internationaler Ebene. Wenn er nichts ausrichten kann, wer sonst? *Ich muss es einfach versuchen! Für sie!*

Erneut graben sich meine Schneidezähne in meine Unterlippe, denn ich habe natürlich keinen Termin, um mit ihm zu sprechen. Tausende Male habe ich im Sekretariat seiner Firma Markov IE Corporation angerufen. Jedes Mal hat die Sekretärin mit der schrillen Stimme aufgelegt, nachdem ich ihr meinen Namen genannt habe. Auch die mindestens einhundert E-Mails sind unbeantwortet geblieben. Natürlich konnte ich mit meinem wahren Anliegen nicht in einer simplen Mail herausplatzen, stattdessen habe ich mich als neugierige Ärztin ausgegeben, die an der Forschung, welche Mr. Markov mit seinem Geld unterstützt, interessiert ist. Keine vollkommene Lüge, denn mich fasziniert im Moment nichts mehr als die Tatsache, dass Nikolai Markov ganze Berge von Geld in die medizinische Wissenschaft steckt.

Suchend gleitet mein Blick über die Straße vor dem Airport, während mein Kopf immer noch tief in die vorangegangenen Überlegungen versunken ist. Eine edel wirkende, schwarze Mercedes-Limousine erregt schließlich meine Aufmerksamkeit. Nicht etwa, weil ich unbedingt mit dem teuersten Taxi der britischen Hauptstadt fahren möchte, sondern weil einer der Männer, die in schwarzen Anzügen vor dem Wagen stehen, ein Schild mit meinem Namen darauf in den Händen hält.

Dr. Magdalena Lehmann steht in sauberen Lettern darauf, sodass sie einem beinahe ins Auge springen müssen. Beide Männer haben eine athletische, fast schon bullige Statur und ihre Gesichter zieren finstere Ausdrücke, während sich die teuer aussehenden Anzüge, die bestimmt maßgeschneidert sind, wie eine zweite Haut an ihre Körper schmiegen. Der Mann mit dem Schild in der Hand schenkt mir ein Lächeln. Durch die verspiegelte Sonnenbrille auf seiner Nase kann ich nicht erkennen, ob es seine Augen erreicht. Verwundert mache ich einige Schritte auf die Männer zu. *Habe ich etwa vergessen, dass das Hotel mich abholen lassen wollte?*

Perplex bleibe ich stehen, während einer der Männer sich vom Wagen löst, um mir entgegenzukommen. Erst jetzt bemerke ich, dass sich Gesichtsformen und Haarfarbe der beiden unheimlich ähneln, auch wenn der Mann, der in diesem Augenblick auf mich zukommt, kurz geschorenes Haar hat, während das des anderen länger und zurückgegelt ist.

»Dr. Lehmann, ich bin Artjom, Ihr Fahrer. Ich werde Sie ins Ritz bringen. Darf ich Ihnen Ihr Gepäck abnehmen?« Er spricht fließend Deutsch, lediglich der starke Akzent und das Rollen des Buchstabens R verraten seine wahre Herkunft, das aus dem Land des Wodkas und der Balalaika sein muss. Bevor ich mich über die Tatsache wundern kann, in England von einem Deutsch sprechenden Russen abgeholt zu werden, nimmt er mir sanft lächelnd den Koffer ab, der in seinen Pranken wie ein Spielzeug wirkt. Ich muss den Kopf in den Nacken legen, um zu ihm herauf zu sehen. Bestimmt ist er über zwei Meter groß. Seine andere Hand hat er unbemerkt zwischen meine Schulterblätter gelegt und schiebt mich vorsichtig in Richtung des Wagens. Der andere Mann hat inzwischen die hintere Tür auf der Beifahrerseite geöffnet. Gerade als ich hinein bugsiert werden soll, jagt mir ein plötzlicher Gedankenblitz durch den Verstand.

»Moment mal, ich habe doch gar kein Zimmer im Ritz gebucht, sondern –« Weiter komme ich nicht, denn in der nächsten Sekunde bedeckt ein süßlich riechendes Taschentuch meine Nase und meinen Mund.

Chloroform. Meine Gedanken explodieren und ich versuche vergeblich, die Luft anzuhalten. Meine Sicht beginnt zu verschwimmen und die Schwärze kriecht langsam, aber stetig vom Rand meines Blickfelds hin zu meinem Fokus.

Wie erwartet spüre ich, dass meine Knie nachgeben. Jedoch lande ich überraschend auf etwas Weichem und nicht auf der kalten, harten Straße.

Scheiße, zehn Sekunden in einem fremden Land und bereits entführt, hallt es durch meinen vernebelten

Verstand. Dann umschmeichelt mich die endlose
Schwärze wie eine flauschige Decke.

KAPITEL 1

Nikolai

Verdammt, fluche ich gedanklich, als ich die schlafende Schönheit im Bett meines Gästezimmers betrachte. Artjom und Anatoli haben ihr Gewicht falsch eingeschätzt, sie sollte längst aufgewacht sein. Stattdessen kann ich immer noch nicht in ihre funkelnden smaragdgrünen Augen sehen, da sie sich noch im Land der Träume befindet. Leise erhebe ich mich aus dem Stuhl, den ich neben ihr Bett geschoben habe. Ich bin erschüttert darüber, wie viel schöner sie in Wirklichkeit ist. Die Fotos werden ihr einfach nicht gerecht.

Mit den Fingerspitzen streiche ich eine wirre Strähne der goldblonden Seide, die ihr Gesicht umrahmt, aus der Stirn, bevor ich mich widerwillig von ihr abwende. Gerade als ich die Türklinke in der Hand halte, gibt sie ein zufriedenes Geräusch von sich. Ich schaue über meine Schulter und sehe, dass sie sich auf die andere Seite dreht.

Schlaf gut, Koschka. Du wirst noch früh genug meine Bekanntschaft machen.

Einige Stunden später schwingt die Tür zu meinem Arbeitszimmer auf und Artjom trägt mein wild strampelndes Paket, das er lässig mit einer Hand an ihrem unteren Rücken fixiert hat, herein. Seine Wange ziert ein blutender, tiefroter Kratzer, weshalb ich mir ein

Grinsen verbeißen muss. Vielleicht habe ich ja kein Kätzchen, sondern eine kleine Löwin eingefangen. Seine silber-blauen Augen wandern gelangweilt von mir zu seinem Zwillingsbruder, der bereits seine Position an meiner linken Seite eingenommen hat. Artjom war schon immer der stillere der beiden Brüder.

»Lass mich sofort runter, du beschissener russischer Gorilla. Erstens kann ich alleine laufen und zweitens verlange ich sofort freigelassen zu werden. Ich bin mir sicher, die britische Polizei wird sich brennend dafür interessieren, was –«

Die Wutrede meines Kätzchens bricht abrupt ab, als Artjom sie vorsichtig, aber dennoch etwas unsanft auf den Sessel vor meinem Schreibtisch plumpsen lässt. Sie bestätigt mit ihren Worten meine Gedanken, dass Artjom einfach in das Zimmer gekommen ist, sie gepackt und zu mir getragen hat, ohne auch nur einen Ton zu sagen.

Augenblicklich hebt sie störrisch ihr Kinn und fokussiert mich mit brennenden Augen. Beinahe unmerklich huscht ein leichter Schauer des Erkennens über ihre Gesichtszüge, als sich unsere Blicke treffen.

Aha, du hast mich also wiedererkannt, Koschka - mein Kätzchen. Gehe ich dir auch nicht mehr aus dem Kopf?

»Sie?« Ungläubig steht meiner wilden Schönheit der Mund offen, während sie mich anstarrt, als wäre ich der Teufel höchstpersönlich.

Ein unaufhaltbares Grinsen erhellt meine Gesichtszüge und lässt eine Reihe weißer Zähne aufblitzen. »Natürlich ich. Du wolltest doch dringend mit mir sprechen, oder Koschka?« In einer geschmeidigen Bewegung erhebe ich mich aus dem Sessel und lehne mich über den alten Eichenholzschreibtisch, der uns voneinander trennt. Große grüne Smaragde beobachten gebannt jede meiner Bewegungen, während Alena - wie ich sie in Gedanken mit der russischen Kurzform ihres Namens nenne – zu begreifen versucht, was hier vor sich geht. Ich bekomme ihr Kinn zwischen Daumen und Zeigefinger zu fassen, sodass sie keine Chance hat, unseren Blickkontakt zu unterbrechen. Sobald meine Fingerkuppen ihre weiche Haut berühren, spüre ich ein elektrisierendes Schaudern, das sie erzittern lässt, bevor sie sich versteift. Sie erinnert mich an ein Vögelchen, das vor lauter Angst in eine Schreckstarre verfallen ist. *Ptichka - mein Vögelchen.*

»Es tut mir leid, wenn meine Männer etwas rau mit dir umgegangen sind, Ptichka. Aber weißt du, du warst so blauäugig. Ich konnte einfach nicht riskieren, dass dich mir jemand vor der Nase wegschnappt. Und jetzt sag mir, kleines Vögelchen, warum willst du unverzüglich mit mir sprechen?« Meine Stimmlage hat den Ton von geschmeidigem Samt. Es ist die Tonlage, die ich in jeder Verhandlung anschlage, vor allem dann, wenn ich kriegen möchte, was ich will.

»Ich ... äh, ich ...« Für einen Moment schließt sie die Augen, während sie sich aus ihrer Starre löst. Scheinbar bemerkt sie, dass ihre Stimme hörbar zittert.

Hat ihr das Betäubungsmittel so heftig zugesetzt? Ich werde nachher ein Wort mit Anatoli und Artjom reden müssen.

Eine leichte Gänsehaut überzieht die blasse Haut an ihrem Hals und ich frage mich, ob ich für diese Reaktion verantwortlich bin. Noch immer ruhen meine Finger an ihrem Kinn und anscheinend hat sie nicht das Bedürfnis, unsere Verbindung aufzulösen.

Erst jetzt bemerke ich ihre ausgedörrten, aufgesprungenen Lippen und wende für einen Atemzug meinen Blick von ihrem wunderschönen Gesicht ab, um Anatoli lautlos zu verstehen zu geben, dass sie ein Glas Wasser benötigt. Er verlässt seinen Platz an meiner Linken, durchquert den Raum und schenkt ihr ein großes Glas Wasser mit Zitrone aus der Karaffe ein. Schweigend hält er es mir hin. Nicht ihr, er würde nicht wagen zu berühren, was mir gehört.

»Trink das, Kätzchen. Es tut mir leid, ich hätte mich besser um dich kümmern müssen. Fehlt dir sonst noch etwas?« Besorgt fahre ich ihr mit dem Daumen über die Wange, woraufhin sie blinzelt und scheinbar dankbar das Glas ergreift.

Jedoch zögert sie, als sie den Rand des Kristalls an ihre Lippen führt. »Welcher Drogencocktail ist es dieses Mal?«, knurrt sie mir mit unerwartetem Selbstbewusstsein entgegen. Der brennende Ausdruck ist in ihre Augen zurückgekehrt. Das Glas mit einer Hand umklammernd, schlägt sie nun meine Hand unter ihrem Kinn mit der anderen weg, wodurch ich gezwungen bin, mich vorerst zurückzuziehen. Das ist dennoch keine Niederlage, denn ich werde schon bald haben, was Mein sein soll.

»Ich habe Sie etwas gefragt. Mit welchen Drogen wollen Sie mich jetzt außer Gefecht setzen? Können Sie sich nicht auf andere Weise Frauen verschaffen? Ich meine, so schlecht sehen Sie doch nicht aus. Ich würde es mal mit aufrichtiger Freundlichkeit versuchen.« Ihre Worte triefen vor Verachtung, aber an dem leichten Zittern ihrer Unterlippe kann ich die Angst ausmachen. Auch die weit aufgerissenen Augen und die schnelle Atmung verraten meine Alena.

»Keine Sorge, Liebling. Du kannst das Wasser unbekümmert trinken. Es ist nichts darin.« Um meine Worte zu unterstreichen, verlasse ich meine Position und schenke mir ebenfalls ein Glas Wasser ein. Anatoli löst sich erneut aus meinem Schatten, um sich und seinem Bruder einen Schluck hochwertigen Wodkas einzuschenken, der sich in der Karaffe neben dem Wasser befindet. Ich nehme stark an, ihm macht der lädierte Zustand unseres Gastes zu schaffen. Er ist trotz familiärer Bratva-Zugehörigkeit noch nie für Gewalt an schwächeren Wesen gewesen. Ein Charakterzug, den sein Zwillingsbruder nicht teilt. Artjom würde niemals einem unschuldigen Geschöpf auch nur ein Haar krümmen, aber er hat kein Problem damit, Menschen zu töten, die sich seiner Meinung nach schuldig gemacht haben, unabhängig von ihrem Geschlecht.

Aus dem Augenwinkel kann ich erkennen, wie Anatoli sein Glas hinabstürzt, während Artjom nur an der kristallenen Flüssigkeit nippt. Zu meinem außerordentlichen Erstaunen meldet sich der über zwei Meter große Hüne dann zu Wort. »Miss, Sie können stattdessen gern meinen Wodka trinken. Sie haben ja eben gesehen, dass er ungefährlich ist, da ich selbst davon getrunken habe.« Sein schwerer Akzent schwebt durch die Luft zu Alena hinüber. Womöglich sollte ich in Gedanken noch nicht bereits die russische Kurzform ihres Namens benutzen, aber ich kann nicht anders, denn ich habe bereits entschieden, wie alles enden wird. Sie wird ein hübsches Spielzeug abgegeben, zumindest bis ich ihrer überdrüssig werde.

Fasziniert verfolgen meine Augen das Schauspiel der Gefühle auf ihrem Gesicht: Schock – Überraschung – Verwunderung – Wut – Unsicherheit. Es folgt erneut ein hörbares Schlucken, dann setzt sie das Wasserglas an und leert es in einem Zug, bevor ihre Augen von Artjom zurück zu mir wandern und mich fixieren. Augenscheinlich hat sie sich gefangen.

»Eine Entführung war eklatant unnötig, aber gut, so ist es nun. Schließlich habe ich seit einer Woche versucht, ein Termin in Ihrem Büro zu bekommen, Mister Markov.« Es entsteht eine kleine Pause, stolz reckt meine zierliche Löwin ihr Kinn, bevor sie fortfährt. »Ich möchte mit Ihnen über eine delikate Angelegenheit sprechen. Vielleicht wäre es also besser, wenn wir unser Gespräch unter vier Augen fortsetzen.« Ihr Blick wandert nervös über die Zwillinge hinweg. Erst dann zuckt er zu meinem Gesicht zurück, als hätte sie Angst, etwas verpassen zu können, wenn sie mich länger als eine Sekunde aus den Augen lässt.

Ich kann nicht anders, als zu schmunzeln. »Nein, diese Männer sind meine engsten Vertrauten. Sie wissen alles, was ich weiß. Sprich vor ihnen oder sprich gar nicht, Ptichka.« Gekonnt unbeeindruckt nehme ich wieder in meinem Sessel Platz und lege meine Hände für sie sichtbar auf die Arbeitsfläche des Tisches. Nun nicke ich ihr auffordernd zu und warte gespannt darauf, ob sie den Mut finden wird, fortzufahren.

Unsicher huscht ihr Blick durch diese leuchtend grünen Augen durch den Raum. Für einige Sekunden bleibt er an einem Punkt über meiner linken Schulter hängen und ich muss dem beinahe überwältigenden Drang widerstehen, mich umzudrehen, um ihrem Blick zu folgen.

»Na gut, ich bin hergekommen, um Sie zu bitten, zwei schwer verwundeten Kindern eine zweite Chance im Leben zu verschaffen. Sie leiden nach einem furchtbaren Autounfall alle beide am Brown-Séquard-Syndrom. Wenn wir nicht schnellstens geeignete Therapieplätze für die Kleinen finden, werden sie ihr gesamtes restliches Leben nicht nur hässliche Narben auf dem Körper tragen und ohne Vater aufwachsen, sondern auch halbseitig gelähmt sein, nicht gehen, laufen oder rennen können und andere Ausfallerscheinungen haben. Seltene Krankheiten wie diese werden von der Wissenschaft und den großen Konzernen, die hoffen, aus ihrer Forschung Profit schlagen zu können, viel zu oft in den Schatten zurückgedrängt. Ich weiß mir einfach nicht mehr anders zu helfen, als Sie um Unterstützung zu bitten, denn ich habe jedes verfluchte Therapiezentrum auf diesem Planeten angefragt. Keines ist bereit, derart schwierige Patienten wie die meinen aufzunehmen. Die Erfolgsquoten für die Zwillinge sind einfach zu schlecht. Sie finanzieren eine solche Einrichtung mit Ihren Mitteln, Mister Markov. Wer auch immer Sie sein mögen, ich bitte Sie, helfen Sie diesen Kindern, denn Sie sind ihre letzte Chance auf einen Therapieplatz.«

Es ist ihr hoffnungsvoller Gesichtsausdruck, der mich fasziniert, als sie ihre Rede beendet hat. Aus diesem

Grund dauert es einen Moment, ehe ihre Aussage in meinen Verstand eindringt. Überrascht stoße ich den Atem aus, von dem ich nicht wusste, dass ich ihn angehalten habe. Schock macht sich in meinem Inneren breit und ich versuche mit aller Macht, ihm nicht zu erlauben, sich auf meinem Gesicht widerzuspiegeln.

»Und du glaubst nun, ich habe eine Heilung für eine unheilbare Krankheit in der Hosentasche, Koschka? Was soll ich in diesem Spiel für dich tun?«, spucke ich ihr entgegen. Herablassend mustere ich ihr schönes Gesicht. Wenn sie wüsste, dass ein großer Teil der Gelder nur in die medizinische Forschung gesteckt werden, um unsere Nebeneinkünfte aus dem Drogen- und Waffenhandel zu waschen, würde sie mich vermutlich für das Monster halten, das ich bin. Natürlich ist die Tatsache, dass die Leute mich für einen Philanthropen halten, ein netter Zusatz, da beschwere ich mich nicht. Aber warum sollte ich mein Geld für fremde Kinder verprassen. So weit reicht mein Ehrgefühl nun auch wieder nicht.

Kopfschüttelnd stößt sie einen angeekelten Laut aus und sofort fühle ich mich erwischt, was ich mir jedoch nicht anmerken lasse. »Na ja, ich habe Sie nicht um eine Heilung gebeten, sondern einfach darum, einen Anruf in dem Therapiezentrum hier in London zu machen. Möglicherweise müssen Sie ein paar Pfund springen lassen, aber wenn ich mich hier so umsehe, haben Sie davon mehr als genug. Die Einrichtung soll die Kleinen zur Behandlung aufnehmen. Sie zählt zu den besten Einrichtungen Europas und ist auf die Physiotherapie für Kleinkinder spezialisiert. Leider sind die Plätze begrenzt und teuer. Natürlich wird so etwas nicht von der deutschen Krankenkasse übernommen.«

Ihre Wangen färben sich rot und ich schätze, dass diese Reaktion auf meine Worte nichts mit Scham zu tun hat. Nein, denn auch wenn sie es vermutlich noch nicht weiß, trägt diese Frau ein Feuer in sich. Eines, das so hell leuchtet wie eine heftige Feuerwerksexplosion.

»Und ich bin seit wann genau die Wohlfahrt höchstpersönlich, Vögelchen? Deine Bitte klingt nämlich mehr danach, als würde ich auf jeglichen Kosten für dein kleines Projekt sitzenbleiben.« In meiner Kehle steigt ein rumpelndes Lachen empor. Schließlich besitze ich mehr Geld als Krösus und muss mich einen feuchten Dreck darum scheren, ob diese Aktion eine oder zwanzig Millionen Pfund kosten wird. Doch die Neugier, was sie alles bereit ist, anzubieten, ist schlichtweg zu groß. Zu sehr genieße ich es, sie aus ihrer Komfortzone zu locken. Sie scheint normalerweise nicht der Typ Frau zu sein, der einem anderen Menschen Paroli bietet. Trotzdem hat sie unseren Blickkontakt noch nicht ein einziges Mal unterbrochen. Geradezu königlich hält sie ihre anmutige Haltung aufrecht, bleibt aber grübelnd schweigsam. Plötzlich legt sie den Kopf schief und mustert mich gespannt, als wolle sie die Tiefen meiner rabenschwarzen Seele erforschen. Nur für den Fall, ich besäße überhaupt eine.

Ich werde das Gefühl nicht los, dass ihre Musterung nicht ausschließlich mit einem stillen Machtkampf zwischen uns einhergeht. Diese Frage quält mich glücklicherweise nicht allzu lang, denn genau in diesem Moment leckt sich Alena über die Lippen. Diese scheinbar unbedeutende Geste bringt mein Blut in Wallung.

Meine Hose spannt im Schritt, während mein steinharter Schwanz flehend gegen den Reißverschluss drückt. Bilder, wie ich den Romanov-Brüdern befehle, den Raum zu verlassen, um anschließend mit einem Satz über den Schreibtisch zu springen und sie mit meinem Körper auf die Tischplatte zu pressen, während ich mich an ihrer Kleidung zu schaffen mache, prasseln auf mich ein. Nie zuvor habe ich mir sehnlicher gewünscht, meinem inneren Monster nachgeben zu können. Es lechzt danach, seine Klauen in Alenas weiches Fleisch zu hauen, während ich meinen Schwanz tief in ihr versenke.

Mich räuspernd richte ich unauffällig meine Hose und versuche, das übermächtige Verlangen beiseitezuschieben.

An Letzterem scheitere ich kläglich, denn als ich den Mund öffne, um der Sache die Krone aufzusetzen, klingt mein Ton zwar eiskalt und herablassend, doch meine Worte beinhalten nicht die erbarmungslose Abfuhr, die ihr mein Gehirn erteilen möchte. »So Koschka, du möchtest also, dass ich wie ein Diener deine Befehle ausführe? Tut mir leid, Ptichka, auf diese Art und Weise läuft es nicht in meiner Welt. Also stelle ich dir die alles entscheidende Frage: Was bist du bereit, im Gegenzug für meine Leistung zu bezahlen?«

Was zur Hölle? In einer etwas steifen Bewegung erhebe ich mich hinter meinem Schreibtisch. Mein 1,93 Meter großer Körper muss einschüchternd auf die zierliche, kleine Frau vor mir wirken, dennoch überragen sowohl Anatoli als auch Artjom mich um einige Zentimeter. Es sind die guten russischen Gene unserer Urahnen, die uns groß und stark gebaut haben. Unsere

Stammbäume reichen weit zurück und verzeichnen den einen oder anderen Kosaken. Auch wenn wir seit unserer Kindheit in Großbritannien leben, sind und bleiben wir im Herzen Russen.

Meine Gedanken drohen abzuschweifen, sodass ich um ein Haar, das leise Flüstern, das von ihren leicht geöffneten, kirschroten Lippen stammt, verpasst hätte.

»Alles.«

Ihre Stimme zittert kaum merklich und doch hat ihr Hauchen einen gewissen Nachdruck. Sie setzt sich aufrecht hin und zwirbelt eine Haarsträhne zwischen Daumen und Zeigefinger, ehe sie sie loslässt. Beinahe hypnotisiert verfolge ich, wie das blonde Gold, das sich gerade noch um ihren Finger geschlungen hat, zurück in seine Ausgangsposition fällt und ihr Gesicht umrahmt. Bevor sie sich anschließend in einer eleganten Bewegung erhebt, ziert ein Lächeln ihre Gesichtszüge, das ich nur als kämpferisch auslegen kann. Jedoch vergisst sie für einen Augenblick, dass sie erst Stunden zuvor betäubt gewesen ist und gerät ins Straucheln. Artjom schießt nach vorne, um sie vor einem Sturz zu bewahren. Seine Hände berühren sie noch nicht einmal und dennoch erfüllt etwas Giftiges meinen Geist. Unbändige Wut züngelt durch meine Adern und entfacht ein Feuer in meinem Blut, sodass ich lichterloh brenne. Ein grollendes Knurren erklimmt den Berg meiner Kehle und wartet nur darauf, ins Tal geschrien zu werden. Jedoch hat sich Alena längst selbst abgefangen und steht nun aufrecht, mit ihren Händen in die Hüfte gestemmt vor mir. Aus dem Augenwinkel kann ich erkennen, dass Artjom sich auf seine Position hinter mir zurückgezogen hat und doch weiß ich, dass ihm meine Reaktion nicht entgangen ist.

»Alles! Mister Markov, Sie können alles von mir haben, alles mit mir machen. Es ist mir völlig egal. Mein Leben ist nichts wert, wenn diese Kinder all dieses Leid ertragen müssen. Ich habe einen Eid geleistet. Ohne diese Therapieplätze werden sie niemals auch nur den Hauch einer Chance haben, ein sorgenfreies Leben zu führen. Ihnen wird, wie vielen anderen Kindern auf dieser Welt verwehrt, ihre Kindheit in all den Freiheiten auszuleben, die man sich nur erträumen kann. Ich bin bereit, mein Leben gegen ihres einzutauschen, also machen Sie mit mir, was Sie wollen, solange ihnen geholfen wird! Das bin ich diesen Kindern schuldig. Das bin ich ihr schuldig!« Dieses Mal trieft ihre Stimme nur so vor Stolz und Selbstsicherheit. Die Unsicherheit ist aus ihrem Körper gewichen und wird nun von purer Willenskraft ersetzt.

Plötzlich sind die Würfel gefallen. Mein Mund spricht erneut, bevor er meinem Gehirn hörig sein kann. »So, kleines Kätzchen, du bist also bereit, mir alles zu geben? Dann steht unser Deal: Ich werde dir diese Therapieplätze besorgen und die Heilbehandlung vollständig bezahlen. Im Gegenzug für meine Großzügigkeit wirst du mir gehören und zwar nicht auf die romantische Tour. Du wirst dich mir mit deinem Körper, deinem Geist und deiner Seele verschreiben. Du wirst zu meinem Eigentum. Zumindest so lange, bis ich mit dir fertig bin. Wir werden dann schon sehen, was noch von dir übrig ist.«

Mit diesen Worten gebe ich Anatoli ein Zeichen, sie auf ihr Zimmer zu bringen, damit sie sich mit ihrer neuen Realität abfinden kann. Anschließend werde ich veranlassen, dass sie in meine Räume zieht.

Wortlos verlasse ich, ohne sie eines weiteren Blickes zu würdigen, den Raum.

Ich freue mich auf unser Spiel, Kätzchen!

KAPITEL 2

Magdalena

Einige Tage vor dem Abflug nach London

Das Leben ist so ungerecht!, schießt es mir durch den Kopf, als ich auf leisen Sohlen das Zimmer auf der Kinderintensivstation des Krankenhauses betrete. Die träge Luft ist erfüllt von dem monotonen Piepen der unzähligen Maschinen, an welche diese kleinen Körper gefesselt sind. In stummer Trauer schüttle ich den Kopf. Diese beinahe leblosen Hüllen noch als Körper zu bezeichnen, ist ein verdammter Euphemismus.

In den beiden Betten, die sich vor mir erstrecken, liegen zwei zerschundene Gestalten, deren zierliche Gliedmaßen zu großen Teilen mit blütenweißen Verbänden bedeckt sind. Schläuche, Infusionen und sonstige Kabel zeichnen eine Landschaft aus Leid, Schmerz und Tod auf ihre erschöpften Leiber.

Emilio und Leonie sind zweieiige Zwillinge. Vor knapp anderthalb Wochen sind sie nach einem Horrorcrash auf der Autobahn A 10 mit dem Helikopter eingeflogen worden. Seit diesem Moment haben wir sie sechs Mal operiert, davon zwei Notoperationen.

Wie bei einer Patchworkdecke haben wir die verschiedenen Bestandteile der jeweiligen Körper wieder zu einer Einheit zusammengeflickt. Mit kaum sichtbarem Erfolg. Zwar leben die beiden tapferen Kämpfer noch, doch dies wird ihr tödlich verwundeter Vater nicht mehr erleben. Allerdings könnte jeder Atemzug, der ihnen durch die Beatmungsschläuche zuteilwird, ihr letzter sein.

Niemand weiß, ob sie ihre Körper sich jemals vollständig erholen werden.

Brown-Séquard-Syndrom.

Ein neurologisches Syndrom, welches eine halbseitige Querschnittslähmung durch eine halbseitige Rückenmarksläsion hervorruft. Meist entsteht dieses Krankheitsbild infolge eines Traumas, einer Entzündung oder einer Blutung. Allerdings kann ebenso ein Tumor die Ursache für die Krankheit sein.

Die Symptomatik ist vielseitig ausgestaltet, weshalb eine Diagnose des Brown-Séquard-Syndroms nicht leicht ist. Die Therapie besteht meistens darin, den Patienten einer Operation zur Druckentlastung der Nerven zu unterziehen und danach folgt eine langwierige Physiotherapie. Allerdings stehen die Chancen bei adäquater Therapie nicht schlecht. In vielen Fällen kann der Patient am Ende wieder selbstständig gehen.

Leider sind diese Therapien oft nicht auf Kinder, geschweige denn auf Kleinkinder ausgerichtet. Die Zwillinge sind erst vier Jahre alt. Es ist nahezu unmöglich, geeignete Physiotherapiemöglichkeiten für sie zu finden.

Das Schlimmste an dieser Angelegenheit ist, dass es sich nicht einfach um irgendwelche Zwillinge handelt, sondern um die Enkelkinder der Frau, der ich unter anderem mein Leben zu verdanken habe. Es bricht mir das Herz zu wissen, dass meine ehemalige Nachbarin aus meiner Kindheit bei diesem Autounfall nicht nur ihren geliebten Sohn verloren hat, sondern auch beinahe ihre Augensterne von Enkeln. Und sie weiß es nicht einmal, den entgegen meines zugegeben nicht sonderlich professionellen Rates weigert sich die Mutter der Zwillinge und Schwiegertochter meiner Nachbarin, ihr etwas über den Unfall mitzuteilen. Sie ist der Meinung, dass schwache Herz ihrer Schwiegermutter würde einen solchen Verlust nicht verkraften. *Wenn ich nur irgendetwas tun könnte, ich würde es sofort tun, denn ihrer Großmutter verdanke ich mein Leben.*

Gedankenverloren überprüfe ich die Vitalwerte der Kinder und notiere sie auf dem Klemmbrett, das ich anschließend zurück ans Bettende hänge. Zwar habe ich während meiner Laufbahn als Ärztin einige schwierige Fälle mit teilweise lebensbedrohlichen Verletzungen erlebt, aber ihre Enkelkinder an all diesen Geräten hängen zu sehen, bricht mir jedes Mal das Herz. Tränen verschleiern meine Sicht, kämpferisch versuche ich sie wegzublinzeln, doch sie fluten meine Augen und zeichnen nasse Spuren auf meine Wangen. Den innerlichen Kampf verlierend ruckt mein Blick auf den Liegesessel zwischen den Krankenbetten und die völlig erschöpfte Frau darin.

Eine Frau, die innerhalb weniger Tage nicht nur ihren Mann verloren hat, sondern jede wache Sekunde um das Leben ihrer Erstgeborenen bangt. Ich kann es ihr nicht verübeln. Dieser letzte Funken Hoffnung ist alles, was dieser Frau noch geblieben ist. Normalerweise steht ihr ein Elternbett in der Nähe ihrer Kinder zu, aber aufgrund der beengten Verhältnisse des Patientenzimmers, das zusätzlich mit zwei Beatmungsgeräten, Patientenmonitoren und dem ECMO-Gerät von Emilio vollgestopft ist, ist lediglich Platz für einen Liegesessel gewesen. Ihrer Mutter ist es egal, sie würde wahrscheinlich auf dem harten Boden schlafen, um bei ihren Kindern zu sein.

Mein ganzes Leben lang habe ich niemals erfahren, wie es sich anfühlt, eine richtige Mutter zu haben. Meine eigene Mutter hat mir niemals auch nur einen Funken Liebe geschenkt. Liebende Mütter sind mir nicht fremd, doch die Aufopferung, die diese Mutter meiner Patienten an den Tag legt, verdient einen verdammten Orden. Und trotzdem ist es das Schicksal von uns Frauen, übersehen, für selbstverständlich genommen und herabgewürdigt zu werden. Viel zu selten wird anerkannt, was Freundinnen, Ehefrauen, Mütter und all die anderen weiblichen Bezugspersonen jeden Tag leisten.

Kopfschüttelnd unterbreche ich schweren Herzens meine gedankliche Debatte. Um meinen verworrenen Verstand zu ordnen, ziehe ich die Unterlippe zwischen die Zähne. Ich kann die Hoffnung nicht aufgeben, eine Lösung für die armen Kinder zu finden. Die Ärztin in mir will nichts unversucht lassen, um ihnen zumindest ein schmerzfreies Leben zu ermöglichen.

Sanft breite ich eine dünne Wolldecke über der Mutter aus, bevor ich auf Zehenspitzen den Raum verlasse. Sie hat etwas Schlaf verdient, sie wird diese Kräfte noch eine ganze Weile benötigen. Ich erlaube mir einen letzten Blick auf die zerbrechlichen Gestalten meiner jüngsten Patienten. Unterbewusst treffe ich in diesem

Augenblick eine Entscheidung. Ich habe mein Leben der Heilung anderer Menschen verschrieben.

Was bin ich wert, wenn ich zwei hilflose Kinder dem sicheren Tod überlasse?

Mit hängenden Schultern verlasse ich das Zimmer, in dem Wissen, dass am Morgen die nächste Operation der Zwillinge ansteht. *Hoffentlich halten sie durch.*

***

Verdammter Mist.

Wütend hämmere ich auf der Tastatur des Laptops herum, ohne zu finden, wonach ich suche. In den letzten fünf Stunden nach meinem Feierabend habe ich sämtliche Kliniken und Therapiezentren in Deutschland und dem deutschsprachigen Ausland kontaktiert. Die Zwillinge haben die heutige Operation wie durch ein Wunder überlebt. Sie befinden sich auf dem Weg der Besserung. Alles, was sie jetzt dringend benötigen, ist eine altersgerechte und fachmännisch durchgeführte Physiotherapie.

Eine E-Mail erscheint in meinem Postfach und hoffnungsvoll wechsle ich die Fenster, um den Inhalt der Nachricht erfassen zu können. Eine weitere Absage. Augenblicklich sacken meine Schultern auf den gefühlten Nullpunkt herab, Tränen kriechen zum wiederholten Male ins Sichtfeld meiner Augen. Das ist die 45. Absage innerhalb von wenigen Stunden. Kein Therapiezentrum traut sich zu, meine Patienten zu behandeln. Entweder haben sie keine Kapazitäten oder bieten die notwendige Behandlung für die Zwillinge nicht in ihrem Leistungsprogramm an. Die privaten Einrichtungen, die ich angeschrieben habe, scheinen Angst davor zu haben, ihren Ruf zu verspielen, wenn sie bei so einem anspruchsvollen Fall versagen würden. Seit Stunden wächst in mir das Bedürfnis, einige dieser Therapiezentren bis auf die Grundmauern herunter zu brennen. Ich bin kein gewalttätiger Mensch, eher im Gegenteil, ich gebe mein Leben für die Gesundheit aller Menschen auf dieser Welt, denn ich habe einen Eid geschworen. Zum hundertsten Mal schießt mir der Gedanke durch den Kopf, Berlin und damit die Charité zu verlassen und meinen Kontakt bei *Ärzte ohne Grenzen* anzurufen. *Nein, du kannst jetzt nicht aufgeben. Du bist die Letzte, die diese Kinder noch haben.*

Dieser Gedanke lässt mich zusammenzucken und verzweifelt fahre ich mir mit den Fingern durch die Haare, während ich nach einer Lösung suche. Die Wahrheit ist hart, aber real. Die anderen Fachärzte und sogar der Oberarzt haben die Suche nach einer geeigneten Therapieeinrichtung bereits vor Tagen aufgegeben. Sie sagen, die Kinder sollen froh sein, überhaupt noch am Leben zu sein. Ihnen ist egal, dass diese Kinder ihr ganzes Leben lang an einer Behinderung leiden werden. Niemals richtig über Wiesen rennen können oder mit anderen Kindern im Gras tollen. Sie werden beständig Operationen benötigen, weil der Druck auf den Nerven in ihrem Rücken durch eine falsche Haltung stetig zu nehmen wird. Allein anhand einer fachgerechten Therapie über Jahre hinweg wird es möglich sein, genug Muskelmasse aufzubauen, um die Nerven zu entlasten. Doch die Mediziner haben sie unlängst aufgegeben, die deutschen Praxen, die eine solche Therapie anbieten, sind rar und nicht auf Kleinkinder in ihrem Alter ausgelegt. Rehabilitationszentren im Ausland werden dafür häufig nicht von den Krankenkassen übernommen. Ärztliche Behandlungen solcher Art verschlingen hunderttausende Euro.

Ich erinnere mich an den Ausdruck der puren Verzweiflung auf dem Gesicht ihrer Mutter. Diese Frau hat weder das Geld noch die Kraft, mit ihren Kindern eine Weltreise vorzunehmen.

Aber ich kann diese kleinen Knirpse nicht einfach im Stich lassen. Ich gehöre nicht zu diesen Medizinern, die ausschließlich finanzielle Möglichkeiten in ihren Patienten sehen. Ich bin Ärztin geworden, habe mich durch die jahrelange Ausbildung gekämpft, um meinem innersten Bedürfnis, Menschenleben zu retten und zu verbessern, Raum zu geben. Es ist mir selbst stets unerklärlich gewesen, weshalb mein Wunsch zu helfen derart ausgeprägt ist. Aber ich kann es nicht kontrollieren, wenn ich auf der Straße einen hilfebedürftigen Menschen sehe, kann ich nicht mit gesenktem Kopf weitergehen, wie es viele tun. In solchen Situationen fühle ich mich wertvoll, so richtig lebendig. Hinzukommt, dass ich zu dieser Familie noch eine emotionale Verbindung habe, zumindest zur Großmutter dieser Kinder. Es ist vielleicht nicht besonders professionell, aber wegzusehen oder aufzugeben würde sich wie ein Verrat an der alten Dame anfühlen.

Niedergeschlagen sehe ich zu der Uhr auf meinem Nachttisch. Es ist bereits weit nach Mitternacht und meine Schicht am nächsten Morgen beginnt um 05:30 Uhr. Ich sollte längst schlafen, doch der innere Drang zwingt mich dazu, die Internetsuchmaschine ein weiteres Mal zu befragen.

Gib es auf, kleine Ratte. Du wirst niemals einen Platz für diese Krüppel finden, weil du nutzlos bist!, schreit die Stimme meiner Mutter mich an. Eine eisige Gänsehaut überzieht meine Arme und lässt meine Glieder erzittern. Sofort beginnt in meinem Inneren ein mir wohlbekannter Kampf zwischen Vergangenheit und Gegenwart. Doch ich werde die zerstörerische Wut meiner toten Mutter nicht gewinnen lassen. Viel zu lange hat sie mich gequält. Zornig verbanne ich meine Erinnerungen an sie in den letzten Winkel meines Gehirns zurück, dort wo sie hingehört, ins Nichts. So manch einer würde den Hut vor mir ziehen, wie ein Phönix aus der Asche bin ich aus der Gosse emporgestiegen. Meine Mutter war Alkoholikerin und stark drogenabhängig. Sie hat mich auf viele Arten misshandelt. Meinen Vater kenne ich nicht einmal, wahrscheinlich ist er aus dem gleichen Holz geschnitzt, wie meine Mutter es war.

Ein weiteres Bling reißt mich aus meinen verheerenden Gedanken. Es ist eine Antwort des Zentrums in der Nähe von London, als mir die deutschsprachigen Optionen ausgegangen sind. Ein schneller Blick hinüber zu der handgeschriebenen Liste, die neben mir im Bett liegt, bestätigt meine niederschmetternde Vermutung. Es sind noch zwei Institute offen und eines davon nur, weil die letzte Absage noch nicht vermerkt ist. Ich habe tatsächlich weltweit jede Option, die auch nur annähernd infrage kommt, angeschrieben und nur London ist noch übrig.

Hoffnungsvoll öffne ich die Mail. Meine Hände schwitzen, als würde ich noch einmal die Testergebnisse meines medizinischen Staatsexamens abrufen. Den Atem anhaltend überfliege ich die Zeilen. Es ist keine grundsätzliche Absage, denn sie würden sich diese Art von Therapie zutrauen. Doch haben sie aktuell keine freien Plätze und die Rechnungssumme, die mir angezeigt wird, hat so viele Ziffern, dass ich einen Moment benötige, um zu begreifen, wie man diese Zahl überhaupt aussprechen würde.

Das ist nicht das Ende, Magdalena, sage ich mir selbst. Du weißt, das Geld in der medizinischen Welt Berge versetzen kann. Genährt von neuer Hoffnung, rufe ich die Seite mit den Sponsoren auf der Homepage der Privatklinik auf und erstarre, als ein Paar eisblaue Augen auf meinen Blick trifft. *Mr. Nikolai Alexandrowtisch Markov* steht in kursiven Buchstaben unter dem Bild des blonden Schönlings, der in seinem Smoking eine verboten gute Figur macht – bestimmt ein maßgeschneiderter Anzug.

Mr. Markov scheint der Hauptsponsor des Zentrums zu sein und hat sowohl den Bau der Therapie- und Rehabilitationseinrichtung als auch der angeschlossenen Klinik nahezu im Alleingang bezahlt, wenn man dem Artikel auf der Internetseite glauben darf.

Um nichts zu übersehen, durchsuche ich die Informationen über die restlichen Gönner, aber sie wirken wie kleine Fische in einem großen Meer im Gegensatz zu Nikolai Markov. Nutzlos für mein Vorhaben, sie zu einem Sponsoring zweier Therapieplätze zu verleiten.

Plötzlich fühle ich mich, als stünde ich vor den letzten Kilometern eines Marathons, zumindest bin ich schon zehn Kilometer gerannt. Mein Herz schlägt aufgeregt gegen die Knochen meines Brustkorbs, sodass der Puls in der Vene an meinem Hals vibriert. Nikolai Markov wird die Eintrittskarte der Zwillinge in ein neues Leben sein und ich werde nicht eher ruhen, ehe sie diese Therapieplätze nicht bekommen haben.

Meine Finger fliegen geradezu über die Tastatur, während ich den Namen des Mannes in die Suchmaschine eintippe, der meine allerletzte Hoffnung zu sein scheint. Bereits nach wenigen Wimpernschlägen habe ich erste Treffer, ich scrolle an einigen Bildern vorbei, die einen gutaussehenden jungen Mann nach einer durchzechten Partynacht zeigen. Es ist mir völlig egal, was dieser Kerl in seiner Freizeit treibt, solange er mir mit meinem Vorhaben helfen kann. Ein Suchtreffer gewinnt kurzerhand mein Augenmerk, es scheint sich um die offizielle Website der Markov-Corporation zu handeln und um eine Unterwebsite zu Nikolai Markov persönlich. Sofort klicke ich darauf, es ist eine Art biografischer Artikel über ihn. Ein Pop-up-Werbefenster öffnet sich und versperrt mir die Sicht auf mein Ziel. Abgelenkt schließe ich es, akzeptiere die blöde Cookie-Meldung und beginne mich in den Ausführungen zu vertiefen, die freudigerweise sehr detailliert beschreiben, wie Nikolai Markov sich und sein Vermögen in die Medizin einbringt. Der Multi-Millionär hat die Firma *Markov IE Corporation* von seinem Vater geerbt. Sie ist seit sehr langer Zeit im Familienbesitz.

Nach einer Viertelstunde habe ich auch diese Website gründlich durchforstet und mein Entschluss, der während des Lesens des vorherigen Artikels zu sprießen begann, hat feste Wurzeln geschlagen. Ich werde nach

London fliegen, um mit diesem Mann zu sprechen. Auf der ersten Website habe ich herausfinden können, dass Mr. Markov fließend Englisch und Deutsch beherrschen würde, weshalb ich mir wenigstens wegen der Kommunikation keinerlei Gedanken machen muss. Vorausgesetzt, ich komme überhaupt bis zu einem persönlichen Gespräch. Das scheint aktuell der schwierigste Teil meines grob umrissenen Plans zu sein.

Die Tatsache, dass mein Oberarzt mich vor Tagen angewiesen hat, die Suche abzubrechen, da wir aus seiner Sicht alles Notwendige getan hätten, bestärkt mich in meinem Vorhaben. Ich erinnere mich gut an die Standpauke, die er mir gehalten hat, weil er glaubt, ich würde meine Zeit vergeuden. Das bestätigende Kopfnicken der beteiligten Fachärzte, die während der Visite ebenfalls anwesend gewesen sind, hat mich zutiefst schockiert. Selbst wenn ich keine private Verbindung zu diesen Patienten haben würde, bin ich nicht in der Lage, aufzuhören, bevor alle Möglichkeiten ausgeschöpft sind. Ich bin schon immer ein Mensch gewesen, der dazu neigt, es allen recht zu machen und stets zähle ich Ehrlichkeit und Aufrichtigkeit zu meinen größten Stärken. Mein Helfersyndrom, das sich vor meiner Berufswahl zu einem festen Verhaltensmuster entwickelt hat, drängt mich, diese Schritte zu gehen, ohne eine langwierige vorherige Absprache mit meinem Oberarzt und der Klinikleitung abzuwarten.

Ohne zu zögern, tippe ich eine E-Mail mit einer Terminanfrage an Mr. Markovs Büro in London. Zur Sicherheit schicke eine zweite Nachricht mit einer Bitte zu einem Telefontermin und eine dritte Mail mit einer allgemein formulierten Anfrage zu Markovs medizinischem Sponsoring hinterher. Gähnend knipse ich das kleine Licht auf meinem Nachttisch aus und kuschle mich in die Bettdecke.

***

Zwei Tage später betrachte ich eine der Parkanlagen durch die Fensterfronten des Treppenhauses, während ich gespannt dem Freizeichen des Anrufs durch das Telefon an meinem Ohr lausche. Auf meine mittlerweile zahlreichen Mailanfragen habe ich lediglich vorgefertigt klingende Absagen erhalten. Nicht einmal für ein kurzes Telefonat hätte der russische Geschäftsmann Zeit. Nachdem ich mir eine weitere Rüge von meinem Oberarzt erhalten, weil ich die Suche entgegen seiner Anweisung nicht beendet habe, liegt die Entscheidung mein Ziel stillschweigend weiterzuverfolgen, auf der Hand.

Am anderen Ende der Leitung ertönt eine hohe Stimme, die sich mir als Svetlana vorstellt und erläutert, dass sie die Sekretärin von Mr. Markov in dessen Vorzimmer ist. Schnell switcht mein Gehirn ins Englische um und stellt sich als Fachärztin der Chirurgie an der Charité vor, die sich mit Mr. Markov über sein Sponsoring für das Therapiezentrum in der Nähe von London unterhalten möchte. Mein Telefon fest ans Ohr drückend bete ich, dass die Sekretärin mich für ein kurzes Gespräch durchstellen wird. Leider werden meine Gebete nicht erhört, denn die piepsige Stimme von Svetlana steigt, falls möglich, um eine weitere Oktave.

Sie kreischt eine übertriebene Tirade über Nikolai Markov und seinen Zeitplan in den Hörer und macht deutlich, wo ich mir meine Anfrage hinschieben kann. Im nächsten Moment ist die Leitung tot, ich bleibe mit verdatterter Miene zurück und frage mich, ob ich mich auf einen Hörsturz untersuchen lassen sollte.

Den restlichen Tag rufe ich mehrmals bei unterschiedlichen Telefonnummern der Markov IE Corporation an in der Hoffnung, jemand anderen als Svetlana sprechen zu können. Allerdings werde ich im Endeffekt wiederholt zu ihr durchgestellt, wodurch jedes Gespräch mit einem Schrei ihrerseits und dem Aufknallen des Hörers auf das Festnetztelefons endet. *Eine seltsame Wahl für die Besetzung der Stelle als eine Sekretärin.*

Abends spüre ich die Erschöpfung der letzten Tage deutlich, mein Rücken schmerzt, mein Kopf brummt und ich fühle mich ausgelaugt, als ich meine Arbeitstasche zu Hause neben dem Schränkchen im Flur abstelle. Die Schuhe von den Füßen streifend hänge ich meine Jacke an die Garderobe und mache es mir mit angewinkelten Knien auf der Couch bequem.

Bevor die Gefühlsmischung aus Müdigkeit und Niedergeschlagenheit mich zu übermannen droht, schüttle ich entschlossen den Kopf und ziehe den Laptop auf meinem Schoss. Zügig öffne ich einen weiteren Tab im noch geöffneten Internetbrowser und beschließe, alles auf eine Karte zu setzen.

»Wenn der Berg nicht zum Propheten kommt ...«, zitiere ich laut und gebe meine Kreditkartendaten ein, um einen Flug nach London zu buchen. Ich entscheide mich für ein kleines Handgepäckstück, denn mein Aufenthalt wird nicht wirklich lange dauern. Ich mache ja keinen Urlaub im eigentlichen Sinne, aber ich gebe mir eine Woche Zeit, um Spielraum für einen Termin mit Mr. Markov zu haben.

Die Werte der Zwillinge haben sich stetig minimal verbessert, weshalb bei Emilio das ECMO-Gerät entfernt wurde. Wir befinden uns auf einem guten Weg, sodass klar ist, wie wichtig eine Anschlusstherapie für die Zwillinge ist. Voller Hoffnung logge ich mich im Mitarbeiterportal der Charité ein und beantrage für die gesamte nächste Woche Urlaub. Das einzig Positive an der Ermahnung meines Oberarztes ist, dass er mir nahegelegt hat, meine zahlreichen Überstünden abzubauen. Stolz auf mich selbst überprüfe ich die Buchungsbestätigung des Fluges und klappe zufrieden den Laptop zu.

Ich kann nicht sagen, woher diese plötzliche Zuversicht in meinem Herzen kommt, doch ich glaube fest daran, dass mir diese Sache gelingen wird. Etwas anderes bleibt mir vermutlich auch nicht übrig, denn es ist der letzte Strohhalm, an den ich mich anstelle dieser kleinen Kinder klammern kann.

Völlig übermüdet schleppe ich mich zum Zähneputzen ins Badezimmer und anschließend in mein Bett. Ein letzter Gedanke durchbricht die Schwärze, in die ich langsam drifte. *Was ist Nikolai Markov wohl für ein Mensch und wird er mir helfen oder mich wie seine Sekretärin abweisen?*

Kapitel 3

Magdalena

»Verfluchte Scheiße«, murmle ich, während ich mit hinter dem Rücken verschränkten Händen im Zimmer unruhig auf und ab tigere. Kaum zu fassen, aber der überdimensionale Gorilla hat mich nach diesem verdammten Gespräch einfach erneut gepackt, in dieses Zimmer getragen und mich dort wortlos abgestellt. Na ja, nicht ganz ohne Worte. Denn in einem knappen Befehl hat er mich angewiesen, hier zu warten, bis er mich abholt, da ich in ein anderes Zimmer umziehen werde. Ein eiskalter Schauer läuft mir den Rücken hinunter, wobei mich eine bösartige Vorahnung beschleicht.

Sein Eigentum. Was wird das für mich bedeuten?

Man darf mich nicht falsch verstehen, ich stelle mich schon mein gesamtes Leben lang selbst hinten an. Vielleicht ist es eine schlechte Angewohnheit, die ich aus meiner Kindheit und Jugendzeit übernommen habe. Dabei liegt es nicht daran, dass ich keinerlei Ambitionen im Leben habe. Im Gegenteil, ich bin von dem Moment an zielstrebig meinen Weg gegangen, als mir klar geworden ist, dass der Beruf der Ärztin mein Schicksal ist. Möglicherweise trägt die Tatsache, dass ich so mein Helfersyndrom täglich befriedigen kann, einen großen Teil dazu bei, diesen Beruf von Herzen zu lieben. Aber da ist der Punkt, der mich aus meiner Sicht für die Gesellschaft wertvoll macht: meine Fähigkeit, alles zu geben, um Menschenleben zu retten. Was mit mir selbst geschieht, hat nie eine große Rolle gespielt. Dennoch würde ich mir wünschen, dass er es schnell hinter sich bringt, wenn er vorhat, mich umzubringen.

Erneut erfasst mich dieses unerträgliche Gefühl, welches mich während des Gesprächs zum Zittern gebracht hat. Zum Teufel, ich kann es einfach nicht deuten. Ich kann mich nicht daran erinnern, mich jemals so gefühlt zu haben. Es war der Moment, als Mr. Markov – Nikolai – seine Fingerspitzen unter mein Kinn gelegt und unsere Blicke sich getroffen haben. Seine Präsenz schien meine Seele zu durchdringen, als hätte es nur ihn und mich in diesem Moment gegeben. Es ist schier unmöglich gewesen, mich von ihm abzuwenden. Ich bin einfach nicht dazu in der Lage, mir mein eigenes Verhalten zu erklären. Selbstverständlich lässt sich nicht leugnen, dass Nikolai gut aussieht. Vielleicht ist er sogar der schönste Mann, den ich je gesehen habe, rein optisch selbstverständlich. Jedoch bin ich der festen Überzeugung, dass Schönheit zum größten Teil von innen kommt. Ein freundlicher, aufrichtiger Charakter mit emotionalem Tiefgang ist so viel wichtiger als ein vergängliches, aphrodisierendes Äußeres.

Verräterischerweise beginnt beim Gedanken an seinen Anblick mein Herz zu rasen, mein Puls beschleunigt sich, sodass ich mein Blut in den Ohren rauschen höre. Meine Sicht verschwimmt, ich greife nach dem nächstbesten Möbelstück, um nicht zusammenzubrechen. Eisblaue Iriden, die sich in mein Gedächtnis eingebrannt haben, tauchen lebhaft in meiner Vorstellung auf. Sie sind so kristallklar wie das Wasser der Südsee. Doch der Ausdruck, der in ihnen liegt, bohrt sich beißend in meine Seele und versucht, mein Blut gefrieren zu lassen.

Nicht nur eisblau, sondern auch eiskalt.

Nikolai Markov ist kein Mann, mit dem man lustige Spielchen spielt. Nein, er nimmt sich, was er will und er verliert niemals. Nicht einmal die Kontrolle über sein Gegenüber. Mein Atem geht flach, nur noch stoßweise.

Mein Verstand zeigt mir eine Szene, der ich nicht widerstehen kann: Lichtblaue Augen, die sich mit meinen verbinden. Eine sanfte Bewegung seiner männlichen Hand mit den schlanken Fingern, die durch meine blonden Haare gleiten. Den Mund zu einem sexy Lächeln verzogen, beugt Nikolai sich zu mir herab. Ich kann sein Aftershave riechen, sein Duft passt perfekt zu ihm. Maskulin, dunkel und hochgradig verführerisch. Seine vollen Lippen streifen meine Wange, als er sich mit gehauchten Küssen seinen Weg zum rechten Ohr bahnt. Das Nächste, was ich auf mir spüren werde, ist er. Meine Hände wandern wie von allein an meinem Körper hinab. Sanft streiche ich über mein Shirt, liebkose meine längst empfindlichen Brüste, die sich sehnsüchtig gegen die Schalen des BHs drücken. Völlig hypnotisiert kann ich sein Lächeln an der Muschel meines Ohres spüren, während er den Mund öffnet und –

»Miss?« Eine tiefe Stimme mit starkem russischem Akzent unterbricht meinen gedanklichen Soft-Porno.

Erschrocken flattern meine Lider auf, von denen ich nicht weiß, wann ich sie geschlossen habe. Die Situation überwältigt mein Gehirn, sodass sich die Welt dreht wie ein wild gewordenes Karussell. Ich verliere das Gleichgewicht und lande unsanft und wenig lady-like auf dem Hintern. Niemand fängt mich auf.

Nach einigen Minuten schaffe ich es, mein Herz zu beruhigen. Meine Sicht wird wieder klar.

Im Zimmer stehen die Gebrüder Gorilla und grinsen um die Wette. *Ob sie wohl einen sprachlich korrekten Satz formulieren können?*

»Na ja, Miss. Dumm würde ich uns nicht gerade nennen. Wir sprechen beide mehrere Sprachen und der große Gorilla hier hat einen Harvard-Abschluss in Wirtschaft«, antwortet mir der kleinere der beiden Männer, wobei mir klar wird, dass ich meinen Gedanken laut ausgesprochen haben muss. Klein ist hier auch eher relativ, denn der Mann ist sicherlich ebenfalls an die zwei Meter groß.

»Ich-äh ... Es tut mir leid, das war wirklich unhöflich von mir, aber zu meiner Verteidigung: Sie haben sich mir noch nicht vorgestellt!« Patzig verschränke ich die Arme vor der Brust. Eigentlich bin ich kein nachtragender Mensch. Aber der eine lacht mich konstant aus und der andere trägt mich herum, wie ein Püppchen, oder schlimmer, einen Sack Kartoffeln.

»Tut mir leid, Sie erneut enttäuschen zu müssen, Miss, aber wir haben uns Ihnen bereits am Flughafen vorgestellt. Ich bin Anatoli und der Große hier ist Art-jom.« Der Zwillingsbruder ohne Harvard-Abschluss schenkt mir ein strahlendes Lächeln, wodurch ich mich nur noch schlechter fühle, denn bei genauerer Überlegung haben die beiden das wirklich getan.

Mutlos lasse ich meine Schultern sinken. Ich habe in diesem Haus wahrhaftig keinen guten Start. *Haus? Ach was, ich habe in diesem Land keinen guten Start.*

Eine überdimensionale Hand schiebt sich in mein verwirrtes Blickfeld, weshalb ich gezwungen bin, den Kopf in den Nacken zu legen und nach oben zu sehen. Artjom bietet mir charmant eine Gelegenheit zum Aufstehen an. Vorsichtig ergreife ich seine Hand, in welcher meine wie die eines Kindes wirkt. Für einen Moment betrachte ich die zierlichen, blassen Finger in seiner Pranke. Seine sind schwielig und zeugen von harter körperlicher Arbeit, selbst seine Fingerglieder wirken muskulös.

Nachdem er mich empor gezogen hat, zieht er sich so flüchtig zurück, dass man meinen könnte, er hätte sich an mir verbrannt.

»Es tut mir leid, ich möchte mich bei Ihnen beiden entschuldigen. Bitte nennen Sie mich doch Magdalena oder Magda, wenn Sie möchten. Schließlich bin ich nicht hier, um Ihnen Schwierigkeiten zu bereiten, ich bin ja nur Gast.« Ich verabscheue das leichte Zittern in meiner Stimme, während ich die Sätze spreche.

In Wahrheit macht mir diese ganze Situation deutlich mehr Angst, als ich jemals zugeben würde.

»In Ordnung, dann Magdalena. Bist du bereit?« Wieder ist es Anatoli, der spricht. Sein Bruder schnappt sich meinen noch geschlossenen Koffer. Anschließend verlässt er genauso lautlos das Zimmer, wie die beiden es eben betreten haben. Anatoli gibt mir mit einer Handbewegung zu verstehen, dass ich ihm einfach folgen soll.

Sodann passieren wir mehrere Gänge und kommen an Dutzenden Türen vorbei. Zahlreiche hohe Flügelfenster reihen sich in regelmäßigen Abständen aneinander. Zum ersten Mal nehme ich mir Zeit, meine Umgebung richtig zu betrachten und sauge förmlich alles in mir auf. Es handelt sich hier nicht um ein bloßes Haus, sondern ein Anwesen, welches einer luxuriösen Villa gleicht. Die Böden sind in dunklen Holztönen gehalten. Die farblich passenden hellen Akzente der Wände wirken modern und zeitgemäß, trotz der vielen Kunstgegenstände, die auf Beistelltischen drapiert sind. Die englische Architektur, die ich auf das 18. Jahrhundert schätze, ist an allen Ecken deutlich zu erkennen, dennoch wirkt alles sehr modern. Draußen ist es bereits dunkel, weshalb mir ein Blick auf die Umgebung der Villa verborgen bleibt.

»Wie du bereits sagtest, du bist hier Gast. Ich denke, morgen wird es genügend Gelegenheit geben, die Gärten zu erkunden. Mit einer Wache an deiner Seite versteht sich.« Anatoli muss meinen leisen Seufzer aufgeschnappt haben, denn er schenkt mir ein warmes Lächeln. Ohne erkennbaren Grund fühle ich mich in seiner Gegenwart deutlich ruhiger als bei Nikolai Markov. Womöglich liegt es an seiner gelassenen, offenen Ausstrahlung. Es ist nahezu eine einladende Aura, die von ihm ausgeht, und mir ein seltsames Gefühl der Sicherheit vermittelt.

Vielleicht liegt es auch daran, dass du von ihm keine schmutzigen Fantasien hast!, verhöhnt mich eine Stimme in meinen Gedanken. Errötend schüttle ich den Kopf, um die Verruchtheit zu vertreiben.

Wir erreichen eine hölzerne Doppeltür am Ende des Gebäudeflügels, die Holzdielen sind mittlerweile mit rotem Teppich ausgelegt, welcher das Geräusch unserer Schritte verschluckt.

Artjom klopft mit der Faust an die Tür, bevor er eintritt, ohne eine Antwort abzuwarten. Stumm folgen Anatoli und ich ihm. Allerdings bleibt mir beim Anblick des Interieurs der Mund offenstehen. Es erstreckt sich eine weitläufige Suite vor uns, auch sie ist in dunklen, klassischen Tönen gehalten. Beinahe schwarzes Holzparkett, welches von einer Holztäfelung in helleren Nuancen an der Wand abgelöst wird. Dennoch wirkt der Raum nicht traurig oder gar düster, da graue, weiche Teppiche an zentralen Stellen wie unter dem Bett, der Couchlandschaft und um den Schreibtisch herum für eine angenehme Atmosphäre sorgen.

Ein Pfiff, gefolgt von einer sich öffnenden Seitentür, unterbricht auf rüde Art und Weise meine Begutachtung. Verwundert drehe ich mich in Richtung des Geräuschs und werde prompt vom nächsten Schock überrollt. Nikolai steht, mit nichts weiter als einem Handtuch und einem entwaffnenden Grinsen bekleidet, hinter mir. Das Handtuch ist um seine Hüften geschlungen und gibt damit einen atemberaubenden Blick auf seine durchtrainierte Brust frei. Bunte Tattoos zieren seine Oberarme und schlängeln sich über seine Brustmuskulatur. Sie zeigen verschiedene Motive. Bei meiner Begutachtung bleibe ich an einem sternförmigen Symbol hängen, welches Nikolai an beiden Schultern trägt. Es kommt mir furchtbar bekannt vor, allerdings kann ich es in diesem Augenblick nicht zuordnen.

Aufgrund meiner gedanklichen Versunkenheit merke ich nicht, dass Nikolai und die beiden Brüder sich offenkundig amüsiert auf Russisch unterhalten haben. Erst als der blonde Adonis direkt vor mir stehen bleibt, schrecke ich auf, wobei ich einen quietschenden

Schrei von mir gebe. Peinlich berührt wende ich meinen Blick ab und starre zu Boden. Auf keinen Fall möchte ich, dass dieser arrogante Mistkerl realisiert, dass ich wie eine Jungfrau in Nöten beim Anblick seines Oberkörpers errötet bin.

Tja Süße, wenn du wenigstens nur errötet wärst. Dein bereits durchtränkter Slip spricht eine ganz andere Sprache, hallt Chiaras belustigte Stimme durch meinen Verstand. Im letzten Moment kann ich verhindern, nicht laut: *Halt die Klappe!* zu sagen. Ich beiße mir fest auf die Unterlippe. *Reiß dich zusammen, Magdalena!*

»Ich schätze, hier muss ein Irrtum vorliegen. Das ist offensichtlich Mister Markovs Zimmer.« Ich unterstreiche meine Aussage mit einer unnötigen Geste und lasse diese dann zurück an meine Seite fallen. Womöglich hätte mir diese Tatsache bereits vorher auffallen sollen, denn wieso sollte Artjom an die Tür eines augenscheinlich leeren Zimmers anklopfen?

Da ist sie wieder, die böse Vorahnung von vorhin. Egal, wer als Nächstes sprechen wird, das Gesagte wird mir auf keinen Fall gefallen. Erneut schaudere ich, reibe mir schuldbewusst mit den Handflächen über die Arme. Der Raum ist angenehm warm und trotzdem habe ich das Gefühl, im russischen Winter ohne Jacke unterwegs zu sein.

»Was hast du erwartet, Koschka? Du bist mein Eigentum! Ich behalte gern in der Nähe, was mir gehört. Du wirst in diesen Räumen alles finden, was du benötigen könntest. Und jetzt sei so lieb und zieh dich aus, damit ich begutachten kann, welche Ware ich gekauft habe.« Der Sanftmut in seiner Stimme täuscht keine Sekunde über die brutale Aussage hinweg. Schlagartig wird mir klar, dass ich jegliche Eigenschaft als menschliches Wesen in seinen Augen verloren haben muss, als ich diesen Deal eingegangen bin. Er kann jederzeit alles mit mir anstellen und zwar im wahrsten Sinne des Wortes: Alles!

Stürmische Panik steigt in mir auf, reflexartig weiche ich vor ihm zurück. Verschwunden ist der Hauch von Erregung, den ich noch wenige Sekunden zuvor verspürt habe. Allein meine durch den Krankenhausalltag gestählten Nerven verhindern, dass ich wie ein kopfloses Huhn in eine Panikattacke verfalle. Langsam und Schritt für Schritt ziehe ich mich von Nikolai zurück, in der kleinlichen Hoffnung, er würde es nicht bemerken. Meine Enttäuschung ernüchtert mich augenblicklich, indem er mir auf dem Fuß folgt. Geschmeidig wie eine Raubkatze bewegt er sich lautlos in fast unmerklichen Bewegungen auf mich zu. Pure Verzweiflung steigt in mir empor, erfüllt meinen Geist und Körper, angsterfüllt blicke ich mich um. Anatoli und Artjom haben ihren Platz an der Tür nicht verlassen. Mir ist klar, dass sie mich nicht retten werden. Nikolai ist schließlich ihr Boss.

Einen Versuch ist es dennoch wert. Ich sehe Anatoli, der der Weichere von beiden zu sein scheint, flehend an. Der Russe schüttelt stumm den Kopf und zerstört damit meine letzte Hoffnung, hier rauszukommen. Seine Geste hat etwas Trauriges an sich, weiter vermag ich sie nicht zu deuten.

Plötzlich wird mir ein Detail klar: Es ist meine Pflicht und Teil des Deals, diese nun zu erfüllen. Ich habe diesen Regeln zugestimmt. Mein Herz schlägt heftig gegen meine Rippen, so als wolle es aus dem Brustkorb herausspringen. Mit zitternden Händen greife ich nach oben an das Revers meiner Bluse. Knopf für Knopf öffne ich mit fahrigen Fingern mein Oberteil, um mich vor meinem neuen Eigentümer zu entblößen. Mein Kopf zuckt zu den Zwillingsbrüdern herüber, die weiterhin an der Tür verharren. Anschließend wende ich mich seufzend erneut Nikolai zu.

Unerwartet hebt dieser die Hand und signalisiert den beiden den Raum zu verlassen, welchem sie auch unverzüglich nachkommen. Erstaunlicherweise kann ich aufatmen, nachdem sie gegangen sind, so muss ich mich nicht vor drei Männern gleichzeitig nackt präsentieren. Inzwischen ist Nikolai nähergetreten. Wie eine Raubkatze, die zum Sprung auf ihre Beute ansetzt, pirscht er sich an mich heran.

Was wird er zu meiner knochigen, unansehnlichen Gestalt sagen? Wird er den Deal rückgängig machen, wenn er erkennt, dass ich keine körperlichen Vorzüge besitze, um einen Mann ausreichend zu befriedigen? Wird er sich vor mir ekeln, wenn er die Narben auf meinem Rücken sieht?

Tausende Gedanken rasen durch meinen Kopf, sodass ich erst erkenne, dass er mich mit seinem kleinen Verfolgungsspielchen an die Wand getrieben hat, als es zu spät ist. Muskulöse Arme kesseln mich ein, während ich mich mit einem atemlosen Keuchen versuche, weiter zurückdränge. Es gibt kein Entrinnen, ich bin ihm hier und jetzt ausgeliefert. Zumindest so lange, bis er genug von mir hat. Ich will mir gar nicht erst ausmalen, was dann passiert.

»Ganz ruhig, Ptichka. Immer schön atmen. Tief einatmen, Luft anhalten und dann langsam ausatmen. Wir wollen doch nicht, dass du uns in unserer ersten gemeinsamen Nacht ohnmächtig wirst.« Der Samt in seiner Stimme umgarnt mich erneut, bis seine in Stein gemeißelten Worte kraftvoll zu mir hindurchdringen.

»Scheusal.« Das Wort rutscht über meine aufgesprungenen Lippen, bevor ich es zurückhalten kann. In Zeitlupe läuft Nikolais Reaktion vor mir ab. Innerhalb von Millisekunden, die auch Tage hätten sein können, presst sich sein Körper gegen meinen. Ich kann die Härte zwischen seinen Beinen deutlich an meinem Bauch spüren. Diese kleine Show hat diesen furchtbaren Mann wahrhaftig erregt. Zu meiner Schande muss ich mir den Hauch heißer Unvernunft, der sich glühend zwischen meinen Schenkeln sammelt, ebenso eingestehen. Vermutlich dreht mein Körper nun völlig durch.

Ehe ich dazu komme, mich innerlich zur Ordnung zu rufen, spricht Nikolai bereits. »Scheusal? Kätzchen, jetzt hör mir mal genau zu. Ich habe heute Nacht einen ganzen Batzen Geld verloren. Und alles nur, weil ich den unerklärlichen Wunsch verspüre, dir zu geben, wonach dir der Sinn steht. Was glaubst du, kostet es, aus dem Nichts zwei Therapieplätze Deluxe zu schaffen? Jetzt nennst du mich Scheusal, weil ich zu sehen verlange, was ich mir für teuer Geld erkauft habe?«

Vor mir liegt die Situation, die mich vorhin in meinem Tagtraum aus den Fugen der Realität gehoben hat. Nikolais Lippen positionieren sich direkt an meinem Ohr. Doch haucht er keine süßlichen Worte, sondern knurrt mich an, wie ein wildes Tier, das zum Kampf bereit ist. Mein Verstand rattert, verbissen suche ich nach einer klugen Antwort. Wieder muss ich mir eingestehen, dass er recht hat.

Wir haben einen Deal, rufe ich mir ins Gedächtnis. So beginne ich tief einatmend meine Bluse weiter aufzuknöpfen und streife sie mit einer leichten Bewegung von den Schultern, als ich damit fertig bin. Im nächsten Moment möchte ich nach hinten zu meinem BH greifen, um auch diesen für meine Zurschaustellung abzulegen. Jedoch legt Nikolai seine Hand auf meine und umschließt sie.

»Erst die Hose?«, frage ich verwundert. Ich hasse das Beben in meiner Stimme, denn ich will nicht, dass er weiß, welche verwirrende Wirkung er auf mich hat. Diese Mischung aus Angst, Panik, Adrenalin und Verlangen droht mich tief aus dem Innersten heraus zu verschlingen.

»Nein, schon gut. Hör auf, dich auszuziehen. Du warst tapfer genug. Weißt du, ich bin ein Mann von Ehre. Vermutlich ein bösartiger Mann, aber ich habe einen Ehrenkodex und diesen halte ich ein. Niemals würde ich mich mit einer Frau gegen ihren Willen vergnügen. Auch wenn sie noch so schön und verführerisch ist.« Im Gegensatz zu seinen Worten drängt er sich jedoch vorwärts und presst sich enger an mich. Durch das Handtuch fühle ich seine steinharte Erregung.

»Natürlich weiß ich, dass du mich willst, Vögelchen, aber ich will, dass du es sagst. Du sollst mich darum anflehen, dich endlich zu berühren und zu ficken. Ich werde warten, bis du mich darum bittest. Denn ich weiß, du wirst es früher oder später tun. Allein der Geruch deiner Nässe verrät dich. Wenn ich jetzt meine Finger in dein Höschen schieben würde, würde deine klitschnasse Muschi mich willkommen heißen. Stimmt's oder habe ich recht?« Mit diesen Worten stößt Nikolai sich von der Wand ab, dreht sich um und durchquert den Raum hin zur gegenüberliegenden Tür.

Bevor er die Tür hinter sich verschließt, macht er eine einladende Handbewegung in Richtung der Seitentür, aus welcher er vorher getreten ist. Wahrscheinlich führt sie zum angrenzenden Badezimmer.

»Geh duschen, Kleines. Keine Angst, ich bin noch hier, wenn du zurückkommst. Ach ja, und bevor ich es vergesse, es gibt nur dieses eine Bett und ich schlafe im Übrigen nackt.«

Die Tür wird beinahe lautlos ins Schloss gezogen, doch für mich klingt es wie ein Schuss, der meine umher wirbelnden Gedanken sprengt, als ich allein und halb ausgezogen zurückbleibe.

KAPITEL 4

Nikolai

Wenige Tage vor Magdalenas Ankunft in London

Die goldene Nachmittagssonne scheint mir warm in den Nacken, während ich grübelnd über den Finanzen meines Unternehmens sitze. Nicht über den Etats der Corporate, dafür habe ich eine ganze Abteilung, die sich mit der Buchhaltung und dem Rechnungswesen beschäftigt. Nein, ich brüte über den Einkünften unserer letzten Lieferungen. Es ist nicht gelogen, wenn die Leute behaupten, ich wäre ein Geschäftsmann. Nur wissen die meisten Menschen nicht, dass die Bezeichnung: *Russischer Geschäftsmann* ein unterschwelliger Code für hochrangige Bratva-Funktionäre ist. Natürlich bin ich in erster Linie ein Pakhan, das Oberhaupt der Mafiafamilie Markov. Aber das sind keine Begriffe, mit denen ich hausieren gehen würde. Die Markov-Bratva ist eine der einflussreichsten russischen Familien aller Zeiten. Wir agieren weltweit und haben uns bereits einige kleinere Clans einverleibt, deren Treue ich mir schwören ließ. Die legalen Geschäfte betreibt meine Familie seit vielen Jahren in den verschiedensten Sektoren der Wirtschaft. Wir sind Investoren, haben Anteilen an Aktiengesellschaften, Banken und vergeben Kredite. Die *Markov IE Corporation*, welche mit anderen Holdings der Markov-Group verflochten ist, beschäftigt sich vorwiegend mit dem Im- und Export von Waren. Über die Corporation betreiben wir unsere Schattengeschäfte, den Drogen- und Waffenhandel. Im Gegensatz zu anderen Familien kontrollieren wir jedoch penibel, wo unsere Ware landet und im Rahmen unserer Möglichkeiten auch, wer sie nutzt.

Ein starkes, taktvolles Klopfen ertönt an der Tür meines Arbeitszimmers. *Dima*, denke ich und weiß anhand des Klopfzeichens, dass ihn etwas aufgebracht hat. Die meisten meiner Leute begleiten mich seit meiner Kindheit. Es war mein Vater, der es bevorzugte, dass meine spätere Gefolgschaft an meiner Seite aufwuchs. Er wusste, sie würden mich wahrscheinlich weniger betrügen, wenn wir uns unser gesamtes Leben kennen würden. Mein Vater – Gott hab ihn selig – war ein überaus guter Mann. Er reformierte viele Dinge in unserer Bratva und machte meine Familie damit zu einer der ehrwürdigsten.

»Входите! Komm rein!«, rufe ich und muss darüber schmunzeln, dass Dima in den letzten zehn Sekunden Wartezeit vermutlich einen Schweißausbruch erlitten hat. Ich tippe darauf, dass er mal wieder etwas entdeckt hat, was für ihn eine dramatische Sicherheitslücke darstellt und dabei in Wirklichkeit eine Banalität ist. Es dauert nicht lange und mein persönlicher Hacker und IT-Spezialist taucht vor meinem Schreibtisch auf. Dimitri – Dima – Sidorov wischt sich erleichtert mit einer abgehackten Bewegung den Schweiß von der Stirn.

»Boss, wir haben ein Problem. Also, kein wirkliches Problem, eher eine kleine Unannehmlichkeit, aber ich dachte, du möchtest das hier sehen.« In einer abgehackten Bewegung schiebt er mir eins seiner zahlreichen Tablets über den Tisch. Auf dem Bildschirm ist das Foto einer blonden, jungen Frau mit Augen so grün, dass sie mir wie Smaragde entgegen leuchten. Sofort zieht mich ihr zauberhaftes Lächeln in ihren Bann, sodass ich nicht anders kann, als auf das Porträt zu stieren. Sie ist wunderschön, wirkt so friedlich, einfach vollkommen. Ein Szenario erwacht in meiner Vorstellung zum Leben: sie, nackt unter mir, während sich ihr seidiges, goldenes Haar über meinem Kopfkissen auffächert. Ihre Wangen sind gerötet, ihre Lippen von meinen wilden Küssen geschwollen und ihr Mund zu einem erotisch anmutenden *O* geformt. Während ich hart in sie stoße, sie ausfülle und ihren Körper von einem Orgasmus in den nächsten treibe. Etwas Giftiges steigt in mir auf, als sich mir die Frage aufdrängt, ob sie einem anderen Mann gehört.

Ich muss sie haben!

Ein dezentes Räuspern holt mich zurück in die Gegenwart. Schnell schlucke ich, fahre mit der Hand unter den Tisch, um meinen halbharten Schwanz zur Räson zu bringen. Bevor ich erneut zu Dima aufschaue und ihm mit gehobener Augenbraue signalisiere, dass er weitersprechen soll.

»Wie du weißt, Boss, ist die Presse immer sehr interessiert an deinem Privatleben. Ich hielt es für klug, einen Köder auszuwerfen, um zu überprüfen, wer diese Artikel liest und womöglich versucht, sich über dich zu informieren. Also habe ich zusätzlich einen gefälschten, biografischen Zeitungsbericht auf einer der Subdomains der Corporate angelegt. Auf dieser gefälschten

Website befindet sich hinter dem Cookie-Banner ein versteckter, automatisierter Downloadlink, der sich, egal, was man anklickt, im Hintergrund einen sogenannten Tracker-Virus aktiviert ...« Dima unterbricht sich selbst, als er meinen verständnislosen Gesichtsausdruck bemerkt. Mein technisch hochbegabter Freund verliert sich oft in diesen Details, weshalb ich froh bin, dass es ihm mittlerweile auffällt, wenn ich den Faden verloren habe. »Ihr Name ist Dr. Magdalena Lehmann.«

Zügig wischt Dima ein paarmal auf dem Gerät herum und zeigt mir Screenshots von dem Buchungsvorgang des Flugs. Dort kann ich ihre vollständigen Daten, einschließlich ihrer Kreditkarteninformationen einsehen. Diese interessieren mich allerdings einen Scheißdreck. Ich brauche ihr Konto nicht leerzuräumen, ich bin stinkreich.

»Warum zeigst du sie mir? Hier steht, sie ist Chirurgin an der Charité in Berlin. Sie wird wohl kaum eine Killerin sein, die man auf mich angesetzt hat. Oder tarnen sich die Auftragsmörderinnen neuerdings als Ärztinnen?« Ich grinse ihn an, versuche zu überspielen, dass mich ihr Abbild immer noch verfolgt. Sie ist einfach zu schön für diese Welt.

»Nein, Pakhan, ich zeige sie dir, weil sie gefühlt hundert Mal in unserem Büro bei der Corporate angerufen und noch mehr E-Mails geschrieben hat. Meine Anfrage bei Baba Jaga, äh, ich meine Svetlana ...« Sein Gesicht verfinstert sich dramatisch, als er den Namen meiner Sekretärin ausspricht, die unter den Jungs nur als russische Märchenhexe Baba Jaga verschrien ist. Eine Figur aus dem bekanntesten Kindermärchen meiner Heimat. Jedes Kind fürchtet die alte Hexe, die in den Märchenfilmen meistens in Wahrheit von einem Mann gespielt wird, und tief im Wald in einem Hexenhaus wohnt, das auf zwei Hühnerbeinen steht. In unserer Kindheit haben die Romanov-Brüder und ich uns den Märchenfilm *Väterchen Frost* jedes Jahr am Morgen des siebten Januar gemeinsam angesehen. Nach dem Tod meiner Eltern bei einem tragischen Autounfall haben wir diese Tradition wieder aufleben lassen. Zwar hat Svetlana keine Stimme wie ein alter Mann, der sein ganzes Leben lang geraucht hat, aber sie ist bösartig, wie die runzlige Märchenhexe aus dem Haus auf zwei Hühnerbeinen. Anatoli scherzt seit Jahren darüber, dass auf ihrem Firmenparkplatz kein Mazda-Cabrio stehen müsste, sondern ein Besen. Nur die wenigsten wissen, dass ich sie nur eingestellt habe, weil sie nie jemanden durchstellt und stets übel gelaunt ist. Außerdem habe ich nicht das geringste Bedürfnis, sie zu vögeln.

Dima räuspert sich. »Meine Anfrage ergab, dass sie unbedingt einen Termin bei dir haben will, allerdings niemandem sagt weshalb. Ich fand die Tatsache verdächtig, dass sie sich mit Svetlanas Absagen nicht zufriedengegeben hat, sondern nachdem sie dich gefunden hatte, einen Flug gebucht hat. Aus diesem Grund habe ich ihre Aktivitäten beobachtet.«

Anerkennend nicke ich. »Das war wirklich überaus klug von dir. Informiere bitte die Brüder Romanov über die Ankunft unseres Gastes. Sag ihnen, sie sollen freundlich und vorsichtig sein. Wie es scheint, landet in ein paar Tagen fragile Ware.« Dima erwidert meinen amüsierten Gesichtsausdruck und will sich bereits abwenden, um mich mit der Arbeit allein zu lassen, als ich hinzufüge: »Übrigens, besorg mir jegliches Bild- und Videomaterial von ihr, was du finden kannst. Meinetwegen richte mir einen Zugang zu ihrer Webcam ein. Ich will wissen, mit wem ich es zu tun habe.«

Wir bemerken beide, dass meine Begründung lächerlich ist, aber er wird kommentarlos tun, was ich anordne. Also verlässt Dima mit einem letzten Nicken mein Büro. Das Tablet hat er liegenlassen, auf ihm wird in gebotener Kürze der Zugang zu Magdalenas Webcam erscheinen, sollte sie eine nutzen.

Magdalena. Die russische Kurzform von Magdalena ist Alena. Es klingt so viel anmutiger und ihrer angemessen als die Langform. So schleicht sich dieser Name in mein Gedächtnis. *Was kann ich für dich tun, Alena?*

Heute

Ich bin ein verfluchtes Arschloch. Schwer atmend lehne ich mich mit dem Rücken gegen die Tür meines Ankleidezimmers. Ich kann nicht fassen, dass ich gerade beinahe die Kontrolle über mich selbst verloren hätte. Es ist nicht zu übersehen gewesen, wie sehr Alena mich eben gewollt hat. Ihre verdammte Erregung habe ich meilenweit gegen den Wind riechen können und ich bin so verflucht kurz davor gewesen, vor ihr auf die Knie zu fallen, um sie schmecken zu können. Vermutlich hätte sie sich mir sofort hingegeben, aber so läuft es nicht. Nicht in meiner Welt. Alena muss lernen, wo ihr Platz ist. Und zwar in der Rangfolge weit unter mir. Sie ist lediglich ein Spielzeug! Warum mache ich mir dann derartige Gedanken um ihr Wohlbefinden? Ich hätte sie übers Bett beugen und mich mit aller Kraft von hinten in ihrer nassen Pussy versenken können. Dann wäre endlich dieser massive Druck in meinen Eiern weg.

Mein Mund wird trocken, ich fahre mit der Hand über mein Gesicht und schlucke schmerzhaft bei dem Gedanken, mich bis zu den Eiern in ihrer feuchten Wärme zu verlieren. Natürlich erst nachdem ich sie bis zur Besinnungslosigkeit geleckt hätte, sodass sie sprudelnd auf meine Zunge gekommen wäre. Fast kann ich ihren honigsüßen Nektar in meinem ausgedörrten Mund schmecken.

»Черт! Scheiße!«, fluche ich. Frustriert reiße ich mir die frischen Boxershorts, die ich nach der Dusche angezogen habe, von den Hüften. Mein Schwanz ist so hart, dass ich damit jemanden erstechen könnte. Allein der Gedanke an dieses feenhafte, zierliche Wesen, das nur eine Tür weiter splitternackt unter der Dusche steht, während das warme Wasser in klaren Tropfen an ihrem atemberaubenden Körper hinab rinnt, macht mich rasend. Ich stöhne und werfe mich heftiger gegen die geschlossene Tür.

Für einen Moment spiele ich mit dem Gedanken, ins Badezimmer hinüberzugehen und sie heimlich beim Duschen zu beobachten. Ich könnte auch eine zweite Dusche mit ihr nehmen. Es wäre köstlich, sie unter dem stimulierenden Wasserstrahl der Regendusche gegen die Wand zu ficken.

Meine Hand beginnt in sanften, aber bestimmten Bewegungen meinen Schwanz zu streicheln. Mit geschlossenen Augen lasse ich dieses Bild von ihr für mich lebendig werden. Mit festerem Druck pumpe ich meinen Schwanz schneller in härteren Stößen.

Plötzlich ertönt im Hintergrund das Geräusch des rauschenden Wassers und meine letzte Barriere der Vernunft zersplittert in eintausend winzige Teile. Kurzerhand marschiere ich nackt, wie Gott mich schuf, aus dem Ankleidezimmer und öffne lautlos die Tür zum Badezimmer. Sie ist unverschlossen, es gleicht einer indirekten Einladung.

Langsam trete ich ins Badezimmer und schließe die Tür leise hinter mir, dann drehe ich den Schlüssel herum. Ich möchte bei der ausgiebigen Begutachtung von Alena nicht gestört werden. Zugegeben, mein Personal würde mit Ausnahme der Romanov-Brüder das Bad nie betreten, während ich darin bin. Das Monster in mir möchte dem Kätzchen lediglich die Flucht erschweren. *Es ist mein gutes Recht, mir anzusehen, was mir gehört*, sage ich mir. Ich wünschte, ihr Geist würde nicht leugnen, dass sie mich auch will. Ihr göttlicher Körper verrät sie, er singt zu mir, wie eine Opernsängerin auf der großen Bühne.

Entspannt lehne ich mich gegen das Waschbecken aus schwarzem Marmor, das gegenüber der offenen Dusche angebracht ist. Mein Schwanz ragt steif zwischen meinen Beinen empor, bereit, sich jederzeit in sie zu stürzen, sollte sie es wünschen.

Kein störendes Glas trennt uns, da die Dusche eine großzügige Ecke des Raumes einnimmt und im modernen Architekturstil lediglich an einer Seite einen schmalen, gläsernen Spritzschutz besitzt. Alena hat die Augen geschlossen und den Kopf in den Nacken gelegt, sodass ihr nasses, honigfarbenes Haar wie blonde Seide an ihrem Rücken herabfällt und ihn bedeckt. Stöhnend fährt sie mit den Fingern durch ihr Haar, dreht sich unter dem Wasserstrahl und ist mir nun zugewandt. Sie müsste nur die Augen öffnen, um den großen bösen Wolf zu erblicken, der in Begriff ist, sie zu verschlingen. Ihre kecken Brüste sind klein und handlich. Ihre Nippel ragen in einem wunderschönen Erdbeerton hervor. Sofort läuft mir das Wasser im Mund zusammen. Beinahe unwiderstehlich wird der in mir aufsteigende Drang, meine Lippen über ihre Brustwarzen zu stülpen, an ihnen zu saugen und mit den Zähnen zu necken, bis sie sich unter mir windet und um Erbarmen bettelt. Die goldenen Nippelklemmen, die ich in meinem Spielzimmer aufbewahre, würden wunderbar zu ihrem Haar passen. Meine Sinne erfassen ihren flachen Bauch, der nur eine kleine Wölbung an der Unterseite zeigt, und folgen dem Verlauf ihres Körpers hinab zu dem Objekt meiner unendlichen Begierde. Unterbewusst fällt mir auf, dass sie zu zierlich, zu schmächtig für eine Frau ihres Alters wirkt.

Gerade will ich mir die Frage stellen, ob sie wohl eine körperliche Vorgeschichte wie Bulimie oder Anorexie hat, da wird meine Aufmerksamkeit wie ferngesteuert ein Stück tiefer gelenkt und mir bleibt das Herz stehen.

Alena hat eine Hand zwischen ihre Beine geschoben und streichelt sich auf hypnotische Weise selbst. In langsamen Bewegungen gleiten ihre Finger zwischen ihre Schamlippen und liebkosen in kreisenden Gesten ihre Perle. Dann führt sie zwei Finger in sich ein, stöhnt und wirft den Kopf weiter in den Nacken. Dieser erotische Anblick reicht fast aus, um mich kommen zu lassen, ohne dass ich mich selbst berühre. Alenas andere

Hand gleitet über ihren Bauch hinauf zu ihren Brüsten, sie rollt ihre Brustwarze zwischen Daumen und Zeigefinger. Ich bin mir hundertprozentig sicher, dass ihre kleinen Himbeeren hart wie Kieselsteine sind und nur darauf warten, von mir vernascht zu werden. Sie beginnt die Hüften kreisen zu lassen, um die Stöße ihrer Finger vollständig auskosten zu können.

Alles, woran ich denken kann, ist, dass ich sie unbedingt kosten muss. Weshalb ich nicht erstaunt bin, als meine Beine sich von selbst bewegen und ich im nächsten Augenblick mit ihr gemeinsam unter dem Wasserstrahl in der Dusche stehe. Lauwarmes Wasser durchnässt meine Haare und rinnt in wohligen Strömen an meinem Körper hinab. Geschmeidig falle ich vor Alena auf die Knie, die kalten Fließen drücken sich in meine Knie, doch es ist mir egal. Sie stöhnt erneut, hat mich offensichtlich nicht bemerkt, genießt weiter ihre eigenen Berührungen. Völlig in ihrer Ekstase gefangen, reibt sie sich an ihrer Hand, wobei sie immer wieder verzweifelt aufstöhnt. Getrieben von der Jagd nach der sehnsüchtigen Erlösung stößt sie heftiger mit den Hüften gegen ihre Finger, doch ich kann spüren, dass es nicht genug ist.

Sanft lege ich meine Hand auf ihre und streichle mit dem Daumen kreisförmig über ihre nasse Haut. Langsam schlägt sie die Lider auf und grüne Smaragde schauen voller Erregung auf mich herab. Es liegt kein Schrecken in ihrem Ausdruck. Einzig und allein Verlangen ist sichtbar, als sie meinen nackten, tätowierten Körper betrachtet, wobei sie für einige Sekunden zu lange auf meinem erigierten Schwanz verweilt.

Sie will mich genauso wie ich sie.

»Koschka, lass mich dir Freude bereiten, bitte.« Meine Stimme bröckelt, während ich die Worte angespannt zwischen den Zähnen hervorpresse.

Werde ich in der Lage sein, aufzustehen und zu gehen, wenn sie es von mir verlangt?

Eine Zeit lang starren wir uns einfach nur an, stumm kommunizieren unsere Augen miteinander über ein Gefecht zwischen Verlangen und Vernunft. Mein Herz rast stürmisch in meiner Brust, schlägt unnachgiebig gegen meine Rippen und droht mich in zwei zu reißen, wenn sie mich abweist. Ein wachsender Teil von mir ist sich bewusst, dass ich durch unseren Deal jedes Recht habe, mir zu nehmen, was ich will. In Normalfall würde ich niemals zögern, zuzugreifen und mir zur Not gewaltsam zu holen, was ich meiner Ansicht nach verdiene. Mit Alena ist es anders, auch wenn ich nicht sagen kann, warum. Ich verweigere meinem Verstand Zugang zu dieser Diskussion, denn ich möchte diese Zeit nur genießen.

»Nikolai.« Ihr Lippen öffnen sich, als mein Name auf die lieblichste Weise von ihnen gleitet. Der Klang meines Vornamens aus ihrem Mund lässt mich beinahe mein Ehrgefühl vergessen und mich auf sie stürzen. Sie sieht verwirrt aus, da sich ihr Puls nach ihrer bereits gewonnenen Ekstase nur allmählich zu beruhigen scheint. In einer zögernden Bewegung will sie ihre Hand aus ihrer Position zwischen ihren Beinen zurückziehen, doch ich halte sie mit liebevollem Druck an Ort und Stelle und setze meinen erotischen Angriff fort. Unwillkürlich breitet sich erneut ein Schleier der Lust über ihrem anziehenden Gesicht aus. Vorsichtig verdränge ich ihre Hand und ersetze sie durch meine. Zunächst zaghaft streift mein Daumen über ihr Geschlecht. Sie entspannt sich merklich, nachdem ich meine Bemühungen intensiviere.

»N-N-Nikolai?« Ihre Stimme flattert und zeigt mir damit ihre innere Zerrissenheit.

»Keine Angst. Ich werde dir nur Vergnügen bereiten, es wird nur so weit gehen, wie du es möchtest. Alena, bitte!«, krächze ich. Meine Stimme ist rau und mein Mund trocken. Mir fällt nicht einmal auf, dass die kurze Koseform meine Gedanken verlassen hat und ich sie damit angesprochen habe. Ich werde sicherlich später wütend auf mich sein, weil ich so weich zu ihr bin. Sie ist mein Eigentum, ein Spielzeug, ich sollte sie einfach vornüberbeugen und so ficken, wie ich es will. Stattdessen knie ich hier, wie ein Weichei und liebäugle mit einer Frau, die ein Objekt für mich sein sollte. Doch es ist mir egal, ich will Alenas herrlichen Geschmack auf der Zunge schmecken, will das Gesicht zwischen ihren wohlgeformten Schenkeln vergraben und sie mit meinem Mund von einem Höhepunkt zum nächsten treiben.

Endlich öffnen sich ihr wundervollen Lippen erneut, ein leichtes Lächeln ziert ihr Gesicht und sie leuchtet schier vor Glückseligkeit. *Na warte, Kleines, nachher wirst du einen richtigen Grund haben zu strahlen.*

»Ja.«

Beinahe übertönt das Rauschen des Wassers das Hauchen ihrer Antwort.

Mein Herz stolpert. *Sie hat tatsächlich Ja gesagt.*

KAPITEL 5

Magdalena

Was zur Hölle ist los mit mir? Ich muss in den letzten zehn Stunden verrückt geworden sein. Das ist die einzige sinnvolle Antwort auf diesen Wahnsinn hier.

Innerhalb der letzten Stunden bin ich entführt und unter Drogen gesetzt worden, habe mich dann an einen arroganten Mistkerl verkauft, ihm das Recht eingeräumt, mich wie ein Objekt zu behandeln und zu nehmen, was ihm beliebt, wann es ihm beliebt. Jetzt stehe ich unter seiner Dusche und befriedige mich mit dem Gedanken an ihn selbst. Anschließend werde ich dann brav wie ein Haustier in seinem Bett schlafen. Natürlich hatte Nikolai recht damit, dass diese Szene mich bis aufs Blut erregt hat. Allein seinen heißen Atem an meiner Wange zu spüren, hat mich dazu gebracht, mein verflixtes Höschen zu durchnässen. Noch nie habe ich einen Mann getroffen, der solch eine Wirkung auf mich hatte. Deswegen habe ich einfach nicht widerstehen können, mich unter der Dusche selbst zu berühren. Meine Finger in mir reichen spürbar nicht aus, ich brauche mehr.

Schwer atmend schaue ich auf den blonden Schönling zu meinen Füßen herunter, sein Schwanz ragt deutlich zwischen seinen Beinen hervor. Mir läuft das Wasser im Mund zusammen. Instinktiv denkt mein

Verstand darüber nach, wie es sich anfühlen mag, wenn diese große, dicke Härte mich ausfüllt.

Verdammt, was stimmt nicht mit mir? Reiß dich zusammen!

Dieser Mann ist der Teufel höchstpersönlich, das weiß ich und doch habe ich meinen Mund geöffnet und erneut Ja zu ihm gesagt. Was soll ich auch anderes tun, wenn er ohnehin das Recht hat, sich es einfach zu nehmen. Es ist richtig, ihn zu akzeptieren und ihm zu geben, was er sich wünscht, rede ich mir ein.

Gepeinigt schließe ich die Augen und versuche, wenigstens den Moment zu genießen. Mein Körper verlangt nach ihm, also werde ich diesem Verlangen nachgeben. Frauen sollten sich viel öfter nehmen, was sie brauchen und wollen.

Warum kann ich ihm dann nicht ins Gesicht sagen, dass ich seinen Schwanz lutschen will, bevor er meine Muschi damit aufspießt? Die Antwort ist so klar wie das Meer in der Karibik. Ich möchte mir das letzte bisschen Würde behalten, welches ich noch besitze.

Meine selbstkritischen Gedanken werden rüde unterbrochen, als Nikolai meine Hand beiseiteschiebt, meine Scham spreizt und ich seine Lippen auf meiner empfindlichsten Stelle spüre. Mit der Zunge zeichnet er zunächst in sanften Kreisen die Form meiner Vulva nach. Er lässt keinen Zentimeter von mir aus, scheint sich jede noch so winzige Kleinigkeit einzuprägen, saugt mich in sich auf, als hinge sein Leben davon ab. Dann werden die Schläge seiner Zunge an meiner Perle heftiger, elektrisierend pulsiert er gegen das gereizte Nervenbündel.

Machtlos werfe ich den Kopf in den Nacken und schlage prompt mit dem Hinterkopf gegen die kalten, nassen Fliesen der Duschwand. Der leicht ziehende Schmerz in meinem Gehirn verstärkt die Empfindungen weiter unter um ein Vielfaches. Mit einem inneren Seufzer lasse ich mich auf der Welle der Lust treiben, die der teuflische Halbgott mit seinem Mund in mir entfacht. Grelle Lichtblitze zucken durch den Himmel, tausende Sterne leuchten in einer endlosen Schleife für mich auf.

Ich fühle mich schwindelig, bekomme Panik, dass meine Beine versagen werden, im selben Moment ist Nikolais starke Hand an meiner Hüfte und hält mich aufrecht. Seine Berührung brennt sich in mein Fleisch, verschlingt mich genauso gierig, wie sein Mund es tut.

»Keine Angst, Koschka. Ich würde dich niemals fallenlassen, mein kostbarer Schatz.« Da ist er wieder, der flüssige Samt in seiner Stimme. Während er spricht, dringen zwei seiner Finger in mich hinein, seine Zunge bearbeitet meine Knospe unaufhörlich mit saugenden, neckenden und reibenden Bewegungen. Er drängt meine Lust immer näher an die Klippe, von welcher ich mich nicht erinnern kann, wann ich sie je erreicht habe. Mein verzweifeltes Stöhnen vermischt sich mit dem monotonen Rauschen des Wassers. Sie werden eins und ergeben eine klangvolle Symphonie des Verlangens.

»N-N-Nikolai!« Das anfängliche Stottern geht in einen wilden, sinnlichen Schrei seines Namens über, als er mit leichtem Druck in meine Klitoris beißt und mich mit weiteren geschickten Bewegungen seiner Finger in den Abgrund stürzt. Es fühlt sich an, als ob ich fallen würde, dennoch stellt sich die erwartete Hilflosigkeit nicht ein, die mich in einem solchen Augenblick zu überkommen gedenkt. Nein, mit Nikolai habe ich das Gefühl, ich wäre so sicher, wie ich nur sein könnte. Ich verliere mich in meinem Orgasmus, Nikolai wird langsamer und sanfter in seinen Bewegungen, doch seine Präsenz sagt mir, dass wir nicht fertig sind. Diese Gewissheit ist es, die mich antreibt. Meine Hüften beginnen sich im Einklang mit seinen Fingern und seinem Mund zu rühren. Er liest in mir wie in einem offenen Buch, passt sich der Lust und meinem Verlangen an. Mein gesamter Körper kribbelt unaufhörlich, steht gefangen von unserer Leidenschaft lichterloh in Flammen. Das Stöhnen, welches zuvor den Raum erfüllt hat, geht in lustvolle Schreie meinerseits über, während mein Verstand sich vernebelt zurückzieht. Erneut erklimme ich den Berg eines Höhepunkts, um gleich darauf wie ein Fallschirmspringer mit Anlauf in die Tiefe zu segeln.

»Scheiße, ja! Nikolai« Meine Stimme klingt fremdartig in meinen Ohren. Ich feure ihn an, mir mehr zu geben, sich in mir zu verlieren. Ich bin von Sehnsucht erfüllt, als Nikolai zulässt, dass der zweite Orgasmus abflaut. Flach atmend lasse ich mich gegen die kühle Wand der Dusche sinken und kämpfe darum, sowohl den Herzschlag als auch meine wild wirbelnde Atmung in den Griff zu bekommen.

Nikolai hat sich leise von mir zurückgezogen und lässt mir etwas Freiraum. Für einen Augenblick fechten Verlangen und Verstand eine erbitterte Schlacht aus, ob ich ihn darum bitten soll, mich richtig zu verschlingen, mich zu beanspruchen, wie das Eigentum, das er in mir sieht. Wie so oft im Leben gewinnt meine Vernunft die Kontrolle zurück und zwingt mich dazu, ihn anzusehen. So endet unser kurzes Zwischenspiel der Leidenschaft ein wenig abrupt.

Das Erste, was ich erblicke, ist der Mund, der all dies mit mir angestellt hat. Er ist zu einem blendenden Grinsen verzogen, schneeweiße Zähne erhellen das Halbdunkel des Badezimmers. Entspannt lehnt der Russe an der mir seitlichen Wand der Dusche und beobachtet mich mit unverhohlener Neugier. Seine Iris ist so blau wie das Polarmeer eisig. Ich vermag keine geeigneten Adjektive zu finden, um diesen speziellen Blauton zu beschreiben. Sein Abbild ist rein und aufrichtig, für einen Moment bin ich gewillt, zu glauben, dass der Teufel, der mich entführen lassen hat, eine gute Seite an sich hätte.

Erschrocken bemerke ich, wie die Realität bereits zu verschwimmen beginnt. Aus diesem Grund zwinge ich mich, der Wahrheit ins Gesicht zu sehen: Dieser Mann wird mein persönlicher Untergang sein. Selbst wenn Nikolai nicht Luzifer höchstpersönlich ist, wird er Meister und Wächter meiner eigenhändig geschaffenen Hölle werden. Er wird mit mir spielen, mich gefügig machen, mich brechen und ich werde es mit Freuden zulassen.

Die letzten Stücke meines Rückgrats zusammenkratzend hebe ich das Kinn und durchlebe den erbärmlichen Versuch, ihn nieder zu starren. Leider fixiere ich mich letztlich erneut auf den harten Stahl seiner Männlichkeit, die weiterhin steif zwischen uns aufragt, und meine Gedanken stolpern lässt. Mich musternd stößt dieser unmögliche Mann ein heiseres, raues Lachen aus, greift zwischen uns und stellt das Wasser der Regendusche über mir ab. Jedoch nicht, ohne dass ich ein erschrockenes Geräusch von mir gebe und sichtlich zusammenzucke.

Als wir uns daraufhin ansehen, kann ich kaum glauben, was ich denke, wahrgenommen zu haben. Ein winziger Hauch von Sorge huscht durch das kristallklare Blau seiner Iris. Es ist so zügig verschwunden, wie es an die Oberfläche getreten ist. Für einige Wimpernschläge bin ich fest davon überzeugt, dass Nikolai noch etwas sagen möchte. Bevor er den Mund öffnen kann, zerreißt ein nachdrückliches Hämmern an der Zimmertür das fragile Band zwischen uns mit der Wucht einer Atombombe.

»Boss, bist du da drin? Beeil dich, es ist dringend. Unsere Männer auf den Straßen haben gerade erfahren, dass Popow heute Nacht seine bisher größte Lieferung erwartet. Wir müssen handeln. Jetzt!«

KAPITEL 6

Nikolai

Fluchend schlinge ich mir ein Handtuch um die Hüften, in der Hoffnung, dass es meinen monströsen Ständer vor unserem Störenfried versteckt. Normalerweise hätte der Inhalt von Anatolis Aussage meine Lust innerhalb von Sekunden wegwaschen müssen, allerdings lässt Alenas mysteriöse Anziehung auf mich, mich innerhalb eines Blinzelns wieder hart werden.

Mit einem entnervten Stöhnen reiße ich die Tür zu meiner Suite auf. »Konntest du keinen unpassenderen Moment finden, um zu stören?« Die Kälte in meiner Stimme schießt Anatoli entgegen wie ein in Gift getränkter Pfeil. Unzufrieden fahre ich mir mit der Hand durch die leicht feuchten Haare, bevor ich mein Gegenüber wieder ins Visier nehme.

Mit zurückgezogenen Schultern schiebt sich Anatoli an mir vorbei in den Raum hinein. »Sorry, Kolja. Mir wäre es auch lieber, dich nicht bei was auch immer zu stören. Du hast gehört, was ich gesagt habe, oder?« Abwehrend hebt Anatoli seine Hände, merkt aber schnell, dass die beschwichtigende Geste nicht die gewünschte Wirkung auf meine plötzliche Übellaunigkeit zeigt, weshalb er sie unverrichteter Dinge fallen lässt. Ich weiß, dass er Kolja, die russische Kurz- oder auch Koseform genannt, meines Namens, einsetzt, um seine Entschuldigung zu unterstreichen. Leider hat der emotionale Unterton gerade keinen wirklichen Effekt auf meine Stimmung.

Mit einem grimmigen Nicken folge ich ihm und weise ihn an, weiterzusprechen.

»Einer der Jungs auf der Straße rief eben Artjom an, er hatte Infos aus erster Hand von Popows Leuten. Heute Nacht kommen am Hafen drei oder vier große Container mit Ware an. Und zwar die Art von Ware, die wir alle am meisten hassen.« Die Furche auf Anatolis Stirn vertieft sich. Der Ausdruck in seinem Gesicht verrät die innerliche Zerrissenheit zwischen Wut und Traurigkeit, die von einem verheerenden Ekel über Menschen mögliches Verhalten überschattet wird. Ich würde ihn niemals zwingen, auszusprechen, was in seinem Inneren vor sich geht, denn ich weiß, er ist kaum dazu fähig. Nicht in der Lage auszudrücken, wie sehr ihn die Art von Menschen, als die wir geboren wurden und als welche wir sterben werden, manchmal belastet. Auch die Romanov-Brüder sind in eine Bratva-Familie hineingeboren worden. Im Gegensatz zu meinem Vater hatte ihr Vater Matwej Romanov ein anderes Weltbild verinnerlicht, während er meiner Familie gedient hat. So hatte er unter dem Deckmantel unseres Namens mit menschlicher Ware gehandelt. Eine der vielen Verstöße gegen unseren Familienkodex, die mein Vater nach Matwejs Tod aufgedeckt hatte. Aus irgendeinem Grund trifft Anatoli dieser Treuebruch seines Vaters besonders stark.

Kraftspendend lege ich ihm die Hand auf die Schulter. »Ruf alle zusammen! Wir rücken in weniger als zehn Minuten aus, Bruder. Diese Lieferung wird niemals in Popows Hände gelangen!«

Ein kurzes Zittern seines Adamsapfels, ein stummes Nicken, dann wendet sich Anatoli von mir ab und steuert zielstrebig auf die Tür zu. Mit der Klinke in der Hand verharrt er noch einmal. »Bruder, du weißt, ich würde niemals von dir verlangen, einen Krieg zu beginnen. Aber vielleicht sollten wir mehr tun. Ich habe das Gefühl, alle seine Lieferungen abzufangen, ist ein Tropfen auf dem heißen Stein.«

Meine Lippen teilen sich, um etwas zu erwidern, aber die Stimme in meinem Rücken lässt das Blut in meinen Adern gefrieren.

»Was für Lieferungen? Um was für Waren geht es da? Und warum müsst ihr diese Lieferungen unbedingt abfangen?« In Zeitlupe drehe ich mich zu Alena um. Sie steht in der geöffneten Badezimmertür. Ihre schmale Statur wird durch mein schwarzes Hemd nur unzureichend verdeckt, ihr Haare hat sie zurückgekämmt und die noch nassen Strähnen hinterlassen feuchte Spuren auf dem dunklen Stoff. Es ist der verständnislose Ausdruck auf ihrem noch leicht errötetem Gesicht, der mir ein seltsames Gefühl in der Brust beschert. Ein Teil von mir möchte die kurze Distanz zu ihr überwinden und sie in eine schützende Umarmung ziehen. Mit einem einzigen Wimpernschlag kämpft die blinde Wut in meinem verkümmerten Herzen dieses Gefühl nieder. Stattdessen entfacht ihre Fragerei unbändigen Zorn in meinem Inneren. Diese Frau kam erst vor wenigen Stunden auf mein Anwesen und nur, weil ich ihr ein paar Orgasmen verschafft habe, glaubt sie, dass ich sie in ein Geschäft einweihen werde, dessen Größe sie zum jetzigen Zeitpunkt noch nicht einmal erahnen kann? Da hat sie sich wahrlich geirrt.

Ohne Blickkontakt zu Anatoli aufzunehmen, winke ich ihn fort. Er weiß, dass ich in kurzer Zeit zur Truppe stoßen werde. Diese Angelegenheit duldet jedoch keinen Aufschub, Alena muss wissen, wo ihr Platz ist.

Meine Schritte fliegen über den Marmorboden auf sie zu, während sie langsam mit gesenkten Lidern vor mir zurückweicht. Erst als ihr Rücken an der Wand neben der Badezimmertür anschlägt, wagt sie es, ihren Kopf zu heben. Als wir uns gegenseitig betrachten, verschlingen wir einander. Für einen Moment raubt das leuchtende Grün ihrer Iriden mir den Atem, zieht mich völlig in seinen Bann und lässt mich Emotionen fühlen, die ich niemals für möglich gehalten hätte. Werde ich mich jemals an diese Farbe gewöhnen? Muss ich das überhaupt? Sie weckt in mir den Wunsch, mich vollständig fallen zu lassen, ihr instinktiv zu vertrauen und die Geborgenheit, welche sie mir anzubieten scheint, willig anzunehmen. Es ist wie eine Einladung, den kaltherzigen Mann, der ich für die Außenwelt bin, vor der imaginären Tür zu lassen und wieder mehr der Mensch zu sein, der ich vor meiner Zeit als Pakhan der Markov-Bratva gewesen bin.

Ich bin Alena so nah, dass ich ihre flachen Atemzüge auf meiner Haut spüre. Warm streichelt die Luft meine Arme, während ihr lieblicher Duft meine Sinne benebelt. Sie duftet nach Frühling, nach weißen Krokussen, die im ersten Morgentau vom sanften Sonnenlicht geweckt werden. Die Zeit scheint still zu stehen, es gibt nur noch uns beide. Gerade ist es nicht die Begierde, die mich dazu anspornt, sie zu berühren. Ihre Wärme und die Zartheit ihrer Haut unter meinen schwieligen Fingerkuppen zu spüren. Vielmehr ist der Drang, ihr nah zu sein, tiefergehender als alles, woran ich mich erinnern kann.

Dann passiert es, Alena blinzelt und unsere Verbindung zerschellt wie ein Weinglas auf Betonboden. In mir bricht augenblicklich die Hölle los, als die Kälte mein Herz zurückerobert. Meine verkümmerte Seele reißt den Keimling, den sie vor wenigen Atemzügen in mir gepflanzt hatte, in winzige Stücke und nährt die dunkle Glut meiner Wut.

Bevor ich darüber nachdenken kann, schnellt meine Faust hervor und kommt krachend auf der Wandfläche neben ihrem Kopf auf. In einer schnellen Bewegung fange ich ihr Kinn ein und presse meine Finger gegen ihren Kiefer. Ein Zischen teilt ihre Lippen, während sie gezwungen ist, mich anzusehen. Es ist ein Leichtes, das Wechselspiel aus Verwirrung und Furcht von ihrem Gesicht abzulesen.

»Du wirst keine Fragen stellen. Im Gegenteil, du wirst nie wieder eine Unterhaltung stören, die ich führe! Frauen haben im Geschäft nichts zu suchen. Du bist mein Eigentum und nichts weiter. Wenn du denkst, dass mein liebevoller Kurzschluss im Badezimmer dir irgendwelche Rechte einräumt, hast du dich geschnitten, Alena!« Meine Stimme hallt donnernd durch die Räume der Suite und ich realisiere, dass ich erneut die russische Koseform zu ihrem Namen benutzt habe.

Ungezügelte Frustration über einen erneuten schwachen Moment für diese Frau lässt mich erbeben. Langsam lockere ich den Griff meiner Finger. Um die Kontrolle über mich wiederzuerlangen, schlage ich ein weiteres Mal auf die Wand ein, woraufhin Alena zusammenzuckt, als hätte ich sie geschlagen. Schmerz brennt an den offenen Hautstellen meiner Knöcheln, hat eine beruhigende Wirkung auf die heiße Wut, die in meinen Adern pulsiert.

Alena hat die Wimpern niedergeschlagen, ihre Hände zittern verräterisch und jegliche Farbe ist aus ihrem Gesicht gewichen. Dem unregelmäßigen Zucken ihrer Schulter nach zu urteilen, steht sie entweder kurz vor einem Wutausbruch oder einer Panikattacke. Mit jeder verstreichenden Sekunde in diesem Szenario steigt der beklemmende Druck in meiner Lunge, erschwert mir die Atemzüge zu nehmen, die ich so dringend zu meiner Besänftigung benötige. Alenas Mund öffnet und schließt sich einige Male und ich frage mich, ob sie ebenso wie ich nach Luft ringt, da geben ihre Knie nach und sie gleitet mit dem Rücken an der Wand entlang zu Boden. Mir bleibt nichts anderes übrig, als sie zeitgleich freizugeben und ein paar Schritte zurückzutreten. Ich habe nicht vor, sie aufzufangen.

Der vernünftigste Weg wäre, mich von ihr abzuwenden, umzuziehen und zu unserer Mission aufzubrechen. Um Abstand zwischen uns zu bringen, wende ich mich von ihr ab und steuere auf die Tür zum Ankleidezimmer zu. Ich habe sie noch nicht erreicht, als ein krächzendes Geräusch hinter mir erklingt. Widerstrebend bleibe ich stehen, unterdrücke jedoch den Impuls, mich umzudrehen.

»Eigentum? Ist das so? Fragst du jeden Salzstreuer um Erlaubnis, bevor du ihn benutzt, so wie du es bei mir eben getan hast?« Alenas Stimme ist lediglich ein Flüstern.

Bevor ich mich ihr zuwende, schleicht sich ein diabolisches Lächeln auf meine Lippen. Die noch nicht erloschene Glut meiner Aggression flammt erneut auf. »Wenn du es vorziehen würdest, dass ich dir wie ein Wilder jedes Mal die Kleidung vom Leib reiße und deinen Körper für mein Vergnügen missbrauche, indem ich dir neben deiner Seele auch noch deinen Willen und deine Würde nehme, brauchst du es nur zu sagen. Ich nehme dein Angebot liebend gern an. Im Gegensatz zu anderen kranken Bastarden in meiner Welt turnt es mich zwar nicht im Geringsten an, eine Frau gewaltsam zu ficken, aber dein Wunsch ist mir Befehl«, brülle ich ihr entgegen.

Es fehlt nicht mehr viel und meine Wut geht in blanken Wahnsinn über. Der dunkle Teil meiner Seele, der normalerweise gut verborgen ist, begehrt auf, möchte sich ihrer bemächtigen und sie dazu zwingen, ihre Worte künftig mit mehr Vorsicht zu wählen.

Zu meiner Überraschung lehnt Alena den Kopf gegen die Wand und blickt zu mir empor. »Was ist das für eine Welt, in der du lebst?« Obwohl sie nur eine banale Frage stellt, spüre ich den Hauch einer aufrichtigen Sorge darin. Alena richtet sich sitzend auf und zieht die Beine zu einem Schneidersitz zu sich heran. Ehe ich mich versehen kann, ist mein Ärger verpufft und ruhiger atmend beobachte ich verblüfft, wie sie den Kopf schief legt und mich abwartend mustert. Mich wundert es, dass ihre Angst verflogen zu sein scheint, denn meine Tirade hat ihr keinen Grund gegeben, den Frieden, den sie für mich ausstrahlt, zu finden.

Ich gebe dem Drang nach, ihr entgegen zu kommen und gehe vor ihr in die Knie, wobei ich darauf achte, dass das Handtuch um meine Hüften nicht verrutscht. »Wäre ich nur ein Geschäftsmann, der Teil einer riesigen Investmentgruppe ist, würde ich vermutlich auch wirklich grausame Männer kennen, aber in meiner Rolle als Oberhaupt einer Mafiafamilie ist meine Welt neben der Macht und dem Reichtum äußerst brutal. Mord, Waffen- und Menschenhandel sowie viele andere Gräueltaten sind Alltag für mich und meine Leute. Es wird schwierig, hier zu leben und nicht mit Teilen meiner Welt in Berührung zu kommen. Mir ist nur wichtig, dass du weißt, dass meine Familie, Freunde und ich uns von anderen kriminellen Organisationen unterscheiden.« Als sie dazu ansetzt, eine weitere Frage zu stellen, hebe ich die Hand, um ihr zu signalisieren, dass ich noch nicht fertig bin. »Wir leben nach einem Ehrenkodex, der besagt, dass keine Unschuldigen verletzt werden. Wir töten niemals grundlos, vor allem keine Unbeteiligten. Natürlich sind Kollateralschäden nicht immer vermeidbar, aber ich verspreche dir, dass du, solange du hier bist, in Sicherheit sein wirst.«

Mir ist bewusst, dass sie nicht wissen kann, wen ich mit *Wir* meine, aber das ist in diesem Augenblick auch nicht von großer Wichtigkeit.

Da die Angelegenheit nun für mich erledigt ist, erhebe ich mich, um mich endlich für die Mission anzuziehen, werde allerdings von einer federleichten Berührung mitten in der Bewegung gestoppt. So verharre ich halb aufgerichtet in meiner Position, während Alena auf die Füße kommt, ihre Fingerspitzen von meiner Seite löst und an mir vorbei in Richtung des Ankleidezimmers huscht. Bevor sie die Türschwelle überquert, sieht sich mich nochmals über ihre Schulter hinweg an. »In Ordnung. Ich komme mit, nur für den Fall, dass ich hilfreich sein kann.«

Mit dieser Aussage verschwindet sie im Ankleidezimmer und ist damit die erste Person, die mich seit langer Zeit sprachlos macht.

KAPITEL 7

Magdalena

Schwer atmend husche ich durchs Ankleidezimmer auf der Suche nach meinem Koffer. *O mein Gott, was habe ich nur angerichtet? Hätte ich nicht einfach den Mund halten können und ihn gehen lassen?*

Meine Hände mit dem Durchwühlen meiner Sachen beschäftigt haltend, rasen tausende Gedanken durch meinen Verstand, wie Formel-1-Fahrzeuge auf der Rennstrecke. Ich weiß, dass ich nur wenige Sekunden habe, ehe sich Nikolai nach meiner Anmaßung wieder fangen wird. *Was habe ich mir nur dabei gedacht, derart auf seine Aussage zu reagieren?*

Schließlich hat er nichts anderes als die Wahrheit gesagt. Ich habe mich ihm mit diesem Deal mit Leib und Seele verschrieben. Wie er seinen Alltag bestreitet, geht mich nichts an. Doch Anatolis Worte haben etwas in mir wachgerufen. Sofort ist mir bewusst gewesen, dass die Männer in illegale Angelegenheiten verwickelt sind. Das hätte er eben nicht mehr erklären müssen. Denn welcher normale Kaufmann besichtigt mitten in der Nacht seine ankommenden Waren? Vor allem verhindert man auch nicht die Lieferungen eines Konkurrenten.

In was für einen Bandenkrieg bin ich hier nur hineingeraten? Und was zum Teufel hat mich geritten, dass ich ihn unbedingt begleiten möchte? Weshalb habe tief in meinem Inneren das Gefühl, ihm helfen zu müssen?

Die Geschwindigkeit der auf mich einprasselnden Gedanken sorgt für ein schwirrendes Geräusch in meinem Kopf. Es fühlt sich an, als würde ein imaginärer Bienenschwarm mich drohend umkreisen. Zur Beruhigung gehe ich die biologischen Vorgänge des Adrenalinausstoßes, welchen ich gerade verspüre, im Kopf durch. Leider zeigt meine Taktik keinerlei Wirkung und die verworrenen Stimmen holen mich erneut ein.

Tatsächlich bin ich bereits angezogen, als Nikolai schnaufend ins Zimmer stürmt. Krachend schlägt die Tür an die gegenüberliegende Wand, sodass die Erde unter meinen Füßen zu erbeben scheint. Seine unbändige Wut züngelt in roten Flammen durch seine Aura.

Ich kann nicht leugnen, dass sein Verhalten nach meiner Frage mich verängstigt hat. Wenn ich meiner Menschenkenntnis noch trauen kann, ist Nikolai wahrhaftig kurz davor gewesen, die Kontrolle über sich zu verlieren. Unerklärlicherweise verspüre ich dieses Mal keine Angst, auch fürchte ich mich nicht vor ihm. Wenngleich er eben auf die Wand losgegangen ist, sind die Ausmaße seiner Wut in keiner Weise mit denen meiner Mutter vergleichbar. Im Gegensatz zu ihr würde ich es Nikolai aus irgendeinem Grund nicht zutrauen, mir körperliche Gewalt anzutun, obwohl er es mir angedroht hat. Ich kann nicht genau sagen, woher diese Gewissheit kommt, denn ich kenne ihn erst seit wenigen Stunden, aber ich spüre diese tiefe Vertrautheit, wann immer er mir nahe ist. Meine Mutter war wirklich unberechenbar in ihren Handlungen. Eine erhobene Hand konnte sowohl eine Streicheleinheit als auch eine Ohrfeige bedeuten. Wobei Letzteres deutlich öfter vorkam.

Vermutlich wirst du langsam verrückt, gibt eine Stimme in meinem Kopf zum Besten.

»Du wirst auf keinen Fall mitkommen! Ich sage dir, wie du dich die nächsten Stunden verhalten wirst, Magdalena! Du wirst dich ins Bett legen und ...«, reißt mich seine Stimme aus der Benommenheit.

Mir entgeht nicht, dass er jetzt meinen vollen Namen anstelle dieses Spitznamens verwendet. Es kommt mir vor, als wäre es ein Versehen gewesen, dass ihm *Alena* über die Lippen gekommen ist. Die Neugier, Nikolai weiter zu reizen und auf diese Weise mehr über ihn herauszufinden, wächst ins Unermessliche, weshalb ich ihm ins Wort falle. »Und brav auf dich warten. Diese Anweisung habe ich schon beim ersten Mal verstanden und entschieden, dass ich dich lieber begleiten möchte.« Wie in einem schlechten Hollywoodfilm, welchen wir hier gerade nachstellen, lasse ich eine dramatische Pause, spreche jedoch schnell weiter, als Nikolai drohend seinen Mund öffnet. »Nikolai, ich habe keine Ahnung, worauf ich mich hier eingelassen habe. Dieser Deal hat innerhalb weniger Stunden mein gesamtes Leben umgekrempelt, während du lediglich ein Spielzeug gewonnen hast. Ich versuche nur, mein neues Leben zu verstehen. Es ist nicht leicht, einem Mann bedingungslosen Gehorsam entgegenzubringen, wenn man nicht weiß, wer er ist. Ich möchte dich zufriedenstellen, aber dazu muss ich wissen, worauf es in deinem Leben ankommt.« Meine Stimme bricht für mich überraschend mit jedem Satz, den ich ausspreche, ein kleines bisschen mehr. Bis der letzte Satz schließlich nur noch als Hauchen über meine Lippen gleitet.

Erst als er an meinen eigenen Ohren erklingt, weiß ich, dass es die Wahrheit ist. Ich möchte Nikolai zufriedenstellen und ihm gefallen. Ein Kloß bildet sich in meiner Kehle und verhindert, dass ich all jene mich selbst vernichtenden Gefühle herunterschlucke, um freier atmen zu können. Es ist nicht mein Helfersyndrom, was hier aus mir spricht, sondern der seltsame Wunsch, etwas mit Nikolai zu teilen. Ist das etwa schon das Stockholm-Syndrom?

Um zu verbergen, dass sich die ersten Tränen einer Erkenntnis, die mein Verstand nicht bereit ist zu verstehen, in meinen Augenwinkeln sammeln, senke ich demütig mein Kinn. Wie so oft habe ich es ganz allein geschafft, mich selbst an den Rand der Verzweiflung zu katapultieren. Es ist eine Hoffnung, die verwirrenderweise in mir wächst, dass Nikolai mich nicht von sich weisen wird, wie ein kleiner Junge, dem aufgefallen ist, dass sein Spielzeug kaputt ist.

Die auf meine Aussage folgende Stille im Raum ist ohrenbetäubend, allerdings wage ich nicht, den Kopf zu heben. Zu verschwommen ist die Sicht durch meine Tränen.

Warum schafft es Nikolai, meine gesamte Gefühlswelt durcheinanderzubringen, wenn er in meiner Nähe ist? Selbst vorhin, als er vor Zorn nur so gebrannt hat, bin ich froh gewesen, dass er nicht den Raum verlassen hat. Ich dachte stets, dass ich auf mich allein gestellt gut zurechtkomme, aber er reißt mich wie ein Tornado mit sich.

Das Geräusch von leichten Schritten über den Teppichboden weckt schließlich meine Aufmerksamkeit. Die Enge in meiner Brust nimmt zu, als ich bemerke, dass Nikolai sich von mir entfernt. Er wird mich nach dieser melodramatischen Szene einfach zurücklassen. Ich werde wieder allein sein.

Vielleicht brauche ich eher einen Psychiater als einen Kriminellen in meiner unmittelbaren Nähe?

»Zieh die hier an und Herrgott noch mal, nimm eine von meinen dicken Jacken mit. In diesem Outfit wirst du dir in der nächtlichen Kälte noch den Tod holen.« Etwas Schweres wird mir an den Oberkörper gedrückt. Als ich aufsehe, halte ich eine schusssichere Weste in der Hand, wie man sie nur aus Filmen oder Polizeiserien kennt, während Nikolai unlängst damit beschäftigt ist, eine Jacke für mich aus einem der unzähligen Abteile des Kleiderschranks herauszusuchen.

Unsicher löse ich die Gurte der Weste und streife sie mir über, allerdings scheine ich Nikolai nicht schnell genug zu agieren, weshalb er mir mit ruckartigen Bewegungen die Weste anlegt und einen viel zu großen Pullover überstreift.

Nachdem ich vollständig ausgestattet bin, schlüpft Nikolai in seine Kleidung und Ausrüstung, wobei er sich deutlich geschickter anstellt als ich.

»Komm jetzt! Sie warten unten sicher schon auf uns. Deine Szene hat uns alle wertvolle Zeit gekostet«, drängelt er und schiebt mich wirsch in Richtung der Tür, nur um dann selbst voranzugehen.

Ehe ich Gelegenheit habe, über die ganze Sache nachzudenken, lassen wir zügigen Schrittes die Sicherheit des Schlafzimmers hinter uns und durchqueren das

Anwesen. Blind folge ich Nikolai, da mir die Wege, die wir gehen, unbekannt sind. Mit meinen kurzen Beinen und der steifen Weste, die meine Bewegungsfreiheit nicht unerheblich einschränkt, tipple ich wie ein zu klein geratener Hund hinter ihm hinterher. Nikolai bremst aus dem Nichts so abrupt ab, dass es für mich unmöglich ist, rechtzeitig zum Stehen zukommen. Wild mit den Armen rudernd versuche ich das Gleichgewicht zu wahren, schaffe es jedoch nur, weil Nikolai meine Taille mit beiden Händen umgreift. Als er sich zu mir herunterbeugt, ist sein Gesicht meinem so nah, dass ich dem Drang widerstehen muss, die Lider zu senken, um seinen intensiven Geruch noch tiefer in mich aufnehmen zu können. *Verdammt, was hat dieser Mann nur an sich, dass er mich so verwirrt.* Meine Glieder kribbeln plötzlich, als wären sie eingeschlafen, sodass mir die Knie kurz einknicken. Glücklicherweise stützt mich der Griff seiner Hände, die immer noch an meiner Hüfte liegen. Mit einem fragenden Blick hebe ich erneut den Kopf. Seine Miene ist nach wie vor von der glühenden Lava seiner tiefverborgenen Aggression zersetzt.

»Ach ja, wenn du auf dieser Mission stirbst, werde ich jeden Menschen auf diesem Planeten, der dir etwas bedeutet, ausfindig machen und ihn einen grauenvollen Tod erleiden lassen. Danach werde ich ganze Städte eigenhändig niederbrennen.« Nikolais Stimme erzittert durch die unerwartet kommende Drohung grausamen Unheils, seine Iriden wirken tiefschwarz, verbrannt von seiner unbezähmbaren Wut. Eine körperliche Reaktion, die sonst nur von klinisch diagnostizierten Psychopathen bekannt ist, aber sein vorheriges Verhalten sagt mir, dass er keiner ist. Weggewaschen ist der Mann, der mich noch vor kurzer Zeit in den siebten Himmel befriedigt hat. Verbannt in die Schatten trostloser Dunkelheit, zeigt der Mann mir gegenüber nun sein wahres Gesicht. Zumindest das Gesicht, welches er für sein wahres Ich hält.

»Warum? Du würdest eine Menge Geld sparen, wenn ich heute Nacht sterben würde«, entgegne ich verständnislos. Es will mir nicht in den Kopf gehen, welchen Wert mein Leben für ihn hätte.

Seine Wange streift meine Schläfe, als sein Mund sich meinem Ohr nähert. »Sagen wir einfach, ich verzichte ungern auf schöne Dinge in meinem Leben, und wenn es nur ein Spielzeug ist. Ich verliere niemals, das ist ein Naturgesetz.«

Nikolais Überheblichkeit und die Grausamkeit seiner Tobsucht entfacht in meiner Seele ein züngelndes Flämmchen der Wut, welches sich in Sekundenschnelle zu einem brennenden Inferno entwickelt. Diese Macht, von der ich niemals gedacht hätte, sie in mir zu tragen, ermöglicht es mir, seine Hände abzuschütteln.

»Tu verdammt nochmal nicht so, als würde ich dir mehr bedeuten als der Dreck unter deinen Nägeln. Ich bin dein Eigentum, schon vergessen? Ersetzbar, käuflich und vor allem wertlos. Keine Angst, wie du bereits sagtest, du wirst ein anderes williges Geschöpf finden, falls ich draufgehe. Außerdem wirst du niemanden auf diesem Planeten wegen mir töten müssen, ich bin allein, Nikolai. Wenn du mich jetzt entschuldigst, deine Männer warten schon lange auf uns. Deine Szene raubt uns kostbare Zeit!« So hoheitsvoll wie möglich werfe ich den Kopf in den Nacken und stolziere, ohne seine Antwort abzuwarten, an ihm vorbei in Richtung der Empfangshalle.

Nikolais schwere Schritte folgen mir in einigem Abstand. Ich kann das brodelnde Unheil spüren, das von seinem Wesen ausgeht. Er wird mich diese Worte nicht so schnell vergessen lassen. Hieran besteht absolut kein Zweifel.

Eigentlich habe ich gehofft, meine patzige Antwort würde sich wie ein Befreiungsschlag von der Macht, die er über mich hat, anfühlen. Jedoch kann ich die Empfindung nicht abschütteln, dass ich trotz meiner Schlagfertigkeit diese Runde im Boxring verloren habe.

Wird ab heute jeder Tag einem Kampf gleichen?

KAPITEL 8

Nikolai

Mehrere hochgezogene Augenbrauen begrüßen mich in der Empfangshalle, wo meine Männer in dunkler Tarnkleidung und höchst bewaffnet auf uns warten. Lediglich Anatoli ist dumm genug, mich zu fragen, weshalb Alena uns bei der heutigen Mission begleitet. Glücklicherweise rät ihm der Rest seiner Intelligenz, mir diese Frage in unserer Muttersprache zu stellen.

»Halt die Fresse, Bruder und hör auf, meine Entscheidungen zu hinterfragen!«, knurre ich ihm ebenfalls auf Russisch entgegen, kann mich jedoch nicht daran hindern, deutlich leiser hinzuzufügen: »Was sollte ich denn tun? Sie hat geweint. Es hat sich falsch angefühlt, sie hier allein zurückzulassen.«

Bei der Andeutung, ich hätte auf meine Gefühle anstatt meiner Vernunft gehört, bleiben sowohl Artjom als auch Anatoli und Ilja abrupt stehen. Der ältere Mann legt mich musternd den Kopf schief und teleportiert mich mit sofortiger Wirkung in meine Kindheit zurück. Meine Eltern und Ilja standen sich bis zu ihrem Tod sehr nahe. Mein Vater und er wuchsen auf wie Brüder, ähnlich wie die Romanov-Brüder bereits ihr gesamtes Leben an meiner Seite stehen. Der Ältere ist seit dem Tod meiner Eltern stets ein stabiles Glied in der Kette meiner Vertrauten. Das Gefühl, mit der Hand in der Keksdose erwischt worden zu sein, wende ich den Blick von ihm ab und marschiere stumm zu den vorgefahrenen Fahrzeugen, die in der Einfahrt mit laufenden Motoren auf uns warten. Ich bin es nicht gewohnt, dass ich auf Weise auf einen Menschen reagiere, aber die drei haben mich, seitdem ich die Position des Pakhans unserer Familie begleite, noch nie eine Entscheidung treffen sehen, die nicht auf reiner Logik basiert. Sinnvoller wäre es, Alena hier zu lassen. Allerdings ist es die Wahrheit, wenn ich sage, dass sich diese Option falsch anfühlt. *Warum?*

Nur am Rande bekomme ich mit, dass Ilja Alena leise erklärt, wie sie sich in den nächsten Stunden zu verhalten hat.

Die Fahrt zu einem der geschäftigsten Häfen Londons vergeht wie im Flug. Ich werde nicht angesprochen, sodass ich ungewollt in die Tiefe meiner verknoteten Gefühle eintauche. Ihre Tränen schimmern zu sehen, hat etwas in mir ausgelöst. Ihr ihre verzweifelte Bitte, mein Leben besser kennenzulernen, auszuschlagen, ist plötzlich zu einem unmöglichen Unterfangen für mich geworden. Doch erst als wir die schier endlosen Korridore entlanggelaufen sind und ihr betörender Duft meinen Verstand nicht mehr vernebelt hat, ist mir bewusst geworden, welcher Gefahr ich sie aussetze und dass sie, sollte während der Mission etwas schieflaufen, getötet werden könnte. Die innerliche Zerrissenheit, welche dieser Gedanke in mir auslöst, schiebe ich mit aller Willenskraft beiseite. Ich habe keine Zeit für irgendwelche emotionalen Verstrickungen, schon gar nicht mit einer Frau, die ohnehin nur vorübergehend in meinem Leben sein wird.

Glücklicherweise beugt sich in dem Moment, als wir die Containerlandschaft des Hafens von London Gateway erreichen, Ilja zu mir herüber und rettet mich aus meiner Schwermütigkeit.

»Ich werde gemeinsam mit Artjom nicht von ihrer Seite weichen. Versuch, dich auf die Sache zu konzentrieren! Wir werden nicht zulassen, dass ihr auch nur ein Haar gekrümmt wird, sollten unerwartete Turbulenzen auftreten«, raunt er mir auf Russisch entgegen, während Artjom gewohnt stumm neben ihm nickt.

»Sorgt dafür, dass sie nicht sieht, was wirklich in diesen Containern ist. Sie hat zwar schon eine Vermutung, aber ich glaube nicht, dass sie Elend in einem solchen Ausmaß schon einmal ausgesetzt gewesen ist.« Rigoros verdränge ich das eisige Schaudern, welches mein Rückgrat hinab kriecht. Vermutlich würde der Anblick der wahrhaftigen Ware der Popows Alenas gesamtes Leben aus den Fugen heben. Auf keinen Fall möchte ich die nächsten Nächte wachliegen, weil sie von quälenden Albträumen geplagt wird.

Die Fahrer parken die SUVs seitlich an den Docks, sodass sie mit der Dunkelheit verschwimmen. Uns allen ist bewusst, dass diese fast schon zu unserer Routine gehörenden Überfalle auf Popows Männer, die die Waren verladen und im gesamten Land verteilen sollen, von Neuem gewagt ist. Als wir die Türen öffnen und mit ausgeschalteter Beleuchtung in die schwarze Nacht eintauchen, ist der Steg, an welchem die Container verladen werden sollen, verdächtig ruhig.

»Das riecht nach einer verdammten Falle, Kolja. Es ist viel zu ruhig. Totenstille«, spricht Artjom über den Funk meine Gedanken aus. Er steht mit Alena gleich hinter mir, im Schutz eines weiteren Frachtcontainers. Das einzige Geräusch, das verheißungsvoll das sanfte Rauschen der Themsewellen durchbricht, ist das Rascheln von Alenas Kleidung. In einiger Entfernung höre ich die Pieptöne eines Gabelstaplers und das Kettenrasseln eines Verladungskrans, doch sie scheinen sich am anderen Ende der verdammten Docks zu befinden.

Was zur Hölle ist hier los? Sind unsere Informationen falsch? Hat einer meiner Männer uns verraten?

»Dima, Maxim, sichert die Gegend! Ich will keine bösen Überraschungen.«

Unruhig überprüfe ich die strategischen Bedingungen auf dem Gelände. Helle Strahler erleuchten den Nachthimmel in knapp hundert Metern Entfernung zu uns. Geduckt pirschen wir uns vorwärts, eng an die Wände der Schiffscontainer gedrückt und für die Leute von den Wachtürmen unsichtbar. Die Verladeplätze, welche laut unserer Information den Popows zugewiesen wurden, befinden sich nur noch wenige Meter entfernt.

»Abteilung halt!«, ertönt Anatolis Stimme über den Funk in meinem Ohr. Er kann es einfach nicht lassen, selbst auf den waghalsigsten Missionen dumme Scherze zu reißen. Anatoli ist der empathischste von uns dreien, weshalb wir es gewohnt sind, dass er bei unangenehmen Angelegenheiten die Rolle des Klassenclowns mimt. Ich habe damit kein Problem, weil ich weiß, dass er immer hoch konzentriert ist.

»Asterix? Sein beschissener Ernst?«, grummelt Artjom, der gewöhnlich weniger Verständnis für die emotionalen Verstrickungen seines Bruders hat, in meinem

Rücken. Dennoch bleibt die gesamte Einheit ruckartig stehen und zieht sich tiefer in die Schatten zurück. Aus dem Augenwinkel kann ich beobachten, wie Ilja Alena signalisiert, sich flach gegen die Containerwand zu drücken. Nicht zum ersten Mal an diesem Tag wirkt sie ängstlich. Ihr scheint aufgefallen zu sein, wie real diese Situation ist.

Schön, Alena, dass du verstanden hast, dass ein Leben an meiner Seite kein Zuckerschlecken ist.

Kaum schießt der Gedanke durch meinen Verstand, versuche ich ihn sofort abzuschütteln. Schließlich ist die Überschneidung unserer Leben nur von kurzer Dauer. Sie bleibt so lange, bis ich ihrer überdrüssig bin. An meiner Seite wäre sie eine gleichberechtigte Partnerin. *Bevor es so weit kommt, friert die Hölle zu!*

Ein unterdrücktes Grunzen entfleucht mir, wird jedoch von Anatolis gleichzeitigem Fluchen verschluckt.

»Dieser Vollidiot hat die Containerreihen verwechselt.«

»Lass mich raten, wir müssen ans andere Ende vom Gateway. Da hinten zu den Lichtern«, fluche ich beinahe zu laut in den Funk.

Sofort bestätigt Anatoli auf der anderen Seite der Leitung meine Vermutung. Wir können von Glück reden, dass Artjom jeden noch so kleinen Auftrag mit manischer Akribie plant. So lotsen uns die drei Aussichtspunkte samt Drohnenunterstützung unbemerkt den Weg durch die abgedunkelten Reihen. Wir bewegen uns in geübter Präzession nahezu lautlos über den Beton des Hafenbodens. Lediglich das Knirschen unserer Stiefel und leise Atemgeräusche wären zu hören, wenn sie nicht von den Umgebungslauten gänzlich verschluckt werden würden.

An unserem Ziel angekommen, gönnen wir uns eine Struktur- und Atempause. Durch die veränderte Reihennummer ist unsere Aufstellung hinfällig. So gut es geht, leitet uns Anatoli dank der speziell entwickelten Militärdrohne aus der Vogelperspektive an unser Ziel.

»Es müssen nur knapp zehn Männer vor Ort sein. Was meinst du, Boss? Ausschalten wäre der leichtere Weg. Wir sind in der Überzahl.« Anatolis Stimme schwimmt vor Unsicherheit. Es dauert einen Moment, ehe mir dämmert, weshalb er diese nutzlose Frage stellt. Genervt von meiner eigenen Entscheidung wende ich meinen Kopf Alena und damit der Quelle unseres Unheils zu. Ihre Silhouette wird durch die Sicherheitsweste und die übermäßig große Kapuzenjacke ungleichmäßig verzerrt, dennoch spannt sich mein gesamter Körper bei ihrem simplen Anblick an.

Verdammt, selbst in diesem unmöglichen Aufzug will ich sie ficken.

Als würde sie meine Musterung auf sich spüren, hebt mein Kätzchen den Kopf. Unpassenderweise fällt mir in diesem Moment auf, dass *Kätzchen* als Spitzname nicht völlig zutreffend ist. Zarte Finger graben sich in meinen Arm, als sie unbemerkt näher rückt, während ich mich wie ein verfluchter Trottel in Gedanken über einen stimmigen Kosenamen vergesse.

»Werdet ihr diese Männer verletzen?« Unschlüssig betrachtet sie die Meute, welche gerade dabei ist, den ersten Container zu öffnen, bevor sie fortfährt. »Ich meine, sie haben doch niemandem etwas getan.«

Beinahe lache ich Alena mitten ins Gesicht. Nur Iljas ermahnende Miene, die meinen Körper zu durchdringen scheint, lässt mich innehalten. Er hat Recht, Alena ist nicht in diese Welt geboren. Natürlich ist es für sie nicht selbstverständlich, Menschenleben zu nehmen, um einen leichteren Weg zu gehen. Iljas enttäuschtes Kopfschütteln, das auf seine Ermahnung folgt, zeigt mir wortlos auf, dass er von mir erwartet, mich mit der genauen Dauer von Alenas Aufenthalt näher zu beschäftigen. Schließlich hängt ihr weiteres Leben von meinen Launen ab. Sobald wir nach Hause zurückgekehrt sind, werde ich mir überlegen müssen, wann ich genug von ihr habe. Niedergeschlagen wende ich den Kopf unseren Feinden zu. Ilja zu frustrieren, fühlt sich an, als würde ich meinem eigenen Vater ein Messer in die Brust rammen und mehrfach umdrehen.

Dennoch kann ich nicht anders und wische den Anflug von Sentimentalität beiseite. »Nein, Kleines. Wir haben logischerweise die freundliche Munition dabei. Die Kugeln, mit denen man auch die Löcher in den Käse ballert.« Ich erreiche mein Ziel, schieße vermutlich sogar darüber hinaus. Alenas Gesicht verzerrt sich zu einer erniedrigten Grimasse. Ein seltsamer Druck baut sich in meiner Brust auf und ein Zucken jagt durch meine Muskeln hindurch. Verärgert senke ich den Kopf, um mich selbst zur Ordnung zu rufen.

»Möglicherweise ist Magdalenas Vorschlag gar nicht so dumm. Wenn wir ein Ablenkungsmanöver starten, können wir ein Blutvergießen verhindern. Popow wird die Handschrift unserer Männer erkennen, wenn er sie sieht«, mischt sich Artjom ungefragt in unser leises Gespräch ein. Gedanklich bin ich gleichzeitig erbost und furchtbar erleichtert, dass er nicht zugelassen hat, dass ich meinen Mund erneut öffne.

Diese Frau ist noch keine vierundzwanzig Stunden in diesem Land und schon gerät mein Leben aus den Fugen. Ich sollte über ihre Einmischung, die ich mir selbst eingehandelt habe, wütender sein als ich bin. *Komm schon, Nikolai, reiß dich zusammen! Du bist nicht umsonst für deine Kaltherzigkeit bekannt.*

Mich räuspernd klinke ich mich erneut in die inzwischen recht strukturierte Diskussion ein. Ich erteile mehrere ausdrucksstarke Befehle auf Russisch und teile die Männer in Gruppen auf. Die Ablenkungstruppe wird eines der auf der anderen Seite vom Hafengelände geparkten Fahrzeuge in Brand setzen. Dies wird genügend Aufmerksamkeit auf sich ziehen, damit wir hier reine Luft haben. Zumindest für einen kürzeren Zeitraum.

Gesagt, getan. In Windeseile gehen meine Männer an die Arbeit.

»Alena, hör zu. Ich habe es eben nicht so gemeint«, setze ich dazu an, mich zu erklären, sie winkt meine Worte nur müde ab. In der letzten Stunde habe ich mich so daran gewöhnt, sie mit ihrem Kosenamen anzusprechen, dass es mir beinahe nicht mehr auffällt, während sie es stillschweigend hinnimmt.

Mit elfenhaftem Schwung dreht sie sich um und tänzelt in geduckter Haltung zu Artjom, der einige Meter tiefer in den Schatten lauert.

Hoffnung keimt jedoch in mir auf, als sie in der Bewegung verharrt und sich mir erneut zuwendet. »Nikolai, ich ertrage vieles. Allerdings hasse ich es, wenn man mich für dumm verkauft, deshalb würde ich es vorziehen, wenn wir unsere Konversation auf einem Level halten, das Erwachsenen angemessen ist. Andernfalls wäre ich nicht Chirurgin, sondern Kinderärztin geworden.« Zum zweiten Mal in dieser Nacht bleibe ich sprachlos und mit offenem Mund allein im Schatten zurück. Unfähig, ihr eine kluge Antwort zu liefern oder in irgendeiner anderen Form auf ihre Worte zu reagieren, nicke ich stumm vor mich hin.

Dieses Weib lässt dich dastehen wie den letzten Vollidioten!, schreit der Dämon in mir, doch ich ignoriere ihn.

Auf der anderen Seite des Hafengeländes von Gateway explodiert gerade nicht nur ein, sondern drei Fahrzeuge. Melodisch wie das Dröhnen eines Silvesterfeuerwerks singen die Detonationen im Einklang. Ich bin im Normalfall kein Freund von Sprengstoff, da er in den falschen Händen zu unberechenbar ist. Aus diesem Grund hätte ich nicht damit gerechnet, dass sich die Sprengung dreier Fahrzeuge anfühlt wie ein Miniaturerdbeben. Als die donnernde Schallwelle uns erreicht, beobachte ich Alena eindringlich. Ihre zierlichen Hände krallen sich in Artjoms Brust, während dieser ihr fürsorglich die Ohren zuhält. Zwar zeigt das Gesicht meines Bruders einen unbehaglichen Eindruck, da er niemals freiwillig meinen Zorn auf sich ziehen würde. Er ist nun mal ebenfalls von meinem Vater großgezogen worden und damit ein waschechter russischer Gentleman.

Ich weiß mit unabdingbarer Sicherheit, Artjom würde niemals auch nur ein Fingerglied nach dem ausstrecken, was mir gehört – selbst bei einer kurzweiligen

Angelegenheit wie dieser. Dennoch setzt der Anblick solch vertraulichen Umgangs zwischen den beiden, den guten Teil meiner Seele augenblicklich in Brand. Die giftige Eifersucht vernebelt meinen Verstand und lässt zu, dass der Dämon, welchen ich tief in meiner Seele verborgen halte, für ein Blinzeln das Licht der Nacht erblickt. Ich kann mich geradeso davon abhalten, einen unbedachten Schritt aus meiner Deckung hervor zutun, um Artjoms perfekt geschnittenes Gesicht zu zertrümmern.

»Jetzt oder nie!«, brüllt Anatoli über den Lärm des Chaos' hinweg in sein Funkgerät. Glücklicherweise funktionieren meine Männer in der heutigen Nacht besser als ich selbst.

In einem geölten Automatismus formiert sich die verbleibende Einheit neu, bildet eine Vorhut, welche sich in rasanter Geschwindigkeit daran macht, die anvisierten Container zu öffnen. Das Mittelfeld bildet sich um Ilja, Artjom und mich. Wir stürmen voran, während Alena sich schützend umkreist in unserer Mitte befindet. Schwere Stiefel scheppern über den Asphalt. Über den Funk geben die Männer, welche zuvor das Ablenkungsmanöver initiiert haben, bekannt, den Abtransport der von uns beschlagnahmten Ware zu organisieren. Meine Männer sind eine Familie, wir verlassen uns blind aufeinander, wir leben gemeinsam und wir sterben zusammen.

»Öffnet den größten Container zuerst!«, weise ich an und trete einige Schritte zurück, um mich Artjom zuzuwenden. Zu spät kommt mir der Gedanke, dass es klüger gewesen wäre, Alena zumindest im SUV zurückzulassen. Die Eisentür des Schiffcontainers schwingt mit einem quietschenden Knarren auf und gibt sowohl einen widerlichen Gestank von menschlichen Hinterlassenschaften als auch ohrenbetäubendes, weibliches Geschrei frei.

Es ist ein verabscheuungswürdiges Bild, welches sich in dem mehrere Meter langen Container direkt vor uns erstreckt. Nicht wenige der knapp 20 Frauen sind bewusstlos, müde von der zerrenden Reise auf den Weltmeeren, unterversorgt mit sauberem Wasser und Nahrung. Die restlichen Frauen schreien mit letzter Kraft, so laut sie noch können und kriechen in die hintersten Winkel ihrer vorübergehenden Behausung, um uns auf Distanz zu halten. Verständlich, ich möchte mir nicht ausmalen, was diese jungen Menschen in den vergangenen Tagen durchmachen mussten. Die Kleider der Frauen sind zerrissen und mehr als schmutzig, was ihren unhygienischen Zustand nur verschlimmert. Wenigstens haben diese Arschlöcher von Schleusern für eine ausreichende Frischluftzufuhr gesorgt, sodass ich darauf hoffen kann, keine Leichen bergen zu müssen.

Alena steht mit verkniffenem Mund neben Artjom und starrt stumm ins Halbdunkel des Containers. So viel zu Iljas Zusicherung, sie nichts sehen zu lassen. Allerdings kann ich diese Vorhaltungen nur mir selbst machen, denn ich bin der Idiot, der sie hierhergebracht hat.

Zunächst schweigend ist Anatoli von seiner Position auf einen Stapel von Containern heruntergeklettert und neben mich getreten. »Ich dachte, Popow bezieht seine Ware von Menschenhändlerbanden aus Indien. Diese Mädchen wirken eher, als hätten sie eine europäische Herkunft.« Die Bitterkeit in seiner Stimme sagt mehr als tausend Worte und erinnert mich daran, mir meine Selbstkritik für einen späteren Zeitpunkt aufzuheben. Nach dem Anflug von Schweiß auf seiner Stirn zu urteilen, macht ihm die Situation deutlich zu schaffen. Frauen sind schon immer seine Achillesferse gewesen.

Schulterzuckend schüttle ich den Kopf, ich habe nicht die geringste Ahnung, woher diese Mädchen stammen. Das werden wir herausfinden müssen, nachdem wir sie in unsere Safe Houses gebracht und medizinisch versorgt haben.

Langsam setze ich mich in Bewegung, hebe vorsichtig die Hände, zeige ihnen anhand meiner nackten Handflächen, dass ich unbewaffnet bin, während ich leise auf Englisch beruhigende Worte von mir gebe. Wie zu erwarten, schwillt der Geräuschpegel im Inneren des Metallgehäuses um ein Vielfaches an, als ich mich dem ersten bewusstlos aussehenden Mädchen am Boden nähere, um zu überprüfen, ob sie überhaupt noch lebt. Aufgeregt versuchen die verbleibenden, wachen Frauen, sich aufzurappeln, um ihre Mitgefangene vor meinem vermeintlichen Übergriff zu schützen. Trotz ihrer Situation stehen diese Frauen füreinander ein, was mich schwer beeindruckt. Denn sie wissen genau, was ihnen – wäre ich ein wahrhaftiger Menschenhändler – für ihren Widerstand blühen würde.

Ich führe gerade die nächsten besänftigenden Gesten aus und bekräftige nochmals auf jeder Sprache, welche ich beherrsche, dass ich lediglich helfen will, als eine zierliche, jedoch kraftvolle Hand meinen Ellenbogen packt und mich zurückzieht. Von dem Überfall von hinten überrascht, taumle ich einige Schritte zurück, ehe ich mich Alena zuwenden kann.

Mit den Händen in die Hüfte gestemmt, baut sie sich trotz ihrer schmalen Gestalt vor mir auf. »Was denkst du dir eigentlich, was du da tust, Nikolai? Siehst du nicht, dass diese Frauen vor Todesangst zittern? Verlass augenblicklich diese blecherne Todesgrube und hol irgendwo Wasser für diese armen Menschen!« Mit diesen Worten sticht sie mir ihren Zeigefinger mehrfach in die Brust und winkt mich anschließend weg. Zum dritten Mal am heutigen Tag bin ich zunächst sprachlos.

Ohne zu zögern geht Alena auf die Frauen zu, die vor lauter Verwunderung vergessen, dass sie ursprünglich völlig verängstigt sind. Schlagartig verebbt ihr panisches Geschrei, sodass man das Geräusch einer fallenden Stecknadel auf dem metallischen Boden hören könnte.

Die Statusmeldungen mehrerer meiner Männer über den Funk auf meinem Ohr unterbrechen die Stille, während man mir mitteilt, dass die Hälfte der anderen Container bereits abgearbeitet wurde.

Eigentlich müsste ich unser Vorgehen hier beschleunigen, stattdessen beobachte ich gebannt, wie die Frauen zulassen, dass Alena sich ihnen nähert. Dann hebt sie die Hand und schickt sich an, die Platzwunde einer Frau zu untersuchen.

In diesem Augenblick schieße ich ferngesteuert nach vorn und zerre sie am Arm weg. »Bist du verrückt? Du kannst sie nicht ohne Handschuhe anfassen! Sie ist dreckig und du weißt nicht, welche Krankheiten sie sich in diesem Müllhaufen eingefangen hat. Außerdem haben wir jetzt keine Zeit für eine detaillierte Untersuchung. Wir müssen diese Frauen hier rausbringen.« Wütend über ihre Selbstgefährdung vergreife ich mich im Ton und bereue es sofort.

»Nikolai, das sind Menschen! Sprich nicht so von ihnen!« Ich sehe die Ohrfeige zu spät auf mich zufliegen.

KAPITEL 9

Magdalena

Benebelt von dem furchtbaren Gestank nach Urin und Kohlendioxid setze ich einen Fuß vor den anderen. Seit Nikolai den Container mit leicht verblüfftem Gesicht, auf welchem mein Handabdruck gut sichtbar gewesen ist, verlassen hat, ist unter den Frauen eine regelrechte Erleichterung ausgebrochen. Ich kann immer noch nicht fassen, dass ich ihn tatsächlich geschlagen habe. Ehrlicherweise kann ich mich nicht daran erinnern, wann ich zuletzt Gewalt eingesetzt habe.

Ich wende mich erneut der Frau mit der Platzwunde seitlich am Kopf zu. Zu gerne würde ich mir ihre Verletzung sofort ansehen, doch mir ist bewusst, all die medizinischen Behandlungen müssen warten, bis wir in Sicherheit sind.

Glücklicherweise haben die Frauen bereits Vertrauen zu mir gefasst, sodass ich mit Händen und Füßen gestikulierend zügig vermitteln kann, dass wir von hier verschwinden müssen.

Seit ich in meinen Arbeitsmodus verfallen bin, fällt es mir leichter, einen kühlen Kopf zu bewahren und die Frauen gedanklich bereits in die Ampel-Kategorien rot, gelb und grün einzuteilen, um ihre Behandlung später zu erleichtern.

Vorsichtig kauere ich mich neben eines der bewusstlosen Mädchen. Nicht alle von ihnen werden es aus eigener Kraft aus dieser Hölle schaffen. Ohne großartig nachzudenken, strecke ich aus diesem Grund meinen Kopf aus dem Innenbauch des Containers und erschrecke bei dem Bild, was sich mir bietet. Von mir unbemerkt hat direkt in meinem Rücken ein chaotisches Feuergefecht begonnen. Während ein Kleinbus mit quietschenden Reifen durch die Menge prescht, haben sich um unseren Container mehrere Männer versammelt. Er scheint der Letzte zu sein, indem sich noch Menschen befinden. Ihre Rücken zeigen in meine Richtung und ich kann weder Nikolai noch einen von den Romanov-Brüder sehen.

Schlagartig kippt auch die Stimmung innerhalb des Containers wieder, die Frauen schreien verängstigt auf und ziehen sich in die hinterste Ecke zurück. Auch meine Kehle schluckt plötzlich trocken, leer von Atemluft und erfüllt mit tödlicher Panik. Intuitiv verlassen beruhigende Zischlaute meinen Mund. Jedoch kann ich nicht sagen, ob ich die anderen Frauen oder mich selbst beruhigen möchte. Mein Blut pulsiert durch meine Adern und rauscht bedrohlich in meinen Ohren. Wie ein aufbrausendes Meer verschluckt es Stück für Stück sämtlicher Umgebungslaute. Ich drohe in einen Strudel aus Todesangst, panischer Übelkeit und Schockstarre zu verfallen. Die Welt um mich herum wird kleiner und meine Sicht verschwimmt. Kleine, weiße Sterne kristallisieren sich am Rand des Sichtfeldes. Doch dann packt jemand meinen Ellbogen, laut aufschreiend wende ich den Kopf in Richtung meines Gegners, doch ich bin blind vor Furcht.

»Alena, wenn du mir jetzt ohnmächtig wirst, werde ich dich später so hart übers Knie legen, dass du dir wünschst, vorhin nicht diese beschissene Ich-will-mit-kommen-Szene gemacht zu haben!« Nikolais Stimme donnert wie ein Vorschlaghammer durch den Nebel und lässt mich unvermittelt klar sehen.

Mein Körper reagiert instinktiv und so nicke ich mechanisch. Nur am Rande des Geschehens bemerke ich, wie Nikolais Männer den Container stürmen und die ohnmächtigen Frauen aufsammeln. Nikolais eisblaue Augen, die in einer Mischung aus Wut und Besorgnis auf mich herabstarren, beanspruchen meine volle Konzentration. Langsam beugt er den Kopf und seine Lippen nähern sich meinen auf verheißungsvolle Weise. Für einen Wimpernschlag bin ich geneigt, ihm das Kinn entgegen zu strecken, doch er visiert meinen Mund nicht einmal im Ansatz an.

»Glaub mir, ich zieh mich nachher gern für dich aus. Dann kannst du nach Herzenslust starren, aber jetzt müssen wir hier verschwinden«, zischt er mir zu. Ich kann nicht fassen, dass mich seine Stimme an einem Ort wie diesem erregt, aber es ist geschehen.

Peinlich berührt schiebe ich ihn energisch von mir und eile zu einer der übriggebliebenen Frauen, um ihr aufzuhelfen. Dankbar stützt sie sich mit ihrem Gewicht auf mich, was uns beinahe zum Straucheln bringt. Beherzt greift Nikolai unter ihre Arme und stabilisiert uns damit beide.

Direkt vor der Öffnung des Containers parkt ein leerer SUV, in den wir gehetzt hineinspringen. Sorgsam legt Nikolai die verwundete Frau auf dem Rücksitz ab, während wir ihr gegenüber Platz nehmen. Kaum sind die Türen zugeschlagen, rast das Fahrzeug von dannen, ohne dass ich noch etwas vom Schlachtfeld erkennen kann.

»Vertrau mir, Alena. Die Zustände da draußen möchtest du nicht sehen«, flüstert Nikolai an meinem Ohr. Im Gegensatz zu seiner vorherigen Bemerkung ist seine Stimme monoton und distanziert vom Inhalt der Aussage.

Erschrocken werfe ich den Kopf in seine Richtung. »Sind irgendwelche deiner Männer … Sind sie …?« Mit Daumen und Zeigefinger an den Nasenrücken gedrückt, sortiere ich meine Gedanken. »Gibt es Verletzte?«

Warm legt sich Nikolais Hand auf meinen nackten Unterarm. Dunkel erinnere ich mich daran, seine Kapuzenjacke einer der Frauen umgehängt zu haben.

»Keine Sorge, es gibt maximal ein paar Schürfwunden und Kratzer. Alle meine Männer sind Elitesoldaten. Artjom bildet sie aus und trainiert mit ihnen. Es braucht mehr, um sie zu töten, als eine spielerische Schießerei. Ich möchte nur nicht, dass du die Leichen der anderen Seite ansehen musst.«

Wortlos, mit leicht geöffneten Mund, starre ich ihn an. Doch Nikolai lächelt nur stolz auf mich herab. Ich vergesse, ihn zu verbessern, denn ich habe bereits einige Leichen in meinem Leben gesehen. Deshalb nicke ich nur und betrachte meinen Unterarm, auf welchem weiterhin seine warme Hand liegt.

Als mir nichts Besseres einfällt, beschließe ich, das Thema zu wechseln. »Wo fahren wir hin? Werden die Frauen in deiner Villa untergebracht oder fahren wir zu einem Krankenhaus?« Zu spät wird mir bewusst,

dass ich erneut eine Reihe von möglicherweise uner-
wünschten Fragen gestellt habe. Geschockt schlage ich
mir die Hand vor den Mund und fokussiere die schlafende Frau auf dem Rücksitz. Sie muss völlig erledigt
und am Ende ihrer Kräfte sein.

Bevor ich dazukomme, mir weitere Gedanken darüber zu machen, welche Bestie von Mensch zu solch einer Schandtat im Stande ist, antwortet Nikolai. »Keine
Sorge, Koschka. Stell nur alle deine Fragen. Du wirst
zwar nicht auf jede eine Antwort bekommen, aber ich
bestrafe keine neugierigen Frauen.« Das Herabsenken
seiner Stimme beschert mir eine Gänsehaut. »Lediglich
ungehorsame Frauen werden von mir bestraft.«

Sanft fängt er mein Kinn zwischen Daumen und Zeigefinger ein. »Sag mir, Alena, warst du ein unartiges
Mädchen und musst von mir gemaßregelt werden?«

Zum ersten Mal in dieser Nacht bin ich es, der es die
Sprache verschlägt. *Wie konnte ich innerhalb von einer Nacht von der Fachärztin der Chirurgie zur Sklavin
eines Kriminellen werden?*

Wie es der Zufall will, halten wir in diesem Moment
vor einer Lagerhalle. Das Krächzen rostiger Tore begleitet uns, als wir in die Halle einfahren. Ich nutze die Gelegenheit des zum Stehen kommenden Wagens und
springe beinahe aus der Tür. Mit zusammengezogenen
Augenbrauen blende ich Nikolais überhebliches Lachen aus und inspiziere die Räumlichkeiten kritisch.
Vor uns erstreckt sich kein Krankenlager oder gar etwas Bewohnbares, sondern ein kahles Gebäude. Ich
komme nicht dazu, meinen Unmut kundzutun, denn
Nikolai gibt mir mit einem provokativen Zungen-
schnalzen zu verstehen, ihm zu folgen. Er trägt die

junge Frau in seinen Armen, als würde sie nicht mehr als eine Feder wiegen. Die Augen verdrehend rede ich mir ein, dass es an ihrem abgemagerten Zustand liegen muss.

Alena! Bist du allen Ernstes auf eine Frau eifersüchtig, die in den letzten Tagen vermutlich gefoltert wurde und kurz vor dem Hungertod steht? Chiaras Stimme tadelt mich aus dem Jenseits meines Verstandes.

Wenigstens habe ich die Güte zu erröten und mich für meine eigenen Gedanken zu schämen. Die dunklen Vorstellungen und giftigen Gefühle verbannend nehme ich mir fest vor, jeder einzelnen Frau die bestmögliche Behandlung zukommen zu lassen. Von mir selbst angewidert tapse ich Nikolai widerwillig hinterher.

Dieser Mann macht mich zur schlechtesten Version meiner selbst.

Mit einer gekonnten Bewegung öffnet Nikolai einhändig die Tür, die verschiedene Bereiche der Halle zu trennen scheint. Ich bin fasziniert, als sich vor uns ein weitläufiger Klinikbereich erstreckt. Mehrreihig stehen hochmoderne Krankenhausbetten, abgetrennt durch Sichtschutzwände und Vorhänge. Der Boden glänzt und auch die Wände wirken steril. Im hinteren Teil führt eine durch Plastik verhüllte Schleuse in einen weiteren Gebäudeteil.

»Da hinten ist der Wohn- und Schlafbereich des Safe Houses, falls du ihn dir ansehen möchtest. Er ist nicht sonderlich groß, doch so luxuriös eingerichtet wie möglich. Wir haben hier nicht unendlich viel Platz und die medizinische Station hat leider Vorrang vor dem Komfort«, ertönt eine belustigte Stimme an meinem

Ohr. Schlagartig stelle ich fest, dass mir ungläubig der Mund offensteht und ich gedankenverloren vor mich hinstarre. Entgeistert wende ich mich Nikolai zu, die Frau ist aus seinen Armen verschwunden, welche er nun abwehrend vor der breiten Brust verschränkt.

»Ich … Ich glaube, ich brauche einen medizinischen Kittel und ein Stethoskop.« Als seine Augen sich missmutig verengen, füge ich zügig hinzu: »Wenn es dir nichts ausmacht, würde ich hier gern helfen. Mein Fachgebiet ist zwar die Chirurgie, aber ich bin auch allgemeinmedizinisch ausgebildet.«

Das Grinsen, was er sichtbar auf seine Züge zwingt, gleicht einer widerwilligen Grimasse. »Für mich arbeiten die besten Ärztinnen und Ärzte des Landes. Ich glaube, dein Typ wäre im Augenblick eher woanders gefragt.« Der letzte Satz gleitet so leise von seinen Lippen, dass ich weiß, er ist nur für mich bestimmt. Er soll mich an meine mit dem Deal besiegelten Pflichten erinnern, doch meine Schuldgefühle und der Drang zu helfen wird übermächtig.

»Mein Name ist Doktor Magdalena Lehmann. Ich brauche einen Kittel und medizinische Utensilien. Kann mir jemand sagen, welche Patientin als Nächstes an der Reihe ist?«, rufe ich auf Englisch über meine Schulter und lasse Nikolai ein weiteres Mal an diesem Abend ohne ein weiteres Wort zurück. Ich weiß, er wird wütend sein, wenn wir zum Haus zurückkehren. Allerdings fürchte ich seinen Zorn nicht – nicht so sehr wie die wahrwerdende Tatsache, nicht geholfen zu haben. Es ist mittlerweile wie ein innerer Zwang, meine Fähigkeiten zu nutzen, um anderen zu helfen. Das medizinische Team scheint einen gewissen Entscheidungsspielraum zu haben, denn kommentarlos wird mir gereicht, wonach ich verlangt habe. Anschließend werde ich in die Örtlichkeiten eingewiesen, bevor man mir meine erste Patientin vorstellt.

So vergehen scheinbar Stunden, während ich von Patientin zu Patientin husche, Vitalwerte prüfe, Wunden reinige und hier und da einen kleinen Plausch halte. Erst als in den frühen Morgenstunden alle 35 Frauen, die wir in der vorherigen Nacht aus den Frachtcontainern gerettet haben, versorgt sind, schiele ich auf die Uhr. Wie zu meiner Schulzeit hängt sie genau über dem Türrahmen, durch welchen wir die Frauen Stunden zuvor hereingebracht haben. Es ist kurz vor fünf Uhr und ich bin bereits seit über 24 Stunden auf den Beinen, wenn man meine Betäubung außer Acht lässt, weshalb ich mich blindlings mit einem erschöpften Stöhnen auf den nächsten verfügbaren Stuhl plumpsen lasse und meine verspannte Nackenmuskulatur massiere.

Völlig am Ende meiner Kräfte lasse ich den Kopf in meine Handflächen sinken. »Geschafft! Ich weiß überhaupt nicht, was anstrengender ist. Eine 24-Stunden-Schicht oder mich jetzt dem wütenden Russen zu stellen, der nichts weiter will, als sich an meinem Körper zu vergehen«, murmle ich mit den Lippen an meinen Handballen. Meine Augenlider sind bereits zugefallen und ich schaffe es kaum noch, mich auf diesem unbequemen Stuhl aufrecht zu halten. Wenn ich jetzt daran denke, mich mit Nikolai und dieser Art von Beziehung, die wir haben oder nicht haben, auseinandersetzen zu müssen, wünsche ich mir, noch eine weitere Schicht hintanzustellen. Wie konnte es so weit kommen, dass ich nicht nur meinen Körper, sondern auch gleich meine Seele an diesen Mann verkauft habe?

Du hast es für diese beiden hilflosen Kinder getan, Magda. Du hast ihnen hierdurch ein Licht geschenkt, als sie auf keines mehr hoffen konnten. Außerdem hast du das ausgeprägteste Helfer-Syndrom, das mir jemals untergekommen ist!, schaltet sich Chiara in mein übermüdetes gedankliches Selbstgespräch ein.

Wenn ich weiterhin in Gedanken mit einer Freundin rede, die ich seit einer ganzen Weile nur per FaceTime gesehen habe, kann mich Nikolai vermutlich in eine Psychiatrie bringen, bevor er mich mit in sein Bett nimmt. Wären vor lauter Schlafmangel meine Gesichtszüge nicht schlaff, hätte ich beinahe laut aufgelacht, bei dem Gedanken, wie Nikolai sich mich in sexy Dessous vorstellt, während ich in Wahrheit eine weiße Zwangsjacke trage. Die Idee, mich Nikolai in knappen Negligés zu zeigen, lässt mich vollends abdriften. Schon bald verschwimmen die Hintergrundgeräusche der Realität und die Traumwelt umgarnt mich mit sanften Klängen. Ich träume von einem Ritter auf einem weißen Ross, der mich vor der Grausamkeit der Wirklichkeit rettet, mit starken Armen hebt er mich auf sein Pferd und reitet mit mir in den Sonnenuntergang. Mein Kopf lehnt entspannt an seiner Brust und ich kann seinen gleichmäßigen Herzschlag an meinem Ohr fühlen. Als er das Visier seines Helmes öffnet, blicke ich ausgerechnet in sein Gesicht. Der Ritter ist Nikolai.

KAPITEL 10

Nikolai

Mit fliegenden Schritten durchquere ich die Gänge des Anwesens, angetrieben von flammendem Zorn, während dieses wundervolle Wesen tief in meinen Armen vor sich hin schlummert. Alenas Worte wollen mir immer noch nicht so recht aus dem Kopf gehen. Sie hat davon gesprochen, dass ich mich an ihrem Körper vergehen würde, als wäre ich ein dreckiger Bastard, der sich einen Scheiß um die Gefühle einer Frau schert. Nicht ein einziges Mal in meinem Leben bin ich mit einer Frau zusammen gewesen, die mich nicht zu einhundert Prozent wollte. Ich schlafe weder mit Frauen, die betrunken noch die high von irgendwelchem Stoff sind. Schließlich bin ich zwar ein Bratva Pakhan, aber kein gewissenloses Schwein.

»Außerdem kenne ich keine Frau, die dich jemals nicht in ihrem Bett wollte«, gibt Anatoli, der unbeachtet an meine Seite getreten ist, zum Besten. Erst als er auf meine Gedanken zu antworten scheint, bemerke ich, dass ich all diese Punkte laut ausgesprochen habe. Wie ein Trottel habe ich vor mich hingeschwafelt.

»Sei st- ach, Scheiße! Wieso sagt sie so etwas? Habe ich ihr heute nicht genügend Anlass dazu gegeben, mir zu vertrauen?«, grummle ich. Ich gebe es auf, die Fassade der betonten Gelassenheit aufrechtzuerhalten, denn mein Bruder würde mich ohnehin durchschauen. Es ist sinnlos, Anatoli oder Artjom etwas vorspielen zu wollen. Auch wenn Anatoli an manchen Tagen der größte Idiot ist, schätze ich ihn und lege Wert auf seine Meinung. Er ist nicht umsonst meine linke Hand.

Seufzend bleibt Anatoli vor der Tür meiner Suite stehen. Seinen breiten Rücken an die gegenüberliegende Wand lehnend fährt er sich mit der Hand durch das hellblonde Haar. »Bruder, sie ist noch keine vollen 48 Stunden in deinem Haus. Was erwartest du? Dass sie in dieser Zeit sowohl ihre Beine als auch ihr Herz für dich öffnet? Vor allem, nachdem du ihr bereits deutlich gemacht hast, dass sie nur eine vorübergehende Laune darstellt.«

Als er nicht sofort eine Antwort von mir erhält, stößt er sich kopfschüttelnd von der Wand ab und tritt den Weg in Richtung des Ostflügels an. »Du solltest nicht vergessen, dass du sie mit diesem Deal hierzu gezwungen hast. Sie mag zwar freiwillig zu dir gekommen sein, aber bleiben wird sie nur wegen der Kinder, die du sponsorst.«

Dann ist er verschwunden und lässt mich allein mit all den wirren Gedanken und Emotionen zurück.

Möglichst leise öffne ich die Tür und trage Alena zum Bett hinüber. Sanft lasse ich sie in die Kissen gleiten und will gerade ihren Körper mit einer leichten Decke zudecken, als mir auffällt, dass sie noch in ihrem Arztkittel steckt. Es wäre durchaus unhygienisch, in dieser Kleidung zu schlafen. Allerdings muss ich mir ebenfalls eingestehen, dass ich das Gefühl ihrer weichen, warmen Haut auf meiner bereits seit Stunden vermisse.

Ein Teil von mir verflucht immer noch Anatoli dafür, dass er unser Stelldichein in der Dusche ruiniert hat.

Mit den Fingerspitzen ziehe ich ihr den Kittel von den Schultern und entledige sie des darunter liegenden Pullovers, ehe ich Alena schlussendlich in einem schlichten, schwarzen Top und ihrem Slip vor mir liegen habe. Der schwache Lichtschein der Lampe auf dem Beistelltisch verleiht ihrer Haut einen geheimnisvollen, rosigen Ton und ich merke erst, dass ich die Kontrolle verloren habe, als ich ihre Körperwärme an meinen Fingerkuppen spüre. Ich weiß nicht, wie lange ich gedankenverloren behutsame Kreise auf ihren Arm male. Ihr Duft umfängt mich wie der Rausch einer mächtigen Droge. Das feine Aroma nach Vanille und etwas, von dem ich glaube, dass so die Wolken am Himmel riechen, brennt sich in mein Gedächtnis. Innerhalb weniger Minuten bin ich süchtig nach dieser Frau.

Könnte sie womöglich mehr sein als ein simples Spielzeug für mich?

Schließlich hat sich mir heute bereits in mehreren Situationen widersetzt und scheint meistens nicht einmal Angst vor mir zu haben. Ich kann mich auch nicht daran erinnern, jemals so fasziniert von einer Person gewesen zu sein. Bevor meine Gedanken erneut in den Zuckerwattenhimmel ihrer Berührung eintauchen, gräbt sich der brennende Dolch der Erinnerung von hinten in mein Herz. In Dauerschleife laufen Alenas gemurmelte Worte durch meinen Kopf, in einer Lautstärke, die es mir unmöglich macht, sie beiseite zu wischen. Meine Unfähigkeit, ihr die notwendige Gleichgültigkeit entgegenzubringen, macht mich rasend vor Zorn. Ich sollte dringend Dampf ablassen, bevor der aufsteigende Groll in meinem Inneren zu Selbsthass mutiert und den dunklen Teil meiner Seele weiter nährt.

Dennoch hat Anatoli in einem Punkt recht, ich sollte auf keinen Fall vergessen, dass sie nicht um meinetwillen hier ist, sondern auf mein Geheiß hin. Sie hat sich durch unseren Deal buchstäblich dazu entschieden, meine Gefangene zu sein. Für zwei Kinder, die sie gerade einmal 10 Tage in ihrem Leben begleitet hat. Unmittelbar nach unserem Gespräch hatte Dima alle notwendigen Informationen über sie zusammengetragen. Ihre Geschichte ist wahr, ihre Absichten sind ehrbar und ihr Gewissen ist so rein wie der unberührte Schnee eines russischen Winters. Dennoch fällt es mir schwer, ihre Motive zu verstehen. Mir ist unklar, weshalb sie sich durch einen Deal in eine derartige Lage bringt, um fremden Kindern eine Chance zu verschaffen, die nicht einmal zu einhundert Prozent erfolgversprechend ist. Was ich diesen Kindern durch die Aufnahme in die gewünschte Einrichtung gewähren kann, ist lediglich eines: eine Chance. Und trotzdem hat Alena sich bewusst in die Höhle des Löwen begeben, indem sie mein Angebot angenommen hat.

Unbemerkt haben sich meine Finger auf ihrer Haut selbstständig gemacht, und die Unschuld ihres Oberarms längst hinter sich gelassen, um nun die Vertiefung zwischen ihren Brüsten hinabzugleiten, als ich mich dabei erwische. Ruckartig will ich meine Hand zurückziehen, noch nie habe ich eine Frau ohne ihre Erlaubnis unsittlich berührt, schon gar nicht im schlafenden Zustand.

Na gut. Ein kleines Schmunzeln zaubert sich auf mein Gesicht. Natürlich habe ich bereits die ein oder andere Frau mit sinnlichem Vergnügen durch meinen Mund geweckt. Aber nicht in einem Stadium, in welchem ich mich gerade mit Alena befinde. Einem Stadium, in dem ich nicht einmal sagen kann, wo wir uns befinden.

»Nikolai!« Das Stöhnen, das ihren Lippen entweicht, hallt in der Leere meines Schlafzimmers wider. Wie gebannt warte ich darauf, dass Alena aufwacht und mir die Ohrfeige meines Lebens verpasst. Doch das einzig Erwachende sind ihre steifen Nippel, die sich wie kleine Himbeeren unter ihrem Top abzeichnen.

Alena hingegen versinkt tiefer im Land der Träume und beschert mir, ohne es zu wissen, den härtesten Ständer, den ich jemals gespürt habe. Verwirrung und sexuelle Frustration kämpfen um die Vorherrschaft in mir.

Seufzend ziehe ich mir einen Sessel an ihre Seite des Bettes heran und lehne mich zurück. Ich kann mich nicht dazu überwinden, mir selbst etwas Schlaf zu gönnen. Zu überwältigend ist der Drang, sie weiterhin zu betrachten.

An Schlaf ist für mich ohnehin nicht mehr zu denken, da die Uhr auf dem Beistelltisch bereits sieben Uhr am Morgen anzeigt und mein Tag im Normalfall längst begonnen hätte. Aus diesem Grund lösche ich das Licht, überlasse Alena ihren Träumen.

Alena hat es innerhalb weniger Stunden geschafft, meine Gier nach ihr zu wecken. Ich musste sie nur ein einziges Mal schmecken, um in ihrem Bann schier zu ertrinken. Ich kann nicht leugnen, dass es mich anmacht, wie sie sich mir widersetzt. Wie sie ihre Demut beinahe vollständig vergisst, wenn sie mir mit gehobenem Kinn entgegentritt. Die meisten Frauen aus meiner Vergangenheit werden feucht bei den Unmengen an Geld, Ruhm und medialer Aufmerksamkeit, die meine Person umgeben. Mein durchtrainierter Körper tut sein Übriges in dieser Hinsicht.

Ihr scheint all dies vollkommen gleichgültig zu sein. Selbstverständlich ist sie nach London gereist, um mein Prestige in der medizinischen Fachwelt in Anspruch zu nehmen. Jedoch ging es ihr in keiner Sekunde, um eine teure Handtasche oder ein Paar Schuhe von Christian Louboutin. Nein, sie verschenkte ihren Körper samt Seele für die medizinische Behandlung zweier Kinder.

Eine Weile sitze ich schweigend im Halbdunkeln, beobachte die verschwommenen Linien ihrer Silhouette und lasse mich in dem Wildwasserfluss meiner Gedanken ziellos umhertreiben. Erst als die sachte leuchtende Anzeige auf meiner Smartwatch kurz vor acht Uhr anzeigt, erhebe ich mich lautlos und verlasse die Suite. Denn es ist an der Zeit für mich, eine Entscheidung zu treffen, wie ich weiter vorgehen will. Den Schlaf werde ich zu einem späteren Zeitpunkt nachholen müssen, was nichts Neues für mich ist.

Meine Schritte hallen erneut von den Wänden wider, als ich mich zu meinem Büro begebe. Ich habe bereits entschieden, dass Alena länger bleiben wird als eine Woche, weshalb ich Dima per Textnachricht anweise, alles in die Wege zu leiten. Vermutlich wird er sich in irgendwelche Konten hacken und sämtliche Unterlagen fälschen, um Alena unbezahlt freistellen zu lassen. In einer weiteren Nachricht lasse ich Maxim wissen, dass er in Absprache mit Dima nach Berlin reist, um dafür zu sorgen, dass Alena noch einen Job und eine Wohnung hat, wenn ich mit ihr fertig bin. Es gibt nichts auf dieser Welt, was nicht mit einigen Koffern voll Bestechungsgeldern gelöst werden kann. Sobald alle Vorkehrungen getroffen sind, werde ich Alena über die Planänderung in Kenntnis setzen.

Wider Erwarten bin ich nicht allein, als die Tür meines Arbeitszimmers hinter mir ins Schloss fällt. Anatoli und Artjom erheben sich aus reiner Gewohnheit aus ihren Sesseln am prasselnden Kaminfeuer. Lediglich der ungebetene Gast, welcher auf meinem Sessel herumlungert, kommt nicht auf die Beine.

»Gavril, welcher Umstand verschafft mir die Ehre deines Besuchs?« Zielstrebig fülle ich zwei Gläser mit drei Fingerbreit Wodka und überreiche eines davon meinem Freund. Aus dem Augenwinkel nehme ich wahr, wie Artjom mir seinen Sessel zurechtrückt. Dankbar lasse ich mich gegenüber von Gavril in das Polster sinken und stelle mein Glas unangerührt auf den Beistelltisch. Gespannt, was Gavril Shestakow mir mitzuteilen hat, lege ich die Fingerspitzen aneinander. Der kälteste aller Anführer unserer Truppe taucht nicht umsonst im Morgengrauen auf meinem Anwesen auf. Die Shestakow-Bratva ist Teil des Heartless-Kings-Syndikats. Als deren Pakhan ist Gavril für Sankt-Petersburg und hier in Großbritannien für die Gegend um Manchester zuständig. In Russland hält er sich nur noch selten auf. Manchmal glaube ich, dass ihm in seinem Palast in der russischen Heimat langweilig ist.

Gavril zuckt nicht einmal mit einer Wimper über die Tatsache, dass Artjom und Anatoli im Raum verbleiben. Wir vier sind miteinander befreundet, seit wir krabbeln können, weshalb er sich auf meinem Anwesen bewegt, als wäre es sein eigenes. Gut, Gavril ist auch der unverschämteste Mensch, den ich kenne. Dennoch ist er einer der gefährlichsten Männer auf diesem Planeten und nicht zu unterschätzen.

Ein bösartiges Grinsen schummelt sich auf die Gesichtszüge meines Freundes. »Man munkelt, du hast Besuch, Kolja. Wer ist die schöne Frau, die du eben noch ins Bett bringen musstest? Die halbe Unterwelt zerreißt sich bereits das Maul darüber, ob der zynische Anführer der Heartless Kings demnächst unter die Haube kommt.«

Wie töricht von mir, zu vergessen, dass Gavril sein Ziel niemals verfehlt. Mit zwei lächerlich banalen Sätzen hat er das Feuer in mir entfacht und ich spiele ihm mit meiner intensiven Reaktion in die Karten. Allerdings schaffe ich es nicht mehr, mich rechtzeitig zu zügeln. Aufgebracht überwinde ich die wenigen Schritte zwischen unseren Plätzen und vergrabe meine Finger wie Klauen im Kragen seines blütenweißen Hemdes. Gavril und ich sind ungefähr gleich groß, weshalb ich ihn mit dieser Aktion lediglich auf die Füße ziehe. Doch meine Wut verfolgt sein unmissverständliches Ziel.

»Sprich niemals über Dinge, die du nicht einzuschätzen vermagst, mein Freund«, blaffe ich ihn an.

Der frostige Blick meiner stahlblauen Augen bohrt sich durch seine schwarzen Iriden direkt in die Dunkelheit seiner Seele hinein. Schon lange hat keine Lichtquelle diesen Teil von Gavril mehr berührt. Wir mögen zwar gemeinsam aufgewachsen sein, doch an welchem Tag seines Lebens, sich ein Schatten über meinen Kindheitsfreund gelegt hat, kann ich nicht sagen. Vermutlich war es ein schleichender Prozess, der ihn abstumpfen ließ, bis er schließlich in die endlose Tiefe der Finsternis eingetaucht ist. Jedes Mal, wenn wir uns begegnen, hoffe ich, dass er den Kampf gegen den Wahnsinn in seinem Verstand nicht verlieren wird.

Gavrils überraschendes Gelächter lässt meinen Zorn verpuffen. »O mein Freund, du bist hoffnungslos verloren. Heirate sie, bevor sie klugerweise ihre sieben Sachen packt und das Weite sucht.« Weiß blitzen Gavrils Zähne im Schein des Kaminfeuers auf, er verhöhnt mich maßlos. Meine Ohren sind taub für seinen Zynismus, denn schlagartig ist es, als hätte jemand den Lautlos-Knopf für diese Welt gedrückt. Der einzige Gedanke, der meinen Verstand regiert, dreht sich erneut um Alena. Tausende Fragen prasseln auf mich ein, während ich damit hadere, ob ich mir eine Bindung für die Ewigkeit vorstellen könnte. Unfähig zu einem aussagekräftigen Ergebnis zu kommen, beschließe ich, mir selbst Einhalt zu gebieten.

Diesem Unsinn ein Ende machend, stoße ich Gavril an der Schulter von mir. »Wenn du nur gekommen bist, um meine Führungsentscheidungen zu kritisieren, weißt du ja, wo sich die Tür befindet.« In der Hoffnung, meine Emotionen vor den Anwesenden verbergen zu können, marschiere ich zu der Anrichte mit den Spirituosen und befülle erneut mein Glas.

»Wenn du von Entscheidungen sprichst, Kolja, meinst du dann die Ärztin oder Popows gestohlene Mädchen?«, bohrt Gavril unablässig weiter.

Es verwundert mich nicht, dass sich diese Aktion innerhalb weniger Stunden in unseren Kreisen verbreitet hat. Ich kann nur beten, dass Popow keine handfesten Beweise dafür findet, dass meine Leute seine Ware in den letzten Monaten routiniert entwendet haben. Ehe ich etwas auf Gavrils Frechheiten erwidern kann, schießt Anatolis Faust hervor und trifft Gavril unwirsch am Kiefer. Der andere Russe hingegen zuckt nicht einmal zusammen, zeigt sich von der Wucht des Aufpralls unbeeindruckt.

»Du magst zwar ein Pakhan sein, Gav, aber wage es niemals, innerhalb dieser Wände so von Menschen zu sprechen. Wir haben diese Frauen befreit und ihnen damit die Chance auf ein Leben frei von Vergewaltigung und Ausbeutung ermöglicht«, plädiert Anatoli, der einen weiteren Schritt vorgetreten ist.

Teilnahmslos lässt Gavril seine linke Hand zurück an seine Seite fallen. »Schon gut, Evgenij, unser Freund hier war in Bezug auf die wirklich lukrativen Geschäfte schon immer etwas dünnhäutig. Lass es gut sein.«

Krampfhaft unterdrücke ich den Drang, mich im Raum umzusehen. Wie konnte es mir entgehen, dass Gavril selbstverständlich nicht ohne seinen besten Freund und treuen Begleiter Evgenij Volkov aufgetaucht ist. Evgenij ist Gavrils Stellvertreter in der Shestakow-Bratva und bekannt als der Unsichtbare. Artjom und er gehörten lange Zeit den gleichen Elitetruppen des Untergrunds an, bevor sie dazu übergingen, unsere Kassen als Militärberater und Trainer aufzustocken. Nicht, dass auch nur einer von uns dieses Geld nötig hätte, aber mein Vater hielt es stets für klug, den Kontakt in die Legalität so nah wie möglich zu halten.

Zu meiner Erleichterung tritt Evgenij aus dem Schatten an Gavrils Seite. Für einen Außenstehenden mag er gleichgültig wirken, doch eine einzige Falte auf der Stirn verrät seine stumme Besorgnis. Niemals würde er es laut aussprechen, aber die Angst, Gavril zu verlieren, regiert in vielen Situationen seinen Verstand.

Beschwichtigend räuspert sich Artjom in meinem Rücken, der inzwischen weitere Stühle besorgen lassen hat. »Meine Herren, wir sollten uns möglicherweise setzen, um die Geschäfte zu besprechen. Gav, ich nehme an, du bist nicht ausschließlich den weiten Weg von Manchester hergekommen, um Kolja zu piesacken, oder?« Seine monotone Stimme verflüchtigt die Aggressionen gezielt, weshalb wir Platz nehmen.

Die Beine über die Stuhllehne schwingend, sucht Gavril eine bequeme Position. Dieser Mann schafft es lediglich im Konferenzraum eine adrette Haltung anzunehmen. »Nein, du hast recht. Ich bin hergekommen, um über das weitere Vorgehen zu beraten. Kolja, du hast dem Rest des Syndikats nur eine kurze Nachricht über eure nächtliche Mission hinterlassen. Der verdammte Ire hat mich deshalb mitten in der Nacht aus einem warmen Bett mit vier hübschen Frauen geholt. Popow hört sich bereits auf den Märkten nach den Mädchen um. Sie suchen sogar mit Fotos nach ihnen, was heißt, sobald du Pässe für sie erstellen lässt, hat er dich in der Hand. Ich bin gekommen, um dich zu warnen.« Nachdenklich schüttelt Gavril den Kopf.

»Damit mussten wir rechnen. Es ist nicht die erste Lieferung, die wir abfangen.« Mein Blick schweift über

Anatoli hinweg, bevor ich fortfahre. »Es wird auch nicht die Letzte sein. Die Behörden werden von Popow kontrolliert, sie auf den Plan zu rufen, würde nichts bringen. Wir müssen selbst handeln.« Egal, was sie von meiner Entscheidung halten, die anderen sechs Familien des Syndikats werden hinter mir stehen, denn sie haben mich zu ihrem Anführer gewählt.

»Das ist verständlich, dennoch sollten wir unsere nächsten Schritte mit Bedacht wählen. Popow Senior und Junior mögen zwar verfickte Bastarde sein, aber sie sind noch zu mächtig, auch wenn sie weiterhin an Zuspruch verlieren. Die Unterwelt ist bereits in Aufruhr, da sie einen internen Krieg zwischen der Familie und dem Syndikat vermuten. Wir waren in unserer Haltung Popow gegenüber nicht gerade schüchtern in den letzten Monaten«, wirft Artjom ein. Ganz der Soldat konzipiert er lange im Vorfeld einen einsatzfähigen Schlachtplan.

Wegwerfend hebt Gavril die Hand, das Grinsen auf seinem Gesicht verrät mir, dass er unlängst eine Idee hat. Vermutlich sind wir die Letzten, die er über seinen zukünftigen Wahnsinn informiert.

Kopfschüttelnd fordere ich ihn auf, endlich zu sprechen. Ich kann nicht glauben, dass er mal wieder hinter meinem Rücken agiert hat, obwohl ich das ranghöchste Mitglied der Heartless Kings – dem Syndikat bin.

Irgendwie scheine ich in letzter Zeit rapide an Respekt zu verlieren, schießt es mir durch den Kopf. Leider kann ich Alena hierfür nicht die Schuld geben, ich war nachlässig mit meinen Pflichten. Zu gefühlsduselig.

»Wenn du dann fertig mit deinen inneren Vorwürfen bist, Kolja, fahre ich fort. Niemand zweifelt an deiner Stellung, mein Freund, du musst lernen, die Arbeit mit allen zu teilen. Also: Der verdammte Ire, den du, warum auch immer, zu deinem zweiten Stellvertreter ernannt hast, hat mir erklärt, dass er nächsten Freitag in Dublin eine Gala geben wird. Jedes Mitglied des Syndikats, das es einrichten kann, wird dort erscheinen. Die Popows sind ebenfalls eingeladen. Wir werden gute Miene zum bösen Spiel machen und diesem Arschloch etwas Honig ums Maul schmieren. Oder wie der Ire es formulierte, die Einheit der Unterwelt demonstrieren und den großen Familien Respekt zollen.« Dramatisch verdreht Gavril die Augen, um mir buchstäblich zu zeigen, was er von dieser Formulierung hält. Für Konventionen hat Gavril kein müdes Lächeln übrig, ausschließlich einen erhobenen Mittelfinger. Er bemüht sich nicht, den anderen Familien zu gefallen. Menschen, die ihm widersprechen oder seinen Stolz ankratzen, landen häufig an seinem Lieblingsort, dem heimischen Folterkeller.

Wenn Gavril vom *verdammten Iren* spricht, meint er Aiden McCarthy und damit die Familie, die dank mir im Syndikat den Bronzerang begleitet. Aiden, auch TJ genannt, ist der Jüngste aller Anführer im Syndikat, sodass die anderen Familien etwas erstaunt waren, als ich ihm und seinen Brüdern einen Rang gegeben habe. Ihn als meinen zweiten Stellvertreter zu haben, habe ich nie bereut, denn Aiden leitet seine Mafia ehrenhaft und ich mag, dass er häufig einen anderen, vermutlich diplomatischeren Blick auf die Sachlage hat. Auch in dieser Situation ist die Idee des Oberhauptes des

McCarthy-Clans nicht schlecht. Wir mimen die Unschuldslämmer und beruhigen die restlichen Familien der Unterwelt, die nicht Teil des Syndikats sind. Womöglich verliert sich auch Popows Verdacht gegen uns, wenn er zu einer unserer Festlichkeiten eingeladen wird. Es wäre nicht die erste Einladung zu einer solchen Feier, weshalb kein Argwohn geweckt werden sollte.

Von der Idee angetan, lehne ich mich im Sessel nach vorn und stütze die Ellenbogen auf meinen Oberschenkeln ab. »Weshalb will er fast eine ganze Woche warten?« In meinem Verstand sind erneut die Würfel gefallen. Ich habe eine Entscheidung getroffen, die an Wahnsinn grenzt, und alle in Erstaunen versetzen wird. Meinetwegen könnte die Gala bereits am heutigen Abend stattfinden.

Neben mir räuspert sich Anatoli. »Das war vorhin meine Idee. Erstens wäre es verdächtig, eine überstürzte Gala sofort nach einem Überfall zu geben. Und zweitens hat mir mein Bauchgefühl gesagt, dass du eine Idee haben wirst, die einer Vorbereitungszeit bedarf.«

Lächelnd nicke ich ihm zu, hole mir eine zweite bestätigende Kopfneigung von Artjom ein, bevor ich mich Gavril erneut zuwende. »Sag dem Iren, wir werden da sein. Möglicherweise können wir sie etwas ablenken, wenn ich Alena in die Gesellschaft einführe.« Energiegeladen erhebe ich mich von meinem Platz, denn der Plan, welcher sich in meinem Kopf formiert, nimmt erfolgreich feste Züge an. »Sie suchen nach Neuigkeiten, dann werden wir während der Gala eine Bombe platzen lassen.« Vorfreudig schlage ich mit der Faust in meine Handflächen.

Der Wahn in Gavrils Gehirn hat meine Pläne unverzüglich durchschaut. Ein berechnendes Grinsen, das ich schon einhundert Mal gesehen habe, ziert sein Gesicht, als er sich erhebt und mir die Hand schüttelt. »Männer, lasst uns die notwendigen Vorbereitungen treffen. Wir geben schon bald die Verlobung des Oberhauptes der Markov-Bratva bekannt.«

Natürlich liegt Gavril mit seiner Aussage richtig.

In der nächsten Stunde gebe ich weitere Anweisungen, um Alenas Aufenthalt hier ins Unendliche zu verlängern. Ich informiere Dima und Maxim über die Planänderung und bitte sie, alles Notwendige für unsere Hochzeit in die Wege zu leiten. Die Papiere werden mit etwas Bestechung kein Problem sein. Genauso wenig wie ihr Job und ihre Wohnung. Freunde, die Alena nahe stehen und sie vermissen werden, gibt es nach Dimas Recherche nicht. Lediglich eine Freundin in den USA, mit der Alena gelegentlich Videoanrufe teilt. Meine Sorge gilt aus diesem Grund eher Alenas Reaktion, wenn ich ihr irgendwann sagen werde, dass ich unseren Deal einseitig nicht nur um eine Verlängerung, sondern auch um eine Hochzeit erweitert habe.

KAPITEL 11

Magdalena

Eine knappe Woche später wache ich wieder einmal völlig desorientiert auf. Trotz der Wärme des weichen Stoffs, der meine nackte Haut liebkost, fühle ich mich verunsichert. Erst als der Schleier, welcher meine Pupillen trübt, sich langsam zurückzieht und meine Sicht klarer wird, erkenne ich, wo ich mich befinde. Schlagartig kehrt in diesem Moment auch die Gewissheit über meine Situation und die vergangenen Tage in meine Erinnerung zurück. Bilder, wie ich vor Nikolais Schreibtisch stehe, während er mir mit monotoner Stimme von seiner Entscheidung erzählt, dass er meine Zeit bei ihm verlängert hat. Dima und Maxim, die mir berichten, dass sie alles Notwendige geregelt haben, ohne näher darauf einzugehen, was genau das heißt. Die Erinnerung an das Gefühl der Leere, das mich nach diesem Gespräch für die darauffolgenden Tage erfasst hat, blitzt erneut in meinem Gedächtnis auf. Genauso wie die Akzeptanz, die sich in den letzten Tagen eingestellt hat.

Ich werde also noch eine ganze Weile hierbleiben. Trotzdem kämpfe ich noch jeden Morgen damit, mich mit meiner neuen Realität zurechtzufinden.

Ruckartig setze ich mich auf, wobei die Decke von meinen Schultern rutscht und meinen nackten Busen entblößt.

»Scheiße, warum zur Hölle bin ich nackt?«, entfährt es mir entgeistert, während ich mich zügig wieder bedecke.

»Du bist nackt, weil dein Pyjama schon wieder vollständig durchgeschwitzt war. Ich wollte nicht, dass du dir den Tod holst, wenn ich dich darin schlafen lasse. Komisch, dass du nur Albträume zu haben scheinst, wenn ich nicht neben dir im Bett liege«, ertönt eine Stimme von der Seite. Erschrocken fahre ich zusammen und mein Kopf ruckt nach links. Vor lauter Schock vergesse ich prompt meine Blöße und starre entgeistert zu dem Mann herüber, der für dieses gesamte Chaos in mir verantwortlich ist. Nikolai steht lässig am Türrahmen des angrenzenden Badezimmers gelehnt, seine Hemdsärmel sind hochgekrempelt, während seine marineblaue Anzughose samtig seine Beine umschmeichelt.

An die Träume, die wohl der Grund für meine nächtlichen Schweißattacken sind, kann ich mich morgens nie erinnern. Ich nehme an, dass mein Verstand immer noch die Eindrücke der letzten Woche verdaut.

Bisher habe ich noch nie bewusst mit ihm in einem Bett geschlafen, denn er kommt erst ins Bett, wenn ich bereits eingeschlafen bin und wacht täglich vor mir auf, sodass ich nur anhand des Abdrucks im Kopfkissen erkennen kann, dass er neben mir geschlafen hat. Auch tagsüber sind wir uns in der letzten Woche kaum begegnet, da er sich in seinem Büro in der Innenstadt zu verschanzen scheint. So vertreibe ich mir die Zeit mit Spaziergängen über das Anwesen und verschlinge ein Buch nach dem anderen aus seiner Bibliothek.

Nikolais Gesicht ziert ein selbstsicheres Grinsen, als er sich von der Wand abstößt, den Raum durchquert und geradewegs auf mich zukommt.

Er scheint einen leichten Luftzug auszulösen, denn die sich versteifenden Brustwarzen lassen mich meiner Nacktheit schmerzlich bewusst werden. Errötend greife ich blind nach der Decke und versuche gleichzeitig, meine restliche Würde zusammenzukratzen.

»Keine Angst, Koschka. Das ist nichts, was ich nicht schon gesehen hätte. Schließlich haben wir bereits gemeinsam geduscht und ich musste dich heute Morgen bei Sonnenaufgang aus den klebenden Klamotten schälen.« Er lacht rau.

Schäumend begehrt der Zorn der Rebellin in mir auf, doch ich kämpfe sie nieder und rufe mich selbst zur Ordnung. Es hat noch nie jemandem geholfen, in schwierigen Angelegenheiten den Kopf zu verlieren und um sich zuschlagen.

Lautlos stoße ich die Wut in einem einzigen Atemzug aus. »Würdest du mir freundlicherweise fünf Minuten geben, damit ich mich frisch machen kann?«, zische ich zwischen zusammengepressten Kiefern hindurch, erhebe mich so würdevoll wie nur möglich und trete, eingehüllt in die Bettdecke, meinen Weg zum Badezimmer an.

Im Badezimmer angekommen, erwartet mich die nächste Überraschung. In diesem Moment scheint der Morgen eine gute Wendung zu nehmen, denn ich finde eine dampfende, mit duftendem Schaum randvoll gefüllte Badewanne vor. Ein Stöhnen entspringt meinen

Stimmbändern und verflüchtigt sich in einem erregten Laut, der flüssig über meine Lippen gleitet. Es ist ungewöhnlich, dass ich Nikolai morgens zu Gesicht bekomme. »Du hast mir ein Bad eingelassen? Womit habe ich diese Ehre verdient?«

Mir Nikolais Anwesenheit in meinem Rücken sehr wohl bewusst, lasse ich die Bettdecke von meinen Schultern gleiten und überwinde die letzten Schritte, die mich von der entspannenden Wonne des Bades trennen, nackt. Sagen wir einfach, eine Kleinigkeit im Austausch gegen eine kleine Gefälligkeit, wie das Einlassen eines Bades.

Red es dir nur ein, Magda. Verdränge ruhig, dass du das Gefühl seines Blickes auf dir liebst!, entlarvt Chiaras lachende Stimme in meinem Kopf meine mir selbst aufgetischte Lüge sofort.

Mein schlechtes Gewissen wird in dem Augenblick, in dem meine Haut das Badewasser berührt, buchstäblich weggewaschen. Ich rutsche tiefer in die Wanne hinein, lasse die durchdringende Wärme meine verspannten Muskeln begrüßen. Zuhause in Berlin habe ich nur eine winzige Dusche, mich in einer Badewanne gänzlich ausstrecken zu können, kommt mir wie purer Luxus vor. In einer sanften Bewegung hebt Nikolai meinen Kopf an und legt mir ein zusammengerolltes Handtuch in den Nacken. Trotz meiner geschlossenen Augen nehme ich seine Präsenz überdeutlich wahr. Es schärft die restlichen Sinne meines Geistes, sodass ich den Duft von Nikolais süßlichem Moschus-Aftershave beinahe schmecken kann. Bereits nach wenigen Minuten lockern sich die ersten Verkrampfungen. Die Last der letzten Tage und Jahre scheint mühelos von mir abzufallen.

»Danke, Nikolai.« Ich seufze behaglich und lasse mich für wenige Sekunden ganz ins Wasser hinabgleiten. Es scheint mich über den längst vergangenen Schmerz hinwegzutrösten und all meine Sorgen und Sehnsüchte fortzuspülen. Ich bereue es beinahe, als ich zum Auftauchen gezwungen bin, da der Sauerstoff in meiner Lunge knapp wird. So drücke ich mich gezwungenermaßen aus dem Nass empor und fahre mit beiden Händen vom Kinn an über mein Gesicht, bis ich schließlich bei meinem Hinterkopf angelange. Ein weiterer, peinlicher Laut des Genusses entfleucht mir.

»Für meine Braut nur das Beste«, haucht Nikolais sinnliche Stimme unmittelbar an meinem Ohr. Seine Lippen nehmen mein feuchtes Ohrläppchen in Gefangenschaft. Sanft malträtiert er es mit seinen Zähnen und augenblicklich bin ich gefesselt von dem Gefühl seiner Haut auf meiner.

Ich erschaudere kurz, als er beginnt, in sanften Kreisen mit einem weichen Schwamm über meinen Körper zu fahren. »Lass mich dich ein wenig verwöhnen, Alena.«

Ungewollt fällt mein Kopf auf den Wannenrand in das luxuriöse Handtuch zurück und gibt die empfindliche Stelle an meinem Hals frei. Ein leises Lachen erklingt an meinen Ohren. Meine Lider sind zu schwer, um sich zu öffnen. So bin ich eine Gefangene meiner eigenen Lust, einer Sehnsucht nach einem Mann, der mein Verderben sein wird.

Nikolai taucht den Schwamm erneut ins Wasser, bevor er sich gründlich meinen Brüsten widmet. Die zarte

Berührung des Materials um meine Brustwarzen lässt diese sofort reagieren. Er reizt mich bewusst ausschließlich in kleinen Schüben, was mich nach ihm hungern lässt. Nach unserer gemeinsamen Dusche haben wir uns bei den wenigen Gelegenheiten, in denen wir uns gesehen haben, nur selten überhaupt berührt.

Nikolai nimmt der Zeit schier ihren Fluss, hält uns beide gebannt in diesem Moment. Federleicht streift sein angestrengter Atem meine erhitzte Wange. Ich drohe zu zerfließen, giere nach seinen Berührungen. Feuchte Hitze, die nichts mit dem Badewasser gemein hat, benetzt unlängst meine Schenkel. Ein erwartungsvolles Zittern durchfährt mich, als sich seine Hand schließlich seinen Weg über meinen Bauch zwischen meine Schenkel hinab bahnt. Völlig meiner eigenen Erregung ausgeliefert, spreize ich die Beine willig, um ihm besseren Zugang zu ermöglich. Völlig abgelenkt von seinen Berührungen wird mir nur am Rande bewusst, dass ich einen weiteren Pakt mit dem Teufel eingehe, indem ich zulasse, dass Nikolai derartige Macht über meinen Körper gewinnt. Doch ich weigere mich, gegen die weitreichende sexuelle Sehnsucht in mir anzukämpfen. Ich will diesen Mann spüren, mich ihm hingeben und ihm vertrauen. Woher dieser wahnwitzige Gedanke kommt, kann ich nicht sagen, dennoch lässt er sich nicht mehr abschütteln. Wenn ich ehrlich zu mir selbst bin, war zwischen Nikolai und mir von der ersten Sekunde an eine körperliche Anziehung. Weshalb soll ich es also nicht genießen, sein Spielzeug zu sein. Sobald das dürre Gerippe, das ich Körper nenne, ihn nicht mehr befriedigt, wird er ohnehin weiterziehen. Mein einnehmendes Verlangen verhindert, dass dieser Gedanke mehr ist als nur ein kurzes Blitzlicht, das ich direkt vergesse.

Mit dem Fingerknöchel streift Nikolai meine Klitoris. »Sag Ja zu mir, Liebling. Lass dich treiben, ich werde dich nicht fallen lassen. Niemals! Versprich am Altar, dass du für immer mir gehörst, Alena«, schwört sein tiefer Bariton klangvoll in die Stille hinein.

Ich stöhne ungeduldig nach mehr auf, bevor mein Verstand wider Erwarten die Lust in den Hintergrund drängt und die Puzzleteile endlich zusammensetzt: Braut, Ja sagen, Altar und ihm gehören.

Es sind diese mit seiner letzten Aussage vervollständigten Schlagwörter, die einen glorreichen Impuls durch all meine Synapsen schicken. Ein aufschlussreiches Sirren zischt in Lichtgeschwindigkeit durch mein Gehirn und fügt das Bild schlussendlich zusammen. Wie von der Tarantel gestochen, schieße ich in die Höhe und reiße die Augen auf. Meine Sicht ist von der Seife verschwommen, sodass ich um ein Haar das Gleichgewicht verliere. Mich selbst fangend spüre ich, wie Nikolais starke Hände meine Taille umschließen.

Schaum spritzt in alle Richtungen, als ich ihm meinen Zeigefinger in die behemdete Brust steche. »Moment mal! Was zur Hölle soll dieser Scheiß? Warum sprichst du von einem Altar und jetzt sag mir nicht, es wäre nur eine beschissene Redewendung! Was meinst du damit, dass du nur das Beste für deine Braut willst?«, schreie ich empört, während ich nun wild mit der Hand vor seinem Gesicht herumfuchtele. Ich schaffe es nicht einmal, allein aus der Wanne zu steigen, zu stürmisch flattert mein Herzschlag in meiner Brust umher.

Seufzend hebt Nikolai mich aus der Badewanne und stellt mich auf dem ausgebreiteten Handtuch ab. Mit undurchdringlicher Miene reicht er mir zunächst ein Handtuch, das ich nach dem Abtrocknen um meinen Körper schlinge. Das Zweite wickle ich zügig zu einem Turban um meine nassen Haare, während ich auf seine Antwort warte.

Von einem Schulterzucken begleitet, lässt er sich nach einer gefühlten Ewigkeit endlich zu einer Reaktion auf meine Frage herab. »Ich habe entschieden, dass du meine Frau werden wirst. Es ist bereits alles geregelt. Wir geben heute Abend auf der Gala eines Freundes in Manchester unsere Verlobung bekannt«, sagt er bloß, als ob es eine Kleinigkeit wäre, den Bund der Ehe einzugehen.

»Und was ist, wenn ich mich weigere, dich zu heiraten? Ich könnte noch heute meine Koffer packen und dieses Land und vor allem dich auf nimmer wiedersehen verlassen«, entfährt es mir empört einige Tonlagen zu hoch. Wutentbrannt stapfe ich an ihm vorbei in Richtung des Ankleidezimmers. Nicht, weil diese Diskussion beendet ist und er sie gewonnen hat. Nein, ich will nur einfach nicht schon wieder meine Ehre ohne ein einziges Kleidungsstück am Leib verteidigen müssen. Meine Erziehung, die garantiert nicht meiner Mutter zu verdanken ist, in Gänze vergessend, fluche ich wie ein Pirat auf offener See die gesamte Zeit, die ich für den Weg ins Ankleidezimmer und zurück benötige. Lediglich während ich mir zügig irgendetwas überwerfe, bin ich zu konzentriert, um wüste Beleidigungen von mir zu geben.

Als ich aus der Ankleide trete, hat Nikolai das Badezimmer ebenfalls hinter sich gelassen, sodass ich fast in seine muskulöse Brust krache, da er im Türrahmen erscheint. Sein Gesicht ziert ein seltsamer Ausdruck, den ich nicht zu deuten vermag.

»Seit wann entscheidest du einfach für mich? Deal hin oder her, ich werde dich nicht heiraten. Wie oft haben wir uns in der vergangenen Woche unterhalten? Vielleicht drei oder vier Mal beim Abendessen oder wenn du mich nach der Arbeit in der Bibliothek besucht hast? Nikolai, warum zur Hölle solltest du mich heiraten wollen? Ach, warum zur ewigen Verdammnis sollte ich *dich* heiraten wollen, du Arschloch?« Es ist mir gerade völlig egal, dass ich vor mich hin schreie wie eine Irre. *Ich verstehe die Welt nicht mehr, was will dieser Mann von mir?*

Kaum habe ich den Gedanken zu Ende gedacht, werde ich überraschend gegen die Wand gedrückt. Nikolais stahlharter Körper zwingt mich zu einer aufrechten Haltung entlang der Mauern, während seine muskulösen Arme mich einkesseln, wie ein Tier in der Falle. Als ich mich erbittert gegen ihn wehre, wandert seine Hand an meine Kehle. Mit dem leichten Druck seiner Finger presst er mich gegen die Wand. Geschockt höre ich auf, gegen seinen Griff zu kämpfen und starre ihn fassungslos an.

»Ich habe die Bedingungen unseres Deals etwas erweitert. Schon vergessen, Alena? Du bist ohnehin mein Eigentum. Du hast dein Leben in meine Hände gelegt, damit hast du nichts mehr zu entscheiden. Es gibt kein Zurück mehr, deine Wohnung und dein Job sind fristlos gekündigt. Also finde dich damit ab und wag es nicht noch einmal, mich als Arschloch zu beschimpfen«, knurrt er mir entgegen.

Ängstlich schnappe ich nach Luft und will mich ihm widersetzen. Nikolais Finger schließen sich für einige Sekunden fester um meinen Hals. So starre ich ihn mit leicht geöffnetem Mund an, stumm wie ein Reh im Scheinwerferlicht. Mein Herz pulsiert in auf mich einprasselnden Schlägen in meinem Brustkorb. Panik steigt in mir auf. Die Ränder an meinem Blickfeld beginnen bereits mit der mich einsaugenden Schwärze zu verschwimmen, weshalb ich erleichtert bin, als er seine Finger lockert. Seine Hände wandern an meine Schultern, wobei sein Griff schmerzhaft bleibt.

»Du solltest dich glücklich schätzen, Alena. Du heiratest einen reichen und mächtigen Mann. Ich könnte es mir schließlich auch noch anders überlegen und deine geliebten Patientenkinder aus der Einrichtung werfen lassen oder Schlimmeres. Es ist nur ein kurzer Anruf, Alena!« Nikolai sieht mich eindringlich an, während er spricht. Sein Tonfall verstärkt die Drohung, die er andeutet.

Müde von der Diskussion lasse ich den Kopf hängen, der Zorn verraucht und eine dunkle Leere erfüllt mich.

Erniedrigt knicke ich ein und akzeptiere die Realität. Es macht keinen Sinn, weiter darüber zu streiten, wenn die Angelegenheit bereits entschieden ist. »Stell mit mir an, was du willst. Es macht keinen Unterschied, ob ich dein Spielzeug bin oder die Ehefrau einer seelenlosen Hülle von Mann. Allerdings sage ich dir, du begehst einen bitteren Fehler, Nikolai. Niemals wird mein dürrer Körper dich den Rest deines Lebens befriedigen.« Ich erkenne mein eigenes Missgeschick, als die Worte meine Lippen verlassen. Er sprach nur von einer Heirat, nicht von ewiger Ergebenheit und Treue. Nikolai ist, wie er sagt, ein mächtiger Mann, die Frauen liegen ihm zu Füßen. Er wird auf seine Kosten kommen, dazu benötigt er weder ein Spielzeug noch eine Ehefrau. Vielleicht sollte ich mich glücklich schätzen, dass er schon bald das Interesse an mir verlieren wird.

Beinahe stoße ich ein verzweifeltes Lachen aus, denn ich bin keinen Deut besser als meine alkoholkranke Mutter. Abhängig von dem Wohlwollen eines Mannes, den ich nicht wirklich kenne. Auch die Tatsache, dass ich mich in der vergangenen Woche recht wohl in diesem Haus gefühlt habe, tröstet mich nicht über meine bevorstehende Zukunft hinweg.

Besiegt lasse ich den Kopf in den Nacken fallen und sehe zu Nikolais Gesicht auf. Ich bin mir sicher, in seiner Miene seinen Sieg über mich erkennen zu können. Was ich nicht erwarte, ist, dass ein eigenartiger Ausdruck über seine Züge flackert, der jedoch sogleich verschluckt wird, von einer unendlichen Finsternis.

Allerdings denke ich nicht, dass meine Worte ihn getroffen haben. *Kann man einen Mann wie Nikolai Alexandrowitsch Markov überhaupt verletzen?*

KAPITEL 12

Magdalena

Wir landen mit der untergehenden Sonne in Manchester. Natürlich besitzt die Markov-Corporate mehrere Privatjets. Galant reicht Nikolai mir seine Hand, um mir beim Aussteigen über die schmale Flugzeugtreppe behilflich zu sein. Der Wind, welcher stürmisch übers Rollfeld fegt, zerrt an dem seidenen Hauch von einem Kleid, das Nikolai mir vor unserer Abreise präsentiert hat. Der Verlobungsring an meinem linken Ringfinger scheint Tonnen zu wiegen. Es ist ungewohnt, denn aufgrund meines Jobs bekomme ich nur wenig Gelegenheit dazu, Schmuck zu tragen. Dabei komme ich nicht umhin, mir einzugestehen, dass der grüne Smaragd im Marquiseschliff mir überaus gut gefällt. Nach unserem hitzigen Streit habe ich angenommen, dass Nikolai mir einen protzigen Diamanten mit einer lupenreinen Karatanzahl an den Finger stecken würde. Allerdings habe ich schnell feststellen müssen, dass ich mich getäuscht habe. Der Ring an meinem Finger ist elegant und doch schlicht gehalten.

»Dieser Ring ...« Iljas Stimme dringt durch die Benommenheit in meinem Verstand. Nikolais ältester Begleiter steht wie erstarrt vor mir, so als hätte er inmitten der Bewegung innegehalten. Erstaunen überzieht sein gesamtes Gesicht, während seine große Pranke noch immer den Griff der Autotür umklammert. Seine weit aufgerissenen Augen sind fixiert auf das Schmuckstück an meiner Hand. Langsam und vorsichtig nähere ich mich ihm, ein aufregendes Kribbeln durchfährt mich. Möglicherweise wird Ilja mir heimlich ein paar Informationen geben können.

Als ich neben ihn trete, regt sich Ilja weiterhin nicht und macht keine Anstalten, mir die Tür des Rolls Royce zu öffnen. Mir wird klar, dass ich diese Chance nutzen muss, denn Nikolai, Anatoli und Artjom sind noch in die Besprechung mit den mir unbekannten Männern vertieft.

»Ilja, was hat es mit diesem Ring auf sich? Und sag jetzt nicht, du wüsstest nicht, was ich meine. Du hast diesen Ring erkannt!« Mit gesenkter Stimme lege ich meine Hand auf seine. Meine schmalen Finger scheinen auf der großen Fläche seines Handrückens unterzugehen.

Flüchtig überprüft Ilja, ob die anderen Männer sich noch unterhalten, bevor er schließlich zu sprechen beginnt. »Dieser Ring gehörte Nikolais Mutter Olga. Sein Vater Alexander schenkte ihr diesen Ring zu ihrer Verlobung. Es war mehr oder minder eine Liebesheirat, auch wenn Olga es zu diesem Zeitpunkt noch nicht wahrhaben wollte.« Der ältere Russe gibt ein belustigtes Schnauben von sich, so als erinnere er sich an die guten, alten Zeiten. Als sich plötzlich ein trauriger Schatten auf seine Gesichtszüge legt, bin ich zunächst überrascht, bevor ich mich daran erinnere, zwei älter wirkende Porträtgemälde bei einem meiner Spaziergänge durchs Haus gesehen zu haben.

Deshalb spreche ich meine Vermutung flüsternd aus. »Seine Eltern sind tot, nicht wahr? Es tut mir leid, das wusste ich nicht. Wenn ich ehrlich bin, weiß ich überhaupt nichts.«

Die ganze Situation macht mir zunehmend mehr Angst, als ich jemals laut zugeben würde. In einigen Tagen werde ich einen fremden Mann heiraten, mit ihm mein restliches Leben verbringen. Einen Mann, den ich weder einzuschätzen noch zu deuten vermag.

Endlich löst sich Ilja aus seiner Starre und schenkt mir nickend ein aufmunterndes Lächeln. Seine braunen Augen strahlen voller fürsorglicher Wärme. »Hab keine Angst, Magdalena. Unsere Welt ist nicht so beängstigend, wie sie oft scheinen mag. Nikolai ist ein guter Mann, auch wenn er zu oft betont, es nicht zu sein. Er wird dich mit allem, was er hat, beschützen.« Anschließend beugt er sich zu mir herab, um seine Stimme weiter senken zu können. »Er hat außerdem nicht umsonst den Ring seiner verstorbenen Mutter gewählt, anstatt einen funkelnden Diamanten zu kaufen. Sei einfach mutig und du selbst. Der Rest wird sich von ganz allein ergeben.«

»Ilja, worauf wartest du? Wir sind bereits spät dran. Lasst uns einsteigen! In Manchester warten die anderen Familien auf uns.« Nikolais Stimme durchschneidet die Vertrautheit des Gesprächs zwischen Ilja und mir.

Doch der ältere Russe lässt sich von seinem jungen Anführer nicht beirren, sondern zwinkert mir schelmisch zu, ehe er mir die Tür öffnet und ich mit seiner Hilfe auf den weichen Ledersitz gleite. »Wenn du einmal Hilfe oder Informationen brauchst, scheu dich nicht, zu mir zu kommen. Ich kenne diese drei Männer schon, seit sie noch in den Windeln waren.« Seine Worte erklingen an meinem Ohr, bevor die Tür ins Schloss fällt. Mein Herzschlag hat sich ein kleines bisschen beruhigt, weshalb ich den Moment der Ruhe nutze, um mit an die Kopfstütze gelehntem Hinterkopf vor dem Trubel der Gala nochmals zu entspannen.

»Ilja hat aus dem Nähkästchen geplaudert, oder?« Unbemerkt hat sich Nikolai neben mich gesetzt. Seine Hand ergreift meine kalten Finger und drückt sie aufmunternd. Von seiner Wut am heutigen Morgen ist nichts mehr zu spüren.

Ich kann nicht verhindern, dass meine Mundwinkel nach oben klettern. »Tut mir leid, ich habe keine Ahnung, wovon du sprichst. Ilja hat lediglich gefragt, ob mir der Flug nicht gut bekommen ist, weil ich so blass bin. Ich habe ihm gesagt, dass das an der Art deiner Folter liegen muss.« Glücklicherweise entlockt mein Kommentar ihm ein Lachen. Für den Rest der Fahrt widmen sich die drei Männer erneut ihrem Gespräch. Anscheinend geht es um Themen, die nicht für meine Ohren bestimmt sind, da sie in ihrer Muttersprache miteinander diskutieren.

Schließlich fährt der Wagen durch ein schmiedeeisernes Tor, leicht den Hügel hinauf und hält direkt vor einem steinernen Herrenhaus. Bevor einer der Männer im Inneren des Wagens reagieren kann, öffnen sich die Flügeltüren des Rolls Roys, Bedienstete in schwarzen Livreen begrüßen uns und begleiten uns in die geläufige Eingangshalle. Musik erklingt an meinen Ohren, tiefer im Inneren des großen Anwesens vernehme ich das wohlbekannte Stimmengewirr einer solchen Veranstaltung. Überraschenderweise ergreift Nikolai meine Hand, umschließt sie für wenige Wimpernschläge mit seiner eigenen Hand, bevor er sie galant in seiner Armbeuge platziert.

Strahlend lächelt er auf mich herab. Es ist eines der seltenen Lächeln, das seine Augen tatsächlich erreicht. »Bist du bereit, meine Schöne? In weniger als zehn Minuten wird die ganze Welt erfahren, dass du meine Frau werden wirst. Nervös?« Er zwinkert mir zu, als er das letzte Wort in die Länge zieht.

Ich kann mir nicht helfen, aber seit Ilja mir gesagt hat, dass ich den Verlobungsring seiner Mutter an meinem Finger trage, spüre ich eine unglaubliche Last auf den Schultern. Die Markov-Familie scheint eine Dynastie an mächtigen Menschen zu sein. Sie sind herausragend vernetzt, wichtig in ihren Kreisen und hoch angesehen. Wie kann ich einfaches Mädchen aus Berlin, aufgewachsen mit einer alkoholkranken Mutter in einem zerrütteten Haushalt da hineinpassen? Ich frage mich, wie ich jemals all den Ansprüchen gerecht werden soll. Ein selbstironisches Schnauben verlässt meine Lippen. Ich werde einen Mann heiraten, der einen feuchten Dreck auf mein Selbst gibt. Alles, was zählt, ist, dass ich in der Öffentlichkeit hübsch aussehe und vermutlich in seinem Bett willig bin. Sobald der Ehering meinen Ringfinger schmückt, werden meine Gedanken, meine Sehnsüchte und auch meine Wünsche irrelevant sein. Für eine Zehntelsekunde verabscheue ich mich selbst so vorwurfsvoll, dass ich bereue, diesen Schritt für zwei kranke Kinder gegangen zu sein. Mein Leben weggeworfen zu haben, womöglich nie wieder weiteren Menschen helfen zu können, weil ich mich in einen goldenen Käfig habe sperren lassen. Gleich darauf bricht eine Welle heftigen Selbsthasses über mich herein. Ich erschaudere, reibe mir fröstelnd die eisige Gänsehaut von den Armen. Wie weit ist es mit mir gekommen, dass ich darüber nachdenke, ob es die richtige Entscheidung war, Leben zu retten.

»Worüber denkst du so angestrengt nach, dass es dir eine Gänsehaut beschert?« Nikolais Flüstern an meinem Ohr erschreckt mich zutiefst, sodass ich zusammenfahre und beinahe direkt in seine Arme springe. Liebevoll zieht er mich an seinen warmen Körper und seine muskulösen Arme schließen sich um mich. Beschämt senke ich den Kopf, denn auf keinen Fall möchte ich, dass er das Selbstmitleid bemerkt. Eine weitere Erniedrigung kann ich nicht mehr ertragen. Ungewollt breitet sich in meinem Herzen ein wohliges Gefühl aus, je enger ich mich an seinen Körper presse. Die Freundlichkeit seiner Reaktion überwältigt mich. Gegen meinen Willen versinke ich in der Gemütlichkeit seiner Umarmung. Erst als Nikolai sein Kinn auf meinem Kopf ablegt, kehre ich in die Realität zurück, was mich erneut zusammenzucken lässt.

»Entschuldige, ich sollte mich von meiner besten Seite zeigen, damit ich dir keine Schande mache«, murmle ich kaum hörbar vor mich hin. Der Mann, der mich in seinen Armen hält, stößt ein rumpelndes Lachen aus, bevor er mich so dreht, dass ich gezwungen bin, ihn anzusehen.

Er schenkt mir ein weiteres gutmütiges Lächeln und ich frage mich ernsthaft, womit ich all diese Gesten verdient habe. »Alena, da unten in diesem Ballsaal kommen die mächtigsten Kriminellen der Welt zusammen. Denkst du allen Ernstes, ich würde dich auch nur für eine Sekunde aus den Augen lassen? Niemand wird dir zu nahe kommen, niemand anders als ich wird dich berühren. Wie zur Hölle willst du mir Schande machen? Hast du vor, mir vor den Augen aller eine Szene zu machen, oder etwas dergleichen? Du wirst meine Frau werden. Diese Menschen werden dir ihren Respekt zollen.« Nikolai betont vor allem den letzten Satz seiner Aussage, bevor er die Stimme senkt. »Ganz davon zu schweigen, wer und was ich bin, hast du ihren Respekt auch allein für deine Leistungen verdient. Und jetzt widersprich mir nicht, Kleines. Ich wusste bereits lange, bevor du mein Haus betreten hast, wer du bist und wo du herkommst.« Mein Herz schwillt ein zweites Mal zu erstaunlicher Größe an, als ich begreife, diese Worte sind nur für mich gedacht.

Röte kriecht meinen Hals hinauf in die Wangen, Tränen brennen in meinen Augenwinkeln und dennoch ringe ich mir stolz ein Lächeln ab. Seine Fürsorge bricht mich innerlich, da ich davon überzeugt bin, dass Nikolai den für unsere Ehe wichtigsten Fakt über mich nicht kennt.

Doch ich habe keine Zeit, darüber nachzudenken, denn in diesem Moment schlendert ein mittelgroßer Mann mit dunklen Haaren auf uns zu, breitet die Arme aus und ein spöttisches Grinsen erhellt sein Gesicht. »Willkommen auf Dunham Massey, meine russischen Freunde. Meine Familie und ich freuen uns, dass ihr es noch zu unserer kleinen Feier geschafft habt.« Sein Blick schweift unbeeindruckt über die Gesichter der

Männer, bis er schlussendlich auf mir zum Ruhen kommt. Forsch ergreift er meine schlaff herabhängende Hand und haucht sanfte Küsse auf meine kalten Finger. Sofort beginnt die Haut, dort wo seine Lippen mich berühren, zu prickeln, dennoch löst er nicht das lodernde Feuer der Begierde in mir aus wie Nikolai.

»Ich bin Aiden McCarthy, aber nenn mich TJ. Das tun hier wirklich alle. Es freut mich, dich kennenzulernen, Magdalena. Du hast in unserer winzigen Gemeinschaft gewaltige Wellen geschlagen.« Charmant zwinkert er mir zu, als Aiden sich wieder zu voller Größe aufrichtet. Er vermeidet es bewusst, Nikolai anzusehen, sondern richtet im direkten Anschluss das Wort an die Romanov-Brüder, während er sich einige Schritte entfernt. »Ach Magda – ich darf dich doch Magda nennen, oder? Hab gehört, du wirst so genannt. Ich werde jetzt vorgehen und euch beiden Turteltauben ankündigen«, ruft Aiden über seine Schulter, ohne unseren Blickkontakt zu unterbrechen. »Der Adler ist schließlich bereits gelandet.« Dann ist er mit den Romanov-Brüdern in der Menge verschwunden und lässt Nikolai und mich allein zurück. Mit der letzten Bemerkung kann ich nicht wirklich etwas anfangen, weshalb ich davon ausgehe, dass sie an Nikolai gerichtet war.

Dieser steht weiterhin stocksteif neben mir und hält meine Taille in eisernem Griff festumschlungen. Vor wenigen Sekunden war ich mir noch sicher, dass ein Knurren seinen Mund verlassen hätte, nachdem Aiden meine Hand geküsst hat. Nun ist die Ruhe auf seine Gesichtszüge zurückgekehrt und schürt die Unsicherheit in meinem Inneren. »Was meint er damit, dass ich in euren Kreisen gewaltige Wellen geschlagen habe? Ich bin sicher ein Niemand für deine Freunde.« Meine Stimme zittert und ich bereue es, den Mund geöffnet zu haben. Letztendlich hat die Neugier die Furcht vor Nikolais Antwort jedoch besiegt.

Zärtlich legen sich Daumen und Zeigefinger unter mein Kinn und heben es an. »Du wirst in wenigen Tagen Dr. Alena Markov sein. Vergiss das nicht! Auch wenn ich bezweifle, dass du vorher ein Niemand warst, gut versteckt und übersehen, aber niemals ein Niemand.« Seine Finger wandern geschickt zu meiner Hand und er senkt seine Lippen erst auf die Stellen, welche Aiden zuvor berührt hatte und dann auf den leuchtenden Smaragd meines Verlobungsringes. Erstaunen rauscht wie Feuer durch meine Adern, ich kann nicht verhindern, dass meine Lippen sich unglaubwürdig öffnen. Mein Teint muss mittlerweile der einer Tomate gleichen. Ich starre gebannt zu Nikolai hinauf, so als könne ich direkt in seine Seele sehen.

Der Rausch hält jedoch nur kurz an, da Aidens dröhnende Stimme uns aus dem Off in die Wirklichkeit zurückbeordert, indem er uns lauthals ankündigt.

Widerwillig löst sich Nikolai von mir, legt meine Hand erneut in seine Armbeuge und setzt sich in Bewegung. Sein Tempo zwingt mich zu einer Vielzahl an tippelnden Schritten, da mir immer noch schwindlig ist. Und dieses Mal liegt es mit absoluter Sicherheit nicht an den mörderisch hohen Stilettos an meinen Füßen, dass ich die Bodenhaftung verliere.

Der Gang, den wir entlangschreiten, endet auf einer Balkonempore und öffnet den Blick auf die eindrucksvolle Architektur des Ballsaals. Hohe Decke, feinste Stuckarbeiten, welche durch ein Meer aus tausenden

Kerzen in den Kronleuchtern in ein warmes Licht getaucht werden und dennoch einen stimmigen Kontrast zur hereinbrechenden Nacht hervorbringen.

»Meine Familie, meine Freunde, meine Gäste ... begrüßt gemeinsam mit mir die Ehrengäste dieses Abends. Nikolai Alexandrowitsch Markov und seine Verlobte und zukünftige Ehefrau Magdalena.« Tosender Applaus schwappt zu uns empor, bringt meine Ohren zum Klingeln. Es bildet sich mehrere Personengrüppchen, die angeregt miteinander zu tuscheln scheinen. Schlagartig kehrt der Schrecken zurück in meine Gliedmaßen, samt all der Bedenken über meine eigene Person. Nikolai lächelt eindrucksvoll an meiner Seite und führt mich unbarmherzig die geschwungene Treppe in den Saal hinunter. Wie Jesus das Meer teilen wir zu zweit die Menschenmasse und steuern geradewegs auf die Mitte der marmornen Tanzfläche zu.

Ohne die Möglichkeit, einen weiteren Atemzug zu tun, zieht Nikolai mich elegant in die erste Drehung und hält mich dann enger an seinen Körper gepresst, als es für den Walzer üblich ist. Das zehnköpfige Orchester, welches ich beim Eintreten völlig übersehen hatte, lässt bereits die ersten symphonischen Takte von Coldplays *Clocks* erklingen. Der Klang hallt auf berührende Weise durch den Raum, erstrahlt in majestätischer Anmut über unseren Köpfen und zieht mich sofort in seinen Bann. Überwältigt von all dem Prunk um mich herum, lege ich den Kopf in den Nacken, woraufhin mich Nikolai aufmerksam mustert. Die Stimmen um uns herum verblassen allmählich, je weiter die Musik mich auf ihren glorreichen Schwingen davonträgt. Der hinterste Teil meines Verstandes versucht sich krampfhaft daran zu erinnern, wann ich mich zum letzten Mal derart behütet und geboren gefühlt habe, wie in diesem Augenblick in Nikolais Armen. So folge ich ihm leichtfüßig in jede Drehung, bin durch den hingebungsvollen Stolz in seinen Augen in der Lage, den Kopf anmutig und erhoben zu halten. Es ist dieser Mann, der mich diesen Tanz wie eine Königin erleben lässt, sodass ich vergesse, dass das Lied unlängst geendet hat und wir unseren Tanz im nächsten Song fortsetzen.

Erst als Nikolai den Kopf herabsenkt, einen federleichten Kuss auf meinen Mundwinkel haucht, sich anschließend zurückzieht und den Arm hebt, um mich in einem eindrucksvollen Finale wild umher zu wirbeln, begreife ich, dass meine Zukunft in meinen eigenen Händen liegt. Vielleicht sollte ich aufhören, diese Reise und all die mit ihr in Verbindung stehenden Entscheidungen als Fehler anzusehen, sondern die Chancen in ihnen erforschen, die sie mir bieten.

Nikolai scheint zu spüren, dass ich diesen Tanz noch nicht aufgeben kann, weshalb er mir einen dezenten Abstand zugesteht und meine Hand loslässt. Geschmeidig gleitet er in die Schatten zurück, während ich mich mit ausgestreckten Armen inmitten der Tanzfläche siegessicher um die eigene Achse drehe. Mit gesenkten Lidern lasse ich den Glückshormonen, welche auf mich einprasseln, freien Lauf. Die Violinisten des Orchesters befeuern all die Gefühle in meinem Herzen mit einem euphorischen Crescendo.

Als ich zum Stehen komme, fühle ich mich unbesiegbar und bade in der nicht abebben wollenden Ovation der Menge.

KAPITEL 13

Nikolai

Nach unserer eindrucksvollen Tanzeinlage nehmen Alena und ich zahlreiche Glückwünsche entgegen. Ich vermeide es, die Menschen darauf hinzuweisen, dass es in meiner Kultur Unglück bringt, dem Paar vor der Hochzeit zu gratulieren und lege die Segenswünsche zur Verlobung ad acta. Während wir uns im Schneckentempo durch die Menge bewegen, da wir wiederholt angehalten werden, stelle ich meinem Kätzchen nach und nach die Mitglieder der Heartless Kings vor. Sie sind mit Ausnahme vom krebskranken Yuri, dem aktuellen Oberhaupt der Savin-Bratva, alle anwesend und überwachen das Geschehen. Natürlich findet diese Farce am heutigen Abend nicht grundlos statt. Wie Gavril geplant hat, befinden sich auch Gegner des Syndikats, so unter anderem auch Wladimir Popow mit seinem Sohn und Thronfolger Arseniy unter den Gästen. Diese Gala dient dazu, das Syndikat als freundliche und versöhnliche Einheit zu zeigen, die ihren Feinden mit dem nötigen Respekt entgegentritt. Trotzdem verbergen wir gleichzeitig unseren Reichtum und unseren Einfluss nicht, Feinde sind schließlich dazu da, um eingeschüchtert zu werden. Nur ausgewählte Männer aus unseren Reihen warten im Dunkel der Nacht bewaffnet auf eventuelle Notfallbefehle.

»Na, mein Junge, wird aber auch Zeit, dass du endlich sesshaft wirst und deiner Dynastie einen Thronfolger schenkst.« Popow Senior legt mir seine Hand auf den

Arm, als wäre er mein eigener Vater. Ausschließlich die jahrelang eingeübte Selbstkontrolle hält mich davon ab, ihm den Kiefer für die Frechheit einer Berührung zu brechen.

So zwinge ich ein falsches Lächeln auf meine Lippen, welches sich versteinert, als Arseniy neben seinen Vater tritt. »Wladimir, Arseniy, wie schön, dass ihr es geschafft habt, unserer kleinen Feierlichkeit beizuwohnen. Darf ich euch meine zukünftige Gemahlin Magdalena vorstellen.« Meine Worte mögen freundlich sein, doch mein Ton trieft vor Hohn gegenüber der stetig schwächer werdenden Popow-Familie. Ebenso lasse ich Alena keine Gelegenheit, um die Hand zur Begrüßung auszustrecken. Eher friert die Hölle zu, als dass ich zulasse, dass einer der beiden Bastarde berührt, was allein mir gehört.

Arseniys Blick kriecht auf widerwärtigste Weise über ihren Körper. Ein Knurren entringt sich unmittelbar meiner Kehle, als Arseniy selbstsicher nach ihrer Hand greift, einen Handkuss antäuscht und Alena in meinen Arm erschaudern lässt.

»Arseniy, lange nicht gesehen. Was macht der gute alte Kiefer? Vielleicht sollten wir mal wieder gemeinsam in den Ring steigen.« Anatoli erscheint sich an meiner linken Flanke. Wie aus dem Nichts spüre ich Artjoms Präsenz ebenfalls an meiner Rechten.

Natürlich ist mir bewusst, dass die Romanov-Brüder unlängst in den Schatten gelauert und uns beobachtet haben. Ich bin mir überaus sicher, dass ich mir wegen unseres Tanzes in den nächsten Wochen einige Hänseleien meiner Brüder anhören darf. Wäre die Situation, in welcher wir uns befinden, nicht todernst, würde ich mir ein Schmunzeln gestatten. Ohne darüber nachzudenken, würde ich jederzeit wieder wie ein verliebter Narr mit dieser Frau über die Tanzfläche schweben. Alena hat sich so richtig in meinen Armen angefühlt. Viel zu richtig.

Bevor meine Gedanken endgültig abschweifen, rufe ich mir die Gefährlichkeit der aktuellen Situation ins Gedächtnis, weshalb ich meine Aufmerksamkeit auf die Konversation fokussiere.

Glücklicherweise keinen Augenblick zu spät, denn Popow Senior richtet seinen getrübten Blick auf mich. »Junge, eines sei dir gesagt: Du solltest dir deiner Sache stets sicher sein, aber niemals zu sicher! Egozentrik kommt vor dem Fall.« Ein kleiner Spritzer der Spucke, die an seiner Unterlippe hängt, löst sich und landet direkt auf dem Revers meines maßgeschneiderten Anzugs, während der alte Mann bedrohlich näherkommt. Aufgrund von Wladimirs beschwerlichen Humpelns hat es eher den Anschein, als sei er in den letzten Monaten stark gealtert.

»Mister Popow, ich bin mir sicher, mein zukünftiger Ehemann ist vieles, aber nicht egozentrisch. Nikolai setzt sich großzügig für die Bedürftigen der Welt ein. Sie sollten sich mit ihm gut stellen, vielleicht bedürfen Sie ebenfalls einmal seiner Hilfe, Sir.« Alenas Stimme erklingt selbstbewusst neben mir. Ihre Haltung in meinen Armen hat sich schlagartig verändert. Ihre schlanke Gestalt schmiegt sich liebevoll an meinen Körper, während ihre zurückgezogenen Schultern vor unverhohlener Macht triefen. Wie ein Funken im Stroh entflammt purer Stolz in meinem Herz. Ich vermeide es jedoch, mir einzugestehen, dass der Teil, in dem sie mich als ihren zukünftigen Ehemann bezeichnet hat, mir am besten gefallen hat.

Bevor die Angelegenheit eskalieren kann, wird unsere kleine Gruppe durch Gavril, Evgenij und TJ erweitert. Letzterer spürt die angriffslustigen Schwingungen sofort, legt Popow Senior gespielt freundschaftlich den Arm um die Schulter und führt ihn fröhlich drauflos plappernd von uns weg. Ehe Wladimir Popow weiß, wie ihm geschieht, hat TJ bereits den halben Saal an seiner Seite durchquert. So bleibt lediglich ein dezent verwirrter Arseniy bei unserer Gruppe zurück.

Wie ein lauernder Puma tritt Gavril ein Schritt auf den jungen Mann in unserem Alter zu. »Was denkst du, Arseniy, du siehst aus, als könntest du einen Drink gebrauchen!« Der Schalk in Gavrils Augen ist unübersehbar. Das Raubtier in ihm, welches bei weitem größer ist als das Monster in mir, wittert leichte Beute. Wäre Arseniy nicht ein geisteskranker Psychopath, hätte er bemerken müssen, dass er sich durch die Unverfrorenheit zu berühren, was ihm nicht gehört, unlängst auf Gavrils schwarze Liste katapultiert hat. Nicht, dass es mich stören würde, wenn Gav diesen Bastard in seinen Folterkeller zerren und ihn dort ausbluten lassen würde, aber nicht mal ich bin so grausam, Arseniy einen Tod durch Gavrils Hand zu wünschen.

»Scheiß auf deinen Drink, Shestakov. Jeder in diesem verdammten Saal weiß, dass ihr uns bestehlt!«, zischt Arseniy in unsere Runde, bevor er unklugerweise Alena ein anzügliches Lächeln schenkt. »Na, Kolja, hast du dir für den heutigen Abend einer der Schlampen aus dem Container ausgesucht? Vater weiß, dass ihr unsere Ware habt und wir werden sie finden!«, knurrt er so laut, dass die umstehenden Gruppen die Köpfe nach uns umdrehen.

Mich zu einer entspannten Atmung zwingend löse ich meinen Arm widerwillig von Alena, schiebe sie schützend hinter mich und trete bedrohlich langsam einen Schritt auf Arseniy zu. »Diese Frau ist meine Verlobte, meine zukünftige Frau und wird die Mutter der Markov-Thronerben sein. Wenn du sie das nächste Mal ansiehst, über sie nachdenkst, sprichst oder ihre Luft wegatmest, sei gewarnt, denn ich werde ebenfalls da sein. Arseniy, unterschätze niemals den Zorn eines Mannes, der für seine Frau kämpft!« Die Worte verlassen meinen Mund, ehe ich sie wirklich realisiert habe und so übertönt der darauffolgende Schock alles in meiner Umgebung. Wie ein Tornado zieht die Erkenntnis, dass ich diesen letzten Satz bereits einmal gehört habe, mir den Boden unter den Füßen weg. Mein eigener Vater hatte diesen Satz einmal zu Wladimir Popow gesagt, um die Ehre meiner Mutter zu verteidigen. Die damalige Situation unterscheidet sich in einem gewaltigen Punkt von der heutigen, denn mein Vater liebte meine Mutter reinen Herzens und bis zu seinem Tod.

Ich hingegen kenne die Frau in meinem Rücken kaum mehr als eine Woche und trete hier auf wie ihr persönlicher Rächer. Was mich mehr beunruhigt, ist die Tatsache, wie richtig sich diese Worte anfühlen. Wiederholt stehe ich vor dem Dilemma meiner eigenen Gefühle, die Realität verblassen lassen. Eine Realität, in der ich das verräterische Funkeln in Arseniys Augen nicht bemerke, ebenso wenig wie das Zittern der Frau, die ihre Fingernägel durch den Stoff des Anzugs in meine Haut gräbt.

Zu erschütternd ist der überwältigende Sturm aus Gefühlen, von denen ich glaubte, sie für die Ewigkeit in
die Verbannung geschickt zu haben.

Verdammt.

KAPITEL 14

Magdalena

Der Rest des Abends vergeht wie im Flug. Nikolais Botschaft an Arseniy ist klar, auch für mich ist ihre Bedeutung unüberhörbar. Er verlangt von mir, seine Kinder auszutragen. Eine Eigenschaft, mit der ich leider nicht dienen kann, denn ich bin unfruchtbar. Die jahrelange Mangelernährung, die körperliche sowie psychische Misshandlung meiner Mutter haben eindeutige Spuren auf meinem Körper hinterlassen und anscheinend ein einziges Organ nachhaltig geschädigt. Die Panik, die ich verspüre, seit er diese Aussage verlauten lassen hat, lähmt mich, weshalb ich den restlichen Abend lediglich wie eine Puppe an Nikolais Seite stehe. Das erzwungene Lächeln auf meinen Lippen wirkt plastisch, nahezu gekauft wie unsere baldige Ehe. Jedes Mal, wenn ich daran denke, dass ich ihm meinen Defekt zeitnah beichten muss, schießt mein Blutdruck in die Höhe. Blanker Horror pulsiert durch meine Adern, erfüllt sogar mein Blut mit Angst und Schrecken. *Wird er den Deal auflösen, wenn er von meiner Beschädigung erfährt? Was soll nur aus den beiden kleinen Patienten werden?*

»Hat dich etwas verängstigt? Du warst den halben Abend irgendwie geistig abwesend, hatte ich das Gefühl«, fragt Nikolai, als er mich mit einer sanften Berührung durch die Tür unseres Zimmers auf Aidens Anwesen bugsiert. »Um Arseniy musst du dir wirklich keine Sorgen machen. Ich habe die Lage im Griff.« Die Besorgnis, die sich auf seine Gesichtszüge legt, straft seine Aussage Lügen. Ihn jedoch darauf anzusprechen, wäre so falsch, wie mich ihm anzuvertrauen. Mein Geständnis würde alles ruinieren. Alles, wofür ich die letzten Tage gekämpft und über mich ergehen lassen habe. Und trotzdem widerstrebt es mir, mit gezinkten Karten zu spielen. Ich hab noch nie gelogen, es ist richtig, ihm die Wahrheit zu sagen ...

»Nein, ich mache mir keine Sorgen. Schließlich hast du geschworen, auf mich aufzupassen. Nikolai, ich muss dir etwas beichten.« Mit jedem Wort wird meine Stimme leiser und zerbrechlicher. Ich hasse es, mich unvollkommen und schwach zu fühlen. Ich kann nicht ändern, wer ich bin und zu wem ich wurde.

Die Hände zu festen Fäusten ballend gehe ich auf ihn zu, lege den Kopf in den Nacken und suche seinen Blick, dem ich den ganzen Abend über ausgewichen bin. Freundlich neigt er sich zu mir herab, tausende Fragen dringen durch seine Iriden in meine Seele hinein und lassen die Welt um uns herum verstummen. All die Geräusche der Nacht und des Anwesens werden lautlos. Einzig unser Atem erklingt an meinen Ohren. Für einen Wimpernschlag meine ich, unsere im Einklang schlagenden Herzen hören zu können. Nikolais Aura erfüllt knisternd die Luft, umschmeichelt meinen Geist und zaubert eine aufgeregte Gänsehaut auf meinen gesamten Körper.

Bevor ich in der Lage bin, ihm zu gestehen, wie kaputt ich in Wirklichkeit bin, verlassen andere Worte meinen Mund. »Würdest du mich küssen?«

Dann geschieht etwas, von dem ich dachte, es würde nur in Büchern geschrieben stehen – seine Augen verdunkeln sich und er schluckt hörbar, während seine Pupillen sich vergrößern. Ein Professor an meiner Universität sagte einst, dass diese körperliche Reaktion der Pupillen geschieht, wenn wir etwas sehen, was wir begehren. Ich habe niemals an diesen Irrsinn geglaubt, bis jetzt.

Schlagartig komme ich mir albern vor, bereue das überschwängliche Gefühl, welches nur er in mir auslösen kann und will meine Worte zurücknehmen. »Vergiss, was ich gesagt habe. Ich habe es nicht so gemeint. Eigentlich wollte ich dich fragen, was all diese Wörter, ich nehme an, dass es Kosenamen sind, bedeuten, die du mir immer gibst.« Meine Würde verlierend beginne ich kopflos vor mich hin zu plappern, will die Situation und das Band zwischen uns zerstören. »Ich meine, ich mag Alena von all den Namen am liebsten. Vielleicht, weil ich nie einen richtigen Spitznamen hatte. Deshalb bitte ich immer alle, mich Magda zu nennen«, murmle ich, kehre ihm den Rücken zu, um meine brennenden Tränen zu verbergen. Zwar sind meine Wangen längst vor Scham gerötet, dennoch will ich verhindern, dass er mich so sieht.

Überrascht keuche ich auf, als Nikolai mein Handgelenk ergreift und mich zu sich herumwirbelt. Die Balance verlierend pralle ich gegen Nikolais Brust, automatisch schließt seine freie Hand sich um die rechte Seite meiner Hüfte, um mich zu stabilisieren. Ich kann spüren, wie die Hitze in mir aufsteigt. Zu schmerzhaft ist die Vergangenheit, um sie jemandem anzuvertrauen. Zu groß die Schmach, eine ausgestoßene und ungeliebte Person zu sein. Ich kämpfe mit aller Macht dagegen an, vor ihm zu weinen. Seine Hand lässt mein Handgelenk los und umfasst erneut mit Daumen und Zeigefinger mein Kinn, wieder zwingt er mich, ihn anzusehen. Wiederkehrend flackert sie knisternd zwischen uns auf, unsere Verbindung. Das Band, das wir bereits bei unserer ersten Begegnung gewoben haben.

»Ptichka heißt Vögelchen und Koschka ist das Kätzchen, aber das tut jetzt nichts zur Sache. Du wirst für immer meine Alena sein. Ich habe nicht vor, dich jemals wieder gehen zu lassen. Frag mich nicht, warum, denn ich bin nicht in der Lage, auf diese Frage zu antworten. Doch ich weiß eins ganz genau: Ich will, dass du meine und einzig allein meine Alena bist. Vertrau mir!«, beschwört er, mein Gesicht eindringlich begutachtend. Trotz der Überraschung über seinen plötzlichen Ausbruch ist mir bewusst, was er gerade gesagt hat. Er verspricht mir keine Liebe, keine Freude, kein Glück und doch gibt er mir ein Versprechen. Es ist ein *für immer*, verspricht Beständigkeit und die Sicherheit, *sein* zu sein. *Bleibt die Frage: Wird mir das zum Leben reichen?*

In diesem Moment möchte ich gern glauben, dass es reicht. Mein Herz will, dass es genügt, einfach ihm zu gehören, von ihm beschützt zu werden. Außerdem bin ich nicht gewillt, mich von der Vorstellung eines Happy Ends zu lösen. Denn egal, wie ausweglos eine Lage in meinem Leben schon gewesen ist, ich habe stets fest daran geglaubt, dass alles gut werden würde und habe bis jetzt recht behalten. Nikolais warmer Atem streift meine Wange, was den Drang in mir erweckt, ihn erneut zu bitten, mich zu küssen.

Wieder einmal kommt er mir zuvor. »Darf ich dich denn küssen, Alena?« Die Heiserkeit in seiner Stimme verrät seine Unsicherheit. Es muss eine ungewohnte Situation für einen Mann wie ihn sein, eine Frau so eine Frage stellen zu müssen.

Sein innerer Aufruhr bezaubert mich, weshalb ich ein freches Lächeln, welches sich auf meine Lippen stiehlt, nicht verhindern kann. »Vielleicht sollten wir vor der Hochzeit noch einmal üben. Nicht, dass ich vor dem Altar feststellen muss, dass du aus der Übung oder gar ein schlechter Küsser bist«, necke ich ihn.

Mit Erfolg, denn seine Mundwinkel zucken verdächtig in die Höhe. Animalisch knurrend stürzt er sich auf mich. Seine Hände umschließen meine Hüften, er hebt mich hoch, trägt mich durch den Raum, ohne unseren intensiven Blickkontakt für eine Sekunde zu unterbrechen. Ich werde auf etwas Hartem aus Holz abgesetzt und Nikolai tritt zwischen meine Beine. Vorsichtig, als sei ich kostbar und wertvoll, umfassen seine Hände mein Gesicht. Verschwunden ist sein raubtierhafter Charme, übrig geblieben ist der echte Mann. Ein Mann, dessen Lippen meine, in einem Spiel aus Sanftheit und Nachdruck verschließen, als wären unsere Küsse selbstverständlich.

Genießerisch fallen meine Lider zu. Ich gebe mich ihm hin und gewähre seiner Zunge willig Einlass. Wir spielen miteinander, tanzen gemeinsam, liebkosen einander. Nikolai hält meinen Kopf geneigt. Ich lasse es geschehen. Es ist leicht, mich in seiner Führung zu verlieren, zu glauben, gut aufgehoben zu sein. Ein Gefühl, das mir den nötigen Mut gibt, ihn neckend in die Unterlippe zu beißen, nicht fest, aber hart genug, um sein Verlangen nach mir anzufachen.

Für einige Sekunden verziehen sich seine Lippen zu einem Grinsen an meinen, doch es unterbricht uns nicht. Stattdessen erweitert er unser Spiel, ist an der Reihe, mich mit seiner Zunge zu necken und knabbert an meinen Lippen.

Angestachelt von der feuchten Hitze, die sich zwischen meinen Beinen gesammelt hat, kralle ich die Hände in sein Hemd und ziehe ihn näher. Er rückt an mich heran, soweit es das Möbelstück, auf dem ich leicht erhöht sitze, zulässt, sodass ich die Knöchel hinter seinem Rücken überkreuzen kann. Nikolai reicht diese Bestätigung meinerseits aus, seine Lippen verlassen meinen Mund und küssen sich an der Kieferlinie hinab, über das Schlüsselbein in mein Dekolleté hinein. Enthusiastisch werfe ich den Kopf zurück, um ihm einen besseren Zugang zu meinen empfindlichen Brüsten zu geben. In einer heftigen Bewegung zieht Nikolai die Träger des feinen Seidenkleides beiseite. In weiter Ferne erklingt ein zerreißendes Geräusch. Dann ist der Stoff verschwunden und seine Lippen wieder auf mir, er liebkost mich durch den dünnen Spitzenstoff des BHs. Umschließt meine festen Brustwarzen mit dem Mund, neckt, knabbert und saugt daran, bis ich mich wollüstig gegen den Reißverschluss seiner Hose reibe.

»Verdammt Koschka, du treibst mich in den Wahnsinn.« Er stöhnt völlig außer Atem gegen meinen Körper. Seine Hände scheinen überall gleichzeitig auf mir zu sein, wandern von meinen Brüsten in meinen Nacken, wo er unseren Kuss noch einmal vertieft. Mein Verstand kämpft nicht einmal mehr gegen den Nebel der Begierde an, weshalb ich mich völlig in seine Berührungen fallen lasse. So verpasse ich es auch, als seine Hände von meinem Nacken über meinen mittlerweile nackten Rücken gleiten. Einem Teil meines Körpers, dem er bislang glücklicherweise keinerlei Aufmerksamkeit gewidmet hat.

»Koschka, ich möchte, dass du mir etwas sagst!«, wabert Nikolais Stimme in den Nebel der aufsteigenden Lust. Das Glühen zwischen meinen Schenkeln beherrscht meine Sinne und veranlasst mich zu einer geseufzten Antwort.

»Alles.«

Erst als Nikolai erstarrt und seine Lippen von meinen losreißt, erkenne ich, dass es ein Fehler gewesen ist, zu vergessen, dass ich den Psychoterror meiner Mutter auch auf der Haut trage. Die mittlerweile kaum sichtbaren Narben auf meinem Rücken, die ich gewöhnlich unter meinen Haaren und der Kleidung verberge, hat er erst gespürt, als seine Finger über die betroffenen Stellen geglitten sind. Sie stammen anders als meine seelischen Narben nicht von den Schlägen meiner Mutter. Nein, sie erzählen von einer Nacht, in der ich hätte meinen Leben verlieren sollen.

»Wer zum Teufel hat dir diese Narben zugefügt und wag es ja nicht, mich anzulügen!«

Erschrocken schlage ich mir die Hand vor den Mund, springe von dem Möbelstück und versuche mich von Nikolai loszumachen. Seine Finger schlingen sich fester um meinen Ellbogen, um mich zurückzuhalten. Beschämt starre ich zu Boden und schaffe es nicht, die einzelne Tränen zurückzuhalten. Bisher habe ich Glück gehabt, dass es ihm nicht aufgefallen ist, aber jetzt wird er erkennen, dass ich meinen Teil des Deals nicht zu seiner Zufriedenheit erfüllen kann. Wieder werde ich verstoßen werden. Verzweifelt schlage ich meine Zähne in die Unterlippe, bis ich Blut schmecke. Leider hat es nicht die erhoffte beruhigende Wirkung.

»Alena ...« Nikolais Stimme klingt gepresst. »Bitte, sprich mit mir.«

Seine Hände wandern an meinen Armen hinauf, drehen mich, sodass ich mit dem Gesicht zu ihm stehe. Scham flutet meinen Körper, Röte kehrt zurück in die Wangen, stur fixiere ich seine muskulöse Brust und wage es nicht, ihn anzusehen. Es war töricht von mir zu glauben, ich könnte mich und meine Vergangenheit vor ihm verstecken. Meine geschundene Unterlippe bebt vor unausgesprochenem Schmerz, während ich eindringlich nach einem Weg suche, mich aus der Situation zu befreien.

Nikolais Haltung verändert sich unerwartet, ich kann die wachsende Unruhe in ihm spüren. Dennoch schaffe ich es nicht, mein Kinn zu heben und ihm ins Gesicht zu sehen. Für einen Moment lang überwältigt mich schier der Drang, weinend in seine Arme zu flüchten, um darin die Trauer vergessen zu können.

Wider Erwarten kann ich weder Ekel noch Abscheu von seiner Miene ablesen, als ich aufschaue. Nein, wenn ich mich nicht täusche, ist es eine ängstliche Unsicherheit, die ich beobachte. Angst, die langsam, aber kontinuierlich von Zorn, der nicht mir gilt, zerfressen wird.

»Es wird einen Moment dauern, meine Vergangenheit zu erklären. Vielleicht sollten wir uns setzen«, bringe ich mühsam, nach einigen tiefen Atemzügen hervor. Ich rechne nicht damit, dass Nikolai mich kurzerhand anhebt, zum Sofa trägt und mich dort an ihn gedrückt auf seinem Schoß platziert. Verwundert über diese innige Geste wende ich mich ihm erneut zu.

Endlich habe ich den Mut, auszusprechen, was ich all die Jahre kaum einer Menschenseele erzählt habe.

»Es ist nicht so, wie du denkst, weißt du. Ich wurde nicht geschlagen, na ja, zumindest nicht so, dass es physische Narben hinterlassen hätte. Meine Mutter, wenn man sie so nennen kann, war starke Alkoholikerin. Sie hatte beinahe jede Woche einen anderen Kerl, sie war abhängig von ihnen. Ich bin kein Wunschkind gewesen und das hat sie mich auch tagtäglich spüren lassen. Ich weiß nicht einmal, wer mein Vater ist. Sie sagte immer, dass mein Vater mich genauso hassen würde, wie sie es tat. Jedenfalls hatten wir nur eine kleine Wohnung und jedes Mal, wenn einer ihrer Lover da war, war ich, gerade als ich älter wurde, im Weg, weshalb sie mich, egal bei welchem Wetter, auf den Balkon sperrte. Wir wohnten beinahe ganz oben in diesem Häuserblock. Eines Nachts zog ein gewaltiger Sturm auf ...«

Ich verstumme, als die Erinnerung an jene Nacht, in der ich hätte sterben sollen, über mich hereinbricht. Mein zierlicher Körper zittert unter der Last der Vergangenheit, während ich schwer atmend auf die Panikattacke warte, die ein ständiger Begleiter der Erinnerungen ist. Nikolais Arme schließen sich fester um mich und pressen unsere Körper aneinander, sodass er zu einer Art schützenden Gefängnisses wird. Instinktiv vergrabe ich mein Gesicht in der Kuhle unterhalb seines Halses, während stumme Schluchzer meine Welt erschüttern. Schweigend hält er mich in seinen starken Armen, er drängt nicht, gibt mir die Zeit, die ich brauche, um mich ihm zu öffnen. Die Tränen zurückdrängend, lehne ich mich tiefer in seine behütende Umarmung.

»Dieses Unwetter war heftiger als alles, was ich je erlebt hatte. Der alte Baum, der an unseren Balkon grenzte, schwankte wild im peitschenden Wind. Schließlich schlug ein Blitz in ihn ein und trennte einen Ast ab. Der Wind trug diesen Ast direkt auf mich zu. Es war reines Glück, dass ich nicht aufgespießt wurde, sondern nur stark unterkühlt und schwer verletzt war. Am nächsten Morgen fand mich unsere Nachbarin, eine nette Dame, die mit meiner Lehrerin befreundet war, in meiner eigenen Blutlache liegend. Und wir sprechen hier nicht von irgendeiner Nachbarin, sondern der Nachbarin, deren Enkelkinder diesen tragischen Autounfall hatten. Sie hat mich durch die Schlitze in dem alten Holzsichtschutz gesehen, mit der Polizei meine Mutter aus dem Bett geklingelt und mir so das Leben gerettet. Ich lag lange im Krankenhaus. In dieser Zeit machte sich meine Mutter mit ihrem Neuen aus dem Staub. Ich kam in ein Kinderheim in Neukölln, einem der ärmsten Stadtteilen Berlins, und wohnte dort, bis ich mit achtzehn in ein Studentenwohnheim in der Nähe meiner Universität zog. Zu meiner Nachbarin habe ich nach einer Weile den Kontakt verloren, konnte jedoch nie vergessen, was sie für mich getan hat. Ein paar Jahre später erfuhr ich durch das Nachlassgericht, dass meine Mutter verstorben war. Die Narben sind alles, was davon zurückgeblieben ist. Ich weiß, sie entstellen mich.«

Schluchzend atme ich aus, drücke mein Gesicht erneut in die Kuhle unterhalb seines Kinns. Der wenige Sauerstoff, den ich zu einzuziehen wage, brennt glühend in der Lunge. Ein paar Atemzüge lang drängt mein verschließendes Herz mich dazu, ihm die gesamte Wahrheit zu erzählen, doch mein Selbsterhaltungstrieb und die lähmende Angst, verstoßen zu werden, überwiegen trotz seiner liebevollen Reaktion. *Wenn er mich jetzt ansieht, wird er die Wahrheit dennoch erkennen*, schießt es mir durch den Kopf. Dann wird Nikolai das zu dünne, minderwertige, gebrandmarkte Ding sehen, dass ich zu verstecken versuche. Meine Atmung beschleunigt sich, während sie sich an mein angsterfüllt rasendes Herz anpasst.

»Bitte, lass wenigstens die Kinder ihre Therapie beenden. Ich kann es verstehen, wenn du mich wegschickst und den Deal abbrechen willst, aber diese Kinder können nichts für meine Minderwertigkeit«, presse ich mit zusammengebissenen Zähnen hervor. Die Worte verbrennen meine Kehle, wie Säure, die meine Luftröhre verätzt. Mein Herz stolpert, kann den Rhythmus des Atems nicht mehr halten.

Ich fühle mich in Nikolais Haus geschätzt und die Menschen, die mir immer wieder bei meinen Spaziergängen begegnen, fangen an, mir nach wenigen Tagen ans Herz zu wachsen. Die Plaudereien und die Scherze mit den Dienstmädchen, den Gärtnern und dem Wachpersonal, die ich in der vergangenen Woche kenngelernt habe, werden mir schrecklich fehlen. Niemand betrachtet mich argwöhnisch oder abwertend. Mein Körper, mein Aussehen und mein Charakter bleiben zu jeder Zeit unkommentiert. Keine vernichtenden Blicke, die sich wie Pfeile in den Rücken bohren.

Nein, trotz der Tatsache, dass Nikolai der König der Unterwelt zu sein scheint, umgibt Nikolais Haus und die Menschen, die darin leben und arbeiten, eine helle Aura.

Mein Herz schmerzt, als würde es in tausend winzige Teile zerbrechen, während mir bewusst wird, was ich gleich verlieren werde: Ein Leben, was ein Zuhause beinhalten hätte können.

»Alena, sieh mich an! Niemand hier wird irgendwo hingeschickt. Koschka, im Ernst, sieh mich endlich an!« Der warme Klang von Nikolais Stimme streichelt die verwundete Seele in meinem Inneren. Der Samt in seinem Tonfall verfehlt niemals seine Wirkung, mein Herzschlag beschwichtigt die Atmung und verhindert, dass ich zusammenbreche. Mit letztem Mut hebe ich den Kopf und folge seiner Bitte, ihn anzusehen.

»Du dachtest doch nicht wirklich, ich würde dich wegen ein paar fast verblassten äußerlichen Narben freigeben, oder? Ich gebe zu, ich bin etwas traurig, dass deine Mutter bereits tot ist. Mit Freuden würde ich ihr gern unsere Gewölbekeller zeigen, aber Tote kann man leider nicht mehr töten.« Seine Hände wandern über meinen Körper und umrahmen liebevoll mein Gesicht. Jedoch ertrage ich seine Nähe und sein Mitleid in diesem Augenblick nicht. Statt Erleichterung spüre ich, wie reißerische Wut in meinem Inneren aufsteigt.

Wie kann er denn die Realität nicht erkennen? Wieso verzerrt er die Wahrheit und quält mich mit seinem Mitleid?

Kopfschüttelnd mache ich mich von ihm los, springe auf und streife das übrig gebliebene Kleid vom Körper. »Nur ein paar Narben, ja? Was ist mit dem Rest? Du hast diesen Deal gemacht, um mich zu ficken. Und jetzt sag mir, wie soll das, was du siehst, dich jemals befriedigen? Meine Brüste sind so klein, dass sie praktisch nicht existieren. Mein Körper so dürr, dass du die Knochen klappern hören wirst, wenn du in mich stößt. Denn, wie du siehst, gibt es hier keine schönen Kurven, an denen du dich festhalten kannst. Keine weibliche Figur, keine wohlgeformten Rundungen. Es wird sein, als fickst du ein Holzbrett. Ich —« Weiter komme ich in meiner Wutrede nicht.

»Genug!«, donnert seine Stimme machtvoll durch den Raum. Eine harsche Handbewegung unterstreicht seinen frostigen Tonfall und bringt mich umgehend zum Schweigen. Ruhig und auf raubtierhafte Weise geschmeidig erhebt sich Nikolai vom Sofa und schließt mit wenigen Schritten die Lücke zwischen uns. Bevor ich reagieren kann, hat er mich gepackt und aufs Bett geworfen. Kaum Sekunden später liege ich bis auf Spitzenbustier und String bekleidet auf dem Rücken und fühle, wie sein Körper sich über mich schiebt. In einer eleganten Bewegung fängt Nikolai meine nach ihm schlagenden Fäuste ein, und hält sie einhändig ausgestreckt oberhalb meines Kopfes gefesselt.

»Du fragst dich allen Ernstes, wie ich dich begehren kann? Kätzchen, dann sieh genau hin. Ich werde es dir beweisen!« Seine Stimme erbebt rau vor unterdrücktem Zorn, während sein glühender Blick mich zu seiner Gefangenen macht. Seine wieder harte Erektion drückt sich gegen den unteren Teil meines Bauches. Wehmütig schließe ich die Augen und frage mich im Stillen, ob dieser Sex so wird, wie ich ihn mir die letzten Tage zu oft vorgestellt habe.

»Koschka, wenn du denkst, dass ich dich jetzt ficke, liegst du falsch. Du wirst schön artig warten, bis zu unserer Hochzeitsnacht. Sieh es als Strafe für deine Selbstzweifel an!«, ertönt es grob an meinem Ohr. Nikolais Lippen ziehen eine Spur fester Küsse von der Ohrmuschel hinab über den Kiefer, bevor er meinen Mund für sich beansprucht. Dieser Kuss ist nicht so romantisch wie all jene zuvor. Nein, dieser Kuss macht seinen Besitzanspruch auf mich geltend. Er nimmt sich von mir, wonach ihm der Sinn steht. Verschlingt mich und meine Seele mit seinen Lippen, die sich hart auf meine pressen. Willig erwidere ich seine Eroberung, öffne mich ihm und gebe ihm kompromisslos alles, wonach er verlangt. Seine freie Hand greift roh nach mir, reißt die Spitzenseide von meinem Oberkörper und widmet sich meiner linken Brust, zwirbelt die sehnsuchtsvoll wartende Brustwarze barbarisch zwischen Daumen und Zeigefinger. Der Schmerz schießt durch meinen Oberkörper und verwandelt sich in feuchte Hitze zwischen den Schenkeln. *Verdammt, es turnt mich an, wenn er so gnadenlos mit mir ist.*

Sein Mund lässt von meinem ab und streift hinab zum Nacken, wo er rücksichtslos seine Zähne in meiner glühenden Haut versenkt. Ein ekstatischer Schrei verlässt meine Lippen, als er die kleine Menge Blut, die aus der Wunde rinnt, aufzusaugen beginnt, unterdessen seine Finger meine Brust weiterhin quälen.

»Deine Hände bleiben genau hier oben, Koschka! Hast du mich verstanden? Zwing mich nicht, meinen Gürtel zu holen und dich ans Bett zu fesseln. Dann willst du deine Strafe lieber nicht kennen«, droht er mir dunkel.

Von der Lust eingenommen, bringe ich ein abgehacktes Nicken zustande. Sein köstliches Grinsen belohnt mich, als er sich erotisch über die Lippen leckt. Sein Mund umschließt die linke Brustwarze, während er die rechte neckend mit seinen Fingern malträtiert. Er saugt und neckt mich beißend mit seinen Zähnen, bis ich zu vergehen drohe. Schließlich gebe ich mich ihm erneut hin, bäume, ihn stumm um mehr bittend, den Oberkörper auf. Bestrafend wechselt Nikolai die Seite zu meiner anderen Brust und lässt mich mit zarten Bissen erneut den Schmerz der Lust erleben.

»Endlich komme ich dazu, diese köstlichen Himbeeren zu kosten. Alena, du schmeckst himmlisch. Ich könnte mich bis zum Ende meiner Tage mit diesen perfekten rosa Nippeln beschäftigen«, spornt sein tiefes Brummen mich an.

Mittlerweile bin ich so feucht und bereit für ihn zu kommen, dass meine Hüften sich zum wiederholten Male verselbstständigen. Wie eine Ertrinkende rolle ich willenlos das Becken gegen seinen Schritt, auf der Suche nach befreiender Erlösung. Unlängst droht der Druck, den Nikolai mit seinen Avancen aufgebaut hat, mich zu überwältigen.

Umso überraschter bin ich, als er aufs Neue spontan von mir ablässt, mich auf die Knie dreht und mir einige kräftige Klapse auf den Hintern erteilt. Seine raue

Handfläche prallt mehrmals auf das weiche Fleisch meiner Kehrseite und schickt weitere ekstatische Wellen prickelnden Schmerzes durch meinen Körper. Benommen spreize ich die Schenkel auseinander, presse mich gegen seinen Schritt und danke jedem Himmelswesen dafür, dass Nikolai mich gewähren lässt. Seine von Stoff umhüllte Härte gleitet entlang meiner Hitze, während ich verzweifelt nach dem richtigen Winkel suche, um den Sprung über die Klippe zu erleben. Ich finde ihn aufstöhnend, als Nikolai sich über mich beugt und seine Lippen federnd auf meine Narben drückt. Diese intime Geste und der leidvolle Druck zwischen den Beinen geben mir den Rest, der Orgasmus reißt mich wie ein Tornado aus dieser Welt. Wild zuckend presse ich das Becken gegen sein steifes Glied, reibe mich hart an ihm. Schreiend stürze ich in den Strudel des nächsten Orgasmus, da Nikolai seine Hand hinzugenommen hat und meine Klitoris durch den Stoff nahezu grausam bearbeitet. Durch den dichten Nebel des Verlangens nehme ich lediglich am Rande wahr, wie lustvoll sein Name von meinen Lippen klingt.

»So ist es gut, Koschka! Komm für mich, meine zukünftige Ehefrau. In nicht mal mehr 48 Stunden wirst du mir allein gehören und ich werde dir jede Sekunde bis ans Ende meiner Tage zeigen, wie sehr du mich erregst.«

KAPITEL 15

Nikolai

Knappe 34 Stunden später stehe ich in der St. Paul's Cathedral und warte leicht nervös auf die Ankunft meiner Braut. Es hat mich ein halbes Vermögen gekostet, so kurzfristig einen Termin zu bekommen und dann auch noch eine russisch-orthodoxe Zeremonie durchzuführen, obwohl wir nicht der Church of England angehören.

Mit den Fingerspitzen richte ich zum hundertsten Mal die Fliege um meinen Hals, während ich den Blick über die anwesenden Gäste schweifen lasse. Die kriminelle Unterwelt besetzt die Bänke der Kathedrale, ausgenommen der ersten Bankreihen aufseiten der Braut, dort sitzt mein kompletter Hausstand, da Alena keine Familie aufweisen kann. Mit einer Ausnahme, denn Anatoli hat es geschafft, eine Studienfreundin von Alena ausfindig zu machen und innerhalb weniger Stunden einfliegen zu lassen. Glücklicherweise gehören meiner Firma mehrere Privatjets. So hat in der ersten Reihe neben Maxim, Dima und meiner Haushälterin Olga eine mir unbekannte, recht ansehnliche junge Frau mit wilden schwarzen Locken Platz genommen. Sie mustert mich seit knapp zwanzig Minuten dauerhaft mit verkniffenem Gesichtsausdruck und ich muss mir eingestehen, dass ich auf ihr abschließendes Urteil gespannt bin.

»Kolja, wenn du noch mal an deine Fliege greifst, hat auch der letzte Trottel hier begriffen, dass du Nervenflattern hast!«, zischt Anatoli mir in meinem Rücken zu.

»Halt –«, setze ich genervt an, werde allerdings von Artjoms bedrohlich tiefem Knurren unterbrochen.

Artjom steht als Größter von uns dreien auf der untersten Stufe und bewahrt mit düsterer Miene ehrerbietig Haltung in den heiligen Hallen der Kathedrale. »Kein weiteres Schimpfwort. Wir sind in einem Gotteshaus!«, ertönt es leise, aber in einem Tonfall, der keinen Widerspruch duldet, von ihm.

»Bruder, darf ich dich daran erinnern, was du beruflich machst ...«, stichelt Anatoli.

Dem Zufall sei Dank wird er unterbrochen, als *Air* von Johann Sebastian Bach zu spielen beginnt und meine Zukünftige in einem Traum aus Spitze und Tüll, besetzt mit Swarovski-Diamanten, herein schwebt. Das von zwei kaum sichtbaren Trägern gehaltene herzförmige Mieder besteht fast gänzlich aus Spitze und liegt an ihrem zierlichen Körper, als wäre es auf ihre zarte Haut gemalt. Die Diamanten in ihrem Kleid strahlen mit dem Smaragd-Collier meiner Mutter, welches ich ihr gestern Abend überreicht habe, um die Wette. Ihr kunstvoll gelocktes, halb aufgestecktes Haar gibt den Blick auf die passenden Ohrringe frei.

Du bist ein glücklicher Mann, Nikolai, ertönt die Stimme meines Vaters in meinem Kopf und berührt damit mein dunkles Herz. *Das bin ich wohl.*

Schmunzelnd betrachte ich Alenas Hand, deren feingliedrige Finger sich verkrampft in Iljas Arm bohren. Offenkundig ist mein Kätzchen ein wenig aufgeregt oder widerwillig. Stolz schreitet Ilja, dessen Gesicht voller väterliche Liebe glänzen, gemeinsam mit Alena den Gang entlang. Für einen kurzen Moment frage ich mich, womit ich solch ein feenhaftes Wesen verdient habe. Mich schnell zur Vernunft rufend schreite ich die Stufen herab, ihnen entgegen.

Auf mein Zeichen hin erhebt sich Chiara stumm, legt Alena im Vorbeigehen den Arm um die Taille und drückt ihr einen Kuss auf die Wange. Wie besprochen stellt sie sich auf dem Altar gegenüber von Anatoli auf ihre Position. In diesem Augenblick verdamme ich den verfluchten Schleier, den meine Verlobte trägt, denn er verdeckt die Hälfte ihres Gesichts, als ich ihre Hand von Ilja entgegennehme. Ein kurzer Druck ihrer Hand symbolisiert mir, dass sie sich über Chiaras Anwesenheit freut. Krampfhaft muss ich ein euphorisches Grinsen verbergen. Ich bin mir sicher, meine frischgebackene Ehefrau wird sich heute Nacht für diese Kleinigkeit dankbar erweisen.

Aus Rücksicht auf Alenas Sprachbarriere ist lediglich die Einführung des Priesters in russischer Sprache, für die Gelübde, den Ringtausch und die Krönungszeremonie wechselt er widerwillig ins Englische.

Schließlich verkündet der ältere Geistliche offiziell: Mr. und Mrs. Markov und wir führen den Ritus der gemeinsamen Schale durch. Hierbei trinken Alena und ich nacheinander aus einem Kelch, um unsere Verbundenheit in der Ehe zu symbolisieren. Ich liebe die Traditionen meines Volkes wirklich. Trotzdem seufze ich erleichtert, als der Priester mich auffordert, meine Frau endlich zu küssen.

Ohne Vorwarnung ziehe ich Alena in die Arme und lege die Lippen auf ihren Mund. Sofort schmiegt sie sich an mich, erwidert inbrünstig meinen Kuss. Ich spüre, wie die Anspannung aus ihrem Körper weicht. Für einen Moment fühle ich mich dazu hingerissen, den Kuss in unanständiger Weise zu vertiefen. Artjoms brummendes Räuspern ruft mir den Ort, an dem wir uns befinden, erneut ins Gedächtnis. Langsam, um meine Braut nicht zu verwirren, beende ich den Kuss in aller Vorsicht.

Es folgen erste Jubelrufe, die uns hochleben lassen, anschließend gehen die Gäste mit dem Priester nach draußen, um uns erneut gebührend feierlich in Empfang zu nehmen.

»Bist du in Ordnung, Koschka?«, hauche ich Alena leise ins Ohr, als wir den Mittelgang raus aus der Kirche entlang schreiten. Ihre Hand zittert kaum merklich in meiner, weshalb ich sie schützend enger an mich ziehe.

»Ja, ich hatte nur nicht so viele Menschen erwartet. Aber ich danke dir, dass du Chiara hergebracht hast. Woher du auch immer von ihr weißt.« Den letzten Teil ihres Satzes stößt sie missmutig hervor, doch sie kann ihr freudiges Lächeln über die Anwesenheit ihrer Freundin nicht verbergen.

»Du solltest froh sein, dass beispielsweise für die Entführung der Braut keine Zeit mehr war. Ich bin mir sicher, Gavril wäre der Erste gewesen, der diese Tradition hätte wahr werden lassen.« Ich lache. »Was deine Freundin Chiara betrifft, da musst du dich bei Dima und Anatoli bedanken, die beiden haben die letzten Tage alle Hebel in Bewegung gesetzt, um sie hierher zu bringen.« Sanft hauche ich Alena einen Kuss auf die Wange, wodurch sie sofort errötet. Ein herrlich leichtes Gefühl beflügelt mein Herz im Inneren meiner Brust bei ihrem zauberhaften Anblick. *Daran könnte ich mich gewöhnen.*

Wir verlassen die Haupttreppe und treten auf den Vorplatz der Kathedrale. Dort werden wir von lautem Jubelgeschrei und Glückwünschen überschüttet. In einer instinktiven Reaktion schmiegt sich Alena näher an mich, behutsam lege ich meinen Arm um sie. Ich gebe zu, es gefällt mir gut, den Beschützer dieser schönen Frau zu spielen.

Bevor ich ihre Aufmerksamkeit in meinem Arm genießen kann, ergreift Chiara ihre Hand und die beiden entfernen sich einige Schritte, um sich ungestört unterhalten zu können.

»Du siehst aus wie ein glücklicher Mann, Nikolai Markov«, ertönt eine bekannte Stimme zu meiner Rechten.

Yuri Savin, das Oberhaupt der Savin-Bratva aus Washington D.C. und ebenfalls ein Mitglied des Syndikats, ist erst heute Morgen angekommen. Unter seinen Augen zeichnen sich dunkle Ringe ab und er wirkt irgendwie eingefallen. Als ich mich anschicke, ihn danach zu fragen, winkt er ab.

»Es ist halt Krebs im Endstadium, mein Freund. Aber mach dir keine Sorgen, Severin ist bereit, in meine Fußstapfen zu treten. Hören wir auf mit diesem unangenehmen Thema. Heute feiern wir erst mal ausgiebig deine Hochzeit mit dieser wundervollen Dame. Meine herzlichsten Glückwünsche!«

Er zieht mich in eine kurze Umarmung, die ich zu gerne erwidere, um einem sterbenden Mann seine Wünsche zu erfüllen. Eine Welle von Traurigkeit erfasst mich. Yuri ist ein guter Mensch, meinem Vater vom Charakter sehr ähnlich. Er war stets in der Lage, unsere Truppe zur Ruhe zu bewegen. Wir werden ihn schmerzlich vermissen.

Meine Rolle wieder einnehmend lächle ich und verdränge die Gefühle über den bevorstehenden tragischen Verlust eines lieben Freundes. Wir gesellen uns gemeinsam zu der Gruppe Anführer, die mit Argusaugen beobachten, wie Alena, ihre Freundin und einige der englischsprachigen Dienstmädchen sich unterhalten.

»Die Kleine mit den schwarzen Locken gefällt mir. Ist sie noch zu haben, Kolja?« Gavril wirft mir mit hochgezogener Augenbraue einen vielsagenden Blick zu.

»Wenn du deine dreckigen Finger vollständig behalten möchtest, lässt du sie besser in Ruhe, Gav. Sie steht unter dem Schutz der Markovs. Allerdings hab ich gehört, dass Tatiana dich in unserem Club schon merklich vermisst.« Anatolis Stimme schneidet durch die Menge.

Mit einem amüsierten Blick auf Artjom versichere ich mich, dass Anatoli dezent übertrieben reagiert. Zumal ich mich gut daran erinnere, dass er vor einigen Tagen noch selbst bis zum Anschlag in eben jener Tänzerin gesteckt hat. Der große Russe erwidert meinen Gesichtsausdruck achselzuckend und gibt mir ein Zeichen, diese Party auf unser Anwesen zu verlagern. »Meine

Freunde, lasst uns zur Villa fahren. Dort warten gutes Essen und zahllose Getränke auf Euch!«

KAPITEL 16

Magdalena

Dr. Magdalena Markov, 29 Jahre alt, entführt und nun verheiratet mit dem scheinbaren König der kriminellen Unterwelt. Alles in nicht einmal zwei Wochen.

Zugegeben, die Zeremonie ist traumhaft schön gewesen und ich bin unheimlich glücklich, Chiara in der Nähe zu haben. Dennoch kann ich meine neue Realität nicht nachvollziehen.

»Holy Shit, dein Ehemann ist einfach nur heiß! Und diese Villa, Maggy, Jackpot!«, platzt Chiara heraus, nachdem wir uns im festlich geschmückten Ballsaal in eine ruhige Ecke zurückgezogen haben.

Bei meinen Erkundungsgängen über das Anwesen habe ich den Ballsaal zwar schon gesehen, aber der festliche Glanz, in dem der Saal nun erstrahlt, beeindruckt mich dennoch. Ich habe nicht die geringste Ahnung, wann die Angestellten dieses kleine Dekorationswunder vollbracht haben. Dringend muss ich daran denken, Nikolai darum zu bitten, ihnen womöglich ein Sondergehalt auszuzahlen.

Chiara stupst mich ungeduldig an, ihre großen Rehaugen huschen musternd über meinen Körper. Mittlerweile trage ich ein dezenteres Brautkleid, in dem ich tanzen kann. Anatoli hat vorgeschlagen, es zu kaufen, worüber ich wirklich froh bin.

»Schön, dass dir mein Ehemann gefällt. Ja, es lässt sich aushalten. Ich wünschte nur, er hätte mich nicht erst gekidnappt, mich dann zu seinem Eigentum erklärt und anschließend gezwungen, ihn zu heiraten. Wäre diese Tatsache nicht, wäre das hier wirklich traumhaft«, erkläre ich ihr mit einer ausladenden Geste durch den Saal.

Wenn möglich, werden ihre Augen daraufhin noch runder und ihr Gesichtsausdruck entgleist fassungslos. »Das ist nicht dein verschissener Ernst, oder?«

Ich schiebe gespielt die Unterlippe vor, während ich in einer dramatischen Geste mit den Achseln zucke und nicke. »Wie ist es dir so ergangen? Wir haben eine ganze Weile nicht mehr telefoniert«, lenke ich vom Thema ab.

Bewusst beschwöre ich mit meiner Frage in Chiara einen Redeschwall hervor. Sie liebt es, theaterreife Geschichten aus ihrem Leben zu erzählen. So erfahre ich innerhalb der nächsten halben Stunde alle Details, die sie bei unseren kurzen FaceTime-Anrufen bisher nicht erzählt hat.

»Sag mal, wie haben dich Dima und Anatoli eigentlich so schnell gefunden und hergebracht?«, unterbreche ich ihren Redefluss, bevor sie in ihrem Übermut persönliche Erfahrungen ihrer Patienten auspacken kann. Chiara Wilson ist eine brillante Frau, doch ihr wilder Charakter bringt sie eindeutig zu oft in Schwierigkeiten.

»Du wirst es echt kaum glauben, Maggy, aber ich hab 'ne Mail mit einem hammermäßigen Rabattcode erhalten, war irgendeine russische Website und die Kleider dort waren ein Traum. Also hab ich sofort den

Warenkorb vollgemacht und bestellt. Auf Rechnung natürlich, ich bin ja keine Anfängerin. Als ich abends nach der Arbeit auf dem Stützpunkt in mein Apartment zurückkehre, aufschließe und einfach nur ins Bett krabbeln will, sitzt da dieser Gorilla auf der Couch und sagt mir, ich solle schnell für eine Hochzeit packen. Ich hab ihn natürlich sofort rausschmeißen wollen, aber statt zu gehen, hat er mich über seine Schulter geworfen und ist mit mir in ein Auto gestiegen. Dort hab ich ihm dann einen heftigen Schlag gegen die Nase verpasst. Was anschließend passiert ist … keine Ahnung, denn dieses Arschloch hat mich kurzerhand betäubt!« Den letzten Satz spricht absichtlich lauter aus und verschränkt beleidigt die Arme unter ihrer Brust.

Krampfhaft verbeiße ich mir ein Lachen. Die Markov- und Romanov-Männer scheinen wirklich nicht zu wissen, wie man Frauen ohne Chloroform transportiert. Auf jeden Fall bin ich glücklich, dass Chiara die Betäubung offensichtlich besser vertragen hat als ich.

»Süße, glaub mir, ich weiß haargenau, wie du dich fühlst. Aber erfreulich, dass Artjom die Dosis besser einschätzen kann.« Ich lache, während ich mitfühlend ihren Arm tätschle. Sie wird sich, so wie ich sie kenne, gewiss von dieser Erfahrung erholen. Als Psychologin in der US-Armee zu dienen, ist ebenfalls nervenaufreibend und damit kann Chiara gut umgehen. Natürlich ist es nicht lobenswert, dass die Jungs ständig Frauen entführen, vor allem, wenn Artjom Chiara einfach hätte sagen können, dass ich ihn schicke.

»Wer ist Artjom? Der Bastard, dem ich 'nen heftigen rechten Haken verpasst hab, hat sich im Jet als Anatoli vorgestellt. Du musst deinem Mann dringend sagen, dass er seine Schergen besser erziehen muss.« Chiaras Gesichtsausdruck verfinstert sich auf unnatürliche Weise, als sie Anatolis Namen ausspricht. Verwirrt versuche ich, mich daran zu erinnern, ob ich an ihm irgendwelche Schrammen oder Schwellungen gesehen habe, allerdings habe ich in all dem Trubel nicht auf ihn geachtet.

Schlagartig fühle ich, wie die Röte in meine Wangen steigt, wenn ich daran denke, wie ich beim Gang zum Altar einzig Augen für Nikolai gehabt habe. Er sieht einfach zum Anbeißen aus in seinem maßgeschneiderten, eng anliegenden Anzug, dem blütenweißen Hemd und der edlen Fliege. Seine Haare waren erstmals ordentlich frisiert, was seine Attraktivität ins Unermessliche gesteigert hat. An seine strahlend blauen Augen und das charmante Grinsen auf seinen verführerischen Lippen darf ich nicht denken, wenn ich nicht feucht werden will, wofür es jedoch zu spät ist.

»Ich entschuldige mich in aller Form für Anatoli. Leider werden Sie verstehen müssen, Miss Wilson, gute Mitarbeiter sind nur schwierig zu finden.« Nikolai tritt zu uns und schenkt Chiara ein zuckersüßes Lächeln. Er zwinkert ihr nonchalant zu und ich kann erkennen, wie meine Freundin bei seinem Anblick zu schmelzen droht. Obwohl ich weiß, dass Chiara niemals auch nur eine Fingerspitze an meinen Ehemann legen würde, verspüre ich einen winzigen Stich der Eifersucht. Zumal sie Nikolai gerade anbietet, sie bei ihrem Vornamen zu nennen.

»Liebling, ich bin gekommen, um dich für unseren ersten Tanz als Ehepaar abzuholen. Würdest du mir diese Ehre erweisen?«, raunt Nikolai und deutet schmunzelnd eine Verbeugung an. Zögerlich lege ich meine Hand in seine und lasse mich von ihm auf die Tanzfläche führen.

Die Anfangstakte von Coldplays *Adventure of a Lifetime* erklingen. Nikolai zieht mich in eine elegante, beginnende Drehung des Walzers, während er mich mit seiner Hand im unteren Rücken eng an sich schmiegt. Vor lauter Aufregung über meine eigenen Füße zu stolpern, versenke ich die Fingernägel der linken Hand in seiner Schulter. Er hält mich eng und sicher an sich gedrückt, während er mich über die leere Tanzfläche führt. Lächelnd blicke ich zu ihm auf und genieße den Rhythmus der Musik.

»Ich dachte, der Song wäre passender als irgendetwas Kitschiges«, flüstert er an meinem Ohr. Das sanfte Hauchen seiner Stimme schürt unverzüglich das Feuer in meinem Unterbauch.

Leise seufzend bringe ich ein mechanisches Nicken zustande, welches Nikolai richtig deutet und ein knappes Lachen ausstößt. »Später, Koschka, gedulde dich!«, lautet seine prompte Antwort samt verschmitztem Grinsen. Unser Hochzeitstanz endet zu schnell, sodass ich Nikolais Bitte um einen weiteren Tanz rasch bejahe.

Aus dem Augenwinkel kann ich beobachten, wie Anatoli auf Chiara zusteuert. Augenscheinlich bittet er vergeblich um einen Tanz, da sie vehement den Kopf schüttelt und ihm einen vernichtenden Blick zu wirft. Diese Gunst der Stunde nutzt sogleich Gavril, welcher Chiara letztendlich als feierlicher Sieger auf die freigegebene Tanzfläche führt. Weitere Paare betreten das Parkett und wirbeln wild durcheinander. Eines muss man den Oberhäuptern der Unterwelt lassen, tanzen und feiern können sie.

Mit einer Kopfbewegung in Richtung von Chiara, die sich an Gavrils muskulösen Körper schmiegt, mache ich Nikolai auf die Situation aufmerksam. »Denkst du, das gibt Probleme?«

»Und wenn es welche gibt, kümmert sich heute Nacht jemand anderes darum. An unserem Hochzeitstag und vor allem in unserer Nacht gehöre ich ausschließlich dir, Koschka. Ich werde allerdings Leo und TJ darauf aufmerksam machen, wenn es dich beruhigt.« Sein Blick huscht zügig über den Anführer der Iren, den ich bereits auf der Gala kennengelernt habe, hinweg. Leonardo Caruso ist das Oberhaupt der Italiener, ein sehr leidenschaftlicher Mann und Nikolais erster Stellvertreter. Leicht niedergeschlagen realisiere ich, dass Anatoli und Artjom hier machtlos sind, da Gavril im Rang über ihnen steht, ganz gleich, dass sie Nikolais Vertraute sind. Mein Blick fliegt zu Anatoli herüber, der mit finsterem Gesichtsausdruck neben Artjom an der Wand lehnt. Wehmut macht sich in mir breit, denn ich weiß, Anatoli ist tief in seinem Herzen ein guter Mann. Allerdings muss man Gavril zugutehalten, dass er Chiara nicht wie ein Neandertaler aus ihrer Wohnung in den Staaten entführt hat, sie betäubt und sie anschließend in ein fremdes Land gebracht hat. Womöglich sollte ich Anatoli und Artjom ebenfalls um einen Tanz bitten. Hoffentlich führen die beiden Männer genauso gut wie ihr Boss.

»Artjom tanzt nicht gerne, aber er wird dir den Gefallen tun. Anatoli wird sich sicherlich freuen. Wenn du genau hinsiehst, wirst du sehen, dass Artjom ihn am hinteren Hosenbund festhält, bis er seine Wut wieder gezügelt hat«, errät Nikolai meine Gedanken. Sein Kichern dringt an mein Ohr, als er mich dreht, wodurch ich sehen kann, dass seine Worte der Wahrheit entsprechen.

»Liebling, tu alles, wonach dir der Sinn steht. Lass uns diesen Abend genießen. Solange du später nicht zu müde für die Hochzeitsnacht bist, werde ich mit allem zufrieden sein!« Mein Ehemann zwinkert mir anzüglich zu. Seine Lippen kitzeln beim Flüstern am Hals, so lache ich den Rest des Tanzes, während er mich wohlbehütet durch die Drehungen führt.

Das ist er also, der erste Tag in meinem neuen Leben.

KAPITEL 17

Magdalena

»Ah! Was machst du denn da?«, rufe ich erschrocken aus, als Nikolai mich vor der Tür unserer Suite plötzlich vom Boden aufhebt und über die Schwelle trägt. Mit einem süffisanten Grinsen durchquert er das Zimmer und legt mich behutsam auf dem Bett ab.

»Meine Ehefrau über die Schwelle tragen! Was sonst? Und jetzt, Koschka, werde ich dich genüsslich ausziehen.« Sein Grinsen wird breiter, als er sich den Sakko von den Schultern streift und ihn samt Fliege und Weste achtlos zur Seite wirft. Gespannt auf seine Show stütze ich mich auf die Ellenbogen, wobei ich mir anscheinend unbewusst über die Lippen geleckt habe. Nikolais Blick haftet hypnotisiert auf meinem Mund, seine Augen verpassen keine Sekunden der wechselnden Emotionen auf meinem Gesicht. Quälend langsam knöpft er sein Hemd auf und entblößt damit zahlreiche schwarze Tattoos. Vom Glanz in seinem Blick ermutigt, setze ich mich auf und strecke die Hand nach ihm aus. Bevor meine Fingerspitzen ihn berühren können, halte ich von einer Welle aus Selbstzweifeln eingeschüchtert inne.

Was, wenn ich ihn nicht zufriedenstellen kann? Wird er sich eine andere nehmen? Und warum stört mich dieser Gedanke?

»Ich kann sehen, dass dein Köpfchen rattert, Kätzchen. Worüber denkst du so angestrengt nach? Hab
keine Angst, Alena, ich werde dich auch heute nicht
zum Sex zwingen. Du kannst immer noch Nein sagen,
verstehst du?« Ein Hauch von Besorgnis schwingt in
seiner dunklen Stimme mit und lässt mich aufschauen.
Nikolai kniet oberkörperfrei zu meinen Füßen am Bettende, unterdessen seine Hände damit beschäftigt sind,
mich aus diesen teuflischen High Heels zu befreien. Mit
liebevollem Druck massiert er meine leicht geschwollenen Füße.

»Wirst du noch mit anderen Frauen ins Bett gehen?«,
platze ich, überrascht von mir selbst, mit der Sorge heraus, bevor mein Verstand es verhindern kann. Mein
dummes, naives Herz rast heftig in meiner Brust, weil
ich, wie ich mir eingestehen muss, Angst vor seiner
Antwort habe. *Werde ich jemals genug für jemanden
sein?*

Eine verständnislose Stille breitet sich zwischen uns
aus, doch Nikolai bricht den Blickkontakt zu mir nicht
ab. Schließlich scheinen meine Worte zu ihm durchzu-
dringen, denn er beginnt haltlos zu lachen. Sich zu seiner vollen Größe aufrichtend zieht er mich unerwartet
auf die Füße und schließt mich in seine Arme. Seine
Lippen wandern vom Kinn hin zu meinem Ohr, nachdem sein Lachen verstummt ist.

»Koschka, es gibt keinen Grund zur Eifersucht. Ich
werde niemals wieder eine andere Frau ansehen, wenn
ich es nicht muss. Eigentlich dachte ich, du wärst dabei
gewesen, als ich dir heute Morgen in diesem Gotteshaus die ewige Treue geschworen habe. Es enttäuscht
mich, dass du mich für einen Mann hältst, der seine

Schwüre bricht. Ich gehöre mit Körper und Seele ganz allein dir!«, verspricht er mir leise.

Seine Worte realisierend sehe ich zu ihm auf. Ich kann mich nicht daran hindern, die Hände in seinem Nacken mit seinen Haaren zu verflechten. Niemals in meinem Leben hätte ich erwartet, dass jemand Wert darauf legen könnte, mich an seiner Seite zu haben. Kurzerhand erhebe ich mich auf die Zehenspitzen und verschließe seinen Mund mit meinem. Sofort erwidert Nikolai den Kuss, seine Hände wandern über meinen Rücken, sichtlich bemüht, das Kleid zu öffnen.

»Ich darf es nicht einfach zerreißen, oder? Ich kaufe dir tausend neue Kleider!«, haucht er rau zwischen unseren Küssen. Meine Lippen verziehen sich an seinen zu einem Lächeln, während ich leicht den Kopf schüttle. Genervt stöhnend löst er sich von mir, dreht mich herum und öffnet geduldig, wenn auch murrend, einen Haken nach dem anderen. Als das Kleid letztendlich zu einem weißen, seidenen Haufen auf den Boden herabfällt, stehe ich lediglich in dem lächerlich dünnen Spitzenstring vor ihm, den ich in einem Anflug jugendlichen Leichtsinns im Brautmodengeschäft erworben habe. Die Verkäuferin hatte ihn zügig, als Anatoli, der seine Pflicht als Wachhund überaus ernst nimmt, nicht hinsah, zwischen die Strumpfwaren gepackt.

Ich bin überrascht, als ich sehe, wie stark Nikolais Ausdruck sich erstaunt verändert. Lustvoll huschen seine Blicke über meine Gestalt. Es ist, als präge er sich jeden Zentimeter von mir ein. Er endet damit, dass er sich vor mir hinkniet und das dünne Stück Stoff, welches die intime Stelle ohnehin kaum bedeckt, mit den

Zähnen von meinen Hüften zieht. Mit leicht geöffnetem Mund beobachte ich diese erotische Szene, sprachlos darüber, wie sehr mich der Anblick dieses Mannes erregt.

Die kühle Luft liebkost meine glühende Haut und ringt mir ein heiseres Stöhnen ab, welches Nikolai mit einem tiefen Knurren quittiert. Seine Lippen ziehen eine feuchte Spur über meinen Bauch hinab zwischen meine Schenkel, indes er mich langsam rückwärts zum Bett dirigiert. Meine Füße stolpern unbeholfen zurück und meine Knie versagen in dem Moment, als das Bettende an den Beinen spüre.

»Du bist so wunderschön, Alena. Ich kann es nicht erwarten, deinen Körper zu erkunden und ihn anzubeten«, flüstert er in kehligem Tonfall. Seine Worte bringen meinen beschleunigten Puls zum Rasen, mein Herz schlägt mit 200 km/h in meinem Brustkorb. Ich bin so feucht, dass die Nässe längst meine Schenkel benetzt.

Den ganzen Mut zusammenkratzend, fingere ich unbeholfen an Nikolais Gürtelschnalle herum. Jedoch zittern meine Hände vor lauter Aufregung zu sehr, sodass er sie mit einer schnellen Bewegung einfängt. Seine andere Hand legt sich unter mein Kinn und zwingt mich erneut, ihn anzusehen.

In dieser Sekunde kann ich in seinen Gedanken lesen, wie in einem offenen Buch, denn seine Sorge, sich nicht mehr zurückzuhalten zu können, sobald ich seinen Gürtel löse, steht ihm deutlich ins Gesicht geschrieben. Die letzte Hürde in die Unsicherheit nehmend schummelt sich ein gewinnendes Lächeln auf meine Lippen. Mir ist bewusst, dass ich unsere Zukunft in den Händen halte, doch mir fällt in diesen Sekunden nicht im Traum ein, ihn nochmals zurückzuweisen.

Manchmal muss man mutig sein und den Absprung ins Ungewisse wagen!

Nikolai starrt gebannt auf meinen Mund, als meine Lippen sich sinnlich teilen.

»Bitte fick mich, Ehemann!« *Ich habe es tatsächlich gesagt.*

»Verdammt, Koschka. Wenn du mich so ansiehst, wird mein Schwanz härter, als er ohnehin schon ist«, knurrt Nikolai roh, während er mich packt und uns in Richtung des Kopfendes bewegt.

Die nächsten Sekunden verfliegen in rasender Geschwindigkeit. Kaum hat Nikolai das Bett verlassen, um seine Hose samt Unterwäsche von den Hüften zu streifen, ist er schon wieder über mir und drückt mich mit erregendem Druck in die Matratze. Sofort finden meine Hände seinen Nacken und ziehen ihn zu einem wilden Kuss herab. Alles verlangend prallen unsere Münder aufeinander, seine Zunge umspielt meine, während seine Hände meine Brüste herzhaft massieren. Schamlos reibe ich das Becken gegen die steinerne Härte zwischen seinen Beinen. Prompt löst Nikolai seinen Mund von mir und widmet sich der Stelle, die pochend nach ihm fleht. Energisch schiebt er meine Beine weiter auseinander und vergräbt sein Gesicht in meiner feuchten Nässe. Seine Zunge schlägt kräftig gegen meine Klitoris und katapultiert mich fast zum Orgasmus. Nach mehr flehend hebe ich die Hüften vom Bett. Seine große Hand hält mich grob an sein Gesicht gepresst, während er mich verschlingt. Wie ein Ertrinkender labt er sich an mir.

»Du schmeckst himmlisch, Koschka. Ich kann seit unserer gemeinsamen Dusche an nichts anderes mehr denken als deinen köstlichen Geschmack auf meiner Zunge!« Nikolai stöhnt schweratmend.

Durch seine Worte abgelenkt, überraschen mich die drei Finger, die er in mich einführt und die dafür sorgen, dass ich unaufhaltsam in die tiefe Schlucht meines Höhepunktes stürze. Seinen Namen schreiend greife ich in seine Haare und presse sein Gesicht gegen meine Vulva, wobei Nikolai sich willig von mir benutzen lässt. Er erhöht seinen Rhythmus und treibt mich im Feuer des Orgasmus weiter voran, bis mein Atem nur noch aus schluchzendem Stöhnen besteht. Ich schaffe es nicht, meine Lider offenzuhalten und genieße die prickelnde Welle der Gefühle, die sich über mir auftürmt und zusammenbricht, während meine Gliedmaßen wild zuckend unter Nikolais Körper begraben sind. Bunte Lichtblitze zucken unter den geschlossenen Lidern und verstärken die federleichte Wahrnehmung zu Schweben um ein Vielfaches.

»Nikolai, ich brauche dich!«, presse ich nach einer gefühlten Ewigkeit zwischen den Zähnen hervor. Sämtliche Scham über meinen Körper oder die Lust, die ich empfinde, ist von mir abgefallen. Denn mir ist klar geworden, dass mein frischgebackener Ehemann mir im Bett nur zu gern geben wird, wonach ich verlange.

So muss ich Nikolai nicht zweimal bitten, sein Gesicht erscheint über mir, als ich meine nach dem Abflauen des Rausches wieder öffne. Erst als er seine eiserne Härte zwischen meine Schenkel dirigiert und sich gegen den feuchten Eingang presst, blitzt für einige Sekunden der Gedanke in meinem Verstand auf, wie lange ich keinen Sex mehr gehabt habe. Jedoch habe ich keine Zeit, ein ängstliches Gefühl zu entwickeln, denn mit einem Stoß füllt Nikolai mich gänzlich aus.

Mein Mund zu einem stummen Aufschrei verzogen, hebe ich den Kopf und starre auf unsere Verbindung herab. Sein steinharter Schwanz dehnt mich bis zum Anschlag, wobei er einige Sekunden in mir verharrt, damit ich mich an seine Größe gewöhnen kann.

»Oh-oh mein Gott!« Meine Stimme ist brüchig und klingt fremd in meinen Ohren. Ich habe eine Ahnung gehabt, dass Nikolas Schwanz groß sein würde. Aber dass er meinen dürren Körper beinahe zweiteilen würde, hätte ich nicht gedacht. Seine Hand schiebt sich zwischen uns über meine geschwollene Perle. Sein Daumen zeichnet langsame Kreise mit leichtem Druck auf mir, was mir dabei hilft, mich erneut zu entspannen.

Vorsichtig beginnt er sich aus mir zurückzuziehen und wieder in mich zustoßen, wobei sich die Nässe auf ihm verteilt. Schnell gewöhne ich mich an die Größe des Glieds meines Ehemannes, der mit charmantem Grinsen über mir thront. Innerhalb von Minuten genieße ich die prickelnde Reibung seines Körpers und bewege mich im Einklang mit ihm. Niemals bricht er unseren Blickkontakt ab, unterdessen glaube ich, seine Hände überall gleichzeitig auf meinem erregten Körper zu spüren. Mit Leichtigkeit findet er jede erogene Zone an mir und streichelt, kneift und neckt mich, bis ich Wachs in seinen Händen bin. Seine beständig härter werdenden Stöße treiben mich begehrlich auf den nächsten Höhepunkt zu, weshalb ich die Beine um seine Hüfte schlinge und die Fersen in seinen unteren Rücken drücke. Sofort verstärkt sich meine luststeigernde Reibung an den richtigen Punkten und verleitet mich zu einer Reihe sinnlicher Geräusche. Nikolai schiebt seine Hände unter meinen Hintern, hebt mich an, sodass er mich auf dem Bett kniend in der Luft nimmt.

»Nikolai!«, schreie ich heraus, weil sein Schwanz in dieser Stellung wahnsinnig tief in mich eindringt. Sein Tempo steigernd ist das Zimmer erfüllt von dem Geräusch des Aufeinandertreffens unserer nackten Haut, stetig unterbrochen durch meine aufreizenden Schreie. In voller Ekstase kippe ich das Becken in seinem Rhythmus vor und zurück, beginne ihn zu reiten, während er wild in mich stößt. Meine Fingernägel krallen sich in seine Schultern, unterdessen ich die Leiter des nächsten Höhepunktes erklimme. Meine Brustspitzen reiben über seine raue Brust.

Diese Empfindungen sind zu viel für meinen elektrisierten Geist, ein orkanartiger Orgasmus überrollt mich, reißt mich aus dieser Welt und trägt mich in nie gekannte Weiten davon. Das verführerische Prickeln explodiert in meinem Körper, ein Feuerwerk lasziver Lust entflammt mein Blut in den Adern und feiert seinen Höhepunkt in glühender Leidenschaft, sodass mein Herz zu kollabieren droht.

Mit einem gellenden Schrei kommt auch Nikolai zur Vollendung. Das Gefühl seines heißen Samens, der sich in mich ergießt, überwältigt mich, sodass ich rücksichtslos meine Zähne in seinem Nacken vergrabe.

Schwer stöhnend stürzen wir zurück auf die Matratze, wobei Nikolai mich geschickt dreht, sodass ich auf ihm lande. Erschöpft legt er den Arm über sein Gesicht, währenddessen er versucht, seine Atmung unter Kontrolle zu bekommen. Ausgelaugt kippe ich vorn über und schlage ungehalten auf seiner Brust auf, was ihm ein leichtes Keuchen entlockt. Den Kopf in seinem Hals vergrabend, gestatte ich meinem Puls, sich langsam zu beruhigen. Niemals hätte ich erwartet, dass es einem Mann möglich wäre, solche Emotionen in mir zu wecken. Dieser Sex hat meine letzten Kraftreserven aufgebraucht, weshalb ich nur am Rande mitbekomme, wie Nikolai sich aus mir zurückzieht und sich vom Bett erhebt. Nach kurzer Zeit kehrt er mit einem kühlen Lappen zurück, um erst mich und anschließend sich selbst zu säubern.

Als er ins Bett zurück kriecht, bin ich bereits dabei, in einen wohlbehüteten Schlaf zu gleiten. Liebevoll streicht er mir eine verschwitzte Strähne aus der Stirn und drückt seine Lippen zu einem Gute-Nacht-Kuss auf meinen Mund.

»Schlaf gut, Kätzchen«, ist das Letzte, was ich höre, bevor ich ins Land der Träume drifte.

KAPITEL 18

Nikolai

Fuck, denke ich und fahre mir in nahezu verzweifelter Manier mit beiden Händen übers Gesicht. Seit unserer Hochzeitsnacht ist nun mehr als eine Woche vergangen und ich schaffe es immer noch nicht, mich auf meine Arbeit zu konzentrieren. Nicht, dass wir seit dieser alles verändernden Nacht keinen Sex mehr gehabt hätten. Nein, wir können unsere Finger einfach nicht voneinander lassen. Wie ein Wolf auf der Jagd erwische ich mich des Öfteren dabei, gedankenverloren durch das Anwesen zu streifen, bis ich mehr oder weniger zufällig auf meine Ehefrau treffe, um sie gleich darauf ins nächste freie Zimmer zu ziehen und zu vernaschen. Unwillkürlich kehrt der Geschmack ihrer Honigsüße zurück auf meine Zunge, wobei ich nicht verhindern kann, schlagartig hart zu werden.

»Ich Idiot bin wirklich verloren!«, murmle ich vor mich hin, während ich mit dem Gedanken spiele, mir ernsthaft hier in meinem Büro einen runterzuholen.

Alena befindet sich nämlich gerade auf ihren täglichen Routinebesuchen in den Safe Houses, wo sie sich um die Gesundheit der Frauen kümmert.

Am Morgen nach unserer Hochzeitsnacht haben wir darüber gesprochen, dass sie niemals wieder in ihr altes Leben zurückkehren wird. Natürlich ist sie anfangs darüber frustriert gewesen, dass ich alles geregelt habe, bevor sie überhaupt von unserer Hochzeit wusste. Diese Enttäuschung ist verpufft, als ich aus meinem Nachttisch einen Bericht über ihre beiden Patientenkinder gezogen habe. Die Zwillinge sind in dieser Woche auf meine Kosten in das Therapiezentrum verlegt worden und befinden sich weiterhin auf dem Weg der Besserung. Ich habe dafür gesorgt, dass Alena vom behandelnden Arzt wöchentliche Berichte erhält. Es steht Alena frei, die Kinder jederzeit zu besuchen.

Da Alena dennoch eine alltägliche Aufgabe benötigt, bot ich ihr an, die medizinische Leitung der Safe Houses zu übernehmen. Schließlich bin ich ein viel beschäftigter Mann und habe tagsüber nur wenig Zeit. Genervt die Augen rollend denke ich darüber nach, wie wenig Zeit ich in der letzten Woche in meine Arbeit investiert habe, während ich hinter meiner Frau hergeschlichen bin. Wenn das Geschäft in diesen Wochen nicht meine volle Aufmerksamkeit erfordern würde, hätte ich Alena geschnappt und wäre auf die Privatinsel meiner Familie in der Karibik geflüchtet, aber unsere Hochzeitsreise werden wir auf später verschieben müssen.

Allein der Gedanke an ihre zu einem Stöhnen geöffneten, von meinen Küssen geschwollenen Lippen bringt mich dazu, meine Manieren über Bord zu werfen.

Scheiß auf den knallharten Pakhan und Anführer eines Syndikats, ich brauche jetzt Erleichterung!, dominiert das Verlangen meine Gedanken. Kurzerhand öffne ich meine Gürtelschnalle und nehme meinen harten Schwanz in die Hand. Mir vorstellend, wie Alena leise die Tür zu meinem Büro hinter sich schließt, den

kurzen Weg hinter meinen Schreibtisch beschreitet
und sich zwischen meinen Beinen auf die Knie fallen
lässt, sorgt dafür, dass ich die ersten Lusttropfen auf
meiner Spitze verteilen kann. In gleichmäßigen Bewegungen beginne ich meine Härte zu streicheln.

Nikolai, lass mich das für dich erledigen, dröhnt ihre
liebliche Stimme durch meinen Kopf. Wie von Geister-
hand bildet sich mein Verstand ein, dass ihre Finger
meine ersetzen. Die weiche Haut ihrer Handinnenflächen liebkost mich, streichelt mich, in zunächst vorsichtigen Gesten. Bezaubert lasse ich meinen Kopf in
den Nacken fallen und gebe mich ihren mystischen Bewegungen hin. Hierdurch gewinnt Alena in meiner
Vorstellung an Selbstvertrauen und drückt mich fest,
während die Kraft in ihren Streicheleinheiten zu-
nimmt.

»Fuck Baby, ja, nimm mich genauso!« Ich stöhne überwältigt, stelle mir vor, wie ich auf sie herabsehe, ihre
Augen glänzen vor Lust, immer wieder leckt sie sich
über die Lippen. Jedoch kann ich selbst in meiner Vorstellung spüren, dass ihre Unsicherheit sie davon ab-
hält, mich vollends in den Wahnsinn zu treiben. Vor
meinem inneren Auge sehe ich, wie ich meine Hand an
ihre Wange lege, um sie in ihrem Tun zu bestärken, sofort errötet sie und ihre Lippen teilen sich.

*Nikolai, ich möchte dich unbedingt schmecken. Ich
muss dich schmecken, bitte!*, flüstert ihre Stimme in
meinem Kopf.

Allein dieser Kommentar meines eigenen Verstandes
reicht aus, um mich völlig das Gefühl der Realität verlieren zu lassen.

Der Film in meinem Kopf ist bereits gestartet. Alena leckt sanft über die Spitze meines stahlharten Schwanzes, bevor sie sich bis zu seiner Wurzel herab küsst. Anschließend teilen sich ihre lieblichen Lippen erneut und sie nimmt mich in ihren Mund auf. Ich gleite tiefer in ihre feuchte Wärme, als ich es mir jemals erträumen hätte lassen. Sie verschlingt mich, erhöht den Druck von Zeit zu Zeit und streichelt mich mit ihrer Zunge. Genießerisch saugt sie an mir, stöhnt ausgefüllt um meinen Schwanz herum. Immer tiefer nimmt sie mich in sich auf, schluckt beinahe meine gesamte Länge und erhöht nochmals ihren Rhythmus. Mein Kopf fällt in den Nacken, ich atme schwer, während ich unablässig auf den Höhepunkt zusteuere.

Mutig streichelt meine Frau mich nun fester zusätzlich mit ihren Fingern, derweil ihre andere Hand in erregender Weise meine Eier massiert. Die weitere Stimulation ist zu viel für meinen von Lust dominierten Geist.

»Alena!« Ich stöhne laut auf, während mein Schwanz wild zuckend seine Ladung verteilt. Grelle Lichter blitzen unter meinen geschlossenen Lidern, blenden meine Augen. Eine süße Welle von Erleichterung überrollt mich, trägt mich fort, sodass ich vollständig vergesse, wo ich mich befinde.

Das hast du gut gemacht, Koschka!, lobe ich Alena in meiner Vorstellung und streiche ihr sanft die Haare aus dem Gesicht. Einige Tränen der Lust und der Anstrengung haben sich aus ihren Augenwinkeln gelöst. Auch diese wische ich sanft von ihrer Wange und möchte sie gerade auf meinen Schoß herauf ziehen, um sie ausgiebig zu küssen, als Alena sich auf eine sehr männliche Art und Weise räuspert.

Ein weiteres maskulines Räuspern ertönt, ehe ich begreife, dass Alena in der Realität nicht wirklich zwischen meinen Beinen kniet, sondern ich mit geöffneter Hose und dem eigenen Schwanz in der Hand allein in meinem Büro sitze.

Nun ja, nicht wirklich allein, denn zwei große, durchtrainierte Männer stehen an die Regale gegenüber meines Schreibtisches gelehnt und starren mit belustigten Gesichtsausdrücken Löcher in die Luft.

»Kolja, könntest du bitte einfach deine Hose schließen und wir vergessen, dass das hier jemals passiert ist?« Anatolis Stimme schwimmt vor unterdrücktem Gelächter und vorgetäuschtem Ekel. Artjom und er begutachten die Decke, als ob sich in den letzten Sekunden eine neue Stuckverzierung ergeben hätte.

»Von Klopfen hast du in deinem Leben auch noch nie etwas gehört, oder?« Ertappt säubere ich mich eilig und richte meine Klamotten. Jeder andere hätte den Raum, allein aus Angst vor meinem Zorn gestört worden zu sein, fluchtartig verlassen, aber nicht meine Brüder. »Komm schon, Toli, als ob du mich in deinem ganzen Leben noch nie nackt gesehen hast. Kannst du dich an diese eine Nacht im Club erinnern? Mit diesen zwei Spanierinnen?« Gespielt kokett mache ich ihm schöne Augen, indem ich mehrfach mit den Wimpern klimpere. »Außerdem hast du gerade gut reden, wer weicht denn unserem Gast aus den USA nicht eine Sekunde von der Seite? Das grenzt ja beinahe an Stalking, wie du mit Chiara umgehst.«

»Zumal sie dir eine Abfuhr nach der anderen erteilt«, ergänzt Artjom breit grinsend. Der große Russe hält sich grundsätzlich aus solchen Spielereien heraus. Im Gegensatz zu Anatoli kann ich mich partout nicht daran erinnern, dass Artjom jemals eine Frau im selben Raum mit mir gefickt hat. Kein Wunder, denn als Soldat ist Artjom häufiger auf Auslandseinsätzen gewesen, bevor er diesen Job an den Nagel gehängt hat. Heute nimmt er nur noch Trainingsanfragen von internationalen Söldnertruppen oder Spezialeinheiten an, wenn er dazu Lust hat. Sein Hauptaugenmerk liegt schon seit Jahren auf der Familie. Ich bin nicht unbedingt unglücklich darüber, dass er mehr Zeit mit Anatoli und mir verbringt. Aufgrund unserer Bruderschaft ist keiner von uns den anderen gegenüber prüde. Selbstverständlich haben wir nach dem Sport bereits hunderte Male gemeinsam geduscht. Es erinnert uns an unsere gemeinsame Zeit beim Militär und hat sich nach all den sportlichen Aktivitäten eingebürgert. Auch wenn ich zugeben muss, dass ein gemeinsames Duschen mit Alena deutlich reizvoller ist.

Anatoli verzieht über die Einmischung seines Zwillingsbruders, brüskiert das Gesicht. »Sagt gerade der Richtige, wann hattest du zuletzt eine willige Frau in deinem Bett?« Im selben Moment, als ich den Mund öffnen will, bemerkt Anatoli den Unterton, der in seiner Aussage mitschwingt und ergänzt kleinlaut: »Nicht, dass du je etwas anderes genommen hättest als willige Frauen, Bruder. So war es nicht gemeint.«

Der Schatten, der daraufhin durch Artjoms Blick flackert, ist so schnell verschwunden, dass ich glaube, ihn mir eingebildet zu haben, während der Jüngste unserer

Dreiergruppe Anatolis Aussage mit dem Handrücken beiseite wischt wie eine lästige Fliege.

»Sorry, Boss. Wir sind ursprünglich nicht hier reingeplatzt, um deine ... äh ... privaten Angelegenheiten zu stören. Obwohl ich drei Mal geklopft habe. Egal, du weißt, wir wären kommentarlos gegangen, wenn wir nicht wirklich interessante Neuigkeiten hätten, die nicht warten können!« Artjom lässt lediglich bei dem Kommentar, er habe geklopft, ein leichtes Lächeln zu, ansonsten bleibt sein Gesicht gewohnt ausdruckslos. Mit einer trägen Handbewegung weise ich auf unsere Sesselecke, wo wir zu dritt Platz nehmen.

Gespannt lege ich die Fingerspitzen aneinander. »Was gibt es Neues? Irgendwelche Ärgernisse?« Natürlich ist mir längst bewusst, dass etwas vorgefallen ist, ansonsten würden die Romanov-Brüder nicht zu dieser Tageszeit in meinem Büro stehen. Wobei mir in diesem Moment etwas klar wird. »Wenn ihr beide hier seid, wer ist bei meiner Frau?«

Ein verschmitztes Grinsen erhellt Anatolis Gesicht. »Ganz ruhig, du Diktator. Ilja, Maxim und Dima sind als Babysitter unterwegs. Wir dachten, es braucht drei von ihnen, um einen von uns zu ersetzen.«

Erleichtert stoße ich den Atem aus. Nicht auszudenken, wenn Alena verletzt werden würde. Sie kennt sich noch nicht in unserer Welt aus. Ihr Helfersyndrom, was so ausgeprägt ist, dass es sogar einem Emotionsblinden wie mir aufgefallen ist, würde nur dazu führen, dass sie den falschen Menschen vertraut oder Hilfe anbietet.

Artjom räuspert sich, um mich erneut aus den schmachtenden Gedanken an meine Ehefrau zu holen.

»Unser Insider bei den Popows hat beunruhigende Neuigkeiten durchgegeben. Wir sind uns allerdings noch nicht zu einhundert Prozent sicher, dass sie korrekt sind. Wladimir Popow scheint für die Kunden seiner menschlichen Ware eine Art Club gründen zu wollen. In diesem Club soll es anscheinend Versteigerungen geben, die Ware soll getestet werden können, um ihren Wert und Mangel vorab einschätzen zu können.« Obwohl Artjom nicht einmal mit der Augenbraue zuckt, ist ihm seine Wut deutlich anzusehen. Aufgrund ihrer Kindheit können beide Romanov-Brüder es nicht ausstehen, wenn man sich an Schwächeren vergeht.

Übelkeit steigt säuerlich in mir auf und verätzt meine Luftröhre. »Wie sicher ist sich unser Mann, dass diese Gerüchte stimmen?« Nicht auszudenken, was Popow und seine Freunde diesen armen Frauen alles antun würden.

»So um die achtzig Prozent. Er hat Popows Vertrauen gewonnen, will nicht wissen, was er dafür für schreckliche Dinge tun musste. Angeblich soll dieser Club der Grundstein für ein neues Popow-Imperium sein, da sich die meisten Kunden aufgrund unserer Angriffe bereits von ihm abgewandt haben«, ergänzt Anatoli bitter. Sein Gesicht wirkt schlagartig eingefallen. Trotz, dass er der ältere Zwillingsbruder ist, neigt er dazu, sich in die Rolle des Wehrloseren zu flüchten. Nicht, dass mein Freund schwach wäre. Vielmehr denke ich oft daran, dass Anatoli so viel stärker ist als Artjom und ich, denn er ist der Einzige von uns, der seine Gefühle nicht im hintersten Winkel seines Herzens eingeschlossen hat. Während unserer Militärzeit hat Anatoli stets Befehle missachtet und nach seinem persönlichen Empfinden gehandelt. Mehr als einmal hat seine fürsorgliche Ader uns Strafrunden und Extraschichten eingebracht. Still haben Artjom und ich akzeptiert, dass er ähnlich wie Alena das Gute in den Menschen sehen will. Bis zum heutigen Tag gibt es Momente, in denen ich mich darüber wundere, dass er mich um einen Platz an meiner Seite gebeten hat. So unterschiedlich die Zwillinge auch sind, so bringen sie mein Leben doch stets ins Gleichgewicht. Artjom als Bote sturer Vernunft und Anatoli als Schiedsrichter des Mitgefühls.

»Haben wir eine Idee, wie wir gegen diesen Club vorgehen können? Möglicherweise sollten wir die anderen Syndikatsmitglieder einweihen. Zumindest die Caruso- und die McCarthy-Familie«, gebe ich zu bedenken. Daraufhin stürzen wir uns in eine Diskussion. Zwischendurch schalten sich vereinzelt andere Mitglieder der Heartless Kings zu unserer Mini-Konferenz zu. Zwar vertritt jede Mafia ihre eigenen Wertvorstellungen, doch einige Leitlinien gelten für uns alle. Eine Regel, welche sehr weit oben auf der Liste steht, ist die Bekämpfung von Menschenhandeln und Sex-Sklaverei. In diesem Punkt unterscheiden wir uns maßgeblich von der restlichen Unterwelt, denn unser Ehrenkodex bestimmt unser gesamtes Handeln. Ein Verstoß gegen diesen ungeschriebenen Kodex, auf den wir uns alle geeinigt haben, würde zum Ausschluss der Familie aus dem Syndikat führen.

Die Zeit vergeht wie im Flug, so stelle ich fest, dass es bereits Nachmittag ist, als Ilja lautlos mein Büro betritt und stumm der Meinung von Leonardo Caruso, dem silbernen König auf zweiter Rangstelle, lauscht. Er schlägt vor, eine Art Armee zusammenzustellen und die Popow-Familie dem Erdboden gleichzumachen.

»Junge, das können wir nicht tun. Wir würden nur die gesamte kriminelle Unterwelt gegen uns aufhetzen. Sie wüssten sofort, uns kann man nicht trauen, da wir letztendlich unsere Werte immer anderen vorziehen werden. Das macht uns angreifbar«, schaltet sich Piotr Kaczmarek aus Warschau ins Gespräch ein. Sein polnischer Akzent wiegt schwer, während seine Stimme aus den Lautsprechern dröhnt.

Ilja nickt zustimmend, er hält es offensichtlich auch für vorteilhaft, keinen Krieg anzuzetteln, den wir möglicherweise nicht gewinnen können. Ich stimme seinen Bedenken zu. Mir ist bewusst, dass wir ad hoc nicht zu einer guten Lösung kommen werden. Aus diesem Grund erhebe ich mich, streiche mein Hemd glatt und knöpfe meinen Sakko zu. »Meine Herren, ich danke euch für die rege Teilnahme. Ich finde, jeder von uns sollte sich einmal über das künftige Vorgehen Gedanken machen. Lasst im Syndikat verlauten, dass wir uns in zwei Tagen um die gleiche Zeit erneut einwählen werden. Sollte jemand beabsichtigen, nach London zu reisen, heiße ich euch auf meinem Anwesen herzlich willkommen. Mit Ausnahme von dir, Gav. Du belästigst mein Personal bereits genug, indem du hier ständig unangemeldet aufkreuzt. Bleib gefälligst zu Hause und piesacke die Leute, die du auch bezahlst.« Die Männer in der Online-Konferenz nicken bestätigend. Gavril schneidet eine Grimasse, das verschmitzte Grinsen auf seinen Lippen sagt mir jedoch, dass er in wenigen Stunden hier sein wird. Mit diesen Worten verabschieden wir uns und schalten die Systeme aus.

Grüblerisch und genervt trete ich ans Fenster, das die Sicht auf die Parkanlage meines Anwesens freigibt. Dieses Büro gehörte einst meinem Vater und schon als Kind habe ich die Aussicht aus diesen Fenstern geliebt. Im Garten geht Alena gerade mit Chiara und zweien meiner Wachleute spazieren. Sie trägt ein leichtes Sommerkleid mit einer Jeansjacke, um sich vor der kühlen Brise des britischen Wetters zu schützen. Sobald ich sie erblicke, vergesse ich die Welt um mich herum.

»Sie wollte heute nicht gehen, bevor sie jede Patientin einmal gesehen und mit ihr gesprochen hat. Ihr Geist wird unruhig, wenn sie das Gefühl hat, nicht helfen zu können. Sie ist dir gar nicht so unähnlich, Kolja.« Ilja tritt neben mich und spricht eine Wahrheit aus, die mir längst hätte klar werden müssen. Alenas Helfersyndrom ist mir vom ersten Tag an aufgefallen, auch wenn sie es nicht zugeben möchte, so scheint es für sie ein beinahe manisches Verlangen zu sein, sich für andere zu opfern. Eine Sucht. Und das ist es, was mir große Sorgen bereitet. In meiner Welt ist es auch mit einem Haufen von Geld nicht möglich, den gesamten Globus zu retten und vor Schaden zu bewahren.

Ungläubig schüttle ich den Kopf. »Zwar erkenne ich deinen Versuch, mir einreden zu wollen, ich wäre einer von den Guten. Aber da ist keine Ähnlichkeit zu Alena, Ilja.«

Ein wissendes Lachen verlässt den Mund meines Freundes. »Sag mir Bescheid, wenn du es herausgefunden hast.«

KAPITEL 19

Magdalena

Innerhalb weniger Stunden sind mehrere Familien auf dem Anwesen angekommen, sodass Nikolai entschieden hat, spontan ein Bankett zu veranstalten.

Vorsichtig öffne ich die Tür zu unserem Ankleidezimmer, in der Hoffnung, Nikolai heimlich beim Anziehen beobachten zu können. Zentimeter für Zentimeter schiebe ich das Türblatt lautlos auf und betrachte meinen Ehemann. Er ist lediglich mit Boxershorts bekleidet und steht mit dem Rücken zu mir vor einem Kleiderschrank voller Anzüge. Erst in dieser Woche ist mir aufgefallen, wie wählerisch Nikolai in vielen Angelegenheiten ist. Ihm ist wichtig, wie er gekleidet ist, wie er sich gibt, welche Worte er wählt. Selten sprudeln Worte unbedacht aus ihm heraus, ganz im Gegensatz zu mir. Sobald ich nervös werde, könnte ich meinen eigenen Namen vergessen. So auch jetzt. Ich vergesse meine Umgebung, während ich die harten Muskelstränge auf Nikolais tätowiertem Rücken studiere. Die breiten Schultern, die verhältnismäßig schmale Taille und die sonnengeküsste Haut, die mir bestätigt, dass mein Ehemann oberkörperfrei Sport in der Natur betreibt.

»Ich würde ja sagen, schieß ein Foto, dann hält es länger. Aber dieser Spruch ist schon ziemlich ausgelutscht, findest du nicht, Ptichka?«, überrumpelt mich Nikolais amüsierte Stimme in meiner Begutachtung. Er hat sich immer noch nicht zu mir umgedreht, sondern widmet der Anzugauswahl seine volle Konzentration.

Beschämt und ertappt lächle ich. Wie kann es sein, dass er mich gehört hat, obwohl ich es kaum gewagt habe zu atmen. »Wäre ein Foto denn erlaubt?« Meine Frage ist lächerlich, aber ein besserer Konter fällt mir partout nicht ein. Die Nervosität, an die ich zuvor gedacht hatte, pulsiert kribbelnd durch meinen Körper, wann immer ich mich in Nikolais Nähe aufhalte.

Endlich entscheidet er sich und zieht einen dunkelgrauen Anzug heraus, denn er jedoch anschließend unbeachtet auf die Kommode wirft. »Wenn dir ein Foto reicht, geh und hol dein neues Telefon, das ich dir gekauft habe. Ich würde sagen, ich gebe ein ziemlich gutes Hintergrundbild ab.« Nonchalant schiebt er beide Daumen unter den Bund seiner Unterwäsche und zwinkert mir zu. »Soll ich die hier nicht besser auch noch ausziehen?«

Errötend bleiben mir die Worte im Hals stecken, weshalb ich seine Aussage nur wild herumfuchtelnd beiseite wischen kann. Überfordert verziehe ich das Gesicht, weswegen ich viel zu spät bemerke, dass Nikolai die Distanz zwischen uns überwunden hat und er mich mit seinem warmen Körper sanft gegen die Wand drückt. Allein seine Körperwärme reicht aus, um eine Reaktion in mir hervorzurufen. Mein Atem beschleunigt, meine Brustwarzen werden hart und mein Höschen wird feucht. Jedes Mal, wenn wir in der vergangenen Woche miteinander geschlafen haben, war ich schon im Vorfeld nass für Nikolai, bevor er mich überhaupt berührt hat.

Zum Teufel mit diesem Kerl, warum hat er so eine Macht über mich? Kein Mann vor ihm hat es jemals geschafft, mich zum Höhepunkt zu bringen, aber das ist kein Grund auszulaufen, sobald ich sein teures Eau de Parfum rieche.

Hitze fließt flüssig durch meine Adern. »Ich mag es, wenn du mich so ansiehst«, gestehe ich ihm flüsternd.

Erstaunen wabert über seine Züge, als wüsste er nicht, wovon ich spreche. »Wie sehe ich dich denn an?«

Er weiß tatsächlich nicht, was ich meine, schießt es mir durch den Kopf. Erschrocken darüber, dass ich ihn direkt darauf angesprochen habe, lässt mein Blut in meiner Halsschlagader hochkochen. »Als ob ich wertvoll wäre«, nuschle ich in mich hinein. »Und schön.«

Ergeben blende ich die Welt um mich herum aus, will seine Belustigung über meine Scham nicht sehen. Was habe ich mir nur dabei gedacht, mein Glück laut auszusprechen. Es würde mir nur recht geschehen, wenn Nikolai seine Mauern erneut hochziehen würde. Die vergangene Woche habe ich mich so wohl gefühlt, dass ich beinahe vergessen habe, dass mein Leben zu einem Spiel geworden ist. Alle sind so freundlich zu mir, begegnen mir mit Wärme und Zuvorkommenheit. Damit meine ich nicht nur das Personal, auch Nikolais Männer, die mich auf Schritt und Tritt begleiten, haben sich mir gegenüber geöffnet. Ich weiß, dass Dima der Einzige aus dem engeren Kreis ist, der eine Frau und Kindern hat. Während sein bester Freund Maxim jedem Rock hinterherjagt, der sich in sein Sichtfeld schiebt. All diese Details sind so real, fühlen sich wunderbar an.

Ich habe die Realität aus den Augen verloren, ich bin nur Teil eines Deals.

»Wenn meine Ehefrau bitte die Güte hätte, mich anzusehen.« Nikolais Stimme aus weichem Samt ertönt genau an meinem Ohr, weshalb ich seinem stummen Befehl umgehend Folge leiste. Ozeanblau leuchtet mir entgegen, als meine Lider stückweise aufflattern. Blau, so klar, als würde mich der türkisene Ozean der Karibik begrüßen. Mein Herz schlägt kräftig gegen meinen Brustkorb, möchte aus seinem zu engen Gefängnis ausbrechen. Den Atem anhaltend warte ich darauf, dass Nikolai mir die Abfuhr erteilt, die ich verdient habe.

»Koschka, hast du einmal darüber nachgedacht, dass ich dich so ansehe, weil du wunderschön und wertvoll bist?« Nikolais Finger umschließen mein Handgelenk, behutsam zieht er mich vor den bodenlangen Spiegel des Ankleidezimmers. »Deine Iriden sind so grün wie die teuersten Smaragde der Welt, die Linien deines Gesichts sind so fein, als wärst du von blauem Blut. Aber das Wichtigste ist ...« Vorsichtig schiebt sich seine freie Hand auf die Stelle, unter welcher sich mein Herz befindet. »... dein Herz ist so rein, dass es aus purem Gold bestehen müsste. Vielleicht war mir nicht bewusst, diese Worte einmal aussprechen zu müssen, aber ich bin froh, es getan zu haben.«

Im Spiegel betrachte ich, wie er sich von hinten zu mir nach vorne beugt und eine sanfte Spur aus Küssen meine Kieferlinie entlang zieht. Sein Mund wandert an meinem Hals hinab, seine Hände kneten meine längst schweren Brüste. Fasziniert beobachte ich, wie er mich berührt und genieße das Gefühl seiner Haut auf meiner. Seine harte Erektion presst sich von hinten gegen meinen unteren Rücken.

»Alena, soll ich dich vor diesem Spiegel lieben, damit du mir endlich glaubst, wie wundervoll du bist?« Seine Stimme klingt heiser, triefend vor Verlangen. In genießerischer Langsamkeit rafft seine Hand mein Sommerkleid an meiner Hüfte, bis der weiße Spitzenslip zum Vorschein kommt, den ich heute Morgen aus der Fülle meiner neuen Garderobe, die Nikolai mir gekauft hat, ausgewählt habe. »Wir kommen zu spät zum Bankett.« Ich stöhne ergeben, da seine Fingerspitzen über den feuchten Stoff zwischen meinen Beinen streicheln. Ich liebe es, wenn Nikolai mich berührt, doch das gesamte Szenario im Spiegel beobachten zu können, turnt mich auf eine Weise an, von der ich es nie gedacht hätte. Willig lehne ich mich an Nikolais starken Körper und spreize die Beine, um ihm besseren Zugang zu dem Punkt zu erlauben, der sich so sehr nach ihm sehnt. Umgehend schieben sich seine Finger unter den Stoff, finden meine Klitoris und ziehen elegante Kreise über die empfindliche Haut. Wie von allein fallen meine Lider zu.

Ein animalisches Knurren verlässt Nikolais Lippen, als zwei seiner Finger in mich eindringen und ich sie zu reiten beginne. »Sollen sie doch warten, ich bin nicht umsonst ihr König. Sie müssen lernen, dass ich ein vielseitig beschäftigter Mann bin. Beobachte uns, Alena! Ich will diese Smaragde sehen, wenn du durch meine Hand kommst«, befiehlt er mir.

Gehorsam folge ich seiner Anweisung. Prompt stößt Nikolai einen dritten Finger in mich, während sein

Daumen unablässig meine Klit quält. Ich schreie bei der Fülle in meinem Inneren auf, sehen mich dennoch nach mehr, weshalb ich unruhig meine Hüften gegen den Stahl in seinen Shorts bewege. Nikolais Bemühungen verstärken sich, er presst mich hart gegen seinen steinernen Körper, treibt mich mit schneller werdenden Bewegungen auf den Höhepunkt zu. In meinem Inneren baut sich der wohlbekannte Sturm auf, setzt meinen Körper in Flammen und wirbelt einen Herzschlag wie ein Tornado in die Luft. Ich komme direkt auf seine Hand, während meine Lippen seinen Namen schreien. Der Orgasmus reißt mich von den Füßen, meine Knie knicken ein, ich pralle unsanft gegen Nikolais Körper, der mich eng umschlungen und in Sicherheit hält.

»Verdammte Scheiße, Koschka. Jetzt werde ich wohl oder übel duschen müssen.« Er drückt mir einen liebevollen Kuss hinters Ohr. »Warum musst du auch immer so verflucht heiß sein, wenn du kommst.« Im Anschluss dreht er meinen Körper nochmals und drückt seine Lippen kraftvoll auf meine. Sein Kuss ist verzerrend, wild und doch gefühlvoll, sodass ich, auch nachdem Nikolai ins Badezimmer marschiert ist, noch meine Finger an den erhitzten Lippen halte, um zu verstehen, was gerade zwischen uns geschehen ist.

Schlussendlich kommen wir rund zwanzig Minuten zu spät zum Bankett. Im Speisesaal haben sich Nikolais Freunde und auch Chiara bereits versammelt und genießen erste Aperitifs in kristallinen Sektgläsern. Anatoli hat es geschafft, ihr bei der Army zehn Tage Urlaub zu besorgen, damit wir uns länger sehen können, anstatt nur zu telefonieren. Ich glaube, der Gedanke, sie länger um sich zu haben, hat bei seiner nicht ganz selbstlosen Aktion ebenfalls eine tragende Rolle gespielt. Dennoch werde ich traurig sein, wenn sie in den nächsten Tagen abreist.

Sobald Chiara mich erblickt, entschuldigt sie sich bei ihren Gesprächspartnern und kommt in fliegenden Schritten auf mich zu. Entschuldigend lächle ich Nikolai an und entziehe ihm meine Hand aus seiner Armbeuge.

»Gott sei Dank, bist du jetzt hier. Ich halte es beim besten Willen nicht noch länger aus, mich mit diesen Superreichen zu unterhalten. Noch dazu bin ich die einzige Frau hier und alle ziehen hier eine so mysteriöse Show ab, als ob ich nicht wüsste, dass sie kriminell sind«, prasseln Chiaras Worte lauter als erforderlich auf mich ein.

Schnell zische ich einen beruhigenden Laut und führe sie von den anderen weg. »Nicht so laut. Nur weil sie alle wissen, dass ihre Geschäfte nicht ganz legal sind, musst du es nicht in die Welt herausschreien.«

Sofort verändert sich Chiaras Haltung, sie rückt näher an mich heran und senkt ihre Stimme. »Sorry, du weißt doch, mein Mund ist öfter schneller als mein Hirn.« Seufzend blickt sie zu einem Punkt über meine Schulter hinweg. »Anatoli starrt mich seit geschlagenen zwanzig Minuten an, macht aber keine Anstalten herüber zu kommen. Er macht mich noch wahnsinnig.« In einer übertriebenen Geste wirft sie beide Arme in die Luft.

Freudig ziehe ich sie in eine herzliche Umarmung. Nach einem kurzen Versteifen lockern sich Chiaras Glieder und erwidern meine liebevolle Geste. Genau wie ich ist Chiara es nicht gewohnt, Zuneigung gezeigt zu bekommen. Im Gegensatz zu mir ist sie zwar in einer lebhaften Großfamilie mit vielen Geschwistern mit elterlicher Liebe aufgewachsen, doch auch in ihrer Vergangenheit schlummern tiefe Abgründe. Einschnitte, die sie prägen und nur schwer zu überwinden sind.

»Chiara, wie sagst du immer? Selbst ist die Frau! Vielleicht solltest du auf ihn zugehen, wenn du mit ihm reden möchtest«, flüstere ich ihr amüsiert ins Ohr, bevor ich sie langsam freigebe.

Würdevoll nickend verabschiedet sich meine Freundin für den Moment und Nikolai tritt an meiner Seite, um mich zum Tisch geleiten zu können. An der Spitze der Prozession schreiten wir in den Speisesaal, in dessen Mitte eine akribisch gedeckte Tafel steht. Aus dem Augenwinkel sehe ich, dass Anatoli eine offensichtlich schmollende Chiara mit einem siegessicheren Grinsen hereinführt. Anscheinend hat sich ihr Gespräch nicht in die gewünschte Richtung entwickelt oder Chiara hat sich den Ausgang anders vorgestellt. Ein heiseres Kichern entfleucht mir, weshalb Nikolai mich fragend ansieht. Jedoch scheint er wieder einmal meine Gedanken lesen zu können, denn er gibt Anatoli zu verstehen, dass er und Chiara die Plätze an unserer jeweiligen Seite einnehmen werden.

Nachdem sich auch die restlichen Mitglieder des Dinners gesetzt haben, huscht das Personal herein und verteilt augenblicklich mehrere Servierplatten mit diversen Vorspeisen.

»Meine Freunde, es freut mich, dass ihr in so kurzer Zeit doch so zahlreich erscheinen konntet. Uns scheinen schwierige Wochen bevorzustehen, weshalb es wichtig ist, enger zusammen zu rücken und die Reihen zu schließen. Aber lasst uns unsere Sorgen erst einmal vergessen und dieses wunderbare Abendessen genießen. Unsere Feinde werden mit Sicherheit nicht in der heutigen Nacht zuschlagen.«

Nachdem er seine Ansprache mit einer einladenden Geste beendet hat, lässt er sich erneut neben mir nieder und gießt etwas Weißwein aus der Karaffe in mein Glas. »Chiara schmollt, weil Anatoli ihr gesagt hat, dass sie schon morgen abreisen wird. Es tut mir unendlich leid, dich zu zwingen, so schnell Abschied von ihr nehmen zu müssen. Im Moment ist es sicherer, sie zurück in die Staaten zu schicken«, flüstert er mir zu. Seine Worte mögen zwar verständnisvoll klingen, aber es ist der Ton, der keinen Widerspruch zu seiner Entscheidung duldet. Weshalb ich mich darauf beschränke, gehorsam zu nicken. Dennoch keimt ein Pflänzchen des Zweifels in mir auf, da ich wünschte, Nikolai würde mich über die aktuelle Lage in Kenntnis setzen. Mir ist bewusst, dass Frauen im Business nichts zu suchen haben. Nicht einmal wertvolle Ehefrau. Ein giftiger Stich durchfährt mein Herz, als mein geschundener Verstand beginnt, an seinen Worten zu zweifeln.

Innerlich erschüttert über meine eigene Unsicherheit und dem dennoch dringlichen Wunsch, auf Nikolais Entscheidungen zu vertrauen, lausche ich dem Tischgespräch. Es ist eine lustige Pub-Geschichte, die TJ, der Anführer der Iren, zum Besten gibt. Er erzählt, wie er Nikolai und die Romanov-Brüder bei einer ihrer Trunkenheitseskapaden in Dublin kennengelernt hat. Er und seine beiden Brüder Liam und Ryan leben ursprünglich in New York, aber sie können ihrer Heimat

Dublin nicht für lange den Rücken kehren, auch ihr Anwesen in Manchester sorgt dafür, dass die Iren häufiger auf den Inseln zu Besuch sind.

»Anatoli war so betrunken, er und Artjom stimmten mitten im irischsten aller Pubs in Dublin ein russisches Volkslied an. Erst als Nikolai den Arm um Ryan und mich legte und das Lied ins Englische übersetze, wurde dem Rest der Männer bewusst, dass es eine russische Variante von unserem geliebten *Molly Malone* war«, berichtet Liam McCarthy träumerisch, während seine Brüder leise das irische Volkslied als musikalische Untermalung der Geschichte summen. Im Endeffekt lernten die drei russischen Männer die inoffizielle Hymne Dublins innerhalb von einer halben Stunde und sind seitdem gern gesehene Gäste in der irischen Landeshauptstadt. So wurde gemeinsam mit Gavril und Evgenij das Grundgerüst für ihre Freundschaft gegründet.

Leonardo tippt feierlich mit seinem Messer gegen das kristalline Sektglas. »Meine Freunde, Brüder, meine Familie, wie einige von euch wissen, hat mein Blut bereits harte Zeiten hinter sich. Mein Großvater wurde aus seiner Heimat in Italien vertrieben und siedelte nach Amerika über, wo wir uns in Boston niederließen. Es folgten blutige Jahre der Bandenkriege, in denen viele ihr Leben ließen. Als ich ausgebrannt und verzweifelt in der dreckigsten Bostoner Bar saß, legte dieser Mann mir seine Hand auf die Schulter ...« Der Italiener hat sich mittlerweile erhoben und zeigt feierlich auf meinen Ehemann, weshalb er nun die Aufmerksamkeit der gesamten Tafel hat. »... und fragte, ob ich der König von Boston sei und ob ich mit ihm Geschäfte machen wolle.

Mein russischer Freund, am liebsten wollte ich dir damals ins Gesicht spucken, ich war bereits an meinem Tiefpunkt angekommen. Du und deine Brüder, ja sogar diese zwei ungleichen Monster, Gavril und Evgenij, ihr habt uns alle gerettet. Wir schlossen uns zusammen und unsere Leute säuberten die Straßen, sorgten für Ordnung und retteten das Imperium, was mein Großvater und mein Vater mit ihrem Blut und Schweiß aufgebaut hatten. Wir verdanken euch unser Leben. Uns mag zwar keine lustige Saufgeschichte verbinden, aber das macht uns nicht weniger zu Brüdern.« Ergriffen greift Leo sich an die Brust, das Flackern in seinen Augen spiegelt das Flackern der Kerzen auf dem Tisch wider und auch seine Brüder haben sich erhoben, die rechte Hand über ihre Herzen gelegt.

Erschrocken bemerke ich, dass seine Geschichte etwas in mir ausgelöst, denn eine stumme Träne schlängelt sich ihren Weg über meine Wange hinab. Schnell wische ich sie mit dem Handrücken weg, als Nikolai überraschend meine freie Hand unter dem Tisch ergreift und drückt.

»Leo, deine Brüder und du seid in unseren Häusern immer willkommen. Ich denke, ich spreche für alle, wenn ich dir sage, dass wir dich ebenso als Bruder sehen, wie du es tust. Wir tragen alle die Päckchen unserer Vergangenheit, aber das wird uns nicht daran hindern, in eine rosige Zukunft zu sehen. Keiner unserer Feinde wird jemals die Macht haben, sich zwischen uns zu drängen, denn wir sind mehr als ein Syndikat. Die Heartless Kings sind eine Bruderschaft.« Die Emotion in Nikolais Stimme sind unüberhörbar und ich starre wie gelähmt auf unsere ineinander verflochtenen

Hände, als er meine an seine Lippen führt und einen sanften Kuss darauf haucht.

Schlagartig sind all die Zweifel und die Traurigkeit aus meinem Kopf ausradiert. Nikolai und ich hätten genauso gut allein in diesem riesigen Saal sitzen können, denn wie bereits bei unserer Hochzeit, sehe ich nur meinen Mann.

Bevor mich jedoch die Sentimentalität vollständig überrumpeln kann, beugt sich Chiara von ihrem Platz neben mir herüber. »Maggy, du siehst glücklich aus. Ich meine, so richtig glücklich.« Ihre Worte bringen mein innerliches Fass zum Überlaufen, sodass ich ein Taschentuch benötige, um meine Wangen trocken zu tupfen.

»Das liegt daran, dass ich glücklich bin. Mehr als bloß glücklich. Auch, wenn es wehtut, dass du uns verlässt und ich weiß, dass mein Glück nicht von Dauer sein kann. Aber ich muss es genießen, solange es anhält«, flüstere ich ihr mit einem leisen Schniefen zu.

Eine Mischung aus Trauer und Unverständnis legt sich auf ihre Gesichtszüge. »Ich bin auch traurig, dich verlassen zu müssen. Aber ich werde zurückkehren, ob die Männer es wollen oder nicht. Dennoch verstehe ich nicht, warum du glaubst, dass es zu Ende gehen wird. Du bist schließlich mit ihm verheiratet!«

Und schlagartig prasseln sie auf mich ein, all die Eindrücke, Momente und Erinnerungen der letzten Wochen. In meinem Kopf läuft mein Leben wie ein Film ab. Ich sehe mich selbst in Nikolais Büro sitzen, mit verschränkten Armen handle ich diesen alles verändernden Deal aus, bin Zeugin des impulsiven Moments in der Dusche, sehe unseren Streit im Ankleidezimmer.

Die Erinnerungen zeigen mir mein eigenes Gesicht, sodass ich betrachten kann, wie die Unsicherheit mit jedem Tag an Nikolais Seite mehr und mehr verschwindet. Ich erblicke unseren ersten Tanz auf der Gala, unsere Hochzeit, schmecke seinen ersten Kuss auf meiner Zunge, fühle die Berührungen aus der Hochzeitsnacht auf meiner Haut.

Mein eigenes Leben als Außenstehende zu betrachten, tat bis zu dieser Zeit stets schmerzlich weh, nun scheine ich angekommen zu sein. Obwohl ich diejenige war, die mit einem Anliegen in dieses Anwesen kam, entführt worden war, fühlt es sich an, als sollte mein Weg mich zu meinem Ehemann führen.

Gedankenverloren nehme ich sein seitliches Profil wahr, sauge seine Gesichtszüge in mir auf. Das markante Kinn, die ausgeprägten Wangenknochen, seine Aura, die auch in der Lage ist, ganze Länder niederzubrennen. Nikolai ist so viel mehr als ein Krimineller. Er mag ein Herrscher der Unterwelt sein, aber die tiefe Selbstlosigkeit seines guten Herzens spiegelt sich hier in den Gesichtern aller wider. Er beschützt diejenigen, die ihm nahestehen, wacht über die, die ihm wichtig sind. Jetzt verstehe ich, was er meint, wenn er von Ehre und Familie spricht.

Meinen inneren Aufruhr bemerkend wendet er sich mir mit einem warmen Lächeln geradewegs zu. Unbedachte lecke ich mir über die Lippen, ich will ihn schmecken und seine Hände auf mir spüren. Das dringende Bedürfnis, vor ihm niederzuknien und ihm meine ewige Treue zu schwören, wächst unerklärlicherweise in mir.

Stolz Teil dieser Familie zu sein, schaue ich mich im Raum um. Alle diese Männer folgen meinem Ehemann in jede Schlacht, die er schlägt und in den Tod, wenn es sein muss.

Was hält mich davon ab, ihm ebenso gänzlich zu vertrauen?

Vielleicht, weil du stetig enttäuscht wirst, wenn du Menschen vollständig vertraust. Weil die Menschen, die dich beschützen sollten, dir einen Dolch nach dem anderen in den Rücken gerammt haben, anstatt auf dich Acht zu geben, beantworte ich mir meine eigene Frage.

»Eine Million Pfund für deine Gedanken, Liebling«, scherzt Nikolai leise neben mir. Seine Hand liegt warm und gut verborgen unter dem Tisch auf meinem Oberschenkel. Mit leichtem Druck wandert sie an meinem Bein hinauf und verharrt letztendlich am Übergang zwischen meinen Beinen.

Errötend wende ich mich ihm wieder zu. »Du solltest nicht so viel Geld für Gedanken ausgeben, die du ohnehin zu kennen scheinst.« Mein Lächeln wird anzüglich, während ich mir wiederholt über die Lippen lecke.

Vielleicht ist in an der Zeit, sich fallen zu lassen.

KAPITEL 20

Magdalena

Einige Wochen später träume ich immer noch tagsüber von der Nacht des Banketts. Wiederkehrende Flashbacks von Nikolais sanften, aber zielstrebigen Berührungen, während er mich entkleidet und nackt in die Arme schließt, mich an sich drückt, um seine Wärme mit mir zu teilen, schwirren durch meinen Verstand. Ich spüre seine weichen Lippen in meinem Nacken, unterdessen er mich von hinten nimmt, mich besitzt und ich mich ihm freiwillig unterwerfe. Seine Dominanz und seine Macht über meinen Körper genieße, wie seine Finger all meine erogenen Zonen erforschen. Mich in seine Arme fallen zu lassen, war vermutlich die beste Entscheidung, die ich jemals in meinem Leben getroffen habe.

In Gedanken vertieft steige ich in den SUV, der mich wie jeden Tag ins Safe House bringen wird, damit ich meine Patienten sehen kann. Als Nikolai mir die Leitung der Safe Houses übertragen hat, war ich erfüllt mit Stolz. Zwar sind die Behandlungen bei den Frauen, die wir gerettet haben, zu großen Teilen abgeschlossen, dennoch sind meine Besuche dort zur Routine geworden und wenn wir nur Kaffee trinken und uns unterhalten. Zumal jederzeit neue Patienten aus abgefangenen Lieferungen eintreffen können und die Frauen alle neue Identitäten benötigen, um die ich mich gemeinsam mit Dima kümmere.

Mit meinem erlernten Russisch begrüße ich die Wachen auf dem Fahrer- und Beifahrersitz. Ilja schafft es heute aus geschäftlichen Gründen nicht, mich zu meiner Tour zu begleiten, aber mit drei Wachen im Auto und einem weiteren Wagen, der uns folgt, bin ich mehr als sicher. Lächelnd lehne ich mich in den Sitz zurück. Ich werde mir noch ein wenig Ruhe gönnen, bevor ich dem Taubenschlag im Safe House entgegentrete.

Langsam setzt sich das Fahrzeug in Bewegung. Ich kenne die Fahrtstrecke auswendig, weshalb ich mir erlaube, die Fahrt über zu schweigen. Die heutigen Wachen sind mir nahezu unbekannt, da Nikolai das Personal aufgestockt hat.

Wir verlassen die Wohngegend und begeben uns auf die Schnellstraße. Ich genieße das monotone Knirschen der Reifen über den abgefahrenen Asphalt, lehne meinen Kopf an das kühle Fensterglas und warte darauf, dass die Klänge der herannahenden Stadt einsetzen. Heute ist irgendetwas anders. Es fühlt sich seltsam an, ohne dass ich sagen könnte, woran es liegt. Verwirrt versuche ich mich zu orientieren und blicke anschließend in die ratlose Miene der Wache auf dem Beifahrersitz, der sich gerade zu mir umdreht. Die Strecke ist richtig, trotzdem sagt meine Intuition mir, dass hier etwas gehörig falsch läuft.

»Miss, Sie sind angeschnallt. Bitte halten Sie sich gut fest und gehen Sie in Deckung. Das Sicherungsfahrzeug hinter uns ist vor wenigen Minuten falsch abgebogen, wir haben den Funkkontakt verloren.« Der Fahrer spricht Englisch mit starkem russischem Akzent. Er wirkt beunruhigt und überprüft stetig alle Spiegel des Fahrzeugs.

Mein Puls beschleunigt, Nikolai hat mich vermehrt auf diese Situation vorbereitet und dennoch fühle ich mich nicht gewappnet. Meine Emotionen drohen mir zu entgleiten, verloren ziehe ich mein Telefon aus der Handtasche.

Kein Empfang. Das Smartphone ist tot. Nicht einmal ein Notruf geht nach außen durch.

»Ich habe keinen Empfang. Der Notruf funktioniert nicht. Was ist hier los?«, rufe ich der Wache zu. Die Wache auf dem Fahrersitz hat den Wagen mittlerweile beschleunigt, weshalb ich vermute, dass wir verfolgt werden. Alle Wachen im Fahrzeug wirken angespannt, aber vollständig konzentriert. Sie reagieren nicht mehr auf meine Fragen, während sich der Fahrer geschickt durch den Verkehr schlängelt.

Mit panischem Gesichtsausdruck wende ich mich an den Mann, der neben mir auf der Rückbank sitzt. Wobei man kaum von einem Mann sprechen kann, der junge Kerl scheint jünger zu sein als ich selbst. Ich weiß, dass er der jüngere Bruder eines anderen Soldaten in Nikolais Truppe ist. Sein Name war, glaube ich, Gregor. »Gregor, hast du Empfang? Kannst du meinen Ehemann erreichen?«, frage ich atemlos, nachdem ich den Kopf in alle möglichen Richtungen gedreht habe, allerdings keinen Blick auf unsere Verfolger erhaschen kann.

Die Augen des jungen Mannes weiten sich. Er hat unverkennbar Angst. »Njet, Madam. Sorry.« Seine Stimme zittert, bricht, unterdessen er nach einer adäquaten englischen Antwort sucht.

In einer langsamen Bewegung strecke ich die Hand nach ihm aus, bedeute ihm, dass alles gut werden wird. Auch wenn ich selbst nicht davon überzeugt bin, dass wir heil aus dieser Sache rauskommen.

Wie ein Maschinengewehr rattern die Gedanken durch meinen Kopf. Ständig wiederhole ich innerlich die Anweisungen, die Nikolai mir für Notfälle gegeben hat. Keine davon scheint hier in irgendeiner Weise hilfreich zu sein, denn der Inhalt jeder Aussage ist, auf seine Wachen zu hören und zu tun, was man mir sagt, um meine Sicherheit zu gewährleisten. Von einem Formel-1 artigen Autorennen auf der Straße stadteinwärts nach London hat hier niemand gesprochen.

Und dann geht plötzlich alles ganz schnell. Mein Kopf ruckt wie von selbst nach links, gerade in dem Moment, als ein Auto gefährlich nah auf Höhe meines Fensters in halsbrecherischer Geschwindigkeit neben uns her schießt. Ein stummer Schrei verlässt meine geöffneten Lippen, als eben dieser Wagen den hinteren Teil unseres SUVs erst einmal und anschließend ein weiteres Mal rammt. Der Fahrer unseres Wagens versucht mit aller Macht, gegen das Schlingern des Autos anzukämpfen, verliert jedoch letztendlich die Kontrolle. Ich werde hin und her geschleudert trotz der Tatsache, dass ich angegurtet bin. Scharfer Schmerz schießt durch meine Schulter direkt in meinen Brustkorb hinein, was meine Stimme dazu bewegt, doch noch einen Schmerzensschrei abzugeben. Das Schleudern nimmt zu, schließlich überschlägt sich der Wagen. Ich bin am Ende meiner Kräfte, schaffe es nicht, die sichere Haltung in geduckter Weise am Türrahmen einzuhalten. Die Sicht verschwimmt vor meinen Augen, während ich langsam das Bewusstsein verliere.

Das Letzte, was ich mitbekomme, bevor eine allumfassende Schwärze mich einsaugt, ist, dass der junge Gregor seinen Gurt gelöst hat, meinen Körper mit seinem ummantelt.

***

Mein Schädel brummt, als ich zu mir komme. Der eigenartige Pfeifton eines Tinnitus hallt durch meinen Schädel, mein Kiefer schmerzt und ich spüre meinen linken Arm nicht.

Ich lebe, wenn auch nur mühsam.

Bei jedem Atemzug brennt meine Lunge wie Feuer, der Druck auf meinem Brustkorb erschwert das Atmen ohnehin zunehmend. Als ich erneut mit dem Wachbleiben kämpfe, erblicke ich das Gesicht der toten Wache auf dem Beifahrersitz. Auf seiner Stirn prangt ein fettes Einschussloch.

Scheiße.

Zum wiederholten Mal keimt Panik in mir auf, das Rauschen in meinen Ohren nimmt zu und mein beschleunigter Atem geht ausschließlich in einem Keuchen unter. Vor Schmerz zischend versuche ich, mich aufzurichten, etwas Schweres auf mir, schränkt meine Beweglichkeit ein.

Ein Stöhnen erregt meine Aufmerksamkeit. Es ist Gregor, der in der Tat seinen Körper als menschliches Schutzschild benutzt hat, um meinen Aufprall abzufedern.

Er lebt.

Gerade will ich ihn ansprechen, überprüfen, wie schwerwiegend seine Verletzungen sind, als Schritte klobiger Stiefel erklingen. Sie stapfen knirschend durch den Kies neben der Schnellstraße und werden lauter, je näher sie kommen. Dass wir nicht allein sind, hätte ich unlängst an der Schusswunde im Kopf vom Beifahrer feststellen können, jedoch hat meine Psyche diese Tatsache sofort verdrängt.

Gregor regt sich erneut über mir, rollt sich Zähne knirschend auf die Seite. Seine Kleidung ist zerrissen und sein Körper ist mit Blut bedeckt, er trägt eine offene Kopfwunde über seiner linken Augenbraue. Für einen Moment frage ich mich, wie viel Blut an seiner Kleidung von mir stammt. Bevor ich ein Wort herausbringe, wird quietschend die Tür auf meiner Seite aufgestemmt.

Es folgt ein Schwall russischer Flüche und anschließendes Gemurmel. Ein paar Wimpernschläge lang glaube ich, dass Nikolai und die anderen uns gefunden haben und dass er aufgebracht über meinen Zustand ist, aber dann erscheint eine hämisch grinsende Grimasse in meinem Blickfeld.

»Na Kleine, hast du mich vermisst?«, spricht die Fratze mit starkem russischem Akzent. Alles an dieser Person kommt mir bekannt vor, jedoch kann ich weder Gesicht noch Stimme zuordnen. Zumal mir aufgrund des Blutverlusts, die Lider stetig zufallen und ich mit jeder weiteren Sekunde mehr um mein Bewusstsein kämpfen muss. Dennoch lässt mich die Art, wie Gregor sich mit letzter Kraft hochstemmt, an die Stelle an seiner Hüfte greift, wo im Normalfall seine Waffe sitzt, kein anderer Schluss zu, dass es sich nicht um einen von Nikolais zahlreichen Freunden handelt.

Es ertönt ein seltsam klingendes Geräusch und der junge Mann sackt in sich zusammen.

»Nein!«, schreie ich entsetzt, als er plötzlich ein blutendes Einschussloch auf seiner Stirn trägt. Dann bedeckt etwas mein Mund und Nase, durch den Schrei atme ich tief ein. Ein bekannter süßlicher Geruch beeinträchtigt meine Sinne und macht mich schwindelig – Chloroform.

Irgendwie ein unglückliches Déjà-vu, denke ich, als die Schwärze von mir Besitz ergreift.

KAPITEL 21

Nikolai

Als ich denke, dieses Meeting könnte nicht langweiliger sein, fliegt die Tür zum Konferenzraum krachend an die dahinter liegende Wand. Aufgescheucht reiße ich meinen Kopf herum und erblicke einen kreidebleichen Artjom. Seine Hände sind zu Fäusten geballt, sodass seine weiß hervortretenden Knöchel gut zu erkennen sind. In diesem Zustand habe ich Artjom nie zuvor gesehen. Nicht einmal an dem Tag, als er zum ersten Mal getötet hat. Das verräterische Glitzern unterdrückter Trauer in seinen Augen lässt mich den Atem anhalten.

»Magdalena ist entführt worden!« Augenblicklich pulsiert abgrundtiefe Angst durch meine Adern und ich schnelle aus dem Sitz empor. In wenigen Schritten erreiche ich die Tür. Auf dem Weg dorthin gebe ich bereits die zehnte Anweisung, wie alles in meiner Abwesenheit zu laufen hat. Ich entschuldige mich bei den Geschäftspartnern und übergebe an den Stellvertreter.

In weniger als drei Minuten nach diesem Satz rasen wir in Artjoms Sportwagen durch die Londoner Innenstadt. Stumm lenkt er den Wagen zielsicher an den langsameren Autos vorbei, seine Stirn glänzt schweißnass. Niemand spricht, lediglich das gleichmäßige Surren des Motors dröhnt in die tödliche Ruhe hinein.

»Meine Güte, Artjom, jetzt spuck es endlich aus!«, schreie ich von Verzweiflung durchbohrt in die Stille hinein. Nach meinen Worten verändert sich seine Haltung erneut, er sinkt in sich zusammen und wischt sich mit dem Handrücken den Schweiß von der Stirn. Zum wiederholten Mal kommt mir in den Sinn, dass es in unseren Leben keine Situation gegeben hat, in der ich Artjom jemals derart gesehen habe. Er ist immer die Ruhe selbst, ein in sich gekehrter, kaum vernehmbarer Mensch. Mir ist bewusst, dass stille Wasser tief sind, so auch Artjom.

Seufzend umschlingen seine starken Finger das Lenkrad fester. »Sie hat heute Morgen recht früh das Grundstück verlassen. Allein, also nur mit drei Wachen. Ilja konnte sie heute nicht zu ihrer Tour zu den Safe Houses begleiten, weil er bis eben mit dir in dem Meeting saß. Sie gerieten auf der Schnellstraße in eine Verfolgungsjagd. Ihr Wagen wurde gerammt, überschlug sich. Anscheinend konnten sie keine Meldung machen, weil das Funknetz und das GPS gestört worden ist, Dima ist dran. Als unsere Leute beim Unfallort ankamen, fanden sie drei tote Wachen, aber mehr nicht.«

Sie ist spurlos verschwunden, das sind die Worte, die mein Bruder im Geiste nicht ausspricht. Die Gedanken überschlagen sich wie eine Herde wilder Antilopen, die vor einer Meute Löwen flieht. Ich habe auf ganzer Linie versagt. Wie konnte ich so nachlässig sein und glauben, dass Popow in der Sache mit seiner Ware nicht nachtragend wäre. Obwohl ich nur vermuten kann, dass er hinter dieser Entführung steckt, denn ich habe viele Feinde. Ergeben ziehe ich mich für einige Sekunden in die Dunkelheit zurück und ertrinke in all den Selbstvorwürfen, die erbarmungslos auf mich einprasseln. Ich hätte sie beschützen müssen, hätte auf sie aufpassen müssen. Verdammt, ich hätte sie ans Bett ketten und ihr verbieten sollen, auch nur jemals einen Fuß nach draußen zu wagen. Wenn ich ihr die medizinische Leitung nicht gegeben hätte, dann ...

»Dann hätten sie einen anderen Weg gefunden, Kolja!«, dringt Iljas Stimme in meinen zerrissenen Verstand. Er kauert auf Augenhöhe in der geöffneten Autotür. Ich habe nicht einmal bemerkt, dass wir gehalten haben und ich den letzten Satz laut ausgesprochen habe. Die Augen des Älteren strahlen in leichter Unsicherheit eine warme Ruhe aus. »Deine Ehefrau ist eine kluge, unabhängige und vor allem starke Frau. Du hättest dich ihr niemals in den Weg stellen können.«

Verschiedenste Erinnerungen laufen wie ein qualvoller Film ab: Alena, wie sie mir mit düsterem Gesichtsausdruck im Arbeitszimmer Paroli bietet. Alena, wie sie in der Kirche auf den Altar zuschreitet. Alena, wie sie mit einem Gesicht voller Unsicherheit vor mir im Ankleidezimmer steht.

Das letzte Bild hätte mich von den Füßen gerissen, würde ich stehen: Meine wunderschöne Ehefrau, das Sonnenlicht tanzt auf ihren goldenen Haaren; ihr weiche Wange, die sich sanft an meine Brust schmiegt, während ich lächelnd neben ihr aufwache. Ein Wirbelsturm aus Wut, Trauer und alles zerfleischendem Schmerz tobt in meinem Inneren. Schwer atmend vergrabe ich mein Gesicht in den Händen und versuche, mich auf die jetzige Aufgabe zu konzentrieren: Meine Frau finden und sicher nach Hause bringen.

Ein elektrischer Schock aus purer Energie schießt durch meinen Körper und kriecht unbesiegbar vom Schopf über die Wirbelsäule in meine Beine hinab. Wie ferngesteuert steige ich aus dem Wagen und sehe die Männer an, die vor Ort gespannt auf weitere Instruktionen warten.

Für wenige Augenblicke nehme ich die Umgebung in mich auf und lasse meinen Blick schweifen. Alenas zerstörter Wagen steht mit geöffneter Tür zur Rückbank am Straßenrand. Die Straße ist ungewohnt menschenleer, alles wirkt ruhig. Zu friedlich.

»Dima, kannst du ihr Handy orten? Irgendwas? Die Aufnahmen von der Verkehrskameras anzapfen oder wiederherstellen?«, schneidet meine Stimme durch die Luft. »Ich möchte eine Meldung von dem Team, dass Popow Senior und Arseniy beobachten sollte. Was haben sie gemacht? Wann haben sie gegessen? Wie viel Zeit saßen sie auf dem beschissenen Klo? Ich will alles wissen, was diese Bastarde in den letzten 48 Stunden getrieben haben. Sie sind unsere Verdächtigen Nummer 1, aber überprüft zur Sicherheit noch andere Optionen!«

Wie ferngesteuert kauere ich neben dem zerstörten Wagen auf der Seite, von der ich weiß, dass dort Alena stets sitzt. Die Tür ist aufgebrochen, im Inneren des SUV sind Blutspuren und ein Büschel dunkelblonden Haares zu finden. Die drei Leichen haben meine Leute gerade abtransportiert. Um die Polizei muss ich mir glücklicherweise keine Gedanken machen, sie steht nämlich auf meiner Gehaltsliste.

»Wie viel Zeit ist vergangen, seit sie verschwunden ist?« Der Wind trägt meinen Schrei über die Schnellstraße.

Artjom, der das Kommando in dieser Angelegenheit übernommen hat, kommt neben mir zum Stehen. »Bei Dima ging vor einer halben Stunde ein Alarm ein, als wir das GPS-Signal des Wagens verloren haben, ab diesem Zeitpunkt habe ich das Notfallprotokoll eingeleitet und dich eingesammelt.« Mit einem abschließenden Nicken lässt er mich allein, um weitere Instruktionen zu geben und notwendige Telefonate zu führen.

Meine Gedanken reiten in die Ferne, während ich die Finger nachdenklich an ihrem gerissenen Anschnallgurt entlanggleiten lasse.

»Sorry, Boss. Ihr Handy liegt in der Mittelkonsole des Wagens. Sie trägt auch ihre Smartwatch nicht. Ich bin nicht in der Lage, sie zu orten. Im Moment sucht mein gesamtes Netzwerk die Stadt nach Bildern von ihr ab. Es wird schwierig, wenn sie hinter einer getönten Scheibe sitzt oder in einem ...«, stammelt Dima und verstummt schließlich. Mir ist klar, was er hat sagen wollen: Wenn man sie in einen verdammten Kofferraum geworfen hat.

Erneut zeigt dieser verfluchte Verstand mir Bilder, die ich weder sehen noch wahrhaben will: Alenas lebloser, kalter Körper, zusammengepfercht im Kofferraum eines schäbigen Autos. Ihre Augen weit aufgerissen, Schreck geweitet und leer im Blick. Ihrer warmen, weichen Haut jegliches Leben ausgesaugt und ein stehengebliebenes Herz.

Ein erstickter Wutschrei verlässt meine Lippen, bevor Iljas Hand meinen Arm umschließt. Wortlos hält er mich fest.

»Es ist an der Zeit, mein Junge. Ich weiß, du hasst es, in der Schuld anderer zu stehen, aber wir müssen nun jede Hilfe annehmen, die wir kriegen können. Zumindest, wenn du deine Frau jemals lebendig wiedersehen willst«, weist Ilja leise auf das Offensichtliche hin.

Betäubt zücke ich mein Telefon und gebe mehrere lange Codenummern in das Display ein, bevor ich die wichtige Nummer tippe: 19 15 19. SOS.

In dem Moment, in der die Nachricht gesendet ist, fühlt es sich an, als drehe sich die Welt deutlich langsamer.

Jetzt ist mein Versagen öffentlich bekannt, denn die Mitglieder unseres Zusammenschlusses der Heartless Kings sind informiert. Neben meinen eigenen Leuten werden die sechs mächtigsten Herrscher der Unterwelt nach meiner Ehefrau suchen, Gefallen werden eingefordert und Schulden werden gewährt. Es ist mir gleich, wie viel von meinem unermesslichen Vermögen für diese Fahndung draufgeht, solange ich mein Mädchen gesund wieder in die Arme schließen kann. Diese Männer sind wie weitere Brüder für mich. Sie werden nicht eher ruhen, ehe unsere Mission erfüllt ist.

Das Telefon vibriert in meiner Hand. Es sind exakt sechs Bestätigungsnachrichten. Egal, wer meine Frau in seiner Gewalt hat, von dieser Sekunde an, wird er sich wünschen, niemals geboren worden zu sein. Denn in diesem Augenblick sucht jeder Kriminelle, jeder Söldner, jeder Mensch mit geringstem Bezug zur Unterwelt auf diesem Planeten nach meiner Frau. Sie alle wissen, wem sie den Kopf des Täters bringen müssen. Eine erneute Vibration in meiner Hand lässt mich zusammenzucken. Eine Nachricht von Gavril, dass er in zwanzig Minuten auf dem Anwesen eintrifft. *Mit einer verfluchten Armee!*, um meinen Freund wörtlich zu zitieren.

Auf der Fahrt zurück erfahre ich, dass meine Leute weder Popow Senior noch Arseniy in den letzten Tagen gesehen haben. Jedoch zweifle ich nicht wirklich daran, dass sie diejenigen sind, die ich suche.

Halte durch, Walküre. Ich werde dich retten!

KAPITEL 22

Magdalena

Als ich dieses Mal langsam zu mir komme, begrüßt mich kein freundliches Mittagslicht, sondern ein muffiger Geruch nach abgestandener Luft. Mein ganzer Körper schmerzt höllisch, jeder Muskel scheint überreizt zu sein. Mit Mühe schaffe ich es, den Kopf, der in endloser Schwere auf meiner Brust liegt, zu heben. In Zeitlupe öffne ich erst ein, dann das andere Auge. Meine Sicht ist verschwommen, sodass ich zunächst einige Zeit damit verbringe, gegen das Dämmerlicht anzublinzeln. Vor mir erstreckt sich ein rechteckiger Raum mit einem Oberlicht, welches gerade genug Licht hereinfallen lässt, um mir deutlich zu machen, dass die Nacht über uns hereinbricht.

Leicht benommen versuche ich, einen Fluchtweg aus meinem Verlies zu finden. Innerlich verfluchend, dass ich mir von Artjom nicht erklären lassen habe, wie man Schlösser knackt, wische ich mir mit der Hand übers Gesicht. Es folgt ein scharfer Schmerz in meinem rechten Handgelenk, begleitet von schaurigem Kettengerassel. Schockiert blicke ich an meinem Körper herab. Die Jeans ist schmutzig und das Oberteil an den Schultern leicht eingerissen. An einigen Stellen meiner Kleidung kann ich verkrustetes Blut erkennen. Das Schlimmste an der Situation ist, dass, wer auch immer mich gefangen genommen hat, mich an einem beschissenen Kreuz befestigt hat. Sie sind durch Ösen an allen vier Enden des Holzkreuzes geführt, an dem ich festgebunden wurde, wie ein Hund vor dem Supermarkt. Dennoch geben mir die Ketten einen gewissen Spielraum, mich zu rühren.

Die aufsteigende Panik bekämpfend ziehe ich eine geistige Zusammenfassung meiner prekären Lage: Aufenthaltsort unbekannt und Uhrzeit unbekannt. Den Entführer habe ich zwar gesehen, kann sein in meiner Erinnerung verschwommenes Gesicht nicht zuordnen. Und Nikolai hat vermutlich nicht einmal den Hauch einer Ahnung, wo ich bin.

Ein leichtes Frösteln überkommt mich, wenn ich daran denke, dass ich das Haus vermutlich in Angst und Schrecken versetzt habe.

Bevor ich in irgendwelchen trübsinnigen Gedanken versinken kann, öffnet sich quietschend die Zentimeter dicke Stahltür an der Kopfseite des Raumes und ein Mann, dessen Gesicht mir wieder bekannt vorkommt, ich jedoch erneut nicht zuordnen kann, tritt ein. Mit dem Fuß schiebt er die Tür wieder ins Schloss und die Lichtquelle auf der anderen Seite erlischt schlagartig.

Ein diabolisches Grinsen ziert seine erschöpft wirkenden Züge. »Du bist aufgewacht. Willkommen in meiner bescheidenen Behausung, Miss Markov. Mach es dir ruhig bequem!«

Ein dreckiges Lachen verlässt seine aufgesprungenen Lippen. Der Fremde klopft sich mit der flachen Hand auf den Oberschenkel, als hätte er den Witz des Jahrhunderts gerissen. Nach wenigen Sekunden stößt er schwach Luft aus und seine Augen fixieren mich erneut. Musternd schreitet er auf mich zu. Ich fühle mich widerlich unter seinen Blicken und winde mich unbewusst in den Fesseln, was ihm einen siegreichen Ausdruck verleiht.

»Ja, winde dich nur, Kleine. Hier wird dich niemand finden, niemand wird deine Hilfeschreie hören.«

Hilfeschreie? Der Typ hat sie doch nicht mehr alle.

»Ich bin eine Markov, wir schreien nicht um Hilfe!«, knurre ich ihm entgegen und hebe hochmütig den Kopf. »Sie scheinen meinen Ehemann zu kennen. Ich bin mir sicher, Sie wissen, dass Ihre Lebenszeit in der Sekunde abgelaufen war, als Sie Ihre dreckigen Finger nach mir ausgestreckt haben!«

Wut rinnt durch meine Adern, bevor die Angst mich lähmen kann. Gekonnt schenke ich ihm ein hoheitsvolles Lächeln, um zu verbergen, dass ich nicht wissen möchte, was er mit mir vorhat. Auf keinen Fall werde ich diesem Ungetüm geben, was er mir nehmen will. Meine Würde und mein Stolz, auch wenn ich keine geborene Markov bin.

Nikolai wird kommen und mich holen. Ich bin seine Frau, ich gehöre ihm. Mein Ehemann lässt sich von niemandem sein Eigentum wegnehmen. Wäre das hier ein verfluchter Actionfilm, hätte ich mich unlängst mit einer Haarklammer befreit und würde just in diesem Moment einen kleinen Dolch oder eine Miniaturwaffe aus dem BH ziehen. Der Gedanke, diesem Widerling eine Kugel in den Kopf zu jagen, zaubert mir ein Lächeln auf die aufgeplatzten Lippen.

Herrgott Alena, seit wann bist du blutrünstig?, schalt eine Stimme mich in meinem Inneren.

Mein gesamter Körper schmerzt und gleichzeitig hämmert mein Herz mit voller Geschwindigkeit gegen meine Rippen. Nikolai hat mir erklärt, wie wichtig ein kaltes, abgeklärtes Äußeres in so einer Notlage ist. Zwar habe ich ihn noch nie in Aktion erlebt und mein Mann prahlt auch nicht mit seiner gewalttätigen Seite, aber mir ist bewusst, dass sie existiert. Die Hände zu Fäusten ballend gebiete ich der aufkeimenden Angst weiter Einhalt. Panik ist ein wichtiger Indikator, um eine Situation einzuschätzen, aber sie sollte niemals den Verstand kontrollieren. So nehme ich einen tiefen Atemzug nach dem anderen, auch wenn sich jeder von ihnen wie tausend Nadelstiche in meinem Hals anfühlt.

»Deine Missgeburt von einem Ehemann? Hier wird er dich niemals finden. Wie auch? Er vermutet zwar, dass meine Familie hiermit zu tun hat, aber nicht einmal mein Vater weiß von der Entführung, geschweige denn von diesem Ort. Findest du nicht auch, dass ich ein kluges Kerlchen bin?« Er lacht, dann spuckt er geräuschvoll neben mir auf den Boden. »Aber ich sehe, du erkennst mich immer noch nicht wieder, Markov-Prinzessin. Mein Name ist Arseniy Wladimirowitsch Popow.«

Er begibt sich in eine spöttische Verbeugung, ehe er näher an meinen gefesselten Körper herantritt. Augenblicklich legt sich eine Gänsehaut aus Ekel und böser Vorahnung auf meine frostklirrenden Arme.

»Vielleicht erinnerst du dich, dass wir uns vor nicht allzu langer Zeit auf diesem fürchterlichen Ball begegnet sind! Der, ganz nebenbei, nur veranstaltet wurde, um meinen Vater vorzuführen.« Arseniy spuckt erneut auf den Boden und verfehlt mein rechtes Bein knapp. Sein Atem stinkt nach billigem Alkohol und ungeputzten Zähnen. Seine nach Schweiß stinkende, ungewaschene Kleidung trägt ebenso wenig dazu bei, dass die Übelkeit abflacht. Allgemein wirkt er, als lebe er in der Gosse. Dabei gehört die Popow-Familie, meinen Kenntnissen zufolge, zu den mächtigsten Familien des Landes. Sie sind diejenigen, vor denen wir die Frauen gerettet und in Sicherheit gebracht haben. Womöglich haben sich durch die fehlende Ware ihre Investoren von ihnen abgewandt. Kalter Schweiß rinnt meinen Nacken hinab. Diese beunruhigende Ungewissheit füttert die in meinem Verstand lauernde Panikattacke, weshalb ich mich zügig wieder auf meine Atmung konzentriere, bis sich mein Herzschlag etwas verlangsamt.

»Vorzuführen? Dein Vater und du verkauft Frauen und junge Mädchen wie wilde Tiere! Ihr gehört in die dreckigsten Gefängnisse dieser Welt. Nicht einmal Tiere sollten so behandelt werden, wie ihr mit Menschen umgeht!« Zu spät bemerke ich das Öl, welches ich durch meine Worte ins Feuer von Arseniys brennendem Zorn kippe. In wenigen Schritten steht er so dicht vor mir, dass unsere Nasen sich beinahe berühren. Gnadenlos stiert er in mein Gesicht, dann verändert sich sein Ausdruck. Er wirkt ruhiger, aber keineswegs friedlicher. Nein, die angsteinflößende Miene, die er zur Schau trägt, löst in meinem Inneren pure Verzweiflung aus. Seine Pupillen fressen die braune Farbe seiner Iriden beinahe gänzlich auf. Als ich eine ähnliche Reaktion bei Nikolai beobachtet habe, wirkte sie ganz anders. Nikolai hat stets die Oberhand über seine Gefühle. Arseniy scheint die Schwelle zum Wahnsinn bereits überschritten zu haben. Habe ich hier wirklich einen Psychopathen vor mir? Meine Handflächen schwitzen, meine Fingerglieder erzittern unter ängstlicher Kälte, die meinen Körper erschaudern lässt. Weshalb ich umso erleichterter ausatme, als er von mir zurücktritt. Ohne, dass ich mich darauf vorbereiten kann, holt Arseniy aus und seine Rückhand schlägt brutal auf meiner Wange ein. Die Ohrfeige erwischt mich kalt, sodass mein Kopf nach hinten fliegt und gegen das Holzkreuz schlägt.

»Tiere müssen gut behandelt werden? Wie alt bist du? Vier? Mein Vater ist ein großer Mann. Der Größte. Er hätte die Unterwelt regieren sollen, nicht dein hirntoter Bastard von einem Ehemann. Aber sein Vater war bereits gieriger Mraz, einfach menschlicher Abschaum, und hat sich alles unter den Nagel gerissen!«, schreit Arseniy in seinem Wahn durch die Zelle.

Seine Augen sind weit aufgerissen, das Weiße deutlich sichtbar. Ich kann die Abgründe seiner Seele in ihnen erkennen. Wenn ich raten müsste, würde ich sagen, Arseniy leidet an einer psychischen Krankheit. Momentan ist nicht der richtige Zeitpunkt für eine Psychoanalyse. Zugegeben, Arseniys Geisteszustand scheint fernab jeder weltlichen Sichtweise zu sein.

Das Wechselspiel aus Furcht und Wut verwirrt mich, während der stechende Schmerz, der meinen Körper in Wellen flutet, meinen Verstand betäubt, sodass ich mich zu einer weiteren wütenden Aussage hinreißen lasse. »Sprich nicht so über meinen Ehemann und meine Familie, du Psychopath Wenn du auch nur einen Funken Ehre in dir tragen würdest, würdest du deinem Vater entgegentreten und Geschäfte machen wie ein ehrwürdiger Mann, statt dich deiner Verantwortung zu entziehen!«

Für wenige Sekunden bin ich mir sicher, dass mein Gebrüll außerhalb dieser Mauern deutlich hörbar ist. Fraglich ist nur, wie viel es mir bringt, wenn wir uns in irgendeiner Einöde befinden.

Plötzlich kommt mir eine glanzvolle Idee und ich lausche gespannt auf Umweltgeräusche wie vorbeifahrende Autos, Meeresrauschen, Hupen und Sirenen. Alles, was ich höre, ist Arseniys wildes Keuchen. Die Lauschaktion lenkt mich kurzzeitig ab, sodass ich seine Faust, die erbarmungslos auf mein Gesicht zufliegt, zu spät wahrnehme. Wobei in dem gefesselten Zustand an Verteidigung ohnehin nicht zu denken ist. Sein Schlag trägt massive Wucht in sich, sodass mein Kopf erneut unaufhaltsam nach hinten geschleudert wird. Mit überstrecktem Hals schlägt meine Schädeldecke gewaltsam auf dem Holz hinter mir auf. Durch den Schmerz benommen, sacke ich nach vorn, meine Knie geben nach und ich falle mit meinem Körpergewicht in die Ketten hinein. Die Fesseln schneiden unablässig durch meine zarte Haut, die bereits aufgeschürft und blutig ist.

Zu allem Überfluss erschüttert Arseniy grollendes Gelächter das Verlies, während er freudig in die Hände klatscht. »O Püppchen, du solltest deine Visage sehen. Selbst wenn dein Ehemann dich retten kommt, wird er dich nachdem, was ich mit dir vorhabe, entweder nicht mehr wiedererkennen oder – was viel wahrscheinlicher ist – er wird dich nicht zurückhaben wollen!«, flötet er in einem schleimig süßlichen Ton.

Vorsichtig und so anmutig wie irgendmöglich, hebe ich den Kopf. Mein rechtes Auge pocht durch die Schwellung, doch ich denke nicht daran, eine Träne des Schmerzes zu vergießen. Wenn ich dachte, dass in Nikolai ein Monster wohnen würde, bekomme ich nun ein Wahrhaftiges zu Gesicht.

Verschwommen mache ich Arseniys arrogantes Grinsen aus, während er einen Gegenstand aus seiner Hosentasche zieht. Im Halbdunkel und mit den zunehmenden Schwellungen in meinem Gesicht muss ich mich anstrengen, um das kleine Taschenmesser zu erkennen. Panik kriecht mir das Rückgrat hoch, als mir klar wird, dass er mich nicht losmachen will, sondern brandmarken. Ilja hat am Abend des Balls erwähnt, dass Arseniy auf einseitige Gewalt beim Liebesspiel steht. Es erregt ihn, völlige Macht über die Körper seiner Gespielinnen zu haben. Verflucht will ich sein, wenn er den kleinsten Funken Herrschaft über mich erlangt. Mein Körper ist einzig die schwache Hülle meines starken Geistes. Solange ich meinen Verstand vor seinem Eindringen schützen kann, wird er mich in keinem Fall zerstören können.

»Mal sehen, was wir mit dir anstellen.« Mit einem kräftigen Ruck reißt er den Ärmel meiner Bluse ab und legt die Haut meines linken Armes frei, der schlaff in den Ketten hängt. »Vielleicht male ich nur meine Muster auf dich, oder ich schwängere dich. Dann wird mein

Sohn der Thronerbe der Markov-Familie, falls du überlebst.« Seine Stimme schallt beängstigend durch den Raum.

Was er nicht weiß, ist, dass seine Drohung ihre Wirkung verfehlt. In diesem Moment grinse ich heroisch, soweit mein geschundener Kiefer es ermöglicht. Nicht einmal Nikolai habe ich gebeichtet, dass ich aufgrund der massiven Unterernährung in meiner Kind- und Jugendzeit unfruchtbar geworden bin. Die Periode erhalte ich höchstselten und die Frauenärztin, die ich halbjährlich aufsuche, hat die Vermutung einer fehlenden Eizellenproduktion mit diversen Tests bestätigt. Wenigstens kann er mir dieses Unheil nicht antun.

Ein selbstgefälliges Schnauben verlässt meine Lippen. »Du bist einfach armselig, Arseniy. Niemals könntest du einem Gott von Mann wie Nikolai das Wasser reichen!«

Inständig hoffe ich, dass sich der Stolz, die Frau meines Ehemannes zu sein, trotz der vielen Verletzung irgendwie in meiner Haltung widerspiegelt. So zucke ich wenigstens nicht zusammen, als Arseniy geräuschvoll auf den Boden spuckt und in wahnsinniges Gelächter ausbricht.

Mit tiefen Atemzügen schicke ich meine Seele in den hintersten Winkel des Verstandes und verbarrikadiere den Zugang zu ihr. In der Hoffnung Arseniy wird sie dort keinesfalls finden. Anschließend wappne ich mich mental für das nächste Geräusch. Das weitere Zerreißen meiner Kleidung hallt verhängnisvoll durch den Raum.

KAPITEL 23

Nikolai

In seinem Leben kommt ein Mensch an viele Punkte. Es gibt Tage, an denen möchtest du dich einfach verstecken und deiner Trauer freien Lauf lassen. Darauf folgen Augenblicke, in denen die Welt leuchtet, als wolle sie sämtliche Freude und jedes Lächeln reflektieren. Dann gibt es Tage, in denen du dir wünschst, dass deine Wut den ganzen Planeten niederbrennt. So ein Moment findet in diesem Augenblick statt.

Als ich aus dem Geländewagen steige, knirscht der Kies geräuschvoll unter meinen Stiefeln. Innerlich unruhig erklimme ich die Treppe, die zum Haupteingang von Popows pompösen Anwesen führt. Meine Leute haben seine Wachen Minuten zuvor ausgeschaltet, bevor ich mit dem SUV auf das Grundstück gefahren bin. Schließlich hängt ihr Leben davon ab, welche Entscheidungen wir treffen.

Ein kurzweiliges Schaudern erfasst mich, obwohl der milde Herbstwind keinerlei Kälte in sich trägt.

»Die Teams Alpha und Beta sind in Position, Boss. Gamma sucht nach Arseniys Versteck«, erfüllt Artjoms Stimme über das Funkgerät meine Ohren.

»Sie sollen ihn am Leben lassen! Ich werde diesen Bastard mit meinen eigenen Händen töten!«, befehle ich, während ich mit Anatoli an meiner Seite durch die unverschlossene Haupttür des Anwesens trete.

Dima hat erst vor wenigen Stunden den ausschlaggebenden Beweis für Popows Verrat gefunden.

Wutentbrannt balle ich meine Hände zu Fäusten, indessen Anatoli und ich zielsicher auf Popows Schlafzimmer zusteuern. Unsere Missionen zur Beschlagnahmmung seiner Ware haben Vladimir finanziell in den Ruin getrieben, weshalb es nahezu kein Hauspersonal mehr gibt. Die Wachen sind ebenfalls stark reduziert worden. Es sind ihm nur wenige treue Rekruten verblieben.

Ein Rascheln erregt meine Aufmerksamkeit und mein Blick schießt zu unserer Linken. Vor uns steht eine verängstigte Frau in weißem Nachthemd samt Haube und klammert sich verzweifelt an eine Porzellanteekanne. Sie kann nicht ahnen, dass wir ihr nichts antun werden. Es ist eine Frage meiner Ehre, keine Unschuldigen zu töten.

»Gnädige Frau, bleiben Sie ganz ruhig. Wir sind nicht wegen Ihnen hier. Es ist alles in Ordnung. Wenn Sie morgen früh eine neue Stelle suchen und die werden sie brauchen, zeigen Sie diese Visitenkarte am Tor meines Anwesens vor!«, sage ich auf Russisch mit sanfter Stimme und überreiche ihr eine personalisierte Geschäftskarte. Der Ausdruck auf ihrem Gesicht verändert sich schlagartig, als sie meinen Nachnamen im Dämmerlicht erkennt. Mit vorsichtigen Schritten schieben sich ihre altersgeschwächten Füße über den Boden auf mich zu. Sie ist mehr als zwei Köpfe kleiner als ich und leidet an einer gebückten Haltung.

»Ihr Vater war ein guter Mann, Mister Markov. Genau wie ihr Großvater. Es wäre mir eine Ehre, in Ihre Dienste zu treten. Endlich befreien Sie uns!« Ihre Stimme klingt brüchig, als die Freudentränen in ihre dunklen Augen schießen. Zitternd legt sie ihre runzlige Hand auf meinen Arm und drückt ihn dankbar, bevor sie einem Soldaten folgt, den ich angewiesen habe, ihr beim Packen zu helfen.

Unterdessen setzen Anatoli und ich unseren Weg in Richtung Popows Schlafzimmer fort. Artjom wird uns dort erwarten, denn solche Missionen führt man nur aus, wenn alle Brüder beteiligt sind. Ilja leitet das Gamma-Team, dessen Hauptaufgabe es ist, sich auf die Suche nach meiner Frau zu machen. Ich hasse mich dafür, nicht an vorderster Front zu kämpfen, doch mein Vater würde von mir erwarten, dass ich Popow selbst erledige. Der Bastard hat es zwar nicht verdient, aber ich würde die Familienehre niemals beschmutzen. Außerdem würde ich den anderen Mitgliedern des Syndikats nur im Weg stehen. Seit Alenas Verschwinden kann ich keinen klaren Gedanken fassen. *Man merkt erst, wie sehr einem jemand bedeutet, wenn er nicht mehr da ist.*

»Er schläft tief und fest. Ich denke, du wirst ihn wecken wollen, oder Boss?« Artjoms Brummen an meinem Ohr reißt mich aus den Sorgen einer glücklichen Zukunft und katapultiert mich zurück in die Wirklichkeit. Wir sind längst am Schlafzimmer angekommen und die Romanov-Brüder erwarten die nächsten Befehle.

Anatoli oder Artjom haben meine restlichen Leute ausgesendet, um übrig gebliebene Angestellte aufzustöbern. Diese können entweder in meinen Dienst übertreten oder frei sein. Im Gegensatz zu Popows Soldaten tragen sie keine Schuld an der Misere ihres Arbeitgebers, weshalb ich hier gnädig bin. Diese Vorgehensweise habe ich ebenfalls von meinem Vater erlernt. Es ist wichtig, zwischen denen zu unterscheiden, die Leid verursachen und denen, die es hilflos mitansehen müssen. Oftmals haben diese Menschen keinerlei Ahnung, für wen sie arbeiten und wenn sie es dann erfahren, ist es häufig zu spät.

Mit einem Nicken weise ich Anatoli an, voranzugehen, und folge ihm lautlos durch die geöffnete Tür. Artjom bildet das Schlusslicht und schützt unsere Rücken vor unerwarteten Angriffen.

Popow schläft wider Erwarten nicht einsam in seinem Bett. Auf beiden Seiten von ihm liegen junge, nackte Frauen, die aussehen, als würden sie nicht einmal an der Volljährigkeit kratzen. Entsetzliche Übelkeit rauscht durch meinen Magen und klettert giftig die Speiseröhre empor. Mein Blick fällt auf meine Brüder, die die Szene vor uns mit scheinbar ähnlichen Empfindungen begutachten.

»Weckt sie sanft und schafft sie hier raus! Ich denke, sie haben genug gelitten. Sie müssen nicht mitansehen, was gleich geschehen wird«, weise ich die beiden leise an. Eines der Mädchen regt sich unter der Decke, öffnet leicht betäubt ihre Augen und erstarrt kurz. Als sie uns panisch mustert, lege ich meinen Zeigefinger auf die Lippen und sie nickt ängstlich, es verlässt kein Ton ihre Kehle.

»Dieser Wichser hat die beiden angekettet, Kolja!«, flucht Anatoli neben mir und lässt die Ketten geradeso laut rasseln, dass sich die zweite Frau zu bewegen beginnt.

Hoffnungslos zucke ich mit den Schultern, bevor ich resigniert die Handflächen gen Himmel drehe. Dann werde ich Vladimir wohl oder übel wecken müssen, um ihn nach dem Schlüssel zu fragen. Angewidert gebe ich Artjom ein stummes Zeichen. Sofort löst sich seine Hand aus dem Schatten, seine Faust schlägt gnadenlos auf Popows entspannt schlafendem Gesicht ein. Mit einem vereinzelten Schmerzenslaut fährt Vladimir aus dem Schlaf und beginnt abwehrend mit den Fäusten herumzufuchteln. Schnell verhindern Artjom und Anatoli, dass die Damen getroffen werden. Während sie sich verängstigt an die Brüder klammern, erkenne ich im faden Licht die Blessuren auf ihren Oberkörpern. Popow hat sie ohne Frage geschlagen und anderweitig misshandelt.

»Beruhig dich, Vladimir! Wenn ich du wäre, würde ich jetzt nicht ausfallend werden. Es befinden sich Ladys im Raum.« Meine Stimme schneidet eiskalt durch das Zimmer. Unterdessen entsichere ich meine Waffe und lade sie gemächlich durch, um anschließend Popow ins Visier zu nehmen. »Der Schlüssel für die Fesseln. Etwas zügig, wenn es geht, Arschloch. Ich habe nicht die ganze Nacht Zeit.«

»Nikolai, wie sprichst du denn mit einem alten Freund. Hat dir dein verfluchter Vater keine besseren Manieren beigebracht, als nachts in fremde Leute Schlafzimmer einzubrechen?«, provoziert der alte

Mann mich wider besseres Wissen. Ein Nicken zu Artjom genügt und Popows Kiefer macht Bekanntschaft mit dem nächsten Schlag. Dieses Mal ist Artjom nicht sonderlich liebevoll gewesen, sodass Vladimirs Kopf wie der einer Puppe gegen das Kopfteil des Bettes schlägt.

»Die Schlüssel, Arschloch! Ich wiederhole mich nur sehr ungern. Eine schlechte Angewohnheit, ich weiß.«

»In der oberen Schublade des linken Nachttisches«, flucht er ergeben, indes seine Fingerspitzen nachdrücklich seinen Hinterkopf abtasten. Eine Bewegung, die die Bestie in mir von der Leine lässt.

»Sorg dich nicht um blaue Flecken, Vlad. Du wirst nicht mehr lange genug leben, dass die Hämatome sichtbar werden!« Ich grinse ihn an.

Er reagiert augenblicklich auf meine Worte, indem er mich entsetzt anstarrt. Für eine Sekunde denke ich, ihm würden die Augäpfel Hier und Jetzt aus dem Kopf fallen. Durch Gavril weiß ich, dass so etwas in der Tat möglich ist. Dann zappelt Vladimir wie ein Fisch auf dem Trockenen zwischen seinen Laken, um möglichst schnell aus dem Bett zu kommen. Artjom drückt ihn mit mehr Nachdruck als nötig zurück in die Kissen.

Inzwischen hat Anatoli die beiden Frauen befreit und flüstert eindringlich auf sie ein. Momente später kehren sie halbwegs angezogen aus dem Nebenzimmer zurück. Jedoch wirken die Damen eingeschüchtert, sodass sie Anatoli keinen Millimeter von der Seite weichen. Ich wende mich guten Gewissens wieder Vladimir zu, denn mir ist bewusst, dass die Romanov-Brüder zu wahren Gentlemen erzogen sind. Keiner von ihnen würde über eine Lady in Not herfallen. Niemand von meinen Leuten würde so etwas tun.

Popow windet sich bedauernswürdig in Artjoms erbarmungslosen Griff auf der Suche nach Freiheit.

Mit einer Handbewegung hinter meinem Rücken winke ich Anatoli samt Begleitung aus dem Zimmer. Erst nachdem die Tür wieder ins Schloss gefallen ist, spanne ich kaltherzig den Abzug der Waffe, bis ich den Widerstand spüre. Ab dieser Sekunde genügt ein winziges Zucken meines Fingers, um die Kugeln abzufeuern.

»Was soll ich nur mit dir machen, Vladimir? Du hast so viele Verbrechen begangen, dass jedem rechtschaffenen Menschen die Seele verbrennen würde. Ich bin zwar kein rechtschaffener Mensch, aber ich vergebe nicht, wenn man meine Familie betrügt. Du hast meine Ehefrau entführen lassen. Verdammt, du Wahnsinniger, wo befindet sich meine Frau? Wohin hat sie dein nichtsnutziger Sohn verschleppt? Ich weiß, dass Arseniy sie hat. Wir wissen alle, wie diese Situation hier ausgeht, also akzeptiere deine Strafe und wimmere nicht!« Meine Stimme klingt so tödlich, wie die Kugel seiner Strafe es sein wird.

In einem letzten Versuch, sich zu verteidigen, lässt Artjom es zu, dass Vladimir sich aufsetzt. Eine Mischung aus Wut und Erstaunen zeichnen sich auf seinem Gesicht ab. »Mein Sohn hat deine kleine Schlampe entführt? Dann hat er wenigstens eine sinnvolle Sache in seinem erbärmlichen, verhurten Leben richtig gemacht. Du bist ein genauso erbärmlicher Wurm wie dein Vater. Die Familie Markov ist eine Schande für die russische Bratva, Junge! Hoffentlich zerlegt er sie in ihre Einzel-« Weiter kommt Vladimir Popow nicht, denn der Knall meiner abgefeuerten Waffe zerreißt seine Worte. Ich habe ihn aus dem Grund reden lassen, weil ich sein Bekenntnis hören wollte. Die restlichen Worte waren genauso überflüssig wie die vorherigen. Wogegen ein Urteil kann erst getroffen werden, wenn ein Geständnis vorliegt.

In einer fließenden Bewegung stecke ich meine Waffe weg und verlasse gemeinsam mit Artjom das Anwesen, ohne ein einziges Mal zurückzusehen.

Die Ära von Vladimir Popow ist beendet. Die Dynastie der Popow-Familie wird ihm schon bald in den Abgrund folgen.

KAPITEL 24

Nikolai

Seit 68 Stunden, 46 Minuten und 32 Sekunden ist meine Frau wie vom Erdboden verschwunden. Die gleiche Anzahl an Stunden habe ich nicht mehr geschlafen. Verzweifelt sacke ich hinter dem wuchtigen Schreibtisch zusammen und vergrabe das Gesicht in meinen Händen. Der Dreitagebart kratzt rau über meine Handflächen, hoffnungslos kneife ich die Lider zusammen und dränge die bitteren Tränen zurück. Niemals hätte ich gedacht, dass die Lage derart aussichtslos sein würde. Ein dem Wahnsinn anheimfallendes Lachen steigt in meiner Kehle empor, voraussichtlich ist Alena längst tot und ich suche wie ein Irrer das gesamte Land nach ihr ab.

Vater, sag mir, was ich tun soll! Ich kann sie nicht verlieren, schreien meine Gedanken panisch um Hilfe. Der Verstand schweigt sich aus, die Stimme meines Vaters leitet mich nicht mehr. Ich bin allein auf dieser Welt. Einsam.

Dabei wimmelt es auf unserem Anwesen nur so vor Soldaten, denn in den letzten fünfzig Stunden sind all die sechs weiteren Anführer der Heartless Kings angereist. Dennoch haben wir kaum Fortschritte gemacht. Wir wissen, dass Arseniy meine Frau entführt hat, mehr nicht. Er scheint nicht mehr auf diesem Planeten zu weilen.

Die Räume rund um das Büro gleichen der Kommandozentrale eines Geheimdienstes. Jedes Oberhaupt hat sowohl Soldaten, Hacker als auch andere Spezialisten mitgebracht. Keiner von ihnen hat eine schlichte Sekunde geschlafen, wir sind alle übermüdet und leicht reizbar.

Ich bringe es nicht übers Herz, laut auszusprechen und mir somit selbst einzugestehen, was für ein miserabler Ehemann und Anführer ich bin.

Werde ich jemals wieder Freude empfinden können, wenn sie meinetwegen sterben musste?

»Denkst du nach oder steckst du den Kopf in den Sand, Euer Majestät?«, ertönt Gavrils Stimme auf Russisch zu meiner Linken und reißt mich abrupt aus den verheerenden Gedanken. Er ist auf dem Gelände gewesen, als wir vom Tatort zurückgekehrt sind. Obwohl sein Gesicht ein hämisches Grinsen zur Schau trägt, weiß ich, dass er sich tief im Inneren um mich sorgt. Der Hass in mir möchte ihm das verdammte Grinsen aus dem Gesicht prügeln, während die Verzweiflung dahinter sich nach einer brüderlichen Umarmung sehnt. In diesem Moment lehnt er locker an der Seite des Schreibtisches und sieht mich fragend an.

»Sie ist bestimmt schon tot.« Es ist keine Frage, die ich stelle, sondern die unverschnörkelte Wahrheit. Aus reiner Gewohnheit spreche ich Deutsch, schüttle dann den Kopf und schiebe den Satz auf Englisch hinterher. Gavril spricht ebenfalls mehrere Sprachen, doch er steht nicht auf deutsche Frauen, weshalb sein Schwerpunkt auf den lateinamerikanischen Sprachen liegt.

»Nein, sie lebt. Zumindest noch! Arseniy hat mit dieser Information gerade per SMS angegeben. Und ich weiß jetzt, wo wir sie finden!« Liam McCarthy, Aidens jüngster Brüder, erscheint im Türrahmen, sein Gesicht trägt einen dunklen Bartschatten und tiefe Augenringe. Die McCarthys waren nach Gavril die nächste Familie, die an meine Tür geklopft hatte. Zufälligerweise war die Königsfamilie der irischen New Yorker Mafia zu dem Zeitpunkt in Dublin gelandet, als sie meine Nachricht erhalten hatten. Sogleich war der Privatjet frisch betankt worden und sie kamen wenig später in London an.

Es dauert eine Sekunde, bis seine Worte meinen verkümmerten Verstand erreichen. Ich schieße ferngesteuert aus dem Sessel hoch und greife nach einer Waffe. Mittlerweile hat sich hinter ihm eine Traube aus vierzehn weiteren, schwer bewaffneten Mafiamännern gebildet.

»Was meinst du damit, du hast sie gefunden?«

»Wir haben sie gefunden, Kolja. Sie ist in einem Lagerhaus außerhalb der Stadt. Es wurde zur Zeit des Zweiten Weltkriegs errichtet und verfügt über eine verdammte Bunkeranlage!«

Artjom und Anatoli sprechen wie aus einem Mund. Sie tragen längst ihre Tarnkleidung und sind bis an die Zähne bewaffnet.

»Können wir ohne genaueren Plan losrennen? Wir kennen nicht einmal die Grundrisse. Wer weiß, wie viele Männer Arseniy noch geblieben sind«, mischt sich Leonardo, das Oberhaupt der italienischen Caruso-Mafia ein. Er und seine beiden jüngeren Brüder haben Boston mittlerweile seit knapp einem Jahrzehnt fest in ihrer Gewalt. Es gibt einen Grund, weshalb er den silbernen Siegelring des Syndikats trägt.

Anatoli wirft mir meine Schutzweste zu und ich lege sie an. »Es ist mir egal, ob ich draufgehe, also gehe ich voran. Aber ich nehme jedem von euch das Versprechen ab, dass meine Frau es lebend da raus schafft.«

Schweigend nicken alle Freunde, ehrfürchtig, dass ich auf solche Art über den eigenen Tod spreche.

Wenige Minuten später rollen knapp zehn voll besetzte SUVs von meinem Anwesen.

Die Sonne geht in diesen Augenblicken unter, als wir die Lagerhalle vor den Toren Londons erreichen. Sie taucht das Gelände in goldenes Licht, was die Situation dramatisch anmuten lässt. Die Wärmebildkameras zeigen zwei bewaffnete Männer, die überirdisch in der Halle patrouillieren, sie reichen jedoch nicht durch die dicken Wände des Atomschutzbunkers darunter hindurch. Weder Liam noch Dima oder einer der anderen IT-Spezialisten sind in der Lage, einen Grundriss des Bunkers aus dem Hut zu zaubern. Das heißt, wir gehen im kompletten Blindflug rein. Zum Glück verfügen wir über genügend Fahrzeuge, um das gesamte Gebäude zu umstellen.

Entschlossen öffne ich die Beifahrertür des Wagens und entsichere meine Waffe. Wenn hier Überwachungskameras hängen, sind sie ohnehin über unsere Ankunft informiert. Es ist nicht die Zeit, sich anhand lang ausgearbeiteter Pläne lautlos anzuschleichen, uns bleibt nichts anderes übrig, als darauf zu hoffen, dass wir das Überraschungsmoment nutzen können.

»Wir machen es so wie besprochen!« Dies ist meine letzte Anweisung, bevor ich auf das Gebäude zustürme.

Natürlich bin ich nicht allein. Anatoli und Artjom bilden meine beiden Flügel, ehe wir durch das marode Westtor der Halle krachen. Zeitgleich fliegt das Osttor auf, Gavril und die Polen erscheinen in unserem Blickfeld.

Ich schenke den beiden Wachen einen einzigen Blick. Allerdings lässt dieser mich sogleich innehalten.

»Nicht schießen, das sind ja fast noch Kinder! Nehmt sie fest, wir verhören sie später!«

Während ich spreche, scanne ich unablässig die Umgebung.

Wo zur Hölle ist dieser verfluchte Bunkerzugang versteckt?

Eine Gruppierung von größeren Kistenstapeln erregen meine Aufmerksamkeit und ich steuere darauf zu, werde magisch von ihnen angezogen. Mein Herz sagt mir, dass Alena am Leben ist und zwar ganz in der Nähe.

»Die Halle wirkt von außen viel größer.« Anatoli kratzt sich am Kinn und gibt mir den entscheidenden Hinweis. Dieses Lagerhaus beherbergt nicht mehr, wie von uns angenommen, einen Atomschutzbunker. Zwar waren die Räumlichkeiten ursprünglich einmal als solche gedacht, wurden mit der Zeit nachvollziehbarerweise zu einem modernen Drogenumschlagspunkt umgebaut. Die Kellerräume haben aller Voraussicht nach einmal die Labore enthalten. Die Popows haben Anfang der Neunziger teilweise in eigener Herstellung gekocht, wie mein Vater mir einst erzählt hatte.

Meine Finger tasten an der Wand entlang, welche die Halle verkleinert. Es dauert nur wenige Sekunden, bis Artjom den Gedankengang versteht und ebenfalls nach dem versteckten Mechanismus sucht, der die Geheimtür freilegt. Kurz sehe ich mich nochmals um, ein Großteil der anderen klopft die restlichen Wände ab, derweil der Rest uns Rückendeckung gibt. Mit einem erleichterten Seufzen spüren meine Fingerkuppen eine leichte Unebenheit im Mauerwerk. Ich presse die Finger in die Kuhle und die Verriegelung gibt ein metallisches Klicken von sich, bis eine schmale Tür nach innen aufschwingt. Im Inneren des Gangs brennt kein Licht, kurz überlege ich, ein Nachtsichtgerät aufzusetzen, um mir die Dunkelheit zu Nutze zu machen. Ein zufälliger Lichtstrahl könnte uns jedoch blenden und uns wie die Schafe zur Schlachtbank führen.

Als ich in die Schwärze eintauchen will, taucht Gavril an meiner Seite auf. »Kolja, solche Drogenlabore haben immer mehrere Ausgänge, im Falle von Explosionen und Verpuffungen. Evgenij, ich und die Polen werden ihn finden. Dann stoßen wir wieder zu euch.« Er drückt meine Schulter, ehe er sich zurückzieht. »Pass auf dich auf, Mann. Wir sehen uns da unten. Sterbt nicht vorher!«

Ich blinzle erstaunt über seine spontane Gefühlsanwandlung, schaffe es kurzerhand, abgehackt zu nicken.

Die Dunkelheit verschluckt uns, Artjoms Taschenlampe spendet ausschließlich einen geringen Lichtkegel, er reicht aus, um die Treppenstufen schwach zu erkennen. Lautlos pirschen wir vorwärts, mit jedem Schritt drückt der muffige Geruch mehr auf meine

Brust. Jeder Atemzug brennt in meiner Lunge. Die letzten Reste des Sauerstoffs in diesen Tunneln scheinen Jahrzehnte alt zu sein.

Die mit veralteter Labortechnik vollgestopften Räume, die wir durchqueren, zeigen eindeutig auf, dass hier längere Zeit niemand gewesen ist. Meine Gedanken lesend richtet Artjom die Taschenlampe auf den Fußboden. Im Staub finden sich keine Fußspuren, die beweisen würden, dass hier vor Kurzem jemand entlang gelaufen ist. Für einen raschen Moment verlässt mich der Mut und ich bleibe abrupt stehen.

Was, wenn Alena nicht hier ist und mein Herz mich in gefälschter Hoffnung täuscht?

Die Hand hebend spüre ich die Romanov-Brüder neben mich treten. Anatolis enttäuschter Seufzer bestätigt meine Vermutung, auch er denkt, wir sind am falschen Ort. Ziellos lässt Artjom den Lichtkegel durch den leeren Raum gleiten. Zwar befindet sich eine weitere Tür am anderen Ende, allerdings glaube ich nicht, dass sie uns auf wundersame Weise zu meiner Ehefrau führen wird.

Frustriert will ich das Kommando zum Umkehren geben, da ertönt in meinem Ohr über den Funkkanal ein merkwürdiges Rauschen.

»Haupteingang gefunden ... Verstärkung ... Richtung Westen ... Kolja ... Überraschungsgast.« Dann ist die Leitung tot, unsere Funkfrequenz ist dem alten Mauerwerk und der dicken Betondecke über unseren Köpfen nicht gewachsen.

Dennoch reichen Gavrils Wortfetzen, die zu uns durchgedrungen sind, aus, um meine Seele zu entflammen. Freude und Wut pulsieren glühend durch meine

Adern und treiben mich voran. Die anderen beiden haben Mühe, mit mir mitzuhalten, als ich blindlings drauf losrenne. Vergessen ist eine eventuelle Strategie. Wichtig ist einzig und allein meine Frau.

Nach Westen gewandt rasen wir durch die miteinander verschlungenen Gänge. Tausende Spinnenweben und andere tote Insekten schlagen mir ins Gesicht, all der Staub erschwert mir das Atmen, nichts kann mich mehr stoppen. Innerlich getrieben von dem Verlangen, meine wundervolle Frau zu umarmen, werde ich vor der massiven Stahltür gebremst, da meine Brüder jeweils einen meiner Arme ergreifen und mich zum Stillstand zwingen. Anatoli legt seinen Zeigefinger stumm auf seine Lippen, wir lauschen. Das Einzige, was für kurze Zeit zu hören ist, sind unsere keuchenden Atemgeräusche, dann fallen auf der anderen Seite der Tür Schüsse. Irisches Kampfgeschrei hallt durch den klobigen Stahl an unsere Ohren.

Ich für meinen Teil habe bis heute nicht verstanden, weshalb sich meine Freunde aus Dublin stets geräuschvoll ankündigen müssen. Obwohl Aiden steif und fest behauptet, es würde ihnen in großen Schlachten Glück bringen. Aus diesem Grund lasse ich allzeit unerwähnt, dass wir automatische Maschinengewehre besitzen und nicht mehr mit Säbeln aufeinander losgehen. Ich dachte immer, der Highlander wäre ein Schotte gewesen.

In stiller Kommunikation gehen wir zu dritt in Position, um die Tür zu öffnen. Nicht wissend, was uns auf der anderen Seite erwartet. Ein abgehackter Ruck geht durch Artjoms Glieder, als er mit bloßer Gewalt das verkeilte Tor aufzieht. Raubtierartig springen Anatoli und ich Seite an Seite hindurch und geben sofort die ersten Kugeln ab. Unter den Getroffenen erkenne ich Arseniys treuen Diener und langjährigen Freund. Die Farbe weicht allmählich aus seinem schreckverzerrten Gesicht. Allerdings nehme ich mir keine Zeit, ihm beim Sterben zuzusehen, sondern rücke mit den Romanov-Brüdern vor.

Aus dem Augenwinkel bemerke ich eine Bewegung zu unserer Rechten, Arseniy erbleicht beim Anblick meiner tödlichen Feindseligkeit. Dann dreht er, Feigling, der er ist, sich auf dem Absatz um und sprintet auf die letzte Tür am übrig gebliebenen Ende des offenen Raumes zu, die noch von zwei kämpfenden Soldaten verteidigt wird.

»Niemand rührt Arseniy an! Ich werde ihn allein und genüsslich später töten!«, schreie ich über die Schüsse hinweg heraus. Mir der Verstärkung in meinem Rücken sicher, erwacht das wilde Monster in mir zum Leben. Erstmals stoße ich einen urtümlichen Kampfschrei aus. Die Gewalt in meiner Stimme lässt die Erde, auf der wir kämpfen, erbeben. Ich fliege an den beiden jungen Söldnern vorbei, ehe einer von ihnen auf mich reagieren kann.

Vor mir erstreckt sich ein deutlich kleiner, quadratischer Gebäudeteil, der im Licht der untergehenden Sonne nur schwach beleuchtet ist. Und dennoch brennt sich das Bild, was sich vor mir abspielt, durch die Netzhaut in meine verfluchte Seele ein.

Alles, worauf ich mich fokussieren kann, ist einzig und allein Alena. Quälender Schmerz durchzuckt mich wie ein Blitz am Gewitterhimmel. Ich sollte besser sagen, jenes, was von meiner Ehefrau übrig ist. In meinem Leben habe ich einige Grausamkeiten und Gräueltaten gesehen und ausgeführt. Für Alenas Zustand hingegen ist mein Verstand nicht in der Lage, Worte zu finden. Ich kann nicht beschreiben, was ich sehe. Zu grauenvoll ist der Anblick, der mich bricht.

»Arseniy!« Unendlicher Zorn vibriert in diesem einen Wort, das meine Lippen verlässt. Sofort rutscht Arseniy der Dolch aus der Hand, den er geradewegs an die Kehle meiner Frau gedrückt hat. Ohnmächtig, zerstört und nahezu leblos hängt Alena in den Fesseln des Kreuzes. Ihr Kopf wird gehalten von Arseniys stahlhartem Griff in ihren Haaren.

Ihre augenscheinlich letzte Kraft zusammenglaubend dreht meine tapfere Walküre ihr kaum mehr erkennbares Gesicht zu mir und schenkt mir ein Lächeln, das mir mein Herz bei lebendigem Leib aus dem Körper reißt.

Anschließend geht alles zu schnell, ich hechte nach vorn, ziehe mein eigenes Messer aus der Hülle am linken Oberarm, drehe es in der Hand und springe auf Arseniy zu. Seinen Arm durchstoßend pinne ich ihn in einer Ritze des Mauerwerks fest, ohne seinen jämmerlichen Schmerzensschreien Beachtung zu schenken.

Meine gesamte Aufmerksamkeit richtet sich umgehend auf Alena, die momentan von Anatoli gehalten wird, während Artjom die Fesseln löst. Mit wenigen Schritten bin ich bei ihr und streiche ihr liebevoll die zerzausten, fettigen Haare aus dem Gesicht.

Ich wusste, dass dieser Moment mich zerfleischen würde, doch die Gefühle, die von mir Besitz ergreifen, sind übermächtig. Ich finde keine Worte in meinem Verstand, um sie zu beschreiben.

Mit zugeschwollenen, rot geränderten Augen hebt Alena zitternd den Kopf. »Sieh mich nicht an, Nikolai. Du sollst mich nicht so sehen.« Ihre Stimme ist brüchig, kaum mehr als ein hohles Flüstern.

Durch den Flüssigkeitsmangel dehydriert, sind ihre Lippen gesprungen und beginnen beim Formen der Worte zusehends zu bluten. Unbewusst verlassen beruhigende Geräusche meinen Mund, in der Hoffnung, ihr ein wenig Trost spenden zu können und zu verhindern, dass sie sich weiter überanstrengt. Ihre Kleidung hängt in losen Fetzen an ihrem abgemagerten Körper, sodass ich mir die Weste vom Leib reiße und sie in meine Jacke wickle, bis mir jemand eine Wolldecke entgegenhält.

»Für mich bist du immer wunderschön, Liebling. Weißt du nicht, heute ist wie ein Geburtstag und du bist das größte Geschenk auf dieser Welt. Ich bin so dankbar, dass ich die tapferste, stärkste und klügste Frau auf diesem Planeten geheiratet habe.« Tränen treten in meine Augenwinkel, als ich sie zitternd in die Arme hebe und sanft an mich drücke. »Ich liebe dich, Alena!«

Kapitel 25

Nikolai

Meine Augen ruhen auf der schlafenden Gestalt meiner Ehefrau. Alles, was ich wahrnehme, sind Schläuche, Infusionen, Katheter, Magensonde und die piependen Maschinen, an denen sie hängt. Und all das ist verdammt noch mal meine Schuld.

Das Team, bestehend aus sieben Ärzten, war vor Ort auf dem Anwesen, bevor wir sie vor knapp achtundfünfzig Stunden gefunden haben. Unser Schlafzimmer gleicht einem verfluchten Krankenhaus. Und alles, was ich tun kann, ist hier sitzen und ihrem Körper beim Heilen zusehen.

Zum Glück hat sie keine inneren Verletzungen während Arseniys abstoßender Folter erlitten. Ich balle die Hände fest zu Fäusten, sodass die Knöchel unter dem Druck ächzen. Fingernägel graben sich in meine Haut, hinterlassen halbmondförmige Narben auf der Handinnenfläche.

Das ist nichts im Vergleich mit dem Schmerz, den meine kleine Schönheit ertragen muss. Arseniy, dieser elende Bastard, hat ihr seinen Namen in die Haut geritzt. Das war die erste Operation, die meine tapfere Walküre nach unserer Heimkehr über sich ergehen lassen musste. Das Risiko war hoch, Alena stark geschwächt. Ich wollte ablehnen, die Ärzte haben es jedoch für besser gehalten, die infizierte und vereiterte Schicht sofort zu entfernen und ihr ein Stück Haut vom Oberschenkel zu transplantieren. Bisher gibt es an dieser Wunde keine Komplikationen.

Ich stoße erschöpft Luft aus, allein während dieser Operation bin ich tausende Tode gestorben. Mit letzter Kraft zwinge ich mich, sie erneut anzusehen. Alena ist eine Überlebenskünstlerin. Die Ärzte sind zuversichtlich, dass sie ohne größere Folgeschäden heilen wird. Diese Aussage hat mich unheimlich erleichtert, ihre körperliche Gesundheit ist wichtig. Die Hauptsorge aller gilt allerdings der Seele meiner wundervollen Ehefrau.

Wenn ich wüsste, wie ich ihr helfen kann?

»Du solltest dich für ein paar Stunden hinlegen, Kolja. Ich halte solange die Stellung. Versprochen.« Anatolis Stimme ist zu weich für den bitteren Gesichtsausdruck, den er zur Schau trägt. Brüderlich legt er mir eine Hand auf die Schulter und drückt beschwichtigend zu.

»Ich lasse sie nicht für eine Sekunde aus den Augen. Was ist, wenn sie aufwacht, und ich habe sie schon wieder alleingelassen?« Ich hasse das verzweifelte Zittern in meiner Stimme.

Hilflos greife ich nach den Armlehnen des Sessels, in dem ich seit unzähligen Stunden sitze, und umfasse sie heftig. Das Holz knarzt ächzend unter der Bearbeitung, doch ich ignoriere es. Am liebsten würde ich mein gesamtes Anwesen in Schutt und Asche legen, um der unbändigen Wut, die noch immer in mir brodelt, wieder Herr zu werden. Dabei habe ich einen Teil meiner hasserfüllten Rachegelüste bereits an Arseniy in unserem

Gewölbekeller ausgelassen, während Alena operiert worden ist. Es war besser als vor dem Operationssaal wahnsinnig zu werden. Irgendwann werde ich Alena erzählen müssen, wie Arseniy gestorben ist, aber erst muss sie gesund werden.

Obwohl ich zugeben muss, dass Arseniy mit Sicherheit den schmerzhaftesten Tod in der Geschichte der Markovs gestorben ist, kann ich nicht sagen, dass ich sonderlich große Genugtuung verspürt habe. Ein Mann, der einem anderen Menschen Derartiges antut, ist den Dreck unter meinen Nägeln nicht wert. Zwar hat er auf die Art gelitten, wie ich es mir vorgestellt habe, aber es konnte die Dinge, die er ihr angetan hat, nicht ungeschehen machen.

Zu Beginn seiner Bestrafung sind alle Syndikatsmitglieder im Folterkeller anwesend gewesen. Jedoch hat es niemand gewagt, mich zu stoppen, egal, wie bestialisch meine Methoden geworden sind. Nach und nach haben sie den Raum verlassen, weil ihnen das Spektakel, welches mein inneres Monster veranstaltet hat, zu übermäßig wurde. Lediglich Gavril und die Romanov-Brüder haben die ganze Show genossen. Wobei Anatoli seltsam blass beim Anblick von Arseniys malträtiertem Leichnam geworden ist. Artjom hat das Opfer meiner unendlichen Wut letzten Endes angewidert beseitigt. Währenddessen hat mir Gavril in seinem Element versunken weitere Tipps für das brutale Blutbad gegeben. Nicht, dass ich gewusst hätte, dass dies im Bereich des Möglichen gewesen wäre. Das Monster, das in meinem Kindheitsfreund wohnt, ist bösartiger und mächtiger als meines. Die Unterwelt hat nicht umsonst die schlimmsten Bezeichnungen für Gavril.

Erfreulicherweise schließt sich uns Artjom in diesem Moment an und zwingt mich damit, meine dunklen Gedanken beiseitezuschieben. Er trägt ungewohnt legere Kleidung und balanciert drei Gläser sowie eine Flasche meines besten Wodkas in den Händen. Nachdenklich runzle ich die Stirn. Wenn diese Komiker denken, dass mir in dieser Situation nach Trinken zumute ist, haben sie sich geschnitten.

Unbeeindruckt von meinem Gesichtsausdruck schenkt Artjom drei Gläser zu je zwei Finger breit ein. »Trink das, Bruder! Du kannst ihr jetzt nicht helfen. Alles, was wir tun können, ist hier sitzen, Wache halten, warten und vor allem hoffen!« Befremdlich wortreich drückt er mir das Getränk zwischen die Finger und bedeutet mir mit einer Geste, einen Schluck zu trinken.

Mit einem unterdrückten Seufzer führe ich das Glas an die Lippen und nippe. Die klare Flüssigkeit rinnt brennend den Rachen hinab und eine seltsame Ruhe breitet sich in meiner Brust aus. Artjom hat recht, wir können nichts für Alena tun, außer für sie zu beten und einfach da zu sein.

»Du hast dir also endlich eingestanden, dass du sie liebst?«, fragt Anatoli nach einer Weile in die Stille hinein. Er fixiert mich, als wolle er direkt in mein Herz hineinsehen.

Traurig zucke ich mit den Schultern. »Ich habe sie von Anfang an geliebt, wenn du darauf anspielst. Wäre ich nicht so feige gewesen und hätte ihr es schon früher gesagt, dann würden wir vielleicht nicht hier sitzen.«

Erschöpft sinke ich im Stuhl zusammen, während ich erneut über den gebrechlichen Körper der schlafenden Schönheit betrachte. Es ist wahr, dass die Gefühle, die ich für Alena empfinde, mich ängstigen. Das wird sich aller Voraussicht nach nie ändern, da ich als junger Mann der Liebe abgeschworen habe. Zumindest ist das der feste Plan für meine Zukunft gewesen.

Spätestens dieser Vorfall hat mich begreifen lassen, dass mich dieser innere Konflikt schwächt. Mehr denn je fühlt es sich richtig an, zu der Liebe, die ich für meine Ehefrau empfinde, zu stehen. Ich würde es in die ganze Welt hinausschreien, wenn ich Alena dafür diesen absurden Schmerz ersparen könnte. Ich kippe den restlichen Inhalt des Glases herunter, bevor ich die nächsten Gedanken laut ausspreche. »Vielleicht sollte ich sie wegschicken, sobald sie wieder gesund ist.«

Für einige unheimliche Sekunde hallen meine Worte unkommentiert durch den Raum. Schließlich ist es Artjom, der sich schweigend erhebt und mich am Kragen packt. Stumm zieht er meine herabhängende Gestalt aus dem Sitz und sein Blick bohrt sich in meine Seele. Das wütende Funkeln lässt mich hart schlucken, bis ich dem Blickduell wehmütig nachgebe und wegsehe.

»Du weißt, ich respektiere dich wie keinen anderen Mann, Nikolai. Aber, wenn du jetzt nur wieder den Schwanz einziehst, sie wegschickst und ungeschützt lässt, dann packe ich noch heute meine Sachen und quittiere den Dienst! Hör auf, so ein Feigling zu sein, du verdammtes Arschloch, und steh zu deiner Frau!«

Meine Kehle wird abrupt trocken. Nie hat Artjom in diesem Ton mit mir gesprochen oder mit irgendjemandem sonst. An der Art und Weise, wie Anatoli völlig entgeistert der Mund offen steht, erkenne ich, er ist genauso geschockt wie ich.

Wie könnten wir auch nicht? Artjom ist der respektvollste, großzügigste Mensch, den ich kenne. Er hat zwar einen rauen Kern mit einem Hauch von Gewalt an sich, aber er muss innerlich rasen vor Wut, wenn er seine Gedanken laut ausspricht.

»Artjom, lass ihn runter. Siehst du nicht, er hat nur Angst.« Eine schwache Stimme, die wiederholt hustet, reißt uns aus der Situation. Ferngesteuert rucken unsere Köpfe zum Bett hinüber, wobei Anatoli gezwungen ist, um zwei massive Gestalten herumzuschauen.

»Du bist wach!«, sagen wir drei wie aus einem Mund und fallen beinahe über unsere Füße, um ans Kopfende des Bettes zu stürzen.

Vergessen sind Trauer und Wut, jetzt zählt nur Alena.

Behutsam streiche ich ihr mit den Fingerspitzen ein paar Strähnen aus der Stirn und hauche ihr einen sanften Kuss darauf. Derweil nehmen die Romanov-Brüder auf der anderen Seite des Bettes Platz. Anatoli reicht mir einen Becher zimmerwarmen Wassers samt Strohhalm, und ich helfe Alena ein paar Schlucke zu trinken. Ihre Haut ist weiterhin blass, nahezu durchsichtig, das Wasser reduziert den Hustenreiz auf ein Minimum.

Vorsichtig greife ich nach ihrer Hand, darauf bedacht, sie mit meinen Berührungen nicht zu verschrecken. »Wie geht es dir, Liebling? Brauchst du irgendwas? Können wir etwas für dich tun?«

Es sind dumme Fragen, denn sie muss schreckliche Schmerzen haben. Wie durch ein Wunder hat ihr Körper nicht viel Schaden genommen, wenn man die eingeritzte Haut, den Gewichtsverlust und den angeknacksten Kiefer samt gebrochener Nase inklusiver der Blutergüsse außer Acht lässt. Arseniy hat ihrem

Körper und ihrer Seele widerliche Dinge angetan. Trotz ihrer zierlichen Statur hat Alenas Geist gekämpft wie ein Löwe. Während der Operation ist ihr Puls stabil geblieben. Als hätte ihre Seele längst entschieden, dass ihre Zeit auf Erden noch nicht vorbei wäre.

»Schmerzmittel«, presst sie zwischen den Zähnen hervor. Ihre Augen rollen leer nach hinten, ihre Lider fallen erneut zu und sie driftet zurück ins Reich der Träume. Gekonnt dreht Anatoli die Infusion etwas auf und lässt einige Tropfen in ihre Blutbahn gelangen. Nachdem wir uns versichert haben, dass sie in einen ruhigen Schlaf geglitten ist, begeben wir uns auf unsere Plätze zurück.

Ich streife die Schuhe von den Füßen und ziehe die Knie unters Kinn. »Du hast Recht, Artjom, ich bin erbärmlich. Dabei weiß ich ganz genau, dass ich niemals in der Lage sein werde, sie gehen zu lassen. Ich will dieses Leben mit ihr. Die Frage wird wohl eher sein, ob sie mich noch will.«

Ich lasse den letzten Satz beabsichtigt stehen und starre dunkel zu Boden. Zuletzt habe ich mich derart hilflos am Tag nach dem Tod meiner Eltern gefühlt. Wie in jenen Stunden treibe ich in ewiger Einsamkeit in eine verlorene Verdammnis.

Wird Alena mich jemals wieder so liebevoll ansehen können, wie sie es vor ihrer Entführung getan hat? Möchte sie womöglich gehen? Was soll ich tun?

Der Kontrollverlust ist nahezu greifbar, die Welt entgleitet mir. Verzweiflung keimt in meinem Herzen, sprengt es und infiltriert meine tot geglaubte Seele. Mit jedem Herzschlag droht die Enge in der Brust, mich zu zerreißen.

Ohnmächtig gebe ich einen erstickten Laut von mir. Das ist einer der Gründe, warum ich es immer vermieden habe, zu lieben. Die Bürde des Verlustes zerfrisst einen von innen heraus.

Bevor ich schmerzerfüllt aufschreien kann, werde ich erneut aus dem Stuhl gezogen und eine kräftige Faust landet in meinem Magen. So leise wie möglich, um Alena nicht zu wecken, falle ich auf die Knie und krümme mich zusammen. An jedem anderen Tag würde mir ein einfacher Hieb nicht annähernd unter die Haut gehen. In Anbetracht des stattlichen Schlafmangels und der heftigen Situation knicke ich ein wie ein Schweizer Taschenmesser.

Die Lider geschlossen, den Geist ergeben, lehne ich meine Wange an den kalten Fliesenboden und atme viele Male tief durch. Zwei Körper plumpsen neben mir auf den Boden. Am Kichern kann ich erkennen, dass es Anatoli gewesen ist, der mir den Schlag versetzt hat. Zwiegespalten, aber dankbar strecke ich blind die Hand nach ihm aus.

»Ich weiß, die zu kurz geratene amerikanische Giftspritze würde jetzt meckern, man gehe so nicht mit Panikattacken um, aber es hat doch geholfen, oder? Außerdem wollte ich dir schon immer mal außerhalb des Boxrings eine verpassen und ungestraft damit davonkommen!«

Brüderlich drückt Anatoli erneut meine Schulter, bevor er sich zurückzieht. Ursprünglich ist er immerfort derjenige gewesen, der seine Gefühle am besten ausdrücken konnte. Zumindest in Worten. Ich verstehe, dass ihn die derzeitige Situation überfordert. All unsere Nerven sind bis zum Zerreißen gespannt.

Stöhnend richte ich mich auf und rutsche ich zwischen die beiden an die Wand. »Vielleicht sollten wir tatsächlich Chiara ins Boot holen? Sie ist für solche Situationen ausgebildet und Alena kann eine Freundin gut gebrauchen.«

Artjom nickt bestätigend, während Anatoli sich die Hand vor die Stirn schlägt und frustriert aufstöhnt. »Ich bin mir sicher, ich werde es bereuen, das angeboten zu haben, aber ich fliege nachher los und hole sie. Kommt ihr ohne mich klar?«

Diese Frau wird für ihn echt zu einem Problem, denke ich leicht ironisch und werfe Artjom einen vielsagenden Blick zu. Der Schalk, der daraufhin in seinen Augen aufblitzt, gibt mir Hoffnung für die nächste Zeit.

Eine Weile sitzen wir schweigend nebeneinander auf dem Boden und starren Löcher in die Luft. Als Anatoli mit einem resignierten Murren aufsteht und das Zimmer verlässt, lehne ich den Kopf ausgelaugt an Artjoms Schulter. In der Sicherheit, dass mein nicht blutsverwandter Bruder jeden töten wird, der unbefugt hereinkommt, döse ich schließlich ein.

Uns steht eine schwierige Zeit bevor.

KAPITEL 26

Magdalena

Ich erwache wegen des monotonen Geräuschs des Herzmonitors, doch wage es nicht, die Augen zu öffnen. Für mehrere Sekunden träume ich davon, dass es möglich sein könnte, die Qual auszublenden, wenn ich die Lider geschlossen halte. Mein Wunsch geht leider nicht in Erfüllung. Wie ein buntes Feuerwerk explodiert der Schmerz durch meinen gesamten Körper. Ich beiße die Zähne zusammen und versuche, mich krampfhaft auf meine Atmung zu konzentrieren. Ohne Erfolg. Gequält schreie ich auf, ohne die Augen zu öffnen.

Zu meiner Linken sinkt jemand in die Matratze und gibt beruhigende Laute von sich. An seinem unvergleichbar männlichen Geruch erkenne ich Nikolai und winzige Schübe von Entspannung vibrieren durch meinen Brustkorb.

Anschließend höre ich, wie er die Dosis für die Schmerzmittel kurzerhand erhöht und ich in einen tiefen Schlaf abzudriften drohe.

»Bleib bei mir ...« Verdammt, was immer mir die Ärzte hier geben, das Zeug ist verflucht gut. Ich weiß, ich benötige reichlich Ruhe, um mich auszukurieren und die physischen Schäden verheilen zu lassen. Je weiter ich in den Schlummer abrutsche, desto größer wird die Panik, das Gesicht dieses Monsters wiederzusehen.

Zur Hölle, ich will nicht zurück in diesen grässlichen Keller!

Unaufhaltsam gleite ich von dannen, meine Glieder werden schwerer und ich bin versucht, mich zu ergeben.

»Ich werde nie wieder von deiner Seite weichen, Alena. Ich liebe dich, Walküre. Hab keine Angst, ich bin da. Niemand wird dir jemals mehr wehtun.«

Walküre klingt, als hätte ich einen verdammten Krieg gewonnen, aber der Name erfüllt mich mit Stolz. Nikolais Worte verdrängen den Schmerz und betten mich in sanfter Stille. In diesen Träumen taucht das Gesicht von Arseniy Popow erstmals nicht auf, dafür sehe ich meinen Ehemann als Ritter in glänzender Rüstung.

***

»Wie konntest du verdammter Bastard zulassen, dass das passiert? Hast du mir nicht geschworen, sie mit deinem Leben zu beschützen? Und jetzt liegt sie da und sieht aus, als wäre ein verfickter russischer Panzer hundertmal über sie drüber gerollt!«

Die ungehaltene Stimme, die versucht, nicht zu schreien, reißt mich aus dem friedlichen Schlaf. Benommenheit vereinnahmt mich, in meinem Kopf schwirrt es wie in einem Bienenstock. Die quälende Empfindung meiner Verletzungen tritt erfreulicherweise nicht in der Heftigkeit ein, die ich erwartet habe. Ich hebe meine Lider ein wenig und spähe durch die kleinen Schlitze.

Die Szene, die sich vor mir abspielt, lässt mich die Schmerzen für einen Moment vergessen: Anatoli hält meine liebe Freundin Chiara mit beiden Händen an der Hüfte gepackt und will sie von Nikolai wegziehen. Dessen Hals Chiara ihrerseits in fester Umklammerung hält. Nikolai macht nicht einmal den Hauch einer Anstalt, sie abzuschütteln. So würgt und flucht meine Collegefreundin munter weiter, während er ausdruckslos in ihrem Griff hängt. Die Trauer in seinen Augen spricht Bände darüber, wie schwer die ihm selbst auferlegte Schuld wiegt. Mir ist bewusst, dass niemand anderes als Arseniy Popow die Schuld an diesen Wunden trägt. Trotzdem verfluche ich zum millionsten Mal diesen vermaledeiten Tag.

Das Streichen von Fingerspitzen an einer Schulter lässt mich zusammenzucken. Artjom legt in einer kleinen Geste seinen Zeigefinger an die Lippen und bedeutet mir, es mir gemütlich zu machen. Denn der Rest der Truppe hat nicht bemerkt, dass ich wach bin. Artjoms Finger schieben sich sanft in meine Hand, wobei ich aufgrund der Größe nur die halbe Pranke umgreifen kann.

Ein schwacher Druck genügt, um ihn davon abzuhalten, die Infusion mit den Schmerzmitteln erneut aufzudrehen. Ich möchte ein paar wache Momente erleben, auch wenn mein Körper sich in der Tat anfühlt, als wäre ein Panzer darüber gerollt. Beim Anblick des Schauspiels der drei vergesse ich die riesigen Abgründe, durch welche meine Seele momentan wandert:

Bevor Arseniy den Raum zum ersten Mal betrat, war ich mir sicher gewesen, ich hätte alle meine Emotionen gut genug versteckt. Allerdings hatte dieser Mistkerl es geschafft, in die Tiefen meines Geistes einzudringen, meinen Körper zu schänden und meine zerbrechliche

Seele aus ihrem Versteck zu ziehen. Das Schlimmste an diesen furchtbaren Stunden war nicht die anhaltende Misshandlung, sondern dass er grausamer wurde, mit jedem Widerstand, den er von meiner Seite wahrnahm. Einzig der Gedanke an meine neugewonnene Familie hatte mich am Leben und meinen Kampfgeist aufrechterhalten.

Eindringlich betrachte ich erneut die Streithähne. Ich bin ihretwegen unter den Lebenden. Dennoch kann ich über die Leere in meinem Inneren nicht hinwegsehen. Ich fühle mich schmutzig, benutzt und beschämt. Auch wenn ich weiß, dass mich keinerlei Schuld trifft, mache ich mir Vorwürfe. Der Drang, meine Pein herauszuschreien, wird beinahe übermächtig, ich kämpfe sie nieder, schlucke sie herunter. Die Zeit wird –

»Ich hätte dich noch in der Kirche erschießen sollen, aufschlitzen und ausnehmen wie den beschissenen Fisch, den du darstellst! Warum habe ich mich nur vom guten Aussehen von euch peinlichen Gorillas einschüchtern lassen. Dein dussliges Versprechen. Ich habe dir geglaubt, Arschloch. Und wo sind wir jetzt? Mach heute Nacht bloß kein Auge zu, ich stech dich ab, sag ich dir. Du Wichser!«

Chiara flucht schlimmer als jeder Seemann des 19. Jahrhunderts. Ihre dünnen Finger liegen kraftvoll um Nikolais Hals geschlungen, während sie ihn unaufhörlich schüttelt. Machtlos wischt sich Anatoli den Schweiß von der Stirn und scheitert wiederholt daran, ihren eisernen Griff zu lösen. Nikolai sagt weiterhin kein Sterbenswörtchen, sondern akzeptiert ihre Wut als das, was sie ist: Hilflosigkeit.

In meinem Brustkorb erhebt sich ein kribbelnder Tornado und klettert die Luftröhre empor. Händeringend presse ich erst die Kiefer und dann die Lippen aufeinander – diesen Kampf verliere ich mit wehenden Fahnen. So pruste ich lautstark los und ergebe mich dem Lachen, welches meinen Körper qualvoll erschüttert. Aufgrund der Tatsache, dass meine Kehle ausgedörrt ist, klingt das Lachen eher wie ein Schwarm Raben, der sich über die Saat eines Feldes hermacht. Allerdings ist es mit einem Hauch Fantasie eindeutig als Lachen zu identifizieren. Wärme erfasst mein geschundenes Herz, erste Sonnenstrahlen beleuchten die zersplitterte Seele in meinem Inneren. Ich weiß, der Weg wird lang und steinig. Niemals werde ich kampflos aufgeben und untergehen. Denn ich bin nicht allein.

Erschrocken rucken drei Köpfe zu mir herüber und ich schaue in entgleiste Gesichter. Eine Massenpanik scheint auszubrechen, da jeder der Erste an meiner Seite sein will. Artjom fängt kurzerhand einen stolpernden Anatoli samt Chiara in seinen massigen Armen und richtet beide gemeinsam auf.

»Hast du Schmerzen, Liebling? Was kann ich für dich tun?« Das Zittern in Nikolais Stimme ist unüberhörbar.

»Findest du nicht, du hast genug getan, du Neandertaler?«, fährt Chiara ihn wutentbrannt an, bevor sie sich an mich wendet. »Keine Sorge, Maggy, ich setze alle Hebel in Bewegung, um dich hier rauszuholen. Du musst nur noch etwas gesünder werden, damit du transportfähig bist. Bis dahin habe ich bestimmt ein Sealteam überredet, dich erst mal zu mir in die Staaten zu verlegen. Dort werden wir dich schon wieder zusammenflicken und wieder hinkriegen!«

Zuversichtlich reckt sie den Daumen in meine Richtung, kann es jedoch nicht unterlassen, Nikolai weiterhin mordlustig anzustarren.

Sie will mich mitnehmen? Will mich in die Staaten in irgendein Militärcamp umsiedeln? Will ich denn von hier weg? Sie meint es ja nur gut, sage ich mir. Ich kann nicht verhindern, dass mich eine Welle von Angst ergreift. Eine Flut von Gedanken zerschellt am Ufer meines Verstandes und spült mich mit sich. Verzweifelt schaue ich zu Nikolai, der mich mit ausdrucksleerem Blick anstarrt, als hätte er Chiaras Worte nicht gehört.

Verflucht, sag einfach, dass du mich hierbehältst! Sag ihr, dass du mich an deiner Seite willst, dass du mich nie wieder allein lässt. Sag ihr, wie sehr du mich brauchst und willst. Sag ihr, dass du mich liebst! Verdammt Nikolai, sag irgendetwas. Mein Zuhause ist hier. Hier bei dir!, schreie ich in Gedanken, bin dennoch nicht mächtig genug, all dies laut herauszuschreien.

Meine Atmung beschleunigt. Sofort reagiert der Herzmonitor mit wildem Piepen, ich suche flehend Nikolais steinernes Gesicht auf eine Gefühlsregung ab. Er hat sich in die Gleichgültigkeit zurückgezogen und hohe Mauern um sich herum errichtet. Den Kummer, den er mit diesem Schweigen auslöst, ist um ein Vielfaches schlimmer als alles, was Arseniy mir hätte antun können. Gebrochen lehne ich mich ins Kissen zurück und verstecke mich in der Dunkelheit.

Am Rande bemerke ich die Ärzte, die unser Schlafzimmer betreten und meine Werte ablesen. »Schmerzmittel, bitte.« Das ist das Letzte, was ich mich sagen höre, bevor ich in die Stille der Verdammnis abrutsche.

Dieses Mal holen mich die Schreckgestalten und Abgründe der vergangenen Tragödie erbarmungslos ein.

KAPITEL 27

Nikolai

Substanzlosigkeit.

Nichts als gähnende Leere in mir. Wiederkehrend sehe ich Alenas schmerzverzerrten Gesicht vor mir und damit jedes verfluchte Mal, wenn ich die Lider schließe. Es war nicht der physische Schmerz des Übergriffs, der ihr zur übermäßigen Qual wurde.

Nein, es war meine eigene Feigheit, die sie über diese leiderfüllte Schwelle getrieben hat. Ich war einfach nicht in der Lage, ihr zu sagen, wie rettungslos ich sie brauche, sie an meiner Seite will. Tief im Inneren hält es ein kleiner Teil für das Beste, wenn sie aus meiner Welt verschwindet. Niemals hätte ich sie heiraten dürfen, nicht die Gefühle entwickeln, die mich schier in den Wahnsinn treiben.

Mein Körper taumelt. Wie eine Puppe kippe ich nach vorn und verzichte bewusst darauf, den Sturz abzufangen. Mein Gesicht schabt kräftig über die Matte und eine weitere Welle von Kummer durchzuckt mich. Keuchend balle ich die Hände zu Fäusten, versuche, mich zu sammeln, wieder aufzustehen. Die Erschöpfung kämpft mich nieder, ich bleibe auf der abgewetzten Fläche liegen.

»Steh verdammt noch mal auf, Nikolai. Es macht nicht im geringsten Spaß, wenn du einfach nur Schläge kassierst, statt auszuteilen.« Gavril lässt sich nur Zentimeter neben meinem Gesicht auf den Boden fallen und klopft mir aufmunternd auf den Rücken.

Seit wir Alena aus dem Folterkeller befreit haben, sind fünf Wochen vergangen. Ihr Körper heilt gut, die Wunde hat die Hauttransplantation gut angenommen, die Nase ist gerichtet. Meine Ärzte gehören in der Tat zu den Besten, denn man sieht lediglich anhand der unterschiedlichen Helligkeitsgrade und der um die ehemalige Wunde verlaufende Narbenbildung, worum es sich handelt. Womöglich könnte Alena sie mit einem Tattoo überdecken.

Ich schlafe jede Nacht auf einem Sessel neben ihrer Seite des Bettes. Ich wecke sie, wenn die Albträume wiederkehren, und das tun sie, jede verdammte Nacht. Den Anfang machen kurzatmige Seufzer, gefolgt von keuchenden Schreien, bevor Alena im Bett um sich schlägt und tritt. Kräftig beiße ich auf die Innenseite meiner Wange, brauche den eisenhaltigen Geschmack des Blutes. Vor zwei Nächten war ich zu erschöpft, um rechtzeitig aufzuwachen, weshalb sie zu lange leiden musste. Trotz der schlimmen Rückfälle weigert sie sich standhaft, mit Chiara zu arbeiten. Besser gesagt, sie schweigt sich aus.

Seit dem Vorfall zwischen Chiara und mir hat sie nicht ein einziges Wort mit mir gesprochen, zumindest nicht in wachem Zustand. Die Schuld wiegt schwer auf meinen Schultern, ich bin unkonzentriert, weshalb mehrere Anführer der Heartless Kings, Mitglieder wie Gavril, die Polen und der Savin-Clan, bestehend aus Severin und Ivan, nicht abgereist sind.

Zwei Hände greifen mir unter die Arme und ziehen mich in eine aufrechte Position. »Komm schon, Mann. Du kannst dich nicht so gehen lassen!«

Gavril zieht mich endgültig auf die Füße und schüttelt meinen in seinem Griff hängenden Körper. Seufzend winde ich mich aus seinen Armen heraus, trotte zum Randbereich des Boxrings, in dem wir ursprünglich trainieren wollten, rutsche durch die Seile und lasse mich auf eine der Bänke fallen. Zusätzlich zu allem macht es mir mächtig zu schaffen, dass meine beiden Brüder im Geiste mich zu verachten scheinen. Artjom spricht nur das Nötigste mit mir, während Anatoli mich rücksichtslos meidet. Zu seiner Verteidigung muss ich anführen, dass er alle Hände voll mit Chiara zu tun hat. Die aufgedrehte Amerikanerin mit italienischen Wurzeln kommt mit der Therapieablehnung durch Alena noch weniger klar als ich.

»Lassen wir es für heute gut sein«, sage ich müde zu Gavril und fische mir ein Handtuch aus dem Regal neben mir. Spürbar geschwitzt habe ich nicht, aber ein paar heftige Schläge von ihm eingesteckt. Schläge, die ich einfach gebraucht habe. Wenn es Alena helfen würde, würde ich mich unter einen verfickten Panzer legen.

»Trübsal blasen hilft deiner Ehefrau nicht weiter, aber das weißt du selbst.« Gavril springt aus dem Ring und schnappt sich ein eigenes Handtuch. Er ist barfuß und oberkörperfrei. Sein Körper ist mächtig gut in Form, im Gegensatz zu meinem, der sich aufgrund des Schlafmangels anfühlt, wie der eines Hundertjährigen. Behände macht Gavril drei Sets Klimmzüge an den

Turnringen, die seitlich vom Ring von der Decke hängen. Ich weiß, dass er mir Zeit erkaufen will, für eine logische Antwort, nur in diesem Zustand finde ich keine.

Kopfschüttelnd erhebe ich mich und mache Gesten, deren Bedeutung ich nicht verstehe. Alenas Zustand wirft mich aus der Bahn. Mit allem könnte ich besser umgehen als mit ihrem Schweigen und ihrer Nichtbeachtung. Alles, was ich in ihrem Gesicht lesen kann, ist Leid, Schmerz und innere Qual. Es bringt mich um.

Ohne mich von meinem Freund zu verabschieden, schlage ich den Weg in unser Schlafzimmer ein, wo meine Ehefrau weiterhin im Bett liegt. Die Ärzte versuchen ständig, sie zum Aufstehen zu motivieren, da sie sich bewegen muss. Ohne Erfolg, sie bleibt stur liegen und lässt sich stattdessen stumm Thrombosespritzen geben. Es ist, als hätten sie ihre Lebensgeister verlassen.

»Das machst du gut, Magda. Immer einen Fuß vor den anderen. Ja, weiter so!« Ich halte an der Tür zu unserem Schlafzimmer inne. Sie steht einen Spaltbreit offen, und die Stimme, die von drinnen herausdringt, kann ich nicht auf Anhieb zuordnen. Blanke Panik überkommt mich, doch ich zwinge mich, Ruhe zu bewahren, und schiebe meinen Kopf in unsere Suite.

Alena steht mittig im Raum, beide Hände vor sich auf Iljas Unterarme gestützt, ihre Lider sind geschlossen, sie atmet schwer. Dann beißt sie knirschend die Zähne zusammen und hebt ihre Füße zu weiteren Schritten. Stolz erfasst mich, meine kleine Walküre scheint sich zum Glück nicht aufgegeben zu haben. Dieses positive Gefühl ist kurzweilig wie ein Wimpernschlag, denn mein Blick fällt auf die übrigen Besucher in unserem

Zimmer. Anatoli, Artjom und Chiara sitzen stumm zusehend auf der Wohnlandschaft. Ihre Gesichter sind finster, sodass man meinen könnte, es würde jede Sekunde ein brutaler Krieg ausbrechen.

Niemand hat mich bisher bemerkt, ihr Fokus liegt einzig auf meiner Ehefrau. Sie sind alle hier, nur ich bin es wieder nicht gewesen.

Eine Hand legt sich in mein Kreuz und bugsiert mich weiter in den Raum hinein, sodass diverse Augen sich auf Gavril und mich richten.

»Kannst du dir nicht wenigstens etwas anziehen, Russe?« Chiara schnaubt leise und meint in diesem Moment Gavril, der lediglich frische Shorts trägt. Allem Anschein nach hat er geduscht, seine Haare fallen ungestylt und leicht feucht in seinen Nacken. Er lässt mich stehen, geht zu den anderen hinüber und flüstert Chiara etwas ins Ohr. Ich kann nicht verstehen, was er sagt, aber sie errötet und Anatoli knurrt angespannt. Von daher gehe ich davon aus, dass es sexueller Art gewesen sein muss.

In diesem Augenblick schnalzt Evgenij, Gavrils Schatten, den ich bis zu diesem Zeitpunkt nicht wahrgenommen habe, verächtlich mit der Zunge. Das Geräusch gilt jedoch nicht mir, sondern Gavril, der Alena sichtlich ablenkt. Sie krallt nach Luft schnappend in Iljas Unterarme und ihre Knie zittern. Aus einem Reflex heraus durchquere ich den Raum und lege meine Arme um ihre Taille, um sie zu stützen.

Plötzlich knistert die Luft, meine Haut prickelt an den Stellen, die ihre bloße Kleidung berühren. Die Anziehungskraft, welche meine Ehefrau auf mich hat, hat sich in keiner Weise verändert. Ich liebe und will sie mit jeder erbärmlichen Faser meines Körpers. Mit aller Kraft zwinge ich mir einen ruhigen, gleichmäßigen Atemrhythmus auf, mein unsensibler Schwanz missversteht die Situation und drückt in deutlicher Ausbuchtung gegen den Bund meiner Jogginghose. Mein Körper brennt, meine Kiefer knacken unter dem Druck des Bisses, doch mein Schwanz bleibt hart.

»Brauchst du eine Pause, Alena? Soll ich dich zum Bett tragen?«, frage ich sie besorgt und ignoriere dabei das Feuer, das durch meine Adern schießt. Alena schüttelt leicht den Kopf, unsere erste Kommunikation seit Wochen.

Aus dem Augenwinkel sehe ich Anatoli, der mit Schmerz geweiteten Augen Chiara den Mund zuhält. Offensichtlich beißt sie ihm in die Hand, während er versucht, sie daran zu hindern, den Moment zu stören. Ich kann Chiara gut verstehen und ihre Haltung nachvollziehen. Sie kommt, wie jeder in diesem Haus um vor Sorge, dabei schießt sie deutlich übers Ziel hinaus. So versucht sie seit ihrer Ankunft, Alena in die Staaten verlegen zu lassen. Hierbei ignoriert sie jegliche Signale von Alena, die ohne jeden Zweifel hierbleiben möchte.

Schlagartig fühlt es sich an, als hätte jemand die dichten Wolken in meinem Verstand weggeschoben und Klarheit leuchtet in meinem Kopf auf. Ich bin so schrecklich dumm, so gefangen in Wut, Trauer und Schuld, dass ich nicht bemerkt habe, was sich direkt vor meinen Augen abspielt. Alena sehnt sich nach meiner Liebe, während ich geglaubt habe, sie könne meinen Anblick nicht ertragen. Ihr Schweigen ist eine Reaktion auf meines. Denn ich habe die letzten Wochen nichts anderes getan, als sie zu fragen, ob sie etwas braucht. Dabei hat sie Normalität mehr gebraucht als alles andere, keine teuren Medikamente, keine aufwendigen Therapien, sondern die Fürsorge ihrer Familie.

Mit angehaltenem Atem streiche ich ihr mutig eine Strähne aus dem Gesicht. »Ich bin furchtbar stolz auf dich! Willst du noch ein paar Schritte versuchen? Ich werde dich auffangen, wenn irgendetwas ist.«

Meine Erektion gerät in Vergessenheit. Freude droht mein Herz zu sprengen, als sie mich über ihre Schulter hinweg grübelnd ansieht und lächelnd nickt. Schnell gebe ich Ilja ein Zeichen.

Bevor dieser nach hinten rücken kann, dreht sich meine Frau in meinem Griff, sodass ihr Körper in meine Richtung zeigt. Sie streckt die Arme seitlich von sich, um das Gleichgewicht zu halten. Vorsichtig löse ich die Hände von ihrer Taille, ziehe mich langsam zurück, während sie mit steifem Gang auf mich zukommt. Schritt für Schritt, Zentimeter für Zentimeter schließt sie die restliche Lücke zwischen uns. Aufmerksam ziehe ich mich weiter zurück, um sie zu fordern. Ein angestrengter Gesichtsausdruck ziert ihre feinen Züge, die Schwellungen sind abgeheilt und nur leichte Schatten von den Blutergüssen übrig geblieben. Forsch streckt sie die Finger nach mir aus, umschlingt meine Unterarme bereitwillig und lässt sich sanft gegen meine Brust ziehen. Fast werde ich übermütig und will einen gehauchten Kuss auf ihrem schlanken Hals platzieren, in letzter Sekunde halte ich mich zurück.

»Ich denke, das reicht für heute, Magda. Vielleicht solltest du Nikolai noch mitteilen, was wir besprochen haben.« Evgenijs Stimme schwingt ruhig durch den Raum.

Eine Gänsehaut überzieht unheilvoll meine Arme, automatisch verstärke ich den Griff um ihre Hüfte und presse sie näher an meinen Körper.

Wird sie mir gleich sagen, dass sie sich von mir trennt? Wird sie mich verlassen? Die Scheidung einreichen?

Mein Puls steigt ins Unermessliche, Blut rauscht durch meine Ohren, macht mich taub. Wie gebannt starre ich auf Alenas Gesicht, suche nach Anzeichen dafür, dass sie mich nicht mehr um sich haben will.

Erleichtert sinken meine Schultern herab, ich finde nichts dergleichen. Stattdessen hebt meine Schönheit ihre zitternde Hand und streicht mit den Fingerspitzen über meine unrasierte Wange. Ich muss aussehen wie ein streunender Hund, unfrisiert mit wildem Bartwuchs.

Kurz blickt sie suchend durch den Raum, bis sie bei Evgenij innehält. In meiner Trance der letzten Wochen habe ich nicht bemerkt, dass sich zwischen den beiden eine Freundschaft entwickelt hat. Ein Giftpfeil der Eifersucht trifft mich und ich blinzle den gut aussehenden Russen zornig an. Sein Gesicht ziert ein optimistisches Grinsen, er wagt sich tatsächlich, Alena zuzuzwinkern. Ihre Mundwinkel zucken verräterisch und es kostet mich jedes Quäntchen Kraft, das ich besitze, nicht alle stehen zu lassen und davonzurennen.

Anstelle wegzulaufen, lege ich Daumen und Zeigefinger unter ihr Kinn und zwinge sie vorsichtig, mich anzusehen. »Was wünscht du dir, Walküre? Sag es mir, ich werde alles tun, damit es dir besser geht!«

Der Raum ist in absolutes Schweigen getaucht. Lediglich Anatolis kurzes Aufkeuchen ertönt, da er Chiara weiterhin den Mund zuhält und sie ihn wiederholt beißt.

Als Alena ihren Mund öffnet und spricht, klingt ihre Stimme brüchig.

»Ich möchte zur Soldatin ausgebildet werden. Und zwar mit allem, was dazu gehört: Schusswaffen, Messer, Nahkampf, alles eben!«

Stolz reckt sie ihr Kinn und das verschwörerische Funkeln in ihren Augen zwingt mich beinahe in die Knie.

Meine zarte, zerbrechliche Frau eine ausgebildete Soldatin? Eine Killermaschine, die zugleich den hippokratischen Eid gesprochen hat? Unmöglich!

Diese Antwort möchte ich ihr geben, will es ihr verbieten und sie zu der notwendigen Therapie zwingen, doch ich kann es nicht. Mein Mund öffnet und schließt sich wie bei einem Karpfen an Land. Hilfesuchend blicke ich mich um, keiner der Anwesenden sieht im Mindesten überrascht aus. Sie sind im Gegensatz zu mir alle eingeweiht. Sechs Augenpaare schicken mir Blicke zu, die von stummem Flehen bis zu schweigenden Forderungen alles enthalten.

Ich erinnere mich an die Worte meines Vaters: *Ein Mann ist nur so stark, wie die Frau, die an seiner Seite steht.* Plötzlich kenne ich die Antwort und sie fühlt sich zum ersten Mal seit Wochen richtig an. Verdammt richtig.

Ich löse eine Hand von Alena, halte sie weiterhin an der Taille fest und fahre mir durch meine zu lang gewachsenen Haare. »Wenn du dir das wünscht, sollst du die Ausbildung erhalten. Allerdings habe ich zwei Bedingungen: Erstens, es wird immer jemand an deiner Seite sein und wenn du dafür jemanden wecken musst. Du wirst nicht allein trainieren. Niemals! Zweitens möchte ich, dass du jeden Tag Gesprächsstunden mit Chiara wahrnimmst, oder mit wem auch immer du dich wohlfühlst«, sage ich laut, bevor ich die Stimme senke und meine Lippen an ihr Ohr bringe. »Drittens, den Nahkampf werde ich persönlich mit dir trainieren, wenn du nichts dagegen hast.«

Diese letzten Worte sind nur für sie bestimmt und verfehlen ihre Wirkung nicht. Gänsehaut bildet sich auf dem kleinen Flecken freiliegender Haut, Alenas Atem verlangsamt sich stoßweise.

Ein Raunen geht durch den Raum. Anscheinend hat niemand mit meiner Zustimmung gerechnet und vor allem nicht damit, dass ich auf eine Psychotherapie bestehen würde. Eine Kampfausbildung ist ein unübliches Mittel zur Verarbeitung eines Übergriffs. In Wahrheit kann ich gut verstehen, dass Alena sich nicht mehr schwach fühlen möchte und sich wehren können will, für den Fall ...

Ich schlucke trocken und bringe den furchtbaren Gedanken nicht zu Ende. Es wird nie wieder vorkommen, dafür werde ich mit meinem Leben bürgen.

Dann wird meine Ärztin im wahrsten Sinne des Wortes zu einer Walküre.

KAPITEL 28

Magdalena

»Er schläft immer noch auf diesem verdammten Sessel an meiner Bettseite.« Ich stöhne, während meine Faust den Boxsack trifft. Beide Hände sind bandagiert und der Schweiß rinnt an meinen Armen herab. Seit fünf Stunden stehe ich in unserem hauseigenen Fitnessstudio und trainiere mir die Seele aus dem Leib.

»Es ist vielleicht eine blöde Frage, aber hast du ihm gesagt, dass er ins Bett kommen soll?« Chiara baumelt kopfüber von den Turnringen neben dem Boxring und beobachtet meine schweißtreibende Session.

Wir haben zuvor gemeinsam mit Artjom ein Navy-Seal-Training absolviert. Nach der Stunde hat Chiara ihre Sportschuhe ausgezogen und Artjom hat sich mit einem kurzen Gruß verabschiedet. Er scheint gespürt zu haben, dass wir unsere heutige Therapiesitzung hier abhalten würden.

Entrüstet lasse ich die Arme an die Seite fallen. »Nein!«

»Oh, okay, mein Fehler. Ich habe vergessen, dass dein Ehemann deine Gedanken stets riecht.« Der Ton in ihrer Stimme gefällt mir nicht, obwohl ich schweren Herzens zugeben muss, dass sie recht hat. Gekonnt löst meine Freundin ihre Knöchel aus den Ringen und lässt sich mit einem halben Salto auf die Matte unter ihr fallen. Chiara hat für mich in ihrem Leben den Pause-Knopf gedrückt, ihrem Umfeld gesagt, dass sie eine Weltreise unternimmt und dafür bei der US-Army unbezahlten Urlaub genommen. Wobei ich das Gefühl habe, dass Nikolai bei Letzterem mit Geld etwas nachgeholfen hat. Sie hat mir nicht erklärt, weshalb sie allen diese kleine Notlüge aufgetischt hat, aber ich respektiere ihre Entscheidung und bin mehr als glücklich, dass sie an meiner Seite ist.

Zwiegespalten wende ich mich von ihr ab und gehe die wenigen Schritte bis ans Fenster. Draußen fällt seit knapp vier Wochen Schnee. In drei Tagen ist Weihnachten.

Meine militärische Ausbildung läuft nun fast drei Monate und ich mache jeden Tag erhebliche Fortschritte. Die furchteinflößenden Albträume haben nachgelassen, zumindest in den Nächten, in denen Nikolai über mich wacht. Nach unserem Gespräch über den Start meiner Ausbildung hat er zügig seine Pflichten wieder aufgenommen. Wir gehen freundschaftlich vertraut miteinander um, dennoch fehlt einem Teil von mir das Mehr in unserer Ehe.

Nicht, dass die sexuelle Spannung zwischen uns verpufft wäre. Nein, es reicht aus, dass wir uns im selben Raum befinden, damit die Luft verheißungsvoll zu knistern beginnt. Mein Ehemann macht leider keinerlei Anstalten, mir näherzukommen, mich zu berühren oder gar zu küssen. Logischerweise kann ich verstehen, dass er sich bemüht, rücksichtsvoll zu sein. Neuerdings beschleicht mich jedoch wiederholt das Gefühl, ungewollt oder schlechthin abstoßend für ihn zu sein. Mit hoher Wahrscheinlichkeit bilde ich mir alles nur ein, vor allem nach dem, was passiert ist. Ich kann das Gefühl jedoch nicht einfach abschütteln.

Eine Hand legt sich auf meine Schulter, als Chiara lautlos neben mich tritt. »Glaub mir, er will dich nach wie vor. Er weiß nur nicht, wie er es anstellen soll, ohne unschöne Erinnerung zu wecken.«

Nicht zum ersten Mal in den letzten Wochen liest Chiara meine Gedanken.

Sie seufzt nachdenklich. »Ich wünschte, er würde auch zu mir in die Sprechstunde kommen.« Kurz hebt sie die Schultern an, um sie gleich darauf wieder fallen zu lassen.

Ich kann ihr ansehen, wie sehr sie die Situation bedrückt, wage dennoch nicht, mich hierzu zu äußern. Chiara hat schwer damit zu kämpfen, dass sie anfangs zu übermütig und unsensibel in Bezug auf mich gewesen ist. Dabei ist sie unabsichtlich übers Ziel hinausgeschossen.

Es hat mir geholfen, dass Evgenij jeden Nachmittag kam und sich schweigend an mein Bett gesetzt hat. Niemals auf Nikolais Sessel, stets auf einen anderen Stuhl. Er hat keinen Ton gesagt, bis ich es eines Tages nicht mehr aushielt und ihn fragte, was denn sein Problem sei. Daraufhin meinte er, dass ich mir lieber Gedanken über meine eigenen Probleme machen sollte. Er hatte mich auf eine Art und Weise verstanden, wie keine andere Person im Haus. Natürlich ist Chiara eine ausgezeichnete Psychologin und existenziell hilfreich bei meiner Traumatherapie. Sie ist dennoch zu nah dran, zu persönlich betroffen, aber mittlerweile hat auch sie sich ein Stück weit in ihre Rolle zurechtgefunden.

Evgenij hatte keinen Bezug zu mir, weshalb es ihm leichter gefallen war, mir die Leviten zu lesen, wenn nötig. Unter anderem, als es darum ging, mich zum Aufstehen und Laufen zu bewegen.

Seit dem Tag, an dem Nikolai die militärische Ausbildung genehmigt hat, ist eine Menge Zeit vergangen. Ich trainiere jeden Tag, lerne neue Sprachen und verbessere die zuvor erlernten Sprachkenntnisse. Grübelnd schnaube ich, vielleicht ist alles, was ich gebraucht habe, eine Vollzeitbeschäftigung, um ins Leben zurückzufinden.

»Du hast wieder diesen Gesichtsausdruck, Maggy. Entweder denkst du an sehr schmutzige Dinge oder gehst gedanklich deine Erfolge der letzten Monate durch«, schlussfolgert Chiara, die mein Gesicht eingehend mustert, bevor sie selbstsicher nickt: »Es sind die Erfolge!«

Lächelnd lasse ich sie stehen und steuere die Duschen an.

Genug geschwitzt für heute.

Nachdem wir uns frisch gemacht haben, schlägt Chiara für den Rest unseres Gespräches einen Spaziergang auf dem Gelände vor. So ziehe ich meinen dicken Strickschal vor Mund und Nase, während wir über die freigeschaufelten Wege des Gartens flanieren. Heute ist Maxim an der Reihe, uns wie ein Schatten zu folgen. Seit meiner Entführung gilt die Regel, dass Frauen das Haus nicht ohne Begleitung verlassen dürfen. Selbstverständlich ist mir bewusst, dass die Begleitung in meinem Fall nicht wirklich geholfen hat. Es vergeht kein Tag, an dem ich nicht die toten, leeren Augen des jungen Wachmanns Gregor vor mir sehe, aber wenn

Nikolai sich mit dieser Regel besser fühlt, wer wäre ich, ihm zu widersprechen.

»Hey Maxim, willst du nicht lieber mit uns, statt hinter uns laufen? Oder bist du lieber die Anstandsdame?«, werfe ich ihm auf Russisch über die Schulter hinweg zu.

Unser persönlicher Wachmann grinst, schließt zu uns auf und passt seine Schritte an unsere Geschwindigkeit an.

»Redet ihr wenigstens über interessante, schmutzige Dinge?« Er spricht absichtlich Englisch, da Chiara einzig Italienisch als weitere Fremdsprache versteht.

»Ach was, warum sollten wir uns über deine Socken unterhalten?« Chiara lacht neben mir auf.

Ich stimme in ihr Gelächter ein. Es dauert eine Weile, bis Maxim den Scherz versteht, dann lacht er mit uns. Zu dritt gehen wir nebeneinander her, sprechen über meine Gedanken, Ängste und die Trainingspläne für die kommenden Tage. Maxim bildet mich mit dem Messer und mit Nikolais Sondererlaubnis in verschiedenen Nahkampfstilen, zum Beispiel Krav Maga, aus.

Baritontiefes Lachen erregt letzten Endes unsere Aufmerksamkeit, wir treten hinter den Hecken hervor und landen mitten in einer Schneeballschlacht. Die Romanov-Brüder jagen mit Gavril an ihrer Seite Nikolai und Ilja über eine der verschneiten Wiesen. Wie Kinder tummeln sich die Männer im Schnee. Mein Ehemann trägt einen langen, schwarzen Mantel, der seine maskuline Statur umschmeichelt. Mittlerweile sind die blonden Haare wieder kürzer und allein seine Rückansicht sieht einfach zum Anbeißen aus.

Die Gruppe hat uns bisher nicht bemerkt, denn sie sind zu vertieft in ihren spielerischen Kampf. Ich nehme mir einen ausladenden Moment Zeit, Nikolai zu betrachten und seine Erscheinung in mich aufzusaugen. Seine Gesichtszüge sind kantig, dahingegen wirkt sein Ausdruck entspannt und ausgelassen. Das Lachen dröhnt über die Wiese zu uns herüber und ein winziger Stich der Eifersucht durchzuckt mein Herz. Wir haben lange nicht mehr gemeinsam gelacht. Stets zieren ein ernster Ausdruck und eine steile Sorgenfalte sein anmutiges Gesicht, wenn er in meiner Nähe ist. Niedergeschlagen wende ich den Blick von ihm ab.

»Pahkanka, vielleicht solltest du mir mal zeigen, wie gut du im Anschleichen bist. Pass auf, der Schnee wird knirschen. Wenn du es schaffst, dem Boss eine Handvoll Schnee ins Gesicht zu reiben, musst du morgen keine zweihundert Liegestütze machen«, flüstert Maxim mir leise ins Ohr und spricht mich mit meinem Titel in der Bratva an.

Dann wendet er sich an Chiara. »Was kriege ich dafür, wenn ich Anatoli einen Schneeball ins Gesicht pfeffere?« Belustigt zwinkert der Wachmann meiner Freundin zu.

Die verdreht theatralisch die Augen, zuckt sodann mit den Schultern. »Einen Kuss auf die Wange? Allerdings glaube ich nicht, dass du danach noch lange leben wirst.«

Gekonnt klimpert Chiara mit den Wimpern, auf ihrem Gesicht liegt ein engelsgleicher Ausdruck. Ich weiß, dass sie sich tierisch über die männliche Aufmerksamkeit der Jungs freut, auch wenn ich einen Verdacht habe, wer ihr Herz gewinnen könnte. Ich werde mich hüten, diese Mutmaßung laut auszusprechen, weshalb ich mich bücke und die rechte Hand mit Schnee fülle. Dann wippe ich leicht vor und zurück, der Schnee knirscht nicht allzu geräuschvoll unter meinen Schuhsohlen.

Flach atmend schleiche ich in geduckter Haltung an Nikolai heran. Darauf bedacht, seinen toten Winkel nicht zu verlassen, denn mein Ehemann ist aufmerksam wie kein anderer. Als Nikolai und mich noch wenige Zentimeter trennen, halte ich kurz inne, spanne sämtliche Muskeln an und schieße nach vorn.

Geschafft!

Meine Hand landet in seinem Gesicht und drückt den Schnee in seinen geöffneten Mund, da er geradewegs zum Sprechen angesetzt hat. Mit einem johlenden Jubelschrei reiße ich die Arme hoch und drehe mich freudig um die eigene Achse. Die Gruppe stimmt in mein Gelächter ein.

Am Rande nehme ich wahr, wie ein riesig anmutender Schneeball durch unsere Mitte saust und einen unachtsamen Anatoli mittig auf die Nase trifft. Die Wucht überrascht ihn und er taumelt zwei Schritte zurück. Es folgt weiterer Jubel und der Lärmpegel unserer Belustigung schwillt an.

Am Rande bemerke ich, wie Chiara sich auf die Zehenspitzen stellt und Maxim einen Kuss auf die bärtige Wange haucht. In dessen Haut möchte ich für die nächsten Wochen definitiv nicht stecken.

Grunzend wischt mein Mann sich den Schnee aus dem nassen Gesicht. Provokant strecke ich die Zunge heraus und schneide eine lustige Grimasse. Aus einer

Laune heraus gebe ich dem Drang nach, ihn aufzufordern, mich holen zukommen. Nikolai zögert kurz, setzt sich anschließend geschmeidig in Bewegung und kommt in halsbrecherischem Tempo auf mich zugerast. Mit glühender Hitze in seinem Blick streckt er die Arme seitlich von sich, um mich einfangen zu können. Er scheint meine militärischen Übungen vergessen zu haben. Grazil beschleunige ich die Schritte, renne auf ihn zu. Erstaunen wabert über seine Züge, als er versucht, nach mir zu greifen. Nikolai packt ins Leere, ich ducke mich im letzten Moment und rutsche dank des weichen Schnees unter seinem ausgestreckten Armen hindurch. Während ich an ihm vorbeigleite, sammle ich erneut Schnee in meinen Händen. Die Balance findend drehe ich mich und donnere ihm einen Ball an den Hinterkopf.

»2:0!«, juble ich lauthals und bade im aufkeimenden Applaus der Umstehenden.

Abgelenkt durch meine Freunde bin ich für einige Sekunden unaufmerksam, was Nikolai sogleich ausnutzt. Augenblicklich nimmt er ich in einer schraubstockähnlichen Umarmung von hinten gefangen. Sein warmer Atem streichelt heiß mein Ohr und eine wohlige Gänsehaut steckt meinen Körper in Brand.

»Niemals den Gegner aus den Augen lassen. Ich dachte, ich hätte dich besser ausgebildet, Walküre. Womöglich haben die anderen Jungs meine Trainingsergebnisse verpfuscht.«

Sein Körper ist meinem zu nah. Erst jetzt wird mir bewusst, wie sehr ich mich nach seiner Nähe gesehnt habe. Sanft haucht er mir heiße Küsse an die einzige nackte Stelle meines Nackens. Unbewusst versteife ich mich, um dem glühenden Hunger, der mich erfasst, Herrin zu werden. Nikolai deutet meine Signale falsch, will mich loslassen und von mir zurücktreten.

Panisch klammere ich mich an seinen Arm. »Nicht weggehen!«, platzt es aus mir heraus, ehe sich mein Verstand gegen die Worte wehren kann. Herrisch drücke ich mich an seine Brust und halte seine Hände an Ort und Stelle.

»Nicht im Traum würde mir einfallen, meine schöne Frau freiwillig loszulassen.« Weiterhin umsichtig, aber mit Nachdruck zieht er mich an sich und verhakt seine Finger mit meinen. Das erotische Knistern kehrt schlagartig zurück, mein ganzer Körper prickelt vor Aufregung, sodass meine Fingerspitzen in den warmen Handschuhen taub werden.

»Ich möchte dir nur nicht wehtun, Walküre, das weißt du doch.«

Sorge schwingt in seiner leisen Stimme mit und sticht mir abrupt ins Herz. Stumm verfluche ich, dass wir in diesem Moment nicht zurückgezogen und sicher in unserem Schlafzimmer sind.

Doch wie sagt man so schön? Das Glück ist mit den Mutigen.

Diese Redewendung hat mir in meiner Ehe schon einmal geholfen, hoffentlich wird sie es wieder tun. Überraschend lasse ich Nikolais Hand los, drehe mich in seinen Armen, stelle mich auf die Zehenspitzen und drücke forsch die Lippen auf seine. Es soll ein kurzer, schneller Kuss voller Zuversicht und Fürsorge sein. Allerdings steht mein Körper in Flammen, sobald meine Lippen die seinen berühren. Eine unbekannte Sehnsucht erfasst mich, lässt mich die behandschuhten Finger in seinen Haaren vergraben, während ich den Kopf drehe, um unseren Kuss zu vertiefen. Wie im Wahn drängt meine Zunge in seinen Mund, lässt ihn aufstöhnen und meinen Körper gegen seinen pressen. Kurzzeitig sind wir wieder Nikolai und Alena, das heißblütige Ehepaar, das die Finger nicht voneinander lassen kann. Dann geht ein Ruck durch Nikolais Körper und er zieht sich langsam von mir zurück, beendet den Kuss behutsam.

»Alena, wenn wir jetzt nicht aufhören, kann ich nicht dafür garantieren, was ich als Nächstes tue. Ich glaube, so weit bist du noch nicht. Zwar würde ich nichts lieber tun, als dich wie ein Höhlenmensch über die Schulter zu werfen und dich in unser Bett zu tragen, aber vielleicht sollten wir nicht mit Vollgas durchstarten.«

Enttäuschung macht sich in mir breit und ein nicht unbeachtlicher Teil in mir möchte ihn auffordern, ebenjenes zu tun. Allerdings liegt Nikolai nicht falsch, wenn er davon spricht, kleine Schritte auf dem Weg unserer Heilung zu gehen.

Also berücksichtige ich Chiaras Rat und spreche meine Wünsche aus. »Was hältst du davon, wenn wir damit anfangen, dass du zu mir ins Bett zurückkehrst? Ich fange nämlich an diesen Sessel zu hassen.«

Gespannt halte ich die Luft an und warte auf seine Reaktion. Sein Gesicht verzieht sich kurz schmerzlich, bevor ein Lächeln auf seine Lippen tritt.

»Ich werde mit dem schlimmsten Ständer der Weltgeschichte schlafen müssen, aber wenn das heißt, dass ich dich in meinen Armen halten darf, kann mich

nichts und niemand davon abhalten!« Ein verführeri-
sches Lachen entschlüpft seinem Mund, als er mich wie
damals in unserer Hochzeitsnacht auf seine Arme hebt
und ins Haus trägt.

KAPITEL 29

Nikolai

Verflucht bin ich nervös!, denke ich, als ich mich in Jogginghose und Tanktop aufs Bett setze. Die Innenflächen meiner Hände sind schweißnass und ein leichtes Zittern durchfährt meinen Körper. All die Jahre habe ich nackt geschlafen. Heute bin ich mir jedoch unsicher. Wenn ich mich noch weiter stresse, bekomme ich unkontrollierte Muskelzuckungen.

Das Geräusch von Alenas elektrischer Zahnbürste im angrenzenden Badezimmer verstummt und ich wappne mich mental für die kommende Nacht. Derart nervös bin ich nicht einmal bei meinem ersten Sex gewesen. Und hier geht es nicht um Sex, sondern um bloßes Schlafen. Wenn mich nicht die ständige Angst erfüllen würde, dass ich einen falschen Atemzug ausstoße.

Vielleicht solltest du dich daran erinnern, mein Sohn, dass deine Frau nicht nur schön, sondern auch stark ist!, erfüllt die Stimme meines Vaters wieder einmal meinen Verstand. Innerlich weiß ich, dass Alena mir sagen würde, wenn ihr etwas zu viel wäre. Gerade das Training hat sie aufblühen lassen, doch ich kann diese verdammte Unsicherheit einfach nicht ablegen.

Peinlicherweise kann ich nicht verhindern, dass meine Gedanken zu ihren reizvollen Kurven wandern, die das harte Training geformt hat. Prompt werde ich stahlhart. Dabei ist Alena schon immer das Sinnlichste gewesen, was mir jemals begegnet ist. Sie in solchem Maß gesund, stark und energiegeladen zu sehen, macht mich tierisch an.

Vielleicht werden wir es schaffen, dieses schreckliche Ereignis zu überwinden.

Beschämt senke ich den Blick auf die eindeutige Ausbeulung der Hose und versuche, die Kontrolle zurückzuerlangen. Die Badezimmertür öffnet und schließt sich, reißt mich unsanft aus meinem inneren Chaos. Ich wende mich Alena zu und sofort stockt mir der Atem. Meine Ehefrau huscht mit rosigen Wangen in einem durchsichtigen Hauch von nichts auf ihre Seite des Bettes. Das elegante, schwarze Negligé überlässt nicht ein einziges Detail der Fantasie. Unter dem dünnen Stoff zeichnen sich ihre erregten Nippel deutlich ab und sie trägt kein Höschen. Von diesem Eindruck erschlagen, lasse ich mich im Bett zurückfallen und bedecke mein Gesicht mit dem Arm.

Die Matratze sinkt auf ihrer Seite leicht ein. »Hab ich etwas falsch gemacht? Gefällt es dir nicht?«

Die Unsicherheit in ihrem dünnen Stimmchen bringt mich beinahe um. Das Rascheln der Decke regt meine Fantasie unnötigerweise weiter an. Verloren entweicht mir ein Stöhnen zwischen den Zähnen. Kommentarlos zeige ich mit dem Finger auf meine untere Körperhälfte und keuche auf, als sie sich unter der Decke annähert.

»Liebling, wenn du mich jetzt auch nur leicht berührst, komme ich in meine verdammte Hose. Glaub mir, ich liebe deine Haut auf meiner, aber hör auf, mich zu foltern. Bitte!« Meine Stimme klingt gepresst. Kein Wunder, die Kiefer knirschen angestrengt aufeinander. Sie seufzt lasziv, was mich nur noch härter macht.

Meine letzten Kraftreserven mobilisierend drehe ich mich auf die Seite und stütze mich mit meinem Ellenbogen ab. Sie hat ihre Decke bis an die Nasenspitze gezogen. Dieses Bild entfacht in mir den nahezu unaufhaltsamen Drang, sie bis zur Besinnungslosigkeit zu küssen. Seitdem ich die drei magischen Worte zu ihr gesagt habe, hat eine Dampfwalze die letzte Mauer um mein gut geschütztes Herz eingerissen. Es hat zu lange gedauert, bis ich mir eingestehen konnte, dass ich ohne sie nicht leben kann. Zu diesem Zeitpunkt hält mich nichts mehr auf. Selbst die Tatsache, dass sie es bisher nicht erwidert hat, tut meiner Freude keinen Abbruch.

Tapfer streiche ich ihr eine Strähne aus der Stirn. »Hast du dir das so vorgestellt, Koschka?« Ich beobachte, wie sie unter der Bettdecke den Mund zu verziehen scheint. Es folgt ein leichtes Kopfschütteln, doch meine Ehefrau bleibt stumm. Vergessen ist die mutige Mafiabraut vom Nachmittag.

»Was sollen wir ändern, damit die Situation deiner Vorstellung entspricht? Von diesem Schlafanzug, für das du einen Waffenschein bräuchtest, mal abgesehen«, frage ich geduldig weiter, in der Hoffnung, sie aus der Reserve zu locken. Erleichtert stelle ich fest, dass mein Kommentar ihr ein kurzes Lachen abnötigt.

»Du hast sonst immer nackt geschlafen. Zumindest nach unserer Hochzeitsnacht«, gibt sie nüchtern zum Besten. Sie schafft es dabei nicht vollständig, den enttäuschten Unterton aus ihrer Stimme verschwinden zu lassen. Entspannt ziehe ich das Tanktop über meinen

Kopf und enthülle eine Reihe von gestählten Bauch-
muskeln, die in einem schmalen V unter den Bund der
Hose münden. Scharf zieht Alena die Luft ein, als
würde sie mich zum ersten Mal oberkörperfrei sehen.
Sofort beschleicht mich das schlechte Gewissen.

*Mute ich ihr zu viel zu, wenn ich mich ihr so freizügig
zeige? Herrgott Nikolai,* rufe ich mich selbst zur Ordnung, denn ich weiß, dass meine Ehefrau kein Un-
schuldslamm ist. Wir hatten schließlich vorher auch
ein Eheleben. Zum hundertsten Mal seit dem Vorfall
bringe ich Arseniy in Gedanken um.

Alenas Finger, die über meine nackte Brustmuskulatur wandern, reißen mich aus der Düsternis der Gedanken.

»O Baby, hör nicht auf!« Mit einem Stöhnen werfe ich
mich zurück, halte mich mit beiden Händen am metal-
lenen Kopfende fest und überlasse es ihr, mich zu erkunden.

Ihr Atem geht schwer und stoßweise, sie malt Muster,
die sich in meine Haut brennen, auf meinen Oberkörper. Bei jedem Zentimeter, den sie kühn auf meinen
Schwanz zusteuert, umgreife ich das kühle Metall heftiger. Das Gestell ächzt unter dem harten Griff und ein
dünner Schweißfilm überzieht meine Stirn. Den Teufel
werde ich tun, ihren Mut zu bestrafen.

Ein leises Kichern tönt an mein Ohr und gleich darauf
schiebt sich ihr zartes Gesicht in mein Blickfeld. »Warum bist du so verkrampft, Nikolai? Ich dachte, wir machen wegen mir langsam und nicht wegen dir.« Belustigt ziehen sich ihre Mundwinkel nach oben und sie
grinst mir ins Gesicht.

»Wenn du den Bund meiner Hose anhebst, zeige ich dir, weswegen ich so verkrampft bin, Liebling«, knurre ich unterdrückt.

Als Antwort erhalte ich ein weiteres spielerisches Kichern. Sodann kuschelt sie sich an meine Seite und vergräbt den Kopf an meiner Schulter.

Kurz darauf geht ihr Atem so gleichmäßig, dass ich zunächst glaube, sie ist eingeschlafen. »Ich bin so froh, dass du mich nicht abstoßend findest.« Sie nuschelt die Worte an meinen Hals, doch ich verstehe sie klar und deutlich. Sanft drehe ich mich, sodass sie gezwungen ist, mich anzusehen.

»Niemals könntest du mich abstoßen, Walküre. Du ziehst mich an wie ein Magnet, denn ich kann einfach nicht ohne dich sein. Es ist mir jedes Mal ernst, wenn ich sage: Ich liebe dich aus vollem Herzen, Alena! Ich werde mir noch mehr Mühe geben, es dir jede Sekunde unseres restlichen Lebens zu zeigen.«

Ihre Augen weiten sich, erstaunt und lustvoll. Sanft nehme ich sie enger in den Arm, wo sie wenige Augenblicke später friedlich einschläft.

Ich bin ein glücklicher Mann, denke ich, während meine Lider langsam zufallen.

***

»Härter, Nikolai, scheiße. Ich brauche dich härter. Bitte, Nikolai!« Alenas keuchende Stimme reißt mich aus den Träumen.

Für einen Moment denke ich, sie hätte erneut einen Albtraum, ehe sie ihre Worte wiederholt. Dann erkenne ich im Halbdunkeln ihre elektrisierte Körperhaltung. Sie ist keineswegs verängstigt. Im Gegenteil, sie reibt in sinnlichster Weise ihre Schenkel gegeneinander, als könne sie es nicht erwarten, mit der Hand dazwischen zu tauchen, um sich zu berühren. Schlagartig kehrt der wilde Hunger in mir zurück, Verlangen pulsiert heiß durch meine Venen. Es ist äußerst wichtig, dass ich vorsichtig mit ihr umgehe. Auf keinen Fall möchte ich sie in ihrem Fortschritt, den sie in den letzten Wochen gemacht hat, zurückwerfen.

Gequält aufstöhnend reibt sich meine Ehefrau an meinem Körper. »Nikolai, warum fasst du mich nicht an? Ich bin immer noch deine Ehefrau. Siehst du nicht, dass ich dich brauche.« Alenas Murmeln verwandelt sich in eine lautere Mischung aus Stöhnen und Flehen. Sanft streichle ich ihre Wange, rüttle dann liebevoll an ihrer Schulter, weil sie nicht aufwacht.

»Alena, wach auf. Du träumst«, flüstere ich in ihre Haare, während ich sie fest gegen meine Brust drücke. Seufzend schüttelt sie leicht benommen den Kopf, als langsam aufwacht.

Ein scharfes Gähnen ertönt. »Hatte ich wieder einen Albtraum? Hat sich gar nicht so angefühlt.«

Ratlos blickt sie zu mir hoch, die kleine Falte auf ihrer Stirn verrät mir, dass sie sich sehr wohl an ihren Traum erinnern kann. Frustration macht sich in mir breit.

Was soll ich tun? Wenn ich zu früh mit ihr schlafe, könnte sie das in ihrer Verfassung um Monate zurück katapultieren, aber eine Frau unbefriedigt zu lassen, sieht mir nicht ähnlich. Vor allem wenn diese Frau meine eigene Ehefrau ist.

Chiara sagt stets, dass Kommunikation der Schlüssel zu allem sei, vielleicht sollte ich damit anfangen.

»Sag mir hier und jetzt ins Gesicht, was du brauchst, Alena, bitte.«

Diese Art von Forderung scheint sie kurz zu überrumpeln. Statt einer Antwort fährt Alena gedankenverloren mit den Fingerspitzen über meine Haut. Diese Berührung mag zwar nebensächlich sein, bringt mich aber schier um den Verstand.

Fast bin ich froh, als sie ihre Hand von meinem Körper zurückzieht; sobald die Wärme ihrer Haut mich verlässt, erfasst mich eine eigenartige Einsamkeit.

»Ich brauche die Wahrheit von dir.« Mehr sagt sie nicht. Es gibt keine Erklärung und keine Ausführungen, welche Tatsache sie hören von mir möchte.

Verwirrt runzle ich die Stirn. »Welche Wahrheit, Liebling? Stell mir jede Frage, die dir in den Sinn kommt. Ich verspreche, jede wahrheitsgemäß zu beantworten.«

Dieser Schwur macht mir Angst, denn ich befürchte, dass sie nach Arseniy Tod fragt und ich ihr meine persönlichen Abgründe offenbaren muss. Bisher habe ich es bewusst vermieden, über diesen Wichser zu sprechen. Aber ich bin kein Lügner und werde niemals einer werden. Lieber spaltet die Wahrheit das dünne Band, welches wir in unserer Ehe geknüpft haben, als dass ich ihr Vertrauen mit einer Lüge verspiele.

Ein tiefes Seufzen erfährt Alena, als würde sie sich für einen Kampf wappnen. »Warum berührst du mich nicht mehr?«

Stille.

Mein Herz pocht wie verrückt in der Brust. Für geschlagene fünfzehn Sekunden glaube ich, es möchte die Knochen des Brustkorbes durchbrechen und ihr endgültig zufliegen.

»Weil ich Angst habe, dass du nicht mehr von mir berührt werden willst. Auf keinen Fall möchte ich dir wehtun oder dir ein ungutes Gefühl geben. Ich fürchte mich davor, dass du dich vor mir zurückziehst, mich meidest oder mich verlässt.«

Eine seltsame Empfindung der Befreiung durchflutet meinen Körper, als ich meine Ängste das erste Mal ausspreche. Diese Schwäche frustriert mich zwar, weil ich Alena nicht die Stütze sein kann, die sie benötigt. Zugleich fühle ich mich so stark wie nie zuvor. Gespannt warte ich auf ihre Reaktion.

»Nikolai ...«, flüstert sie gegen meinen Hals. »Ich werde dich ganz sicher nicht verlassen. Im Gegenteil, ich sehne mich nach unserer Normalität, nach deiner Nähe und vor allem nach deinen Berührungen. Jede Nacht, wenn du auf diesem verfluchten Sessel neben meiner Bettseite sitzt ... Ich dachte, ich widere dich an, dass du dich vor mir ekelst.«

Geradewegs will ich ihr erneut bekräftigen, dass sie das schönste Wesen auf Erden für mich ist, da legt sie mir einen Finger auf die Lippen. Diesen zieht sie nur zurück, um ihn durch ihren heißen Mund zu ersetzen. Sofort verliere ich mich in unserem Kuss, lasse zu, dass unsere Seelen miteinander verschmelzen. Gebe mich auf und schenke mich ihr.

»Fick mich, Ehemann. Bitte!«
Und dieses Mal bin ich mehr als bereit, ihrem Wunsch nachzukommen.

KAPITEL 30

Magdalena

Es gibt schier nichts, dass ich mehr liebe als den Moment, wenn Nikolais eisblaue Iriden sich vor Verlangen verdunkeln. Zu diesem Zeitpunkt sind sie nahezu schwarz. Eine Tatsache, die mein verräterisches Herz dazu verleitet, wie wild in meinem Brustkorb umher zu hüpfen.

»Ich möchte wirklich kein Idiot sein. Aber bist du dir sicher, Walküre?«

Die Unsicherheit in seiner Stimme stößt mich in einen Zwiespalt. Zum einen ehrt ihn seine Sorge um mich. Andererseits kann er mich nicht unser restliches Leben lang mit Samthandschuhen anfassen.

Nachdenklich fahre ich mit den Fingerspitzen über die leichte Narbe, welche die Hauttransplantation hinterlassen hat. Dieses Erlebnis war grauenvoll und ich habe es immer noch nicht verarbeitet. Nicht ausgeschlossen, dass ich niemals mehr die alte Alena sein werde. Dennoch werde ich mich und mein Leben nicht aufgeben, dazu liebe ich es zu sehr. Ich fühle mich mehr als bereit, den nächsten Schritt zu machen. Heute Nachmittag habe ich ausführlich mit Chiara über dieses Vorhaben diskutiert. Sie hat mir zugestimmt und mich darin bestärkt, alles zu tun, wonach mir der Sinn steht.

Ich nicke nachdrücklich. »Ich könnte mir nicht sicherer sein, Liebster.«

Für einen kurzen Moment bin ich überrascht, wie leicht mir dieser Kosename über die Lippen rutscht. Niemals habe ich seine kleine Vorliebe erwidert und ihn mit diversen Spitznamen betitelt. Als könne er diesen Gedanken lesen, werden seine Gesichtszüge weich und er senkt seine Lippen liebevoll auf meine.

»Na gut, aber lass uns unsere Wiedervereinigung zu einer ganz besonderen Nacht machen. Ich würde dir gern etwas zeigen, aber wenn du einfach hierbleiben möchtest, ist das völlig in Ordnung. Such es dir aus!« Seine Stimme schwimmt sinnlich in flüssigem Samt. Die Sorge ist aus seinem Blick verschwunden und stiller Sehnsucht gewichen. Gleichzeitig liegt ein verschmitztes Lächeln auf seinen vollen Lippen.

Was er mir wohl zeigen will?

Mir ist bewusst, dass Nikolai facettenreich ist. Sein Einfallsreichtum kennt praktisch keine Grenzen. Beschämt spüre ich, wie sich eine sanfte Röte auf meinen Wangen ausbreitet.

Das breite Grinsen, welches mein Ehemann zur Schau trägt, erinnert mich an unser erstes sexuelles Zwischenspiel in der Dusche. Es kommt mir vor, als wäre diese Szene ein ganzes Leben her. Zwischen den damaligen Menschen und denen von heute scheinen Welten zu liegen. Dennoch bin ich nicht einmal ein Jahr mit Nikolai verheiratet.

Seine gehobene Augenbraue bringt mich schließlich zur Räson.

»Ich vertraue dir, also bitte zeig mir, was du im Sinn hast.« Man hört mir meine Aufregung deutlich an, aber meine Neugier überwiegt die Nervosität.

In einer gekonnten Bewegung wickelt Nikolai mich daraufhin in das Bettlaken, hebt mich hoch und trägt mich überraschenderweise aus unserer Suite. Seine zügigen Schritte hallen im leeren Flur wider. Er ist sichtlich darum bemüht, das vorgegebene Ziel schnellstmöglich zu erreichen.

»Was? Keine in die Wände eingelassenen Geheimgänge zu unserem Ziel? Ich bin enttäuscht, Ehemann!«, necke ich ihn mit einem breiten Grinsen.

Seine Augen leuchten kurz im dämmrigen Flur auf. »Wenn dir diese Nacht gefällt, lasse ich gleich morgen früh Bauarbeiten in Auftrag geben, Koschka.« Nonchalant zwinkert er mir zu, bevor er fortfährt. »Dazu musst du die Nacht allerdings gesund überstehen.«

Da ist er wieder, der Mann, der mich zum Dahinschmelzen bringt. Sein geheimnisvoller Kommentar wird prompt durch ein weiteres Ausbreiten von flüssiger Hitze auf meinen Wangen belohnt.

Am Ende unseres Flügels erreichen wir eine unscheinbare Tür, die Nikolai einhändig aufstößt, ohne mich abzusetzen. Sobald wir den Raum betreten, entzündet sich eine Reihe von Gasflammen in den Kerzenhaltern an den Wänden. Dieses schaurige Schauspiel jagt mir eine wohlige Gänsehaut über die nackten Arme, obwohl hier eine angenehme Temperatur herrscht. Interessiert schaue ich mich um, trotz dass der Innenraum in Rot- und Schwarztönen gehalten ist und massig Leder beinhaltet, wirkt er edel auf mich.

Auf einem Podest in der Mitte des Raumes steht ein riesiges Bett, welches von vier elegant geschnitzten Holzpfosten umgeben ist. Anschließend fällt mir eine Liebesschaukel und ein kleineres Bett, welches mit starken Seilen an der Decke befestigt ist und daher frei schwingen kann, ins Auge. Nasse Erregung sammelt sich zwischen meinen Beinen, all diese Sachen kann ich mit Nikolai ausprobieren, wenn ich es möchte. Augenblicklich beschleunigt sich mein Herzschlag sehnsüchtig, meine Haut kribbelt und ich werde unruhig, als Nikolai mich absetzt.

Dann fällt mein Blick auf das lederne Andreaskreuz in der Ecke des Zimmers und sofort gefriert mein Blut zu Eis. Unfähig mich zu bewegen, fixiere ich das überdimensionale Spielzeug. Es ist eine ähnliche Version, wie das Folterinstrument, an welchem ich gefesselt war, nur sieht es deutlich bequemer aus. Kalter Schweiß bildet sich auf meiner Stirn. Am Rande höre ich Nikolai leise fluchen, warme Hände umfassen meine Schultern und drehen mich zu ihm um.

Sein Gesicht ist kalkweiß. »Sieh mich an, Liebling. Du bist sicher bei mir. Wir werden es nicht anrühren, versprochen. Wenn du möchtest, trage ich dich zurück ins Schlafzimmer und wir schauen uns beim Kuscheln einen Film an. Es tut mir leid, dass ich dieses Ding vergessen habe. Ich werde es entfernen lassen. Wir können es gemeinsam im Hof verbrennen!«

Er spricht eilig, sodass seine Stimme sich zu überschlagen droht. Der Gedanke, ein riesiges Sexspielzeug im Hof unseres Anwesens zu verbrennen, erschlägt jegliche Angst in meinem Geist. Stattdessen kann ich ein unerklärliches Lächeln nicht zurückhalten. In unserem Haus arbeiten viele streng gläubige, ältere Menschen. Öffentlich ein Kreuz anzuzünden, kommt selbst für Nikolai einer Todsünde gleich.

»Nein«, sage ich aus diesem Grund und schreite hoch erhobenen Hauptes auf das Kreuz zu. »Lass es einfach dort stehen. Irgendwann werden wir es benutzen, nicht heute, nicht morgen, aber irgendwann. Dann wirst du all die schlechten Erinnerungen durch glühende Leidenschaft in meinem Kopf ersetzen.«

Meine eigenen Worte geben mir Zuversicht. Kurz streiche ich mit den Fingern über das weiche Leder und fühle mich als Siegerin in diesem Duell. Als ich mich mit neuer Kraft zu Nikolai umdrehe, starrt er mich mit offenem Mund und deutlich sichtbarer Erektion in der Hose an.

»Alles, was du willst, Alena!«, sind die einzigen Worte, die seine Lippen verlassen. Wieder bei ihm angekommen, fahren meine Hände fasziniert über seinen Körper. Flink haken sich meine Zeigefinger unter den Bund seiner Jogginghose und streifen sie ab. Von Stolz über die eigene Tapferkeit erfüllt, streichle ich seine Härte durch die Boxershorts. Er quittiert meine Bemühungen mit einem gepressten Stöhnen.

»Was immer du mit mir vorhast, tu es. Wir werden uns auf jede Art lieben, die du dir wünschst.«

Seine Worte hallen durch meinen Verstand und entzünden eine gewagte, aber verlockende Idee. »Wirklich auf jede Art, Nikolai?«

Meine Stimmlage ähnelt dem Schnurren der Katze, als welche er mich gern betitelt. Erwartungsvoll nickt mein Ehemann und bestätigt meine Vermutung. Suchend sehe ich mich im Raum um, finde zügig das gewünschte Objekt. Nachdem ich es mit schwingenden Hüften geholt habe, lege ich Nikolai wortlos den schwarzen Seidenschal, welcher als Augenbinde dienen soll, in seine Hände. Bis auf ein trockenes Schlucken lässt er sich nicht anmerken, wie sehr ihn diese Geste erregt. Ich stoppe ihn, als er mir das Tuch umbinden will.

»Das ist für dich. Umbinden!«, befehle ich mit gespielt herrischem Unterton.

Wider Erwarten gehorcht er, ohne zu zögern. Ich weiß, er ist es nicht gewöhnt, Anweisungen anzunehmen, statt sie zu geben. Weshalb es mich umso mehr berührt, dass er mir widerstandslos folgt. Diese kleine Geste erwärmt mein Herz und heizt gleichzeitig dem Verlangen im Inneren ein.

Nachdem er blind und somit mir ausgeliefert ist, führe ich ihn zum Bett und drücke ihn rückwärts in die Matratze. Geistesgegenwärtig streift sich Nikolai im Fallen die Shorts von den Hüften und liegt nackt mit aufreizender Erektion vor mir. Seufzend läuft mir das Wasser im Mund zusammen, doch ich beherrsche mich, nicht sofort über ihn herzufallen.

Ein wenig stimulierende Folter wird ja noch erlaubt sein.

Wie ich gehofft habe, finde ich in den Ecken des Bettes an Seilen befestigte Manschetten. Lautlos bringe ich diese an Nikolais Handgelenken an, lasse seine Beine hierbei frei. Wieder überrascht er mich mit einem verführerischen Stöhnen und sexy Freudentropfen, die sich auf der Spitze seines stahlharten Schwanzes bilden. Zügig ziehe ich mir das Negligé über den Kopf und gebe dem Drang und der Sehnsucht nach, über seine Eichel zu lecken und ihn endlich zu schmecken.

»Alena!«

Auf meinen Namen folgen eine Reihe undefinierbare Laute, während ich mich mit der Zunge und den Zähnen bemühe. Sein Penis zuckt verräterisch in meinem Mund, wird noch härter und größer. Sein anhaltendes Seufzen bestätigt mir, wie dünn der Faden seiner Geduld ist, wie sehr die Lust ihn zu überwältigen droht. In einer Art Rausch verwöhne ich seine Männlichkeit mit dem Mund, verfalle in einen harschen Rhythmus, wobei ich ihn stetig tiefer in mir aufnehme. Mein Ehemann schmeckt himmlisch, so maskulin und roh. Die Minuten vergehen und ich verliere mich in dem Vergnügen, welches ich ihm bereit.

Schließlich krampft Nikolai härter unter meinem Griff, er steht kurz vor seinem Orgasmus. »Stopp, Alena! Wenn du weiter machst, ah ...«

Der Rest seiner Worte geht in wildem Stöhnen unter. Heißes Sperma flutet in meinen Mund, gleitet samtig den Rachen hinab, indessen ich mich zwinge, nicht alles zu schlucken. Ich weiß, dass es ihn nahezu in den Wahnsinn treibt, mich dabei nicht beobachten zu können. Deshalb behalte ich einen Rest seines Samens im Mund, klettere an ihm empor und ziehe das Tuch von seinen Augen.

Nikolai blinzelt mehrere Male, bevor sich sein Blick auf mir fokussiert. »Es tut mir ...« Auch dieser Satz bleibt in der Luft hängen, denn in diesem Moment öffne ich lasziv den Mund und zeige ihm das restliche

Sperma, bevor ich es schlucke und mir anschließend über die Lippen lecke. Dieser Moment ist intim, so magisch und einfach wundervoll.

»Dein Geschmack hat mir gefehlt. Du schmeckst köstlich«, flüstere ich und spüre, wie er erneut hart wird.

Sein Schwanz drückt sich gegen meinen Hintern auf der Suche nach der feuchten Nässe zwischen meinen Schenkeln. Zügellos bewege ich die Hüften und reibe mich an ihm. Pure Ekstase durchfährt mich, unterdessen seine Spitze meine Klit wiederholt streift. Weil ich es nicht länger ohne ihn aushalte, umfasse ich seine Härte mit der Hand und dirigiere ihn an meinen Eingang.

»Fuck, du bist so nass für mich, Walküre.« Seine Stimme ist rau und er kämpft anhaltend gegen die Fesseln an, da der Drang, mich zu berühren, übermächtig wird.

Ursprünglich wollte ich zunächst mit ihm spielen, ihn weiter anheizen, ich bringe es einfach nicht über mich, länger zu warten. In einer geschmeidigen Bewegung senke ich das Becken auf ihn herab, er gleitet tief in mich, füllt mich aus. Diese Berührung in meinem Inneren entfesselt ein unbändiges Verlangen, weshalb ich den Verstand abschalte und mein Körper die Führung übernimmt. In reitenden und kreisenden Stößen fühle ich einfach alles von ihm.

Schon bald treiben wir beide taumelnd auf den Höhepunkt zu. Mein Kopf liegt vor Verzückung in den Nacken geworfen und ich ergebe mich meiner Lust vollauf.

Mit letzter Kraft schaffe ich es, die Manschetten an Nikolais Handgelenken zu lösen, bevor ich mich mit seinem Namen auf den Lippen meinem Orgasmus beuge. Mein Ehemann folgt mir sogleich.

Wir lieben uns in diesem Bett etliche Male in dieser verheißungsvollen Nacht. Das Letzte, woran ich mich erinnern kann, bevor ich einen zuckersüßen Schlaf drifte, sind Nikolais liebende Worte. »Das war unsere zweite Hochzeitsnacht, Walküre. Ich liebe dich.«

Ich wünschte, ich wäre bereit, seine Worte zu erwidern, aber das bin ich nicht. Noch nicht.

KAPITEL 31

Nikolai

In den frühen Morgenstunden trage ich meine schlafende Schönheit zurück in unsere Suite. Auf keinen Fall soll sie in einer unbekannten Umgebung aufwachen. Nachdem ich sie sicher in unserem Ehebett gelegt habe, dusche ich und ziehe mich um. Egal, was ich tue, ich werde ohnehin keinen Schlaf finden. Zu aufgewühlt ist mein Inneres, zu viele Fragen schwirren durch meinen Kopf, weshalb ich ihr eine Nachricht auf dem Kopfkissen hinterlasse.

Leise ziehe ich die Tür zum Büro hinter mir zu, obwohl in diesem Trakt niemand schläft, den ich wecken könnte. Die Suiten der Romanov-Brüder befinden sich jeweils im Ostflügel, während die Räume des Personals, die auf dem Anwesen leben, sich im ausgebauten Dachgeschoss verortet sind.

»Du wirst auch alt, wenn du es nicht mehr schaffst, bis sechs Uhr morgens durchzuvögeln, Pakhan!« Anatolis Stimme lässt mich zusammenzucken und zu ihm herumfahren. Sein Bruder und er haben es sich mit einem Glas Wodka vor dem offenen Kamin gemütlich gemacht. Ihren Gesichtsausdrücke zufolge haben sie die gesamte Nacht hier verbracht.

Artjom boxt seinem Zwillingsbruder unsanft gegen die Schulter, bevor er aufsteht, um mir ebenfalls einen

Drink einzuschenken. »Halt die Fresse, Bruder. Du hast mich aus ähnlichen Gründen wachgehalten.«

Froh über die überraschende Gesellschaft lasse ich mich auf dem dritten Sessel vor dem Feuer nieder und lege die Füße auf den Hocker vor mir. Wie immer scheinen meine Brüder gespürt zu haben, dass ich Unterstützung gebrauchen könnte. Wenn ich mir jedoch Anatolis Gesicht ansehe, halten ihn vermutlich seine eigenen Probleme nachts wach.

Schmunzelnd lege ich den Kopf schief und beobachte ihn mit zusammengekniffenen Augen an. »Chiara?«

Beim Klang ihres Namens springt er auf die Füße, leert sein Glas und schenkt sich direkt darauf nach. »Ich will nicht drüber reden.«

Er wird nicht mehr sagen, Anatoli ist nie besonders gut darin gewesen, offen über seine Probleme zu sprechen, verlangt dies jedoch von anderen. Im Hinblick auf Probleme anderer Menschen war er immer ein Wortakrobat. Scheint eine Art Familienproblematik bei den Romanovs zu sein.

Auch Artjom trägt seit knapp fünfzehn Jahren ein dunkles Geheimnis mit sich herum. Im Gegensatz zu seinem Bruder gibt es bei ihm keinen Hinweis darauf, dass es sein alltägliches Handeln beeinflusst. Ich bin mir dieser Thematik nur bewusst, da mein Vater mich über die abrupte Änderung in seinem Verhalten vor all den Jahren hingewiesen hat. Irgendwann wird die Zeit kommen, wenn die beiden über alles sprechen werden.

»Okay, dann lasst uns unsere Zeit sinnvoll nutzen, wenn wir schon einmal hier sitzen. Die Feiertage und der alljährliche Weihnachtsball stehen an. Anatoli, wie laufen die Vorbereitungen? Ich weiß, Alena hat sich gewünscht, dass wir nach deutscher Tradition eine Bescherung am Heiligabend stattfinden lassen.« Die kreisenden Gedanken in meinem Kopf beruhigen sich, als ich mich auf sicheres Terrain begebe. Natürlich kann ich die ursprünglichen Themen, die mich beschäftigen, nicht für immer vor mir herschieben, aber ein Aufschub dürfte drin sein.

Meinst du die Tatsache, dass deine eigene Ehefrau deine Liebesbekundung nicht erwidert oder dass sie dir verheimlicht hat, keine Kinder bekommen zu können?

Die hämische Stimme in meinem Kopf lässt mich erschaudern. Beide Fakten fühlen sich an wie die schlimmsten Tritte in die Kronjuwelen, die ich jemals erhalten habe.

Zwar kann ich durchaus nachvollziehen, weshalb Alena meine Liebe noch nicht erwidert hat, vielleicht niemals erwidern wird. Ebenso kann ich verstehen, dass sie mir nicht von ihrer Unfruchtbarkeit berichtet hat. Die Wahrheit ist dennoch purer Schmerz für meine neu entdeckte Seele. Ich hatte gedacht, wir hätten eine Bindung zueinander aufgebaut, würden eine richtige, ehrliche Ehe führen.

Jeden Tag trage ich ein Lächeln zur Schau, in der tiefen Hoffnung, sie wird den Mut finden, um sich mir zu öffnen. Mit den drei magischen Worten der Liebe rechne ich nicht mehr, ein winziger Hinweis auf unendliche Zuneigung würde mir ausreichen. Meine Mutter würde mich an diesem Punkt des Elends daran erinnern, dass Wunder immer wieder geschehen.

Doch glaube ich an Wunder?

Eine Hand auf meiner Schulter lässt mich aufschrecken.

»Bruder, du kannst aufhören, wie bei einer Schulprüfung zu referieren. Der Boss hört nicht zu. Er ist zu beschäftigt, von seiner Ehefrau zu träumen.« Verständnisvoll blickt Anatoli auf mich herunter.

Für einen kurzen Moment meine ich einen dunklen Schatten in seinen silbernen Augen aufblitzen zu sehen. Jedoch ist er zügig verschwunden, sodass ich glaube, ihn mir eingebildet zu haben.

Tiefeinatmend schüttle ich meine zweifelnde Stimmung ab und widme mich dem angesprochenen Thema. »Entschuldigt. Vielleicht werde ich wirklich alt, wenn mir der Schlafmangel so zusetzt. Wo sind wir stehen geblieben?«

Als wäre nichts passiert, beginnt Artjom mit seinen Ausführungen zu geladenen Gästen, dem Catering und allen anderen Details der kommenden Veranstaltung von vorn. Dieses Mal stellt er auffällig viele Zwischenfragen, die entweder an seinen Bruder oder mich gerichtet sind. Ich schätze, es ist seine Strategie, um Anatoli und mich aus unseren persönlichen Abgründen zu holen. Dabei weiß ich, der Weihnachtsball liegt bei ihm in mehr als fähigen Händen.

Warum auch immer er sich jedes Jahr freiwillig für die Organisation meldet.

»Solange die Band diese Coldplay-Songs spielt, zu dem wir schon auf unserer Hochzeit getanzt haben, lasse ich dir freie Hand, Artjom. Ich weiß, solche Dinge gehören eigentlich nicht zu deinen Aufgaben. Wenn die Vorbereitungen so laufen, wie du es sagst, ist alles bestens.« Nachdenklich lege ich das Kinn auf meinen miteinander verschränkten Fingern ab. »Mal was anderes: Wie weit ist Alena mit ihrem Training? Ich habe mitbekommen, sie lernt momentan auch mehrere Sprachen gleichzeitig?«

Plötzlich ist die Melancholie der Nacht vergessen und Stolz spiegelt sich in den Gesichtszügen meiner Brüder wider. Aufgeregt richtet sich Artjom in seinem Sitz auf und leert verzückt sein Glas.

Anatoli räuspert sich vernehmlich neben mir. »Sie macht tolle Fortschritte! Noch ein paar Wochen und sie kämpft besser als jeder von uns. Magda trainiert und lernt wie eine Besessene. Es wundert mich, dass sie heute eine Pause machen wollte, um mit Chiara und der Köchin Plätzchen zu backen. Die Angestellten freuen sich schon die ganze Woche darauf.« Langsam schüttelt er lächelnd den Kopf.

Die Markov-Familie ist schon immer für seine gute Beziehung zu ihren Angestellten bekannt, aber die Freude, die aktuell auf dem Anwesen herrscht, übertrifft alle vergangenen Zeiten. Besonders die älteren Mitglieder meines Haushalts haben einen wahren Narren an den beiden Frauen gefressen.

»Magda vertieft aktuell ihre erworbenen Kenntnisse in Russisch, während sie gleichzeitig noch die italienische Sprache lernt«, ergänzt Anatoli.

Grinsend stimmt Artjom seinem Bruder zu. »Kolja, du solltest deine Frau schießen sehen. Ich weiß, du trainierst ausschließlich den Nahkampf mit ihr, aber sie ist ein Naturtalent mit dem Scharfschützengewehr. Noch nie habe ich einen Soldaten gesehen, dem der Rückstoß so wenig ausmacht und das bei ihrer zierlichen Statur. Vermutlich hilft ihre Ausbildung als Ärztin ihr dabei, in stressigen Situationen ruhig zu bleiben.« Ehrliche Bewunderung glänzt in seinen Augen.

Eine Weile diskutieren wir über die Fortschritte und besprechen weitere Maßnahmen ihrer Ausbildung. Ich bekomme keine Gelegenheit mehr, meinen trübsinnigen Gedanken nachzuhängen. Als Anatoli einwirft, dass Chiara ihn darum gebeten hat, an Alenas Schießtraining teilnehmen zu dürfen, beteilige ich mich rege am Gespräch. Wobei mich hier Artjoms Argumentation für eine militärische Ausbildung künftiger Markov-Frauen aufhorchen lässt. Mein kahl geschorener Bruder mit den silberblauen Augen vertritt in sonstigen Situationen eher ein konservatives Familienbild, steht in dieser Sache jedoch voll und ganz hinter Chiaras Bitte.

Aufmerksam ziehe ich die Augenbrauen zusammen. Möglicherweise haben die neuen Frauen in diesem Haus unsere Welt mehr auf den Kopf gestellt, als wir wahrhaben wollen. Zu gerne würde ich Artjom nach dem Grund für seine veränderte Sichtweise fragen, halte mich aber zurück.

Als die Uhr auf dem Kaminsims zehn Uhr morgens zeigt, erhebe ich mich von meinem Sitzplatz und klatsche in die Hände. »Meine Herren, ich denke, wir sollten ein paar Plätzchen backen gehen.« Wissendes Grinsen erleuchtet die Gesichter der Zwillingsbrüder, indes sie sich ebenfalls aufrichten.

»Denkt ihr, wir sind weich geworden?«, stößt mir Anatoli seinen Ellenbogen spielerisch in die Seite.

Artjom, der hinter uns geht, lässt ein Hüsteln vernehmen, was verdächtig nach einem unterdrückten Lachen klingt.

Zufrieden grinse ich ihn an. »Ilja würde wahrscheinlich sagen, wir sind älter und weiser. Aber Weichsein bedeutet im Leben mit unseren Liebsten Spaß zu haben, dann bin ich gern butterweich.«

Gemeinsam verlassen wir mein Arbeitszimmer und werden in der Küche mit heroischem Jubel empfangen.

Ein Blick auf das glückselige Gesicht meiner Ehefrau genügt, um mein Herz gegen die Rippen schlagen zu lassen.

Du hast nicht nur meine Welt verändert, Walküre, denke ich, während unsere Hände bis zu den Ellenbogen in klebrigem Teig stecken.

KAPITEL 32

Magdalena

Ich muss es ihm endlich gestehen!, schießt mir der ehrlichste Gedanke seit langem durch den Kopf, als Nikolai und ich auf die Tür, die zum großen Ballsaal führt, zuschreiten. Meine Hand liegt sicher in seiner Armbeuge, als gehöre sie an keinen anderen Ort auf dieser Welt. Abrupt bleibe ich wie angewurzelt stehen und zwinge Nikolai damit ebenfalls Halt zu machen.

Sofort schlägt sein freudiger Ausdruck in pure Sorge um und sein Gesicht wirkt fahl. »Was ist los, Koschka? Fühlst du dich nicht wohl? Ein Wort von dir und ich lasse all diese Leute im hohen Bogen rauswerfen.«

Entschlossen will er geradewegs die Hand heben, um unserem Butler und Zeremonienmeister das entsprechende Zeichen zu geben, da unterbreche ich ihn erneut.

»Nein, das ist es nicht!«, platze ich heraus.

Dann hole ich tief Luft, der Sauerstoff füllt die Flügel der Lunge. Es ist kein wohltuendes Gefühl, denn der Atem brennt in meiner Brust. Den Drang unterdrückend, mir mit zwei Fingern an die Nasenwurzel zu fassen, um mich zu beruhigen, suche ich in meinem Inneren nach dem nötigen Mut. Womöglich sollte ich es wie mit einem Pflaster handhaben und es einfach herunterreißen.

Wenn ich nicht so verdammte Angst hätte, den Mann an meiner Seite für immer zu verlieren. Auf keinen Fall möchte ich den Ekel und die Abscheu in seinem Blick sehen. Nicht, dass ich es nicht verstehen könnte. Nikolai ist das Oberhaupt der Familie, es ist wichtig für ihn, Nachkommen zu haben. Der drohende Verlust schwebt wie ein unsichtbares Damoklesschwert über meinem Kopf, wartet darauf, auf mich herabzustürzen und meine Seele zu zerschneiden.

Allerdings hilft es nichts, dieses Gespräch weiterhin vor mir herzuschieben, es ist längst überfällig. Irgendwann wird Nikolai sich fragen, weshalb ich ohne Einsatz von Verhütungsmitteln nicht schwanger werde. Wir haben von Anfang an keine Kondome oder Ähnliches verwendet. Alles war darauf ausgelegt, mich zu schwängern.

Ein frustriertes Schnaufen entfährt mir, wenn ich daran denke, dass wir nie ein Gespräch über weitere Familienmitglieder geführt haben. Zumal ich mich in der Hochzeitsnacht mit dieser Tatsache abgefunden hatte, als ich Nikolai gebeten habe, mich wahrlich zu seiner Ehefrau zu machen. Mit dem Gedanken an die eigene Unfruchtbarkeit habe ich meinen Kopf ausgeschaltet und mich von meinen Gefühlen leiten lassen. Und in dieser Nacht hat sich alles verflucht richtig angefühlt.

Die Unterlippe zwischen die Zähne gezogen, schaue ich auf. Nikolais Nase stößt beinahe gegen meine, so nah ist er mir. Mutlos hole ich ein letztes Mal tief Luft, bevor meine Lippen sich teilen. »Ich kann keine Kinder bekommen, denn ich bin unfruchtbar.«

Jetzt ist es raus!

Mein Puls beschleunigt wie ein Ferrari auf der leeren Autobahn, von null auf hundert in unter zehn Sekunden. Gespannt warte ich auf seine Antwort. Mein Herzschlag dröhnt in meinen Ohren. Auf meiner Stirn bildet sich ein dünner Schweißfilm, unruhig wische ich die Handinnenflächen an meinem Ballkleid ab.

Nikolai räuspert sich. Unweigerlich schnellt mein Blick zu ihm empor.

»Ich weiß, Liebling. Der Arzt hat es mir gesagt, nachdem er dich nach dem Vorfall untersucht hat. Nachdem Abgleich mit deiner Krankenakte, die Dima besorgt hat, hat er mir erläutert, dass es auf die jahrelange Unterernährung zurückzuführen ist. Wäre deine Mutter nicht schon seit Jahren tot, wäre sie definitiv durch meine Hand gestorben.« Behutsam nimmt er mein Kinn zwischen Daumen und Zeigefinger. Ich liebe diese Geste. Wann immer er glaubt, mir etwas Bedeutendes mitteilen zu müssen, will er, dass ich ihn ansehe.

»Alena, hast du wirklich geglaubt, dass diese Tatsache etwas an meinen Gefühlen für dich ändern würde? Wenn du Kinder willst, lasse ich gleich morgen früh nach Waisenkindern suchen, denen wir ein wundervolles Zuhause geben können. Eine ganze Horde, wenn das dein Wunsch ist.«

Eine vereinsamte Träne löst sich aus meinem Augenwinkel und rollt über meine Wange hinunter. Bevor ich reagieren kann, hat Nikolai sie weggeküsst. Seine Lippen sind warm und berühren meine Haut federleicht.

»Was ist mit den Thronfolgern, die du benötigst?« Ein Schluchzen der Erleichterung löst sich aus meiner Kehle, lässt meinen Körper erbeben.

Statt einer Antwort zieht er mich eng an seine Brust und presst seine Lippen auf meine. Schlagartig weicht die Angst aus mir, meine Knie werden weich, ich lehne mich gegen ihn. Haltsuchend schlinge ich die Arme um seinen Hals. Engumschlungen tauschen wir zarte Küsse aus. Jede Berührung seiner Lippen verspricht mir Sicherheit, Liebe, Respekt und Geborgenheit.

Die Zeit fliegt dahin und ich seufze verträumt, als Nikolai sich schmunzelnd von mir löst. »Um dieses Problem werden wir uns kümmern, wenn es an der Zeit ist. Wie ich bereits sagte, zu gern werde ich einem Waisenkind unseren Namen geben. Ich schere mich nicht darum, wer das Oberhaupt dieser Familie sein wird. Feststeht, die Markov-Dynastie wird Bestand haben und fortleben. Also werde ich mein Glück mit dir als meine kleine eigene Familie in vollen Zügen genießen. Ist das in Ordnung für dich, Walküre?«

Erneute die Tränen steigen in mir auf, tapfer blinzle ich sie weg. Ergriffen bringe ich ein abgehacktes Nicken zustande. Mein Mann hat sich verändert, er ist gewachsen an den Katastrophen, die wir bewältigt haben. Ebenso wie ich.

Mit den Fingerspitzen streicht er mir eine losgelöste Strähne aus dem Gesicht. »Sollen wir die Gäste nun nicht länger warten lassen?«

Er gibt unserem Butler ein Zeichen, woraufhin dieser die Flügeltüren zur Empore des Ballsaals öffnet und uns lautstark ankündigt.

Bevor wir durch den Türbogen treten, flüstert mir Nikolai Worte, die nur für meine Ohren bestimmt sind, zu. »Alena, du bist nicht mehr allein auf dieser Welt. Lass uns gemeinsam Seite an Seite gegen all die Ängste und Sorgen kämpfen. Es gibt nichts auf dieser Welt, was du tun könntest, damit ich dich jemals wieder gehen lasse!«

Verschwörerisch zwinkert er mir zu. Zum ersten Mal seit unserem Kennenlernen sieht mein Ehemann eher wie der Erzengel Gabriel aus, statt wie Luzifer persönlich. Benommen erwidere ich sein Lächeln aufrichtig, bevor ich mich der Menge in unserem Ballsaal zuwende. Erstaunt realisiere ich, dass der Saal zwar gut gefüllt ist, allerdings ausschließlich mit unseren Freunden und Bekannten.

Auf einen schönen Abend!, denke ich und schreite an Nikolais Seite die Stufen hinab.

Drei Stunden später lasse ich mich mit einem undamenhaften Seufzer auf einen der Stühle am Rand der Tanzfläche plumpsen. Meine Füße pulsieren schmerzhaft, als wäre ich in diesen vermaledeiten High Heels einen Marathon gerannt. Durch das Training bin ich zwar äußerst gut in Form, aber diese Schuhe werden irgendwann mein Tod sein. Aller Wahrscheinlichkeit nach werde ich mir ungeachtet der Blockabsätze den Hals brechen.

Dank Chiaras kluger Voraussicht habe ich nicht die Stilettos angezogen. Sie versteht die Strukturen des Syndikats deutlich besser als ich. Weshalb ihr sofort klar gewesen ist, dass ich verpflichtet sein würde, mit jedem der Oberhäupter der anderen Familien zu tanzen. Eines muss man den Männern in ihren eleganten, dunklen Smokings lassen, sie können allesamt verdammt gut tanzen, schweben geradewegs über das Parkett. Geschickt sind sie meinen hohen Absätzen ausgewichen, wann immer ich mich mit den Schritten verzettelt habe.

»Ich schätze, deine Pause wirst du besser intensiv genießen. Mein Gefühl sagt mir, dass gleich der alljährliche Tanz von König und Königin des Syndikats an der Reihe ist.« Verschmitzt grinsend taucht Chiaras Gesicht an meiner Seite auf. »Nicht zuletzt, weil ich deinen Ehemann eben darauf hingewiesen habe, dass er heute Abend noch nicht ein einziges Mal mit dir getanzt hat.«

Triumphierend wackelt meine Collegefreundin mit den exakt gezupften Augenbrauen. Ihre wilden Locken sind zu einer hoheitlichen Hochsteckfrisur aufgesteckt, einzelne schwarze Strähnen umrahmen ihre rosigen Wangen. Aufstöhnend folge ich ihrem vielsagenden Blick und sehe, wie Nikolai sich durch die Menschenmassen schlängelt, um zu uns zu gelangen. Wobei ›Schlängeln‹ das falsche Wort ist, wohin er geht, teilt sich stets die Menge für ihn.

Im Hintergrund spielt das Orchester die ersten Takte von Coldplays *Adventure of a Lifetime*. Augenblicklich fühle ich mich an unseren Hochzeitstag zurückversetzt. Neue Energie durchflutet mich bei dem Gedanken, eng an meinen Ehemann gepresst über die Tanzfläche zu schweben. Kaum hat Nikolai uns erreicht, springe ich auf die Füße, ergreife seine einladend ausgestreckte Hand und ziehe ihn ungeduldig in Richtung der sich leerenden Tanzfläche.

Ein breites Grinsen voller unverhohlener Belustigung ziert seine Gesichtszüge. »Ich weiß gar nicht, warum sich die anderen bei mir beschwert haben, dass du beim

Tanzen nicht euphorisch wärst. Du bist mir gerade fast vor Vorfreude in die Arme gesprungen.«

Mit der flachen Hand verpasse ich ihm einen tadelnden Klaps auf die Schulter. Kann jedoch nicht verhindern, dass meine Lippen sein Lächeln erwidern. »Vielleicht täuschst du dich auch und ich wollte eigentlich an dir vorbei auf Gavril zurennen. Er ist wirklich ein begnadeter Tänzer, vor allem wenn seine Hand gekonnt etwas zu tief an meinem Rücken herab wandert.«

Herausfordernd lächelnd wende ich den Kopf hin und her, um in der Menge nach Gavril zu suchen. Bevor Nikolai mir durch seinen Körper die Sicht versperren kann, habe ich den Angesprochenen gefunden und zwinkere ihm verschwörerisch zu. Ein animalisches Grollen erhebt sich in der Brust meines Mannes, zeigt mir, dass der kleine Seitenhieb sein Ziel getroffen hat.

»Beruhige dich, Nikolai. Ich mache doch nur Spaß, jeder deiner Freunde hat sich mehr als anständig benommen.« Beschwichtigend ziehe ich mit dem Daumen sanfte Kreise auf seiner Schulter. Ich hasse es, die Wärme seiner Haut nicht durch das Jackett seines Smokings spüren zu können.

Schwungvoll zieht mich Nikolai in die nächste Drehung, wie auf Wolken schweben wir über die Tanzfläche. Mit sanftem Nachdruck drückt er mich näher an sich, als es die Gegebenheiten des Walzers ursprünglich erlauben. Für einen Moment bilde ich mir ein, dass unsere Herzschläge einen gemeinsamen Rhythmus gefunden haben, eins sind. Die Gedanken an die letzten Nächte überfluten meinen Verstand, lassen die Realität verschwimmen. Unbewusst tauche ich in die Welt meiner Erinnerungen ein, während ich vergesse, wo Nikolai und ich uns befinden. Berauschende Lust, überwältigende Emotionen und pure Leidenschaft vernebeln meine Sinne, als die Bilder von unseren verschlungenen Körpern, Nikolais festen Griff um meine Taille und seinen feurigen Küssen in meinem Kopf auftauchen.

»Ich wusste vom ersten Moment an, dass du die Richtige für mich bist, Koschka. In der ersten Sekunde, als deine grünen Smaragde auf meinem Radar aufgetaucht sind, wusste ich, dass du mir gehören musst. Du bist für mich bestimmt, weißt du. Auch wenn du meine Liebe womöglich niemals erwidern wirst, sie wird dir immer sicher sein.« Nikolais Hauchen an meinem Ohr reißt mich aus der Fantasie. Die letzten Takte des Songs erklingen und wir gleiten in eine elegante Abschlussdrehung.

Es dauert einen Augenblick, ehe seine Worte in mein von Lust vernebeltes Gehirn vordringen. Doch was sie auslösen, als ich sie verstehe, hätte ich niemals erwartet.

Bin ich für diesen Schritt bereit?

KAPITEL 33

Igor Popow

Englische Weihnachtsnächte können verdammt kalt sein, aber eine solche Banalität kann mich nicht von meinem Vorhaben abbringen. Schließlich habe ich jahrelang als hochrangiges Mitglied innerhalb verschiedenster Militärs gedient. Eisige Winternächte sind zu meinem zweiten Zuhause geworden. In der Kindheit habe ich jedes verfluchte Militärcamp besucht, das mein Vater ausfindig machen konnte. Aus mir sollte ein hochklassiger Soldat werden, der würdig genug ist, in seine Fußstapfen zu treten.

Vor allem wollte er seinen diabolischen Bastard aus der Öffentlichkeit heraushalten, kreischt die bösartige Stimme in meinem Kopf. Und sie hat nicht Unrecht. Vater hat mich ausschließlich im Stillen als seinen Sohn anerkannt. Jahrzehntelang wurde ich versteckt und verleugnet. Nun bin ich der letzte männliche Nachkomme meiner Linie und dazu vorherbestimmt, das Schicksal der Familie zu erfüllen.

Ich liege nicht umsonst in der klirrenden Kälte vor den Toren des Markov-Anwesens auf der Lauer. Nikolai Markov mag mir zwar sowohl meinen Vater als auch meinen Halbbruder genommen haben. Aber ich werde ihm tiefere Wunden zufügen. Schnitte, so abgründig wie die Schluchten des Cotahuasi-Canyon in

Peru, die ich vor Jahren besucht habe. Solche, die niemals heilen werden. Sie werden ihm sein Herz aus der Brust reißen und ihn langsam zugrunde gehen lassen. Dann werde ich seine Bratva und seine legalen Geschäfte übernehmen. Ich werde ihm einfach alles nehmen!

Ein unterdrücktes Lachen steigt in meiner ausgedörrten Kehle empor. Endlich werde ich bekommen, was mir zusteht und all die Jahre verwehrt wurde. Seit dem Tag, als ich erfahren habe, wer mein Vater ist, habe ich mir geschworen, den rechtmäßigen Platz einzunehmen. Jetzt ist der Zeitpunkt, an dem ich an der Markov-Familie Blutrache üben werde.

Es sind mehrere Monate vergangen und die Puzzlestücke meines Plans konkretisieren sich jeden Tag mehr zu dem Bild der Vergeltung. Unbändige Wut brennt in meinem Inneren, nährt sich von den dunklen Abgründen meiner verkümmerten Seele.

Konzentriert kundschafte ich das Gelände aus, ich habe mich in der Nähe des großzügigen Anwesens positioniert und bin dennoch weit genug weg, um nicht ins Visier der Wachen zu geraten. Markovs Leute sind loyal, das muss man ihnen lassen.

Ich unterdrücke die Abscheu, die meinen Körper mit einer Gänsehaut überzieht, wenn ich daran denke, dass er seine Wachen und Untergebenen wie eine große Familie behandelt. Sie erhalten seinen Respekt, er versorgt ihre Verwandtschaft und begegnet ihnen auf Augenhöhe.

Das einfache Volk lebt, um von einem mächtigen Anführer geführt zu werden. *Widerlich!*

Genauso ekelerregend wie die ganzen liebevollen Familienszenen, die ich mir während meiner Beobachtungsmissionen ansehen musste: Schneeballschlachten mit den Wachen, Schlittschuhlaufen auf dem gefrorenen See des Anwesens, Schlittenfahrten und um der Verhätschelung die Krone aufzusetzen: ein Winterball, auf welchem selbst die Angestellten Gäste sind. Eine verweichlichte Bratva, die es auszulöschen gilt. Mein Vater sagte stets, wer Schwäche offen zeigt, ist dem Untergang geweiht. *Ich werde dieser Untergang sein.*

Trotz meiner von den Minusgraden betäubten Gliedmaßen bricht ein breites Grinsen meine gleichgültigen Gesichtszüge auf. Die junge Ehefrau, Markovs persönlicher Schatz, sollte ich zuerst töten, hingerichtet vor den Augen ihres liebenden Ehemanns. Aller Wahrscheinlichkeit nach werde ich die Romanov-Brüder, die treuen Wachhunde des Pakhans, vorrangig ausschalten müssen. Sie wurden gezüchtet, um ihre erbärmlichen Leben für den Markov-Sprössling zu geben.

Wobei es um Artjom Romanov schade sein wird. Er ist in der russischen Unterwelt als dunkler Schatten bekannt. Im Gegensatz zu seinem lächerlichen Bruder weiß er die Kunst des Folterns und Tötens zu schätzen. Wie ein Dämon genießt er es, wenn das Blut seiner Opfer seine Hände färbt. Die Spur seiner Leichen zieht sich quer über den Globus und hat mich wider Willen beeindruckt. Schließlich haben die drei aberwitzigen Musketiere der Markov-Dynastie alle in der Armee gedient, wurden von den besten Spezialeinheiten der Welt trainiert, während sie ihre jämmerlichen Hochschulabschlüsse absolvierten. Einem Herrscher bedarf es logischerweise an einer gewissen Intelligenz, doch ist diese einmal vorhanden, muss sie nicht spezifisch durch altersweise Professoren geschult werden. Ein Mann wird zum Oberhaupt geboren oder nicht.

Eine Bewegung am Rande der Terrasse weckt meine Aufmerksamkeit und durchbricht den Sumpf meiner Gedanken. Schnell greife ich nach dem bereitliegenden Fernglas mit eingebautem Nachtsichtgerät. Als hätten meine Überlegungen sie herbeigerufen, tummelt sich die Spitze der Markov-Bratva auf der Terrasse. Gemeinsam gönnen sie sich den Luxus einer Zigarre, während sie in ihr Gespräch vertieft sind. Brodelnder Neid steigt meiner Luftröhre empor, verätzt meine Atemwege und schneidet mir den Sauerstoff ab. Diese Mistkerle genießen einen Luxus, der mir gebührt. Wäre ich in seinen Kreisen aufgewachsen, wäre Nikolai mit Sicherheit mein Freund oder zumindest ein Untergebener geworden. Ich müsste mit ihnen auf diesem Balkon stehen und rauchen.

Geistesgegenwärtig habe ich es in einem unbemerkten Moment geschafft, eine Wanze mit einer professionellen Schleuder auf das Anwesen zu bugsieren. Erst dachte ich, auf diesem selten genutzten Fleck der Villa würde sie mir nichts nutzen, doch ich habe mich getäuscht. Mit wenigen Handgriffen aktiviere ich die Wanze, bringe die Kopfhörer in meinen Ohren an und lausche gespannt dem Gespräch.

»Warum bist du so verstimmt, Bruder? Bist du etwa immer noch wütend, weil sie dich schon wieder auf der Matte geschlagen hat?« Diese Stimme würde ich unter Tausenden erkennen. Artjom frotzelt mit seinem Zwillingsbruder Anatoli.

Ich kann absolut nicht nachvollziehen, was Nikolai an dieser Nullnummer findet. Anatoli Romanov ist ein schlaffes Weichei, kaum in der Lage zu töten. Seine Erfolge im Militär hat er einzig und allein seinem würdevollen Bruder zu verdanken.

Wahrscheinlich ist er in der Schule früher immer verprügelt worden. Belustigt stoße ich Luft aus.

Bevor ich mich erneut in einer Zornesrede über Schwächlinge verlieren kann, holt das abrupte Rauschen an meinem Ohr mich in der Gegenwart.

»Ist für die übermorgige Übung alles vorbereitet?« Die Klarheit in Nikolais Markov dunkler Stimme erfüllt mein Gehör.

Eine Übung? Übermorgen? Was könnte es damit auf sich haben?

»Klar, Kolja. Es ist alles mehr als bereit. Die Wachen werden in der Früh Briefe mit ihren Posten erhalten. Alles soll so echt wie möglich für den Fall der Fälle sein. Wahrscheinlich geht dann das gesamte Grundstück in Chaos unter, aber du bist ja der Meinung, dass es schon an der Zeit ist für solch eine Aktion.«

Ein entrüstetes Schnaufen ertönt in der Abhörleitung. Anatoli klingt alles andere als begeistert über die Befehle, welche ihm sein Pakhan erteilt hat. Wäre er meine rechte Hand, würde er längst hängen für solch eine unverfrorene Bemerkung. Ein weiterer Beweis von Markovs Unzulänglichkeit.

»Mach dir keine Sorgen, Bruder. Es ist ja nur eine kleine Feldübung. Sicherlich wird es keine großartigen Schwierigkeiten geben. Wir treffen uns einfach übermorgen Vormittag an der östlichen Grenze des Anwesens und leiten alle Vorgänge ein.«

Es folgt kurzes Gelächter in der Männergruppe, bevor Nikolais Bariton erneut erklingt. »Du hast nur Angst, dass eine ganz bestimmte Person eine Waffe finden könnte und du für all deine ungebührlichen Taten büßen musst.« Die drei Männer verfallen von Neuem in lautes Gelächter.

Stumm verfolge ich ihren Austausch als blinder Passagier der Unterhaltung. Sie besprechen angenehmerweise alle Einzelheiten über den Beginn der militärischen Übung. Einen freudigeren Zufall könnte es nicht geben. Es muss Schicksal sein, dass sie ausgerechnet dieses Gespräch auf dieser Terrasse führen.

Die Niedertracht meines Verstandes fügt die letzten Puzzleteile zu einem vollendeten Plan zusammen, während die Vorfreude in kindischer Ungeduld in mir wächst. In Anbetracht der Mission hatte ich vorgehabt, meinen Angriff erst zu starten, wenn der Schnee geschmolzen ist und die Tage beginnen würden, wärmer zu werden. Doch Vater sagte stets, man müsse das Schicksal loben, wenn es einem in die Hände spielt. Ich wäre ein Narr, würde ich diese glückselige Gelegenheit verstreichen lassen.

Rachsüchtig beobachte ich durch das Fernglas, wie die Männer den Zigarrenstumpf auf dem Schnee des Geländers ausdrücken und durch die breite Verandatür im Inneren des Gebäudes verschwinden.

Übermorgen wird der Tag der Tage sein. Zum übernächsten Mittag wird die Markov-Bratva dem Untergang geweiht sein, ihr königliches Blut der Unterwelt wird den jungfräulichen Schnee in einen roten See verwandeln. Bevor die Sonne in zwei Tagen das nächste Mal versinkt, wird die Popow-Bratva aus dem Reich der

Toten auferstehen. Wie ein Phönix werde ich mich brennend aus der Asche erheben und mit tödlichen Flammen meine Feinde vernichten.

Mein siegessicheres Lachen hallt einsam und bedeutungsvoll durch die Nacht.

Der Triumph wird mein sein.

KAPITEL 34

Nikolai

Der Schnee knirscht verheißungsvoll unter meinen Militärstiefeln, als ich zusammen mit Ilja den östlichen Seiteneingang verlasse.

»Was bedrückt dich, mein Sohn. Die Falte auf deiner Stirn spricht Bände. Mach es wie früher, als du ein kleiner Junge warst und erzähl es Onkel Ilja!«

Ein verirrter Lachlaut verlässt meine Lippen und klingt wie ein Grunzen. Ilja kann förmlich riechen, wenn mich etwas beschäftigt. *Wenn ich nur wüsste, was es ist, dass die Unruhe in mir gnadenlos anheizt.*

Die Anspannung verfolgt mich seit meinem Geständnis an Alena auf dem Winterball. Jedes Wort, das ich gesagt habe, habe ich ebenso gemeint. Ich liebe sie, habe mich ihr mit Körper, Herz und Seele verschrieben. Der Glanz auf ihrem Gesicht, als sie meine Beteuerung realisiert hat, hat für sich gesprochen. Sie glaubt an meine Aufrichtigkeit. Nichtsdestotrotz schwebt eine letzte dünne Barriere, umgeben von unheilvoller Aura zwischen uns.

Ich kann den Schmerz, den diese Tatsache auslöst, nicht einmal ansatzweise in Worte fassen. All die Zweifel, welche ich gut verborgen in meiner Seele gefangen halte, drängen umso stärker an die Oberfläche, mit jedem Tag, an dem Alena und ich uns nicht im Einklang befinden. Wieder einmal verfluche ich meine Unvorsichtigkeit und die verfickte Entführung, welche scheinbar unheilbare Narben auf unserer Zukunft hinterlassen hat.

Wärst du umsichtiger und nicht derart abgelenkt gewesen, hätte Arseniy Alena niemals in die Finger bekommen.

Es ist die gleiche grausame Stimme, die mich stets verhöhnt. Nicht, dass sie Unrecht hätte, aber ich bin es leid, in der Vergangenheit zu leben. Jede Nacht lässt mich mein Verstand von Neuem die schrecklichen Bilder durchleben, wie meine abgemagerte, gefolterte Frau beinahe nackt an dieses vermaledeite Kreuz gefesselt ist. Jedes Mal verschwimmt meine Sicht in diesem Traum, färbt sich blutrot, bis ausschließlich flüssiges Feuer durch meine Adern fließt. Ich reiße alles nieder, lasse die Welt brennen, lege sie in Schutt und Asche. Die Ernüchterung, wenn ich schweißgebadet aufwache und meine Frau an meine Seite geschmiegt vorfinde, tröstet mich wenig über die Schuld, die ich in mir trage, hinweg.

Manchmal denke ich, ich sei verflucht. Erst meine Eltern, dann meine Ehefrau. Trocken schlucke ich die aufkommende Panik herunter.

Gut, dass ich keine Kinder habe, die an der Reihe sein könnten.

»Wusstest du, dass die Narbe am Hals deines Vaters von deiner Mutter stammte?«

Iljas abrupte Frage wirft mich aus dem Gleichgewicht, sodass meine Schuhspitze an einem losen Kieselstein hängen bleibt und ich ins Straucheln gerate. Im letzten Moment kann ich mich wenig grazil abfangen, um nicht mit der Nase voran im Dreck zu landen.

Heute ist kein guter Tag für den Bratva-Boss in mir, stelle ich seufzend fest.

»Meine Mutter hat meinen Vater abgöttisch geliebt. Niemals hätte sie ihm auch nur ein Haar gekrümmt.« Meine Feststellung klingt, als ob ich ihn der Lüge bezichtige. Wenn es Ilja aufgefallen ist, lässt er es sich nicht anmerken.

Seine Schultern zucken gleichgültig in die Höhe, doch das amüsierte Schmunzeln auf seinen Lippen verrät mir, was ich wissen muss. Diese Anekdote ist interessanter, als sie sein sollte.

»Oh, täusch dich da mal nicht, Junge! Deine Mutter wollte deinen Vater ums Verrecken nicht heiraten. Sie war kämpferisch und tapfer wie eine Kosakin. Jedes Mal, wenn dein Vater Blumen zu ihren Kennenlerntreffen mitbrachte, zückte sie ein Feuerzeug und zündete sie an.«

Ein breites Grinsen schleicht sich auf seine Züge. Als würde er die Szene gerade vor sich sehen. »Dein Vater war geduldig und na ja, bis beide Ohren in deine Mutter verliebt. Also gab er nicht auf. Anfangs begleitete ich ihn alle zwei Tage zu ihr, später dann täglich. Er erzählte deiner Mutter von seinem Alltag, von seinen Wünschen und ihrer gemeinsamen Zukunft, während sie stoisch schwieg. Als dein Großvater ihr eröffnete, dass sie deinen Vater heiraten muss, gingen einige Vasen im Haus deines Großvaters zu Bruch.«

Gedankenverloren überblickt er die Gärten, unterdessen er mir Zeit gibt, diesen ersten Teil der Geschichte zu verarbeiten.

»Also haben meine Eltern gar nicht aus Liebe geheiratet?« Die Verblüffung steht mir mit Sicherheit deutlich ins Gesicht geschrieben.

Die Ehe meiner Eltern war voller Liebe, gegenseitigem Respekt und wenn ich mich aus der Sicht eines Erwachsenen an meine Kindheit zurückerinnere, ebenfalls getrieben von unbändiger Lust. Ein kurzer Schauer durchfährt mich, schnell schüttle ich den Gedanken von der intimen Beziehung meiner Eltern ab. Liebe hin oder her, kein Kind will sich vorstellen, wie seine Eltern es miteinander treiben.

»Natürlich haben deine Eltern aus Liebe geheiratet. Einer von den beiden wusste lediglich noch nicht, dass es Liebe war. So organisierte dein Vater für deine Mutter eine wahre Traumhochzeit. Gefühlt war jeder anwesend, mit dem deine Mutter auch nur ein einziges Mal gesprochen hatte.« Augenrollend schüttelt Ilja den Kopf, wobei sein volles Haar vom Wind zerzaust wird. »Cinderellas Hochzeit wäre ein Witz gegen den Prunk, den dein Vater auffuhr. In der Hochzeitsnacht hingegen wollte er es langsam angehen lassen. Deine Mutter hingegen hatte andere Pläne. Sie setzte sich breitbeinig auf den Bauch deines Vaters. Als dieser glaubte, er hätte das Eis gebrochen und sei mit seiner Liebe zu ihr durchgedrungen, drückte sie ihm einen Dolch an die Kehle. Sorgsam hatte sie auf diesen Moment gewartet, den Dolch mit einem zweiten Strumpfband am Oberschenkel befestigt. Das Ende der Geschichte ist kurz, dein Vater war so perplex, dass er schallend zu lachen begann und sich hierdurch selbst schnitt. Deine Mutter, eine Frau von reinster Seele und Unschuld, war darüber so bestürzt, dass sie einen riesigen Krawall verursachte, um deinen Vater verarzten zu lassen. So erfuhr das gesamte Anwesen von der blutigen Hochzeitsnacht des Pakhans.«

Ein Lächeln zeichnet sich auf meinen Lippen ab. Wie gut kann ich mir ebenjene Szene zwischen den beiden vorstellen. Als ich mich Ilja erneut zuwende, spiegeln sich auf seinem Gesicht ähnliche Gefühle von Verlust und Sehnsucht wider, wie ich sie auch empfinde.

»Du vermisst sie immer noch schmerzlich, oder?«

»Jeden Morgen, wenn ich meine Augen öffne, mein Junge. Wir waren all die Jahre unzertrennlich.« Sanftmütig legt er seinen durchtrainierten Arm um meine Schulter und zieht mich väterlich an seine Seite. »Doch wenn ich sehe, zu welcher Art von Männern ihr drei jungen Windhunde euch entwickelt habt, bin ich sehr stolz, euer Ersatzvater zu sein, auch wenn ich für Anatoli und Artjom schon der Ersatz des Ersatzes bin. Nikolai, du bist deinem Vater unglaublich ähnlich, ein weiser, respektvoller Anführer und irgendwann werden deine Kinder es dir gleichtun. Auch wenn sie vielleicht nicht von deinem Blut sein werden. Egal, wo deine Eltern jetzt sein mögen, sie sind wahnsinnig stolz auf dich!«

Von Nostalgie erfüllt wende ich den Blick zu Boden. Ilja versucht nicht einmal verbergen, dass er sich verstohlen über die Augenlider wischt. Ergriffen fahren meine Finger über die Stelle, unter welcher mein Herz liegt. Zwar weiß ich nicht treffsicher, worauf Ilja hinaus will, doch ich spüre, wie Zuversicht in mir wächst.

»Verstehst du, weshalb ich dir das erzählt habe?«, fragt Ilja nachsichtig.

In mir keimt ein unbekanntes Gefühl auf, beinahe gleicht es einem tiefen Verständnis, ist jedoch nicht greifbar für mich. Ergeben fahre ich mir durch die Haare und lege den Kopf verwirrt zu Seite. Ein schwaches Kopfschütteln verrät meine Unsicherheit. Dennoch fühle ich mich, als wären hunderte Tonnen Ballast herabgefallen. Anscheinend versteht mein Inneres Iljas Worte besser, als mein Kopf sie verarbeiten kann.

Bevor mein Mund weitere Fragen formen kann, unterbrechen uns zwei Stimmen aus dem Hintergrund.

»Boss, ich will ja nicht drängeln, aber wenn wir nicht bald mit der Übung anfangen, geht die Sonne wieder unter, bevor etwas passiert ist.«

Als Ilja und ich uns umdrehen, schieben sich Anatoli und Artjom in unser Blickfeld. Die beiden sind ebenfalls in ihren Militäroutfits, bestehend aus in Tarnfarben gehaltenen Cargohosen und Jacke, gekleidet. An ihren Oberschenkeln sind wie bei jeder unserer Missionen ihre Waffen geschnürt. Unter Artjoms Jacke blitzt obendrein ein zweiter Holster mit zwei weiteren Kleinkalibern hervor. Gespielt dramatisch verziehe ich das Gesicht über die Ernsthaftigkeit, mit der die Brüder an diese Übung herangehen. Dabei soll diese ausschließlich demonstrieren, welche Fähigkeiten meine Ehefrau sich in den letzten Monaten angeeignet hat. Ich werde kaum zulassen, dass Alena uns jemals auf eine gefährliche Mission begleiten oder gar in die Lage kommen wird, einen Menschen töten zu müssen. Schließlich ist meine nicht mehr so zierliche Ehefrau weiterhin Ärztin und an ihren hippokratischen Eid gebunden. Stumm berührt Ilja meine Schulter, ehe er uns drei stehen lässt und zurück zum Haus geht, um alle weiteren Vorbereitungen zu treffen.

Geschwind teilt Artjom ihm mit, auf welcher Frequenz unser taktisches Kommunikationssystem einzustellen ist. Wir alle tragen bei jeder Mission In-Ear-Headsets, die Dima speziell für unseren Bedarf konstruiert hat. Dann stapfen wir zu dritt, stumm die Hände in den Hosentaschen vergraben, durch den knapp zwanzig Zentimeter hohen Schnee. Ich für meinen Teil genieße die gemeinsame Ruhe vor dem Sturm. Der heutige Tag ist zwar als Übung gedacht, doch im letzten Jahr haben wir gelernt, dass die Gefahr und unsere Feinde niemals schlafen. Sollte das Anwesen im Ernstfall angegriffen werden, müssen wir und das gesamte Personal für den Notfall gewappnet sein.

Ein kalter Schauer jagt unter den Stoffschichten der Ausrüstung über meinen Rücken. Ein unheilvolles Kribbeln bringt mein Blut in Wallung. Mit einem kurzen Ausschütteln der Muskeln versuche ich das Gefühl zu vertreiben, sehe allerdings, dass die Brüder ihre Gliedmaßen entspannen, um sie gleich darauf wieder anzuspannen. Unruhig atmend bleibe ich stehen, Artjom und Anatoli entfernen sich einige Schritte von mir, ehe sie zum Stillstand kommen. Irgendetwas geht hier vor sich.

Plötzlich meldet sich eine Stimme über den Funk: »Rauch an der Nord- und Westseite des Anwesens. Vermutlich kleinere Kabelbrände in der Außenbeleuchtung oder etwas in die Richtung. Ich ziehe Truppen ab und schicke sie hin.«

»Kabelbrände mit Rauch bei dieser Höhe von Schnee im Außengelände? Das ist doch totaler Bullshit! Liegt da draußen irgendwas, was ein bei einer Störung Rauch hervorrufen könnte?« Unglaube schwingt in Anatolis Stimme mit.

Die beiden Romanov-Brüder wenden auf den Absätzen, um zurück zum Haus zu stürmen, bleiben aber nach wenigen Schritten erneut stehen.

»Schützt das Haus um jeden Preis!«, erteile ich eilig den Befehl.

Eine zweite Welle eiskalter Gewissheit erschüttert mich, lässt das Blut in meinen Adern unter den Nullpunkt gefrieren. Der angehaltene Atem brennt in den bereits kochenden Lungen. Hier stimmt etwas ganz und gar nicht.

»Es sind bereits zwei Truppen vor Ort, um das Anwesen zu schützen. Weitere Männer platzieren sich gerade innerhalb des Hauses. Ich bin bei der königlichen Truppe!«, hallt Iljas Stimme in meinen Ohren wider.

Gott sei Dank, Alena ist in Sicherheit.

Die *königliche Truppe* ist das Codewort für all unserer Liebsten. Weshalb ich aus den Augenwinkeln sehe, dass Anatoli sich ein Stück weit entspannt.

Der Wind raschelt durch die Hecken, die die Wege umgeben. Meine Gedanken rasen wie eine aufgeschreckte Herde Antilopen über meine Nervenbahnen, während mein Gehirn an einem geeigneten Plan zur Verteidigung des Anwesens arbeitet.

»Wir sollten uns den Truppen um das Anwesen herum zumindest kurz anschließen. Artjom, würdest du dann mit einigen deiner Leute die Westgrenze nach Norden ablaufen? Anatoli, du beginnst mit deinen Männern an der Nordgrenze und läufst in Richtung Westen. Ich werde mich versichern, dass es allen im

Haus gut geht. Anschließend begebe mich ich an der Ostgrenze nach ...«

»Du wirst jetzt nirgendwo hingehen, kleiner Markov-Prinz.« Rüde unterbricht mich eine unbekannte Stimme hinter mir.

Bis ich reagieren kann, zwingt mich ein bulliger Arm um den Oberkörper zu einer leicht gebückten Haltung. Die andere Hand drückt ein Messer mit kalter Eisenklinge an meinen Hals. Ich halte mich regungslos, starre die Brüder mit aufgerissenen Augen an, unterdessen mein Verstand zu verstehen versucht, wie es dem Eindringling gelungen ist, auf das Gelände zu kommen.

Zu spät realisiere ich, dass ich das Knirschen seiner Stiefel im Schnee mit dem Rascheln des Windes verwechselt haben muss.

Anfängerfehler!

Ein reflexartiges Zucken meiner Hand stellt das Funkgerät am Gürtel auf Dauerübertragung.

Mit leichtem Druck meiner Schultern richte ich mich auf und fixiere erneut die Anatoli und Artjom. Der Schrecken, der sich auf Anatolis Gesicht widerspiegelt, zeigt mir, wie tief ich in der Scheiße stecke. Obwohl ich diese Gewissheit angesichts der Tatsache, dass eine frostige Schneide gegen meine Hauptschlagader drückt, nicht gebraucht hätte. In Artjoms Augen sehe ich hingegen ein Erkennen aufblitzen. Ich weiß, dass keiner von ihnen mich je verraten würde, weshalb ich Artjom fragend fokussiere, jedoch ohne eine eindeutige Antwort zu erhalten.

Die Hand des Eindringlings zittert leicht um den Griff des Messers. Allerdings macht er in seinen Handlungen keinen sonderlich nervösen Eindruck auf mich. Kein Geruch der Angst haftet an ihm. Im letzten Moment vermeide ich es, trocken zu schlucken, um die Klinge an meinem Hals nicht zu bewegen. Sie wird mich unweigerlich beim Sprechen behindern, weshalb ich auf meine Brüder zählen muss. Selbstsicher entwaffnet der Fremde mich, indem er das Holster an der Hüfte löst und in die Gebüsche schräg hinter uns befördert. Lediglich die beiden kleineren Messer in den Stiefeln verbleiben mir. Bei jeder seiner Bewegungen schneidet die Klinge an der Kehle bedrohlich in die oberste Schicht meiner Haut ein, lässt mich jedoch nicht bluten.

Gebannt beobachte ich, wie Artjom sich bei diesem Anblick aus seiner Starre löst und in ruhigen Schritten auf unsere seltsame Paarung zu bewegt.

»Bleib stehen, Artjom! Wir wollen doch nicht, dass eurem so kostbaren Anführer etwas geschieht. Ich könnte mich erschrecken und die Klinge ungebremst in seine Kehle jagen.« Keineswegs klingt seine Stimme, als könnte ihn irgendetwas zu einer unbeabsichtigten Bewegung verleiten. Ausnahmsweise hüte ich mich, auf diese Situation hinzuweisen, es gilt die Lage zu entspannen und ihn zum Aufgeben zu raten. Ich meine, diese Aktion ist der reinste Wahnsinn. Ich habe nicht den leisesten Hauch einer Ahnung, wie er es geschafft hat, derart weit zu kommen. Auf keinen Fall wird er diesen Boden lebend verlassen. Zügig balle ich meine Hände zu festen Fäusten, um die in mir aufsteigende Wut in Schach zu halten. *Ich hasse es, versagt zu haben. Erneut.*

»Los Jungs, weg mit den Waffen! Ihr wisst doch bestimmt nicht nur, wie man diese Waffengürtel anlegt.

Denk immer daran, jedes unbedachte Zucken eurerseits kann den letzten Atemzug bei diesem Wichser hier auslösen.«

Gehorsam legen Anatoli und Artjom ihre Waffen ab und werfen sie wie befohlen außerhalb ihrer Reichweite. Meine Mundwinkel heben sich minimal, als ich bemerke, dass sie sie wie von meinem Vater antrainiert nicht zu unserem Eindringling werfen, sondern hinter sich. Stolz erfüllt mich und ich straffe majestätisch die Schultern. Wenn ich hier sterben sollte, dann wird dieser Mann mich wenigstens nicht in die Knie zwingen.

»Igor Blinow, richtig? Wir sind uns einmal begegnet, als du in einer Fremdenlegion gedient hast. Wer schickt dich, Igor? Leg das Messer weg. Ich bin mir sicher, Nikolai wird –«

»Niemand schickt mich, mein Freund. Ich bin mit einem eigenen Plan hergekommen. Außerdem habe ich den Nachnamen meiner verhurten Mutter unlängst abgelegt und trage nun mit Stolz den Namen meines Vaters«, unterbricht er Artjom, um anschließend seine Lippe in Richtung meines Ohrs zu bringen.

Der säuerliche Geruch seines Atems steigt mir in die Nase und vermischt sich mit der Abscheu, die ohnehin durch mein Blut pulsiert.

»Mein Name ist Igor Vladimirowitsch Popow. Zwar mag ich nicht im ehelichen Popow-Bett gezeugt worden sein, doch ich bin der letzte meiner Art. Aus diesem Grund liegt es an mir, die Blutrache an der Familie Markov zu üben. Hör mir genau zu, kleiner Prinz, ich werde mich nicht wiederholen: Zuerst werde ich jetzt deine wunderschöne Frau auf den Plan rufen, denn mir ist nicht entgangen, wie du dein Funkgerät umgestellt hast. Vermutlich kann dein braves Weib bereits seit einer Weile jedes Wort mitanhören. Dann werde ich dir vor ihren Augen live die Kehle durchschneiden. Anschließend werde ich selbst den Platz an der Spitze deiner Mafia einnehmen. Sollten sich die Romanov-Brüder mir unterwerfen, haben sie die Ehre, am Leben bleiben zu dürfen. Vielleicht lasse ich sie auch einmal dabei zusehen, wie ich deine Frau ficke. Wäre doch zu schade, wenn meinem über alles geliebten Bruder das als einzigem vergönnt gewesen wäre.«

In meinem Rücken kann ich spüren, wie Igor den Kopf lachend in den Nacken wirft. Unweigerlich entweicht mir zwischen den Lippen ein tollwütiges Knurren. Jede Faser meines Wesens entzündet sich und brennt vor Wut. Dieser Bastard wird heute sterben, koste es, was es wolle. Selbst wenn ich mein eigenes Leben verliere, wird dieser Hurensohn auf keinen Fall einen einzigen Finger an meine Familie legen.

»Kein schlechter Plan, wenn man bedenkt, dass er von einem Popow Bastard herrührt. Du hast nur eine nette Kleinigkeit vergessen, Igor. Dieses Gelände verfügt über knapp einhundert Wachen. Du wirst wie ein löchriger Emmentaler Käse aussehen, bevor du einen Fuß über die Schwelle meines Anwesens setzen kannst. Geschweige davon, dass keiner meiner treuen Leute dir jemals folgen wird. Wir respektieren uns hier gegenseitig, eine Wenigkeit, die deine Familie niemals verstanden hat.« Ich spreche vorsichtig, versuche, kleinste Bewegungen des Adamsapfels im Hals zu vermeiden und doch spüre ich wiederholt, wie das Messer über meine bloße Haut schabt.

An jedem anderen Tag würde ich gekonnt keinen Atemzug dafür verschwenden, jemanden als Bastard zu bezeichnen, der angeblich auf der falschen Seite des Bettes geboren wurde. Ein Kind ist ein Kind und damit ein Familienmitglied, egal ob es ehelich geboren ist, oder nicht. Ich kenne die Ansichten, die in der Popow-Dynastie vertreten worden sind. Sie leben im Geiste in einer Zeit, als unsere Ururgroßväter als Hochadel einen wichtigen Part bei der Regierung des Landes gespielt haben.

»Respekt? So, glaubst du, Markov-Söhnchen? Schau dir die Gesichter deiner sogenannten Brüder an. Sie überlegen bereits, wie sie unter meiner Führung aufsteigen können. Außerdem unterschätzt du, wie Macht und rohe Gewalt die Leute fügsam machen können!« Hohl lacht Igor an meinem Hinterkopf.

Dieser Typ hat nicht das geringste Körnchen Menschenkenntnis in sich. Ansonsten könnte er die Abscheu und Wut auf den Gesichtern meiner Brüder lesen. Ich bin mir sicher, beide von ihnen foltern diesen Kerl in Gedanken längst.

Die beiden Männer weiterhin fixierend versuche ich sie stumm davon zu überzeugen, dass die Bratva vor diesem Irren geschützt werden muss. Auch wenn es meinen eigenen Tod bedeutet.

Erneut tritt Artjom einige Schritte auf uns zu, dieses Mal folgt Anatoli ihm. Sie kommen nicht weit, ehe Igor hinter mir einen markerschütternden Schrei fahren lässt. Für wenige Sekunden verliert der große Russe mit dem Messer in der Hand die Fassung und schneidet mich dabei. Ich muss nicht nach unten sehen, um zu spüren, wie rotes Blut seine Klinge färbt.

Es tut mir leid, Vater, dass ich eine Enttäuschung für dich bin, denke ich und schließe wehmütig die Augen.

KAPITEL 35

Magdalena

»Seht euch an, was eure unbedachte Aktion zur Folge hat, ihr Idioten. Nun färbt sein Blut meine Schneide!«, tönt die Stimme des Attentäters durch das In-Ear-Headset in meinen Gehörgang.

Ein erstickter Schrei verlässt meine Lippen, während meine Knie ihren Dienst versagen. Wie eine abgeschnittene Marionette falle ich in mir zusammen.

Zum Glück haben wir unsere Funkgeräte stumm geschalten, damit wir die dauerübertragene Konversation der Männer nicht stören. Auf dem Boden kniend balle ich die Hände in dem Hochflorteppich zu Fäusten. Wider Erwarten ist es nicht die Trauer, die die Venen meines Körpers leer spült, sondern puristische Wut und der Wunsch nach zerstörerischer Gewalt pulsieren durch mich hindurch, verlangen Rache und den Tod dieses Mannes. Sein Leben für das meines Ehemannes.

»Ich bitte dich, Igor. Ein kleiner Schnitt setzt noch keinen Markov-Mann außer Gefecht«, meldet Nikolai sich keuchend in der Leitung zu Wort.

Gott sei Dank!

Ruckartig erhebe ich mich und springe auf die Füße. Es ist nicht zu spät, um zu handeln. Blitzartig schieße ich durch das Zimmer und sammle die abgelegte Ausrüstung zusammen und ziehe sie geschwind an. Als ich mich anschicke, den sicheren Raum, in dem wir uns befinden, zu verlassen, vernehme ich ein Räuspern in meinem Rücken.

»Egal, was du vorhast. Du solltest es dir gut überlegen, diesen Raum verlassen zu wollen, Magdalena. Nikolai wird mich umbringen, wenn er davon erfährt. Lass diese Angelegenheit von anderen Wachtruppen erledigen.«

Sämtliche Instinkte überlagern meinen Verstand und damit die Führung über Körper und Geist. Ehe ich mich versehe, zischt eins der Messer, welche ich wie alle Soldaten in den Stiefeln trage, haarscharf an Iljas Ohr vorbei und schlägt krachend in der Wand hinter ihm ein. Langsam drehe ich ihm meinen Körper zu, recke hoheitsvoll das Kinn in die Höhe, wobei ich nicht verhindern kann, zu ihm hochsehen zu müssen.

»Ilja, als Nikolais Ehefrau habe ich den zweithöchsten Rang in dieser Bratva. Zwing mich nicht, dir Befehle erteilen und deinen Gehorsam einfordern zu müssen. Bis die Wachtruppen das gesamte Gelände abgesucht haben, um sicherzustellen, dass dieses Arschloch allein arbeitet, ist mein Mann längst tot. Ich werde nicht hier rumsitzen und stricken, während dieser Kerl unsere Zukunft abschlachtet!«

Als ich meine eigenen Worte höre, fahre ich sichtbar zusammen. Stumm zwinkert Chiara mir zu und gibt mir mit einer Handbewegung zu verstehen, dass ich mich auf den Weg machen soll.

»Wenn ich die Situation richtig einschätze, befinden sich die Männer an der hinteren Ostseite des Anwesens, richtig? Wenn wir also auf das Dach des Gerätehauses kommen, habe ich eine von Bäumen freie Flugbahn.«

»Magdalena, das müsste eine Distanz von über eintausend Yards sein. Keiner unserer Schützen kann über diese Weite hinweg zielsicher treffen. Ich bin mir nicht einmal sicher, ob Artjom einen solchen Schuss wagen würde.« Die Warnung in Iljas Stimme ist unüberhörbar.

Und doch haben wir keine andere Wahl, nahezu alle Männer, welche nicht mit dem Schutz des Hauses betraut sind, suchen die restlichen Grenzen des weitläufigen Anwesens auf weitere Eindringlinge ab. Niemand weiß zu diesem Zeitpunkt, wer sich an welcher Stelle befindet. Außerdem bin ich direkt nach Artjom die beste Schützin, die das Hause Markov zu bieten hat.

Dieser Bastard hat es geschafft, das Anwesen ins Chaos zu stürzen.

Entschlossen greife ich zu der schwarzen Stofftasche, in welcher das Gewehr liegt. Maxim hat es speziell für mich anfertigen lassen. Schwungvoll werfe ich mir die Tasche über die Schulter, nicke Chiara ein letztes Mal zu. Sie und Dima werden zurückbleiben, während ich wie Superwoman die Familie rette.

Damit der frisch gewachsene Mut mich nicht verlässt, drehe ich mich ohne ein weiteres Wort um und renne aus dem Raum. Lediglich die schweren Schritte seiner Stiefel verraten mir, dass Ilja mir auf dem Fuß folgt.

Den größten Teil der Strecke legen wir innerhalb des Gebäudes zurück, verlassen es letzten Endes durch die gleiche Tür, durch welche am heutigen Morgen Nikolai ebenfalls den Garten betreten hat. Ein mulmiges Gefühl verdreht mein Inneres, der Magen zieht sich zusammen, doch ich sprinte weiter, ohne mich von all den Emotionen überwältigen zulassen.

Kotzen kannst du später, Alena, sage ich mir stetig.

Nach einer gefühlten Ewigkeit schwinge ich ein Bein über die Kante auf das Dach des Gerätehauses und vergeude keine Zeit, zügig das Gewehr aufzubauen. Mit einer einzigen Handbewegung schalte ich das Funkgerät auf Übertragung ein. Es ist so eingestellt, dass es auf meine eigene Stimme reagiert. Dank unseres Technikfreunds Dima ist die Markov-Bratva fortwährend auf dem neusten Stand.

»Nummer 2 meldet sich von Position 14«, flüstere ich vor mich hin. Mir ist bewusst, dass nicht nur Artjom weiß, wo sich Position 14 auf dem Anwesen befindet, aber sollte dieser Irre mithören, kann ich wenigsten noch eine Zeit lang mein Vorhaben vertuschen. Schnell lege ich mich flach auf das Dach, bringe das Gewehr in die richtige Aufstellung und zwinge meinen keuchenden Atem, sich zu verlangsamen. Für gewöhnlich benötige ich für die geeignete Atemgeschwindigkeit lediglich wenige Sekunden, doch die ganze Aufregung und unser kurzer Sprint sind für solche Aktionen nicht förderlich.

»Das macht doch keinen Sinn!«, entfährt es Anatoli in über einem Kilometer Entfernung. »Igor, lass einfach das Messer fallen. Du bist allein und wir sind zu viele.«

Mir ist bewusst, dass Anatolis erste Worte mir gelten und er die letzten Sätze hinzugefügt hat, um mich und diesen absurden Plan nicht zu verraten.

Nachdem meine Atmung sich beruhigt hat, werfe ich einen Blick durch das Zielfernrohr des Scharfschützengewehrs. In einiger Entfernung hat sich Ilja neben mir mit einem Fernglas ausgestattet ebenfalls auf dem Dach hingelegt. Mit Sicherheit ist er dabei, an Artjoms Stelle die Windstärke und -Richtung zu berechnen.

Alle Parameter vor mich hin murmelnd stelle ich das Zielfernrohr auf die Entfernung ein. Ein flüchtiges Knistern ertönt in der Leitung und verwirrt mich kurzzeitig, bis ich erkenne, dass Artjom mit einem Hustenfall die Angaben gegencheckt. Wenigstens ein Mensch auf dem Planeten, der an meine Fähigkeiten glaubt.

»Kann ich frei sprechen?«, hauche ich und erlange damit wieder ein zustimmendes Husten von Artjom. Igor Popow hat zwar verstanden, dass wir alle über Funk verbunden sind, kann ihn aber nicht hören, da aufgrund der knochenschallbasierten Übertragung der Headsets keine Geräusche in die Umgebung dringen. Ein Vorteil, der auf unserer Seite eine wichtige Rolle spielt.

»Ich bin in Position, habe Sichtkontakt und freies Schussfeld. Auch wenn es der erste Moment in meinem ganzen verdammten Leben ist, in dem ich mir wünsche, mein Ehemann wäre etwas kleiner.«

Ich zucke gnadenlos zusammen, als Iljas Stimme über den Funk ertönt. Er gibt alle benötigten Informationen durch und weist Artjom an, die Angaben nachzuempfinden. Aufgrund seiner langjährigen militärischen Laufbahn ist dieser ohne zweckmäßige Geräte überaus gut darin, die Umgebungsbedingungen für einen Schützen einzuschätzen. Er lässt seine linke Hand unbemerkt hinter seinen breiten Rücken sinken und gibt uns einen erhobenen Daumen zur Bestätigung. Ich weiß, dass er den Höhenunterschied zwischen mir auf dem Dach und ihnen auf dem Boden einkalkuliert hat. Also beginne ich damit, Igor Popow ins Visier zu nehmen.

Je näher ich dem Abdrücken komme, desto stärker breitet sich ein unkontrollierbares Zittern in mir aus. Von Artjom weiß ich, dass es vor einem Schuss das Beste ist, seinen Gefühlen Raum zu geben, sodass sie dir nicht im Weg stehen. Auch wenn Artjom kein Mensch ist, der seine Emotionen auf der Zunge trägt, bin ich mir sicher, dass er ein emphatischer Mann ist.

Aus diesem Grund sprudeln die Worte heraus, als ich mich durchringen kann, den Mund zu öffnen. »Artjom, ich habe Angst! Ich habe hier auf diesem beschissenen Dach eine verfluchte Scheißangst. Was ist, wenn ich Nikolai anstelle von Igor treffe? Ich kann doch nicht meinen eigenen Ehemann umbringen. Was soll ich nur tun, wenn er nicht mehr da ist? Ich kann nicht jede Nacht einsam in diesem riesigen Bett liegen, ohne dass er mich in den Schlaf wiegt. Ich liebe es, wie er mich jeden Abend in seine starken Arme zieht, um mich selbst in meinen Träumen beschützen zu können. Und ich liebe es umso mehr, dass er morgens das Erste ist, was ich sehe, sobald ich die Augen aufschlage. Ich könnte mir niemals verzeihen, den wunderbarsten Menschen getötet zu haben, der mir jemals begegnet ist. Er wäre so ein wundervoller Vater. Ich wünschte, ich könnte ihm eine ganze Fußballmannschaft an Kindern gebären. Wie soll ich weiterleben, wenn der Mann, den ich wie die Luft zum Atmen brauche, tot ist?

Ich kann einfach nicht ohne ihn leben!« Schwer atmend beende ich die Tirade und wische mir die Tränen aus den Augenwinkeln, welche sich im Laufe meines Gefühlsausbruches dort gesammelt haben. Was als Ansprache an Artjom angefangen hat, hat sich schnell zu einer Rede entwickelt, von der ich glücklich bin, dass Nikolai sie ebenfalls gehört hat. Zwar fühle ich mich deutlich erleichtert, jedoch hat die Angst mich weiterhin fest in ihren eisigen Fängen.

»Was zur Hölle bedeutet in diesem Kontext die Zahl Zwei?«, fragt Ilja irritiert neben mir. Während meiner Ansprache ist er näher gekrochen und hat begonnen, mir väterlich über den Rücken zu streicheln. Sanft stoppe ich seine Bewegungen und bedeutete ihm den für einen ruhigen Schuss nötigen Abstand wieder einzunehmen, dann spähe ich durch das Zielobjektiv. Artjom und Anatoli halten standhaft zwei Finger hinter ihren Rücken hoch.

Plötzlich fällt es mir wie Schuppen von den Augen und ich suche aufgeregt Nikolais Gesicht. Die beiden Brüder deuten keine Zahl an, sondern formen mit ihren Fingern ein Peace-Zeichen. *Ich soll mich entspannen und auf mich selbst vertrauen.*

Die Gesichtszüge meines Mannes strahlen vor Glückseligkeit. Seine gesamte Haltung wirkt entspannt, vollkommen gelassen. Als wolle er mir sagen, dass auch er seinen Frieden damit gemacht hat, unabhängig davon, was als Nächstes geschehen wird. Stechendblaue Augen spiegeln sich in meinem Objektiv wider. Für einen Moment glaube ich, in seine Seele hineinschauen zu können.

Schlagartig beruhigt sich mein eigener Herzschlag, dröhnt dennoch in meinen Ohren. Zunächst sind es zwei verschiedene Rhythmen, bilde ich mir ein; sie werden langsam, aber kontinuierlich zu einem einzigen Schlagen. Kurzzeitig schließe ich die Lider, lausche dem Geräusch unseres Einklangs, genieße die innere Ruhe unseres gemeinsamen Friedens.

Als ich Igor Popow wieder ins Visier nehme, höre ich im Hintergrund, dass er eine weitere seiner Hassreden auf die Markov-Familie hält. Ruhig führe ich die nötigen Handgriffe an meinem Gewehr aus, bringe die Patrone in den Lauf, mache alles für den Abschuss bereit. Dann lege ich die Wange in die dafür vorgesehene Halterung und fokussiere mich. Mit tiefen Atemzügen verlangsame ich meinen Puls weiter, nehme Haltung an und visiere mein Ziel an.

»Nikolai, du musst mir einen wichtigen Gefallen tun. Halt einfach ganz still, beweg dich keinen Millimeter. Ich werde gleich abdrücken. Keine Angst, ich würde dich niemals verletzen, Liebling. Fang einfach Igors Hand ab, bevor er dich schneiden kann, wenn er umfällt. Konzentrier dich auf diese Aufgabe. Versprich es mir, Nikolai, bleib für mich am Leben!«

Witzlos ihn, um dieses Versprechen zu bitten, da ich diejenige bin, die auf ihn schießen wird. Igor Popow ist nur wenig größer als Nikolai, weshalb sein Kopf zum Teil hinter dem Kopf meines Ehemanns versteckt ist. Doch ich habe freies Schussfeld auf seine Stirn und bin damit in der Lage, ihn mit einem einzigen Schuss zu töten. Für einen Moment keimen frische Zweifel bezüglich meines abgeleisteten hippokratischen Eides in mir auf, ich verbanne sie radikal in die letzte Ecke meines Verstandes.

Dann ist es, als hätte die Welt aufgehört, sich zu drehen, in völliger Stille nehme ich weitere gleichbleibende Atemzüge, halte nochmals inne, um die wichtigsten Worte meines Lebens zu sprechen.

»Nikolai, vergiss niemals! Ich liebe dich aus tiefstem Herzen mit der Gänze meiner Seele!«

Kaum haben diese Worte meine Lippen verlassen, unterbreche ich meine Atmung und drücke den Abzug.

KAPITEL 36

Nikolai

In Gedanken versunken über Alenas letzte Worte, hätte ich um ein Haar das leise Summen der herannahenden Kugel und den Einschlag in Igors Stirn verpasst. Überrascht schaffe ich es daher kaum rechtzeitig, Igor das Messer aus der leblosen Hand zu schlagen, sodass es einen halben Meter entfernt im Schnee liegen bleibt. Als wäre ich nicht knapp dem Tod entronnen, schenke ich der Leiche unseres Eindringlings keinen zweiten Blick, sondern will zunächst an beiden Brüdern vorbeisprinten. In der Bewegung ändere ich jedoch abrupt meine Richtung und falle ihnen überglücklich grinsend um den Hals. Anatoli, der weiterhin blass um die Nase ist, blinzelt erschrocken einige Tränen der Überwältigung aus seinen Augenwinkeln. Auch Artjom entfährt ein kurzer Schluchzer, bevor er sich unserer Umarmung anschließt. Stirn an Stirn mit meinen Brüdern genehmigen wir uns diese Sekunden der Erleichterung.

Anschließend klopfen mir beide gleichermaßen auf die Schultern. »Geh zu ihr, Nikolai«, rät mir Artjom und legt seinem Bruder einen Arm in den oberen Rücken.

Ich weiß, dass sie mir in gemächlicherem Abstand folgen werden. Aus der Entfernung kann ich meine Ehefrau auf dem Gerätehaus erkennen, wie sie ihr Equipment zusammenpackt. Ein Glücksfall, dass Igor sie in seinem Wahn nicht auf dem Dach des Gartenhauses bemerkt hat. Stolz und Ehrgefühl erfassen mich, der Ehemann dieser wunderschönen, intelligenten und mutigen Frau sein zu dürfen. Die Erinnerung an ihre liebevollen Worte klettert in meinem Verstand empor und vernebelt mir mit einem gefühlvollen Tränenschleier die Sicht.

»Walküre!«, schreie ich heiser heraus und falle in kurzer Distanz vor dem Gerätehaus auf die Knie in den Schnee.

Mit ausgebreiteten Armen starre ich zu ihr herauf und beobachte gespannt ihre Reaktion. Zu spät wird mir klar, dass ich furchtbar aussehen muss. Zwar ist die kleine Schnittwunde am Hals längst angetrocknet und blutet nicht mehr. Erfreulicherweise hat Igor mit seinem Herumgefuchtel nicht meine Halsschlagader erwischt, sondern mit der Klingenseite einzig einen Fetzen Haut abgeschürft. Dennoch sind Wunden am Hals immer ein kleines Blutbad, weshalb mein Oberkörper etliche Flecken aufweisen dürfte. Als wir uns ansehen, breitet sich ein so schönes Lächeln auf ihren Lippen aus, dass ich den desolaten Zustand, in dem ich mich befinde, vergesse. Ich schwebe auf Wolken, denn meine Frau hat meine Liebe erwidert. Die Sonne wählt in kitschiger Dramatik diesen Zeitpunkt, um durch die dichte Wolkendecke hindurch zu brechen. Der Wind trägt Alenas Duft direkt in meine Nase und verzaubert damit meine Sinne.

Mittlerweile hat Alena das Einpacken abgeschlossen, reicht Ilja ihre Tasche und erhebt sich grazil aus ihrer ebenfalls knienden Position. Kurzzeitig flackert ein Bild von meiner Walküre in meinem Kopf auf, wie sie in unserem Schlafzimmer nackt vor mir auf dem Bett kniet, darauf wartend, dass sie meinen harten Schwanz zwischen ihre rosafarbenen Lippen nehmen kann. Die erotische Vorstellung wird sogleich von der scharf gestochenen Realität beiseitegeschoben, denn Alena tritt würdevoll an den Rand des Daches und schwingt sich einem majestätischen Salto zu Boden, wo sie sich sanft im Schnee abrollt.

Mit wenigen weiteren Schritten ist sie bei mir und wirft sich so übermütig in meine geöffneten Arme, dass wir gemeinsam rückwärts in den Schnee fallen.

»Nikolai, ich bin so froh, dass ich dich nicht getroffen habe. Ich liebe dich, Nikolai! Endlich konnte ich es sagen. Nicht, dass ich es nicht die ganze Zeit nicht schon gefühlt hätte, aber ich konnte es einfach nicht laut aussprechen«, rattert sie die Worte herunter.

»Schscht!«, mache ich sanft und streiche ihr einige Strähnen hinters Ohr, welche sich in dem Trubel aus ihrem Pferdeschwanz gelöst haben. »Ich wusste es immer, Alena. Tief in meinem Inneren habe ich immer gewusst, dass du mich genauso liebst wie ich dich!«

Sorgsam wirble ich uns herum, sodass Alena unter meinem Körper in den Schnee gepresst wird. Ich schere mich nicht um unsere durchnässten Klamotten, sondern presse in einem wilden Kuss den Mund auf ihren. Verschlinge sie, als hätten wir uns Jahre nicht gesehen, dirigiere meine Zunge zwischen ihre heißen, willig geöffneten Lippen und koste die Süße ihres Gaumens. Ergeben stöhnend windet sie sich unter mir, schlingt die Arme um meinen Hals und zieht mich so dicht zu sich heran, als wollte sie mich nie wieder loslassen.

Nach einer Weile beende ich unseren verruchten Kuss und ziehe Alenas Arme über ihren Kopf. Erschrocken schlägt sie die Lider auf und funkelnde Smaragde starren zu mir herauf. Sanft drücke ich ihr einen letzten Kuss auf die Nasenspitze.

»Aber mal im Ernst, Walküre, wenn du das nächste Mal auf mich schießt, werde ich dich so hart bestrafen, dass du monatelang nicht mehr sitzen kannst.«

Verwirrt weiten sich die Pupillen meiner Ehefrau, ehe die sichtliche Erregung von ihr Besitz ergreift. Augenblicklich werden ihre Züge weich; benommen leckt sie sich über ihre von unseren Küssen geschwollenen Lippen.

Ein verschmitztes Lächeln breitet sich auf ihrem niedlichen Mund aus. »Was immer du befiehlst, Ehemann! Solange du mich in diesen Monaten überall hinträgst oder mit mir gemeinsam im Bett bleibst, werde ich nichts gegen eine Bestrafung einzuwenden haben!«

Ruckartig stemme ich mich vom Boden hoch, komme auf die Füße und ziehe Alena hinter mir her. Direkt im Anschluss daran werfe ich sie mir leichtfüßig über die Schulter und steuere auf die Seitentür des Ostflügels zu, mit welcher heute Morgen unser Unheil begonnen hat.

Diesen Moment wählen Anatoli und Artjom, um sich zu uns zu gesellen. Entspannt grinsend schlendern die Brüder weiterhin Arm in Arm wie ein altes Ehepaar auf uns zu. Wäre diese Szene zu späterer Stunde passiert, hätte ich viel Geld darauf gewettet, dass die beiden zu tief ins Glas geschaut hätten. Doch die Betrunkenheit des Glücks hat hier nichts mit Alkohol zu tun. Mit dem gleichen Gesichtsausdruck tritt Ilja ebenfalls zu uns, drückt jeden von uns geschwind, ehe er sich ins Haus zurückzieht. Seine drei Ziehsöhne beinahe zu verlieren, mag auch für einen alten Hasen wie Ilja zu viel des Guten sein. Vorsichtig stelle ich Alena neben mir auf die Füße, lasse jedoch nicht zu, dass sie sich lediglich einen Schritt von mir entfernt. Wenn ich könnte, würde ich sie nie wieder loslassen. Nie mehr werde ich an ihrer Liebe, ihrer Loyalität und ihrem Mut zu zweifeln wagen.

»Hast du gut gemacht, Kleines«, bestätigt Artjom ihr geradewegs, während er sie flüchtig umarmt und den Kopf tätschelt. Wenn ich ihn nicht besser kennen würde, hätte es den Anschein einer Begegnung zwischen Hund und Herrchen. Der große Russe trägt den gleichen stolzen Ausdruck zur Schau, den ich ebenso für lange Zeit nicht mehr aus Gesicht wischen können werde.

Die Umarmung zwischen Alena und Anatoli fällt für meinen Geschmack zu lange aus, sodass ein kleiner Stich der Eifersucht mich durchfährt. Diesen zerschlägt meine Frau in alle Himmelsrichtung, als sie von Anatoli zurücktritt und unmittelbar nach meiner Hand greift. Unsere Finger verflechten sich sofort miteinander, ich ziehe sie eng umschlungen an mich.

»Ich glaube, heute ist ein guter Tag zum Feiern!«

»Wenn man es genau bedenkt, war es sogar eine sehr erfolgreiche Übung. Magda hat bewiesen, dass sie die beste Schützin dieser Bratva ist. Nicht einmal ich hätte mir diesen Schuss zugetraut und mit einer klitzekleinen Hilfestellung hat sie ihn mit Bravour gemeistert«, stimmt Artjom mir schulterklopfend zu. »Boss, ich glaube nicht, dass du sie davon abhalten können wirst, uns auf Missionen zu begleiten.«

»Gott schütze uns vor zu vielen Frauen mit geladenen Waffen!« Anatoli stöhnt, als er uns die Seitentür aufhält.

Drinnen werden wir von einem kleinen Empfangskomitee bestehend aus Dima, Maxim, Chiara sowie dem halben Hausstand erwartet. Die junge Amerikanerin springt mit solcher Wucht in Anatolis Arme, dass Artjom ihm kurzzeitig stützend die Hand in den Rücken legt. Der Rest meiner Angestellten und Soldaten schleicht hintergründig in der Empfangshalle umher. Ich kann es ihnen nicht verübeln, sie alle wollen eine Bestätigung aus erster Hand, dass es ihrem Herrn gut geht. Einzig von Ilja fehlt jede Spur.

»Er wollte auf den Friedhof. Deinen Eltern vom heutigen Tag berichten, nehme ich an«, bestätigt Maxim meine Gedanken, weshalb ich nachsichtig den Kopf neige.

»Wir werden den heutigen Tag mit Feiern verbringen, die Soldaten sollen zu ihren Familien heimkehren. Jeder, der mit uns feiern möchte, ist herzlich dazu eingeladen!«

Am Ende des Tages sitzen wir zu fünft im grünen Salon, einem kleinen Wohnzimmer in der Mitte des Hauses. Ilja hat sich nach dem Abendessen mit betonter Müdigkeit zurückgezogen, wahrscheinlich um den Tag in Ruhe verarbeiten zu können. Ilja trifft keine Schuld an der heutigen Misere, aber es wird seine Zeit dauern, ehe er sich verzeihen kann, dass er Alenas Fähigkeiten zunächst nicht vertraut hat. Er wird darüber hinwegkommen, zumal Alena ihm dies unzählige Male versichern wird.

»Vielleicht sollten wir langsam ins Bett gehen, Walküre«, flüstere ich leicht zu ihr hinüber gebeugt ins Ohr.

Wider Erwarten schüttelt meine Ehefrau den Kopf. »Wir beide haben noch ein ganzes Leben lang Zeit, um gemeinsam ins Bett zu gehen, aber dieser Augenblick gerade jetzt ist einzigartig. Lass uns noch ein bisschen bleiben.«

Geschlagen seufze ich und verflechte meine Finger mit ihren. Was wäre ich für ein schrecklicher Ehemann, wenn ich ihr einen Wunsch abschlagen würde, vor allem da sie mir heute nicht nur den verdammten Arsch gerettet hat.

»Ich denke, ich werde Chiara gestatten, ebenfalls an Alenas Training teilzunehmen«, meldet sich Anatoli von der Couch zu Wort, wo Chiara bis zu dieser Sekunde mit dem Rücken gegen seinen Arm gelehnt gesessen hat.

Wie von der Tarantel gestochen springt sie auf und bohrt ihren erhobenen Zeigefinger in die Brust meines besten Freundes. »So, ich wusste gar nicht, dass du die Macht hast, mir etwas zu erlauben oder zu verbieten! Für mich ist es ohnehin längst an der Zeit, nach Hause zurückzukehren.«

Mit einem entrüsteten Schnaufen lässt sie von Anatoli ab, marschiert quer durch den Raum und platziert ihren Hintern schmollend auf dem Schoss von einem überrumpelten Artjom. Perplex hebt der Romanov-

Zwilling die Hände in die Luft, um die Angebetete seines Bruders so wenig wie möglich zu berühren.

Neben mir ist Alena sichtlich bemüht, ihr Lachen zu unterdrücken. Beim Anblick von Chiaras schlechter schauspielerischer Leistung schaffe ich es nicht länger und pruste lautstark los. Alena und Chiara stimmen nahezu sofort ein. Nach wenigen Sekunden kann auch Artjom nicht mehr an sich halten und brummt mit seinem tiefen Lachen vor sich hin, weiterhin darauf bedacht, Chiara nicht unschicklich zu berühren.

»Komm schon, Anatoli. Das geschieht dir ganz recht, du kannst doch nicht ernsthaft glauben, einer Frau Vorschriften machen zu können«, piesacke ich ihn nach Luft schnappend, während die anderen lachen.

»Sagt der Mann, der seine Frau mit einem höchst verwerflichen Deal zum Bleiben gezwungen hat, um sie dann zu einer Ehe zu erpressen.« Der gespielt feindselige Blick in seinen silbergrauen Augen verflüchtigt sich, als Alena vor lauter Lachen grunzende Laute ausstößt.

Sanft hebe ich sie hoch, setze mich aufrecht und platziere sie mit dem Rücken an meinen Oberkörper gelehnt zwischen den Beinen, damit sie entspannt sitzen kann. Seufzend dreht sie den Kopf zu mir herum. »Der beste Deal, den ich jemals im Leben gekriegt habe.«

»Und mit Sicherheit der sinnlichste, den du jemals kriegen wirst, Ehefrau«, bestätige ich ihr und verschließe ihre wartenden Lippen mit einem zarten Kuss.

Ein Deal, der unser Leben lang bestehen wird. Für immer!

EPILOG I

Magdalena

Sieben Monate später

»Nikolai, lass mich bloß nicht fallen. Du hättest mir die Augen nicht verbinden müssen.« Ich stöhne angespannt, während sich meine Finger fest um seine Hand schließen. Seine freie Hand liegt auf meinem unteren Rücken und dirigiert mich vorwärts.

Das Geräusch von sich öffnenden Türen ertönt und Nikolai führt mich blind weiter. Das militärische Training mag zwar meine Fähigkeiten, mich zu orientieren und auf meine Umgebung zu lauschen, verbessert haben, aber mit verbundenen Augen durch die Gegend zu laufen, ist einfach nicht meine Leidenschaft.

Er lacht leise an meinem Ohr. »Du warst sehr tapfer, Koschka. Sei ein braves Mädchen und bleib noch ein wenig geduldig«, flüstert er.

Braves Mädchen.

Nikolai weiß ganz genau, was diese Worte bei mir auslösen. Vor einigen Monaten nach einer Rettungsmission, in der ich etwas Wagemutiges getan habe, hat Nikolai schließlich seine Bestrafung Realität werden lassen. Sobald die Schlafzimmertüren hinter uns ins Schloss gefallen waren, hat Nikolai mich gepackt und aufs Bett geworfen. Ehe ich mich versah, lag ich bäuchlings über seinen Schoß gebeugt und meine Hose hing samt Slip in meinen Kniekehlen. Erst als seine raue Handfläche meine blanke Haut traf, hatte ich realisiert, was gerade vor sich geht. Er hatte mir den Hintern versohlt, nicht gerade sanftmütig. Nein, er hatte mich mit dreißig Schlägen bestraft und anschließend erbarmungslos von hinten genommen. Zu meinem eigenen Beschämen hatte mich dieses verdammte Spanking so feucht gemacht, dass er mit Leichtigkeit in mich eindringen konnte.

»Sag mal, Liebling. Träumst du mitten in der Öffentlichkeit davon, wie ich dich übers Knie lege und dich anschließend wie das brave Mädchen, das du bist, lobe. Deine Wagen sind ganz rot«, durchbricht Nikolai meine aufkommende Sinnlichkeit. »Wir haben es fast geschafft, nur noch wenige Schritte, dann darfst du die Augenbinde abnehmen.« Die letzten Sätze spricht er laut und deutlich aus.

Gespannt lausche ich auf Umgebungsgeräusche, bis auf unsere Atmung bleibt der Raum, in dem wir uns befinden, still.

Schließlich verlässt Nikolais Hand meinen unteren Rücken und wandert in Richtung meines Hinterkopfes. »Herzlichen Glückwunsch zum Geburtstag, Alena«, ruft er aus, während er mir vorsichtig den Seidenschal vom Gesicht löst.

Mich an das grelle Gegenlicht gewöhnend blinzle ich mehrere Male vor mich hin. Stück für Stück stellen meine Augen den Ballsaal vor mir scharf. Wir befinden uns auf der Empore, unter uns sind all unsere Freunde versammelt. Chiara ist ebenfalls aus den USA zu Besuch, wird aber nach dem heutigen Abend vermutlich wieder abreisen. Die Familien der Heartless Kings stehen v-förmig anhand ihres Ranges sortiert aufgereiht. Freudestrahlend werfe ich einen Blick auf meine neu gewonnene Familie, als mich plötzlich eine kleinere Gruppe Menschen stutzen lässt.

Eine vierköpfige Familie bildet die Spitze der Aufreihung. Es dauert einige Sekunde, ehe mir die Wahrheit wie Schuppen von den Augen fällt. »Die Zwillinge!«, schreie ich heraus. »Du hast sie hergebracht!« Jetzt gibt es kein Halten mehr, ich schlüpfe aus meinen High Heels, hebe mein Kleid an und renne wie Aschenputtel die Treppenstufen herunter. Die beiden Zwillinge sitzen zwar in Rollstühlen und ihre Gesichter tragen die vernarbten Spuren der vielen Operationen und doch leben sie. Frische Luft strömt in meine Lungenflügel und ich breite die Arme aus, bis ich letztendlich vor ihren Rollstühlen zum Stehen komme.

»Ihr kleinen Racker seht verdammt gut aus«, schluchze ich. Wie jedes Mal, wenn ich die Kinder in den letzten Monaten im Therapiezentrum besucht habe, kann ich meine Tränen nicht zurückhalten. Auch die Mutter der Zwillinge, die Arm in Arm mit meiner alten Nachbarin vor mir steht, schafft es wieder einmal nicht, ihre überschäumenden Glücksgefühle zurückzuhalten. Aus diesem Grund ziehen die beiden Frauen mich liebevoll in die Arme.

Ein Schluchzer ertönt. »Ich danke dir. Ich verdanke dir das Leben meiner Kinder. Niemals werde ich dir vergessen, was du für meine Familie getan haben!«, flüstert sie heiser in mein Ohr, wobei ihre Stimme mehrfach bricht. Eine Weile umarmen wir uns leise vor uns hin weinend.

Schließlich unterbrechen uns zwei kindliche Stimmen. »Mama, dürfen wir es Magdalena jetzt zeigen?«

Gerührt blicke ich auf, während wir unser kleines Grüppchen auflösen. Meine Nachbarin lehnt sich nun lächelnd an Artjom. Ihr Gesicht ist zwar faltig und sie wirkt, als wäre sie im letzten Jahr stark gealtert, doch seit Nikolai dafür gesorgt hat, dass sie mit ihrer Schwiegertochter in England in der Nähe des Zentrums leben kann, ist die jugendliche Ausstrahlung, die sie schon früher besessen hat, auf ihre Züge zurückgekehrt.

»Was denn? Habt ihr etwas für mich gemalt?«, frage ich die Kinder begeistert. Grinsend schütteln beide den Kopf, worauf ihre rotblonden Locken umher schwingen.

Womit ich jedoch nicht gerechnet hätte, ist, dass sie mit den Füßen die Tritte des Rollstuhls seitlich wegklappen und ihre Füße zielstrebig auf dem Marmorboden abstellen. Die Kinder haben in den letzten Monaten großartige Fortschritte gemacht, aber dass sie freihändig stehen können, war mir nicht bewusst. Ich traue meinen Augen kaum, als beide Kinder einen Fuß vor den anderen setzen und einige Schritte gehen.

Die medizinischen Chancen für solch eine Rehabilitation liefen bei ihnen gegen null. Triumphierend grinsend tapsen Emilio und Leonie weitere Schritte auf mich zu. Sie gebannt beobachtend sinke ich in die Knie und lasse zu, dass die beiden Fünfjährigen ihre immer noch zu dünnen Arme um meinen Hals schlingen. Jeder von ihnen drückt mir einen Kuss auf die Wange, bevor sie sich an den Händen nehmen und die wenigen

Schritte zu ihren Rollstühlen zurückkehren. Sichtlich erschöpft lassen sie sich von Chiara und Anatoli hinein helfen und lehnen sich zurück.

Für einige Wimpernschläge wirkt es, als hätte jemand den Ton der Welt ausgestellt.

Mechanisch ruckt mein Kopf im Anschluss des Realisierungsprozesses zu Nikolai herum. »Hast du absichtlich diese tollen Neuigkeiten zurückgehalten, damit die beiden mich überraschen können? Ich habe mich schon gewundert, dass ich letzte Woche nur so einen knappen Bericht erhalten habe«, fassungslos sprudeln die Worte aus mir heraus. Erschüttert starre ich in Nikolais lächelndes Gesicht. *Dieser Ausdruck sagt mir alles, was ich wissen muss.*

Mit gespielter Entrüstung springe ich auf die Füße, überwinde die wenigen Meter bis zu meinem Ehemann und werfe mich ihm in die Arme. Wie jedes Mal fängt Nikolai mich aufmerksam auf, hebt mich vom Boden auf und dreht sich mit mir in seinen Armen einige Male um die eigene Achse.

Freudig vergrabe die Finger in seinem dichten, blonden Haar und drücke meine Lippen auf seine. Willig öffnet Nikolai seinen Mund, verschlingt augenblicklich meinen, während ich seiner Zunge bereitwillig Einlass gewähre. Wie bei jedem Kuss, den wir teilen, vergesse ich alles um mich herum, sodass Nikolai gezwungen ist, den Kuss zu beenden, bevor er ausufert.

Mich immer noch in seinen Armen haltend gibt er der Band, die ich nicht einmal bemerkt habe, ein Zeichen. Natürlich ist der erste Song der Party ein Coldplay-Song. Die Tanzfläche wird freigegeben, unsere Angestellten laufen mit Häppchen und Getränken durch den Saal, während unsere große, bunte Familie meinen Geburtstag feiert. Alle amüsieren sich prächtig, tanzen und scherzen miteinander. Wenn mir jemand gesagt hätte, dass ich eine Bratva einmal als meine Familie im engeren und ein ganzes Verbrechersyndikat als deren Erweiterung betrachten würde, hätte ich ihn wohl für verrückt erklärt.

Einige Stunden später ist die Feier noch in vollem Gange. Auf ihren Wunsch hin hat Nikolai meine Nachbarin und ihre Familie nach Hause bringen lassen, unsere Freunde hingegen machen keine Anstalten, gehen zu wollen. Gavril und Evgenij haben sich zwei Gitarren bringen lassen und spielen ein russisches Volkslied.

Glücklich lasse ich mich neben Nikolai auf eine Chaiselongue fallen und schlüpfe aus meinen Schuhen. »Danke für dieses schöne Fest und dafür, dass du mich niemals aufgegeben hast. Danke, dass du meine Familie bist.«

»Danke, dass du dieses Haus zu einem Zuhause gemacht hast, Walküre!«, spricht er mir aus der Seele.

Selig betrachte all die Menschen in unserem Ballsaal. Ich fühle mich angekommen.

Endlich Zuhause!

Epilog II

Chiara

Während des Weihnachtsballs

»Vielleicht ist es langsam an der Zeit für mich in mein altes Leben zurückzukehren.« Ich seufze in die dunkle Stille der Nacht hinein, während ich meine bloßen Handflächen auf der steinernen Brüstung des Balkons abstütze. Seit mehreren Monaten lebe ich in diesem Haus, das eher einem Anwesen aus der Netflix-Serie Bridgerton gleicht.

Ein Schaudern durchfährt mich bei dem Gedanken daran, wie ich mich gefühlt habe, als ich dieses Grundstück zum ersten Mal im Leben betreten habe. Auf der Suche nach Wärme reibe ich mit meinen Händen über meine nackten Arme. Das rosafarbene Kleid aus feinster Seide, welches ich mir für diesen Anlass aus Maggys überdimensionalem Kleiderschrank geliehen habe, schützt nur wenig vor der britischen Januarkälte. Es ist eng anliegender, als es bei ihr der Fall wäre. Es stört mich nicht, meine Kurven zu zeigen.

Ich bin viel zu lange in diesem Land, auf diesem Anwesen und umgeben von diesen Menschen. Nein, in Wirklichkeit bin ich lediglich zu lange in der Nähe dieses Mannes. Kein anderer als Anatoli Romanov geistert ständig durch meinen Verstand.

Seit Beginn unserer gemeinsamen Geschichte vor Magdalena und Nikolais Hochzeit gehen mir diese silbergrünen Augen nicht mehr aus dem Kopf. Ist es die richtige Entscheidung, mein gesamtes Leben zu Hause zurückzulassen und hier zu sein? Mir ist es wichtig gewesen, meiner besten Freundin aus Collegezeiten in der schlimmsten Phase ihres Lebens beizustehen und ihre Genesung zu verfolgen. Magdalena ist mit Sicherheit die beste Freundin, die ich jemals hatte. Nur habe ich eigentlich nicht vor, mein Zuhause für immer zu verlassen, meinen Job zu kündigen und hier einen Neuanfang zu wagen.

»Wenn das so weitergeht, brauche ich bald selbst einen Psychologen!«, murmle ich abwesend vor mich hin.

Der Wind streichelt eisig meine Haut und ich erschaudere erneut. Vielleicht sollte ich einfach wieder hineingehen und diese Gedanken für den heutigen Abend hinter mir lassen. Morgen ist ein weiterer guter Tag, um mir den Kopf zu zerbrechen.

Plötzlich legt sich eine wohlige Wärme mit unwiderstehlichem, aber bekanntem Duft um meine Schultern. »Du solltest wirklich nicht allein hier draußen in der Kälte stehen, Engel«, säuselt er mit seinem Bariton und dem russischen Akzent.

Seine Smokingjacke liegt schwer auf meinen Schultern und reicht mir bis über meinen Hintern. Sofort bin ich in seinem Geruch gefangen. Für einen Augenblick gönne ich mir den Luxus, an der Jacke zu riechen. In der Hoffnung, dass Anatoli es nicht sieht, drücke ich vorsichtig meine Nase in den samtigen Stoff.

»Kann ich nicht mal für einen Moment in der klirrenden Kälte stehen, wenn ich es möchte?«, finde ich meine verloren geglaubte Stimme wieder.

Ich kann einfach nicht anders, als ihn ein weiteres Mal anzufahren. Dabei ist mir bewusst, dass er es liebevoll meint. Doch der letzte Mann, von dem ich dachte, er würde es gut mit mir meinen, stellte sich als übergriffiger Psychopath heraus. Auf keinen Fall werde ich jemals wieder einem männlichen Wesen mit solchen Charakterzügen vertrauen.

Anatoli atmet angestrengt hinter mir aus. »Wieso sträubst du dich so? Ich bin nur besorgt um deine Gesundheit. Englische Winternächte sind wirklich kein Zuckerschlecken!«

Die Anmaßung in seiner Tonlage ist es, die das Fass in meinem Inneren zum Überlaufen bringt. Ehe ich es verhindern kann, sehe ich rot. Mein Puls schießt in die Höhe, knallt buchstäblich durch die Decke und rauscht in den Ohren wie das Meer an der Brandung von Malibu Beach.

Ungehalten wirble ich herum und bohre ihm gewaltsam meinen Finger in die Brust. »Umsorgen? Was bin ich? Ein Entenküken? Ein scheues Fohlen, das unsicher auf seinen Beinen wackelt? Anatoli Romanov, ich bin eine erwachsene Frau, die in der Army dient. Ich habe unzählige Kriegsgebiete gesehen, Massen von Verletzten und Patienten mit posttraumatischer Belastungsstörung behandelt. Und du traust mir nicht zu fünf Minuten auf einem verdammten Balkon zu stehen?« Wütend balle ich meine Hände zu Fäusten, kann mich mit Mühe und Not davon abhalten, gegen seinen muskulösen Oberkörper zu schlagen.

»Ich wünschte, du würdest mich endlich in Ruhe lassen. Das hier wird ohnehin die letzte Woche für mich auf diesem Anwesen sein. Es ist an der Zeit für mich in mein richtiges Leben zurückzukehren.«

Plötzlich sind die Würfel gefallen, die Kugel ist im Rouletteteller liegengeblieben. Ich habe eine Entscheidung getroffen und verkündet, ohne großartig darüber nachgedacht zu haben. Die Wut in meinem Körper verfliegt nicht, einzig der fade Geschmack, den ich abrupt im Mund habe, hinterlässt eine Leere in mir. Um keine Zweifel aufkommen zu lassen, remple ich Anatoli mit meiner Schulter an, wobei ich darauf achten muss, von seinem mächtigen Körper nicht aus dem Gleichgewicht zu gebracht zu werden.

Ich schaffe nicht einmal drei Schritte, ehe mein Geist sich weigert, die Füße vorwärts zu bewegen. Innehaltend versuche ich, meine Atmung gleichmäßig zu halten.

Warum schaffe ich es nicht einfach wegzugehen?

»Ist es das, was du wirklich willst, Chiara? Mich aus deinem Leben zu verbannen und einfach wegzurennen?«

Erneut möchte ich herumwirbeln, ihm meine Meinung ins Gesicht knallen und ihn dann rücksichtslos stehen lassen, doch er spricht weiter, bevor ich reagieren kann.

»Ich wünschte, du würdest mich niemals verlassen. Bleib bei mir, Engel. Bitte!« Der Wind trägt seine Stimme hauchzart an mein Ohr. Noch nie habe ich ihn derart leise und zerbrechlich gehört. Der Stoff seiner Jacke scheint sich in meine Haut zu brennen, ihr Gewicht wiegt schlagartig zu schwer auf meinen Schultern.

Ohne auf die warnenden Schreie meines Verstandes zu hören, drehe ich mich um und stehe in wenigen Schritten direkt vor Anatoli. Langsam lege ich den Kopf in den Nacken und betrachte die kantigen Linien seines schönen Gesichts. Die Traurigkeit auf seinem Gesicht raubt mir den Atem.

»Küss mich, Anatoli«, höre ich eine fremde Stimme sagen.

Ich realisiere erst, dass diese Worte meine Lippen verlassen haben, als ihm die Überraschung ins Gesicht geschrieben steht. Bevor ich es mir anders überlegen kann, stelle ich mich auf die Zehenspitzen, drücke den Oberkörper gegen seine starke Brust und verschließe seine Lippen mit meinen.

Ergeben stöhnt Anatoli gegen meinen Mund, drängt mir seine Zunge zwischen die Lippen, weshalb ich gezwungen bin, mich für ihn zu öffnen. Wie im Traum finden seine Hände meine Hüfte, heben mich hoch und er setzt mich auf der breiten Balkonbrüstung ab. Wobei er trotz der Intensität des Kusses darauf achtet, dass ich auf seine Jacke sitze.

In völliger Hingabe finden meine Finger den Weg in sein Haar. Versunken in das Gefühl seines Geschmacks auf der Zunge zerre ich an den Haarsträhnen, welche seidig an einzelnen Fingergliedern kitzeln, und ziehe ihn näher an mich heran.

Anatolis Daumen streift meine Wange, ehe er meine Knie auseinanderschiebt und dazwischen tritt. Es bedarf keiner Erklärung für die harte Erektion in seiner Hose, die sich gegen meine heiße Mitte drückt. Unvermittelt reibe ich die Hüfte gegen seinen Schritt, stöhne aufreizend, unterdessen seine Lippen meine verlassen und mich am Hals liebkosen.

»Anatoli!« Ich seufze überwältigt. Sein Name ist ein stummer Befehl, nicht mit mir zu spielen. Als würde er die verworrenen Gedanken lesen und verstehen, presst er augenblicklich seine Lippen wieder auf meinen Mund. Er verschlingt mich mit einer Inbrunst, die ich niemals zuvor erlebt habe.

Bereitwillig schmiege ich mich enger an ihn, schmelze in seinen Armen wie ein Eis an einem heißen Sommertag. Mit jedem Schlag seiner Zunge verliere ich mich selbst ein kleines bisschen mehr.

Mein Vorsatz, mich nicht erneut für einen Mann zu opfern, gerät bedrohlich ins Wanken. Ich sollte diesen Kuss dringend beenden, sämtliche Sachen schleunigst in die Koffer befördern und mich bis zur Abreise in meinem Zimmer verschanzen. Dieses Vorhaben scheitert kläglich, jegliche Bedenken zerbrechen unter dem sanften Druck seiner göttlichen Lippen. Ich war immer eine Frau, die wusste, wann sie sich ihrem Schicksal ergeben muss.

Dieser Mann wird mein Untergang sein, denke ich, während ich mich in der Sinnlichkeit seines Kusses verliere.

DANKSAGUNG

Ich kann nicht fassen, dass wir jetzt schon am Ende meines Debütromans angelangt sind, aber es ist wahr. Alena und Nikolai haben ihre Geschichte erzählt und ihr Happy End bekommen. Deshalb möchte ich euch allen an dieser Stelle von ganzem Herzen dafür danken, dass ihr mit mir auf diese Reise gekommen seid, und hoffe, dass wir das endgültige Ziel noch nicht erreicht haben. Ich wünsche mir nichts sehnlicher, als noch viele weitere Geschichten aus den Kreisen der Heartless Kings erzählen zu können, damit ihr mit Nikolai, Alena und ihren Freunden lachen, weinen und ihre Welt kennenlernen und erleben könnt. Dieser Abschied von den beiden – auch wenn er hoffentlich nur kurz ist – fällt mir tatsächlich nicht leicht, denn sie begleiten mich schon eine ganze Weile in meinem Kopf. Aber ich bin ebenso unheimlich glücklich, dass ihre Geschichte nun zu Papier gebracht ist.

Es gibt so viele wunderbare Menschen, die mich auf meinem Weg zu diesem Buch unterstützt und begleitet haben – euch möchte ich von Herzen danken.

Zuallererst: meinem Mann. Ich liebe dich wahnsinnig dafür, dass du jeden noch so absurden Gedankengang mitgedacht hast, jede noch so verrückte, technische Recherche auf dich genommen hast und jede Textstelle, ohne zu murren so oft gelesen hast, bis wir zufrieden waren. Danke für alles!

Ein weiterer enorm wichtiger Dank geht an meine Freunde von der Z-Street. Danke, dass ich meine Ideen, Zweifel und Wünsche immer mit euch teilen kann – egal ob beim sonntäglichen Spaziergang oder beim spontanen Abendessen. Unsere gemeinsame Zeit inspiriert mich unheimlich für die Atmosphäre, die im Freundeskreis der Heartless Kings herrscht.

Ein fettes Bussi und ein dickes Danke gehen außerdem an Michelle, die sich jede noch so langatmige Beschwerde über zu wenig Zeit und Schlaf und zu viele Gedanken anhört, während wir dabei alle Restaurants der Umgebung abklappern. Dein: »O Manno, ich will aber wissen, wie es weitergeht!«, nachdem du meine Leseprobe beendet hattest, hat mich wirklich motiviert, die Sache durchzuziehen.

Mir fällt gerade auf, wie viel Unterstützung ich in den letzten Monaten bekommen habe. Deshalb darf in dieser Danksagung natürlich auch das Team Vorzüglich nicht fehlen. Danke für euren Support und die ständige Inspiration, über was man noch alles schreiben könnte. Dann gibt es da noch die Buchbubble, der ich danken will – und zwar, weil ich mich wirklich glücklich schätzen kann, in der richtigen Buchbubble gelandet zu sein. Besonderer Dank geht an Julia Hazel und Carinas Bücherliebe. Ohne euch wäre ich an manchen Nachmittagen, Abenden und in diversen Nächten schier verzweifelt, aber ihr habt mich jedes Mal wieder eingefangen und mir geholfen, mich aufs Wesentliche zu konzentrieren. Ich hab euch lieb, Mädels. Auch meinen wundervollen Blogger- und Autorenmädels möchte ich an

dieser Stelle ein sehr, sehr großes Dankeschön aussprechen. Ohne euch wäre ich in der großen, weiten Social-
Media-Welt wirklich verloren.

Last but not least geht ein megagroßes Dankeschön an
Elena, meine Projektbetreuerin des dp Verlags. Danke,
dass du mich nicht so schnell aufgegeben und mir die
Möglichkeit gegeben hast, meinen Traum wahr werden zu lassen. Vor allem für deine engelsgleiche Geduld
mit der Vielzahl an Fragen, mit denen ich dich bombar-
diert habe, will ich mich bei dir bedanken. Danke auch
an Monia, meine Lektorin, für deine Zeit und deinen
Einsatz während des Lektorats.

Ich hoffe, ich habe niemanden vergessen. Ansonsten
müsste ich ja noch ein Buch schreiben, um diese Perso-
nen auch noch erwähnen zu können – also das wäre ja
wirklich ... (*zwinker*)

Macht's gut und hoffentlich bis bald!

Eure J.